1）国家社科项目"构式语法的语用修辞学研究"（18BYY216）；

2）华侨大学"语用修辞研究创新团队"项目（50X17191）；

3）四川省社科规划项目"我国民俗文化对外传播的语用途径研究"（SC18WY023）；

4）江西省高校社科项目"图式理论视角下的医疗口译认知过程研究"（YY162020）；

5）江西省文化艺术项目"跨文化传播视角下的江西红色旅游外宣翻译研究"（YG2016084）；

6）福建省教育厅教研项目"新媒体修辞语境下的国家形象建构"（JAS20262）；

7）华侨大学社科项目"语用修辞及翻译策略"（605-54319084）；

8）泉州师范学院教育教学改革项目（JGX2021030）。

| 光明学术文库 | 教育与语言书系 |

文学翻译的语用变通

王才英　侯国金 | 著

光明日报出版社

图书在版编目（CIP）数据

文学翻译的语用变通 / 王才英，侯国金著. --北京：光明日报出版社，2022.6
ISBN 978-7-5194-6605-3

Ⅰ.①文… Ⅱ.①王… ②侯… Ⅲ.①文学翻译—研究 Ⅳ.①I046

中国版本图书馆 CIP 数据核字（2022）第 085511 号

文学翻译的语用变通
WENXUE FANYI DE YUYONG BIANTONG

著　　者：王才英　侯国金	
责任编辑：杨　茹	责任校对：张月月
封面设计：中联华文	责任印制：曹　净

出版发行：光明日报出版社
地　　址：北京市西城区永安路 106 号，100050
电　　话：010-63169890（咨询），010-63131930（邮购）
传　　真：010-63131930
网　　址：http://book.gmw.cn
E - mail：gmrbcbs@gmw.cn
法律顾问：北京市兰台律师事务所龚柳方律师
印　　刷：三河市华东印刷有限公司
装　　订：三河市华东印刷有限公司
本书如有破损、缺页、装订错误，请与本社联系调换，电话：010-63131930
开　　本：170mm×240mm
字　　数：368 千字　　　　　　　印　张：20.5
版　　次：2022 年 6 月第 1 版　　　印　次：2022 年 6 月第 1 次印刷
书　　号：ISBN 978-7-5194-6605-3
定　　价：98.00 元

版权所有　　翻印必究

序　言

　　王才英、侯国金两位教授合作撰写的专著即将付梓，邀我作序。两位作者，一位是为人谦逊、努力上进、毕业为师后不断奋力进取的我的前学生；另一位是我在教学科研的同时兼任学院行政职责期间，曾经求贤若渴，欲"挖"之而最终阴错阳差，未能如愿，虽抱遗憾，但也因此成为好友的翻译理论家、实践家兼诗人的才子教授。有机会先睹为快，提前学习他们的研究成果，自是欣然从命。

　　这部大作是才英、国金教授将语用学和翻译相结合的又一研究成果，聚焦文学翻译的语用变通问题开展研究。文学，作为以语言文字为工具形象化地反映客观现实的艺术，是民族历史、文化、社会的代表，最能反映一个国家的传统和现实；同时，它又是一种信息密集度最高、与人心融通直接相关的文本类型。基于这些特点，文学的跨文化翻译活动必然涉及方方面面的制约和语用问题。

　　根据《柯林斯 COBUILD 英语词典》(1995) 对"语用""语用能力""语用学"的解释，"人们利用语言来达到不同目的——邀请，劝导，赞扬，警告，表露情感，编造谎言，做出承诺，等等。这种有效利用语言来实现某种目的或意图的能力就是所谓的语用能力，对这种能力进行的研究称为语用学"。换言之，也就是正确得体地理解和使用语言的能力。语用能力的根本是针对特定语境，正确得体地理解和运用语言，以达到良好交际的目的。① 仅仅语法正确是不够的，还要符合语言使用规则和语言使用的社会规则。如何自然等所言："话语的语用成功往往不是取决于语法性（句法标准）或可解释性（语义标准），而是它在特定场合中的得体性或合适性。"② 语用学与翻译的结合研究，根据厄恩斯特·奥古斯特·格特（Ernst-August Gutt）、莫娜·贝克（Mona Baker）和利奥·

---

① 陈小慰. 口译教学中的相关语用链接 [J]. 上海翻译, 2005 (02): 31-35.
② 何自然, 陈新仁. 当代语用学 [M]. 北京: 外语教学与研究出版社, 2004: 168.

希基（Leo Hickey）等，重在考察翻译过程中各种语用因素对译者和翻译选择产生的作用，诸如不同语境和方式对语言含义的影响，以及在不同语境下语言符号与其使用者的关系及其可能产生的含义。关注源语读者和译语读者不同的预期和现实经验所导致的语用预设（已知信息）与语用推断（连贯）之间的关系问题。强调这些考虑因素能够帮助译者做出恰当的选择，以获得译文和原文之间的语用对等，使译文在译语语境中获得尽可能大的关联度，使译文读者获得语用等效感受。国内"语用翻译学"之说最早由叶苗提出，① 并进行了一系列相关研究。她认为，"语用翻译（pragmatic translation）是从语用学的角度探讨翻译问题，可以说是一种等效翻译理论，即提倡使用语用等效（pragmatic equivalence）来解决跨文化交际问题"。② 作为本书作者之一的侯国金教授及其团队多年来以持续不断的研究和丰富的论著，使其得到了进一步的发展。通过把经典标记论提升到语用层级，同时结合尤金·奈达（Eugene A. Nida）的等效翻译观，创建了语用翻译学的语用等效假说或语用等效翻译观，强调在翻译中需要结合语用考察各种大小问题。

此专著在上述语用翻译学观点的基础上，围绕译理、译观、译技三条主线，从"文学翻译的文化制约和非文化制约"入手，对意识形态、文化差异、语言差异和其他制约因素进行了细致的阐述。以问题为导向，为该书研究论题的缘起以及可能产生的理论和现实意义提供了一个较为令人信服的铺垫。在此基础上，作者以语用翻译学的译理导出相应的译观，提出"语用等效"主要指话语的语用修辞参数的相近、相当、相等，例如原文的隐喻（鲜活性）价值，或隐喻的语用标记（价）值（pragma-markedness value）在译文获得了对等、等值、不相上下或大致相等的再现。在此基础上总结得出"语用标记等效译观""关联顺应译观"和"构建主义译观"的语用翻译"三观"。围绕上述译观，作者以最终达到译文的"语用—语言等效"和"社会—语用等效"为目的，导出相应的译技，提出了"翻译中为了实现这两种语用等效，译者需根据各种语境因素，努力进行各种有效的'语用变通'，才能使译文更好地为目标语读者所接受，同时更好地'保真'原文内涵"。不仅强调译文与原文的"等效"，同时注重译文对译语读者的效果。

基于译理、译观、译技的理论探讨，该专著从微观应用入手，选取国学经典、四大名著、现代小说和诗歌等翻译语料，重点讨论了"国学"英译的繁难

---

① 叶苗. 关于"语用翻译学"的思考 [J]. 中国翻译, 1998 (05): 11-14.
② 叶苗. 旅游资料的语用翻译 [J]. 上海翻译, 2005 (02): 26-28+58.

与语用变通策略。以《论语》翻译为例，指出国学翻译的厚重翻译或者瘦身翻译皆为取得语用等效；讨论了四大名著中《红楼梦》和《西游记》的译本，并以"半A半B"构式、"药方""药丸"等翻译为例，以小见大地讨论了译文的语用翻译变通之道；讨论了现代小说《活着》以及网络小说《盘龙》等翻译的语用变通手法，揭示译者如何运用这一途径，成功地使翻译在提倡文化走出去的当今时代，担当起了先锋者的作用；论证了《活着》和《盘龙》的译本在国外广受欢迎的原因之一就是译者采用了合适的语用翻译技法翻译了原文中的相关内容。书中还讨论了现代诗歌翻译的语用变通问题。众所周知，诗歌中的音、形、义和效如何在译文中兼顾，历来是公认的翻译难题之一。语用翻译观认为，诗歌翻译不可能是简单的复制，应有再创造的一面，而再创造的一面就有语用的影子相伴相随。最后，该专著讨论了文艺作品名翻译的语用变通问题，论证文学翻译过程中，不仅文本内容需要考虑语用变通，即便是小小的作品名翻译，也是语用变通的过程。

两位作者的专著在研究的广度和深度上均有建树。研究对象涉及文学翻译中的国学典籍和现代作品，涵盖小说、诗歌、散文等各种体裁，纵横古今，游刃有余。对各种文学体裁的翻译案例条分缕析，论证精当。难能可贵的是，该书不是大而上的纯粹语用翻译理论研究，也不是形而下的单纯译技讲解。它既有理论的总结、思考与升华，又有翻译实践案例分析，是语用翻译理论与具体翻译策略和方法应用的结合。两位作者的研究成果，正是对翻译前辈张柏然先生提倡的翻译研究需要努力做到"顶天立地"、理论和实践相结合的身体力行。

中国文学通过翻译"走出去"，是肩负国家使命的社会文化活动。其目的是弘扬中国文化，向世界展示中国文学文化魅力，参与世界文学文化的对话，并最终融入世界文明，为丰富世界文明做出中国贡献。该书通俗易懂的语言，题材广泛的案例，是对中国文学"走出去"的积极回应，也为解决文学翻译中的疑难杂症提供了一个语用路径。相信该书的出版，会为文学翻译的研究者和实践者带来有益的启示和借鉴作用。是为序。

陈小慰 2020 年 6 月于榕

前　言

曾几何时，作为"人学"之首的文学，是一切读书人［学生、文化人、文人、士（族）、知识分子］的必读必备。人们之间的交谈，只要超过五分钟，就势必要涉及文学。你最近读了什么书？这"书"就是文学，多半是小说。所以，知识界达成共识，没有文学就没有语言，不学外国文学，就学不了外语。

文学之文学，文学之冠，当属诗歌。所谓"flower of literature"即"文学之花"，就是这个意思。孔子曾说："不学诗，无以言。"意思大概是，如果不学诗文，就不会说话。当然这里的"言"若联系人的立言，这句话就可解读为，如果不学习诗词歌赋等韵文，就无法正常说话，无法写文章，无法著书立说。不管是哪个解读，孔圣人是高看诗歌的。

一个国家的文学，就是这个国家的文化、历史，或者是它的文化史、历史文化。若想了解英国，最好的方法是读诗，从史诗《贝奥武甫》（*Beowulf*）（作者不详）开始，历经古代、中古、早期现代、现代、后现代的文学，涵盖诗歌、小说、戏剧，从无名氏、专栏作家、小作家，到大文豪［如狄更斯（Charles Dickens, 1812—1870）］、大诗人［如莎士比亚（William Shakespeare, 1564—1616）］，甚至还涉及当今英国报刊和网络上的在线文学，难道这不是一幅有始无终的英国文化和英国历史全景画吗？英国若如此，美国亦然，中国亦然。

中国历史悠久，幅员辽阔，中国文学的花坛更是百花争艳，鲜艳无比。不说国人应该常常阅读中国文学，多少都要涉猎各个朝代的文学，还要对特别的流派、特别的作家、特别的作品有所偏爱甚至深入研读。单说我国文学如何走出国门，在"一带一路"方针指引下，这个问题就尤为急迫了。答案是翻译。问题是谁翻译？这个问题不简单。如果是机构组织的翻译活动，那就要由一定的部门组织、一定的机构来梳理和确定要翻译的丛书，如《四库全书》。再打造一支过硬的翻译团队，而为了这个团队建设，又要物色一定数量的合格的翻译家（或翻译工作者），要有专人审核和校对翻译成品，此外，还要有人（国内或国外的出版商）出版发行。最后，可能还要有人进行广泛有效的宣传。这些工作，多半涉及翻译之外，或者是"准翻译"这些和翻译活动有关的准备工作和善后工作。自然还有翻译之内的工作，即翻译事件或"译事"（translation event）的翻译实践，此乃译事之核心。本书涉及的就是后者。

忠告译者①

如果，你试图翻译我的诗歌
请记住，我的诗扔掉了韵脚
它靠内在的语感力行走

我诗歌中母语的节奏
我倾泻的词，中间
有一条主线串起的音调
你无法翻译

我诗歌中某些词象形的本质
和词本身体现的图画
我诗歌中光芒的重量和风的甜味
你无法翻译

突如其来的激情形成彩虹的片刻
和最先打动我的声音
有一些用典，和我
写作时冥想的气质
你无法翻译

对了，一个信手拈来
挂在嘴边的晦涩隐喻
那如同一个果实充盈的想象
还有，伴随诗分娩的牵引

---

① 作者为范德平，此诗刊于《诗刊》（2017年3月号上半月刊，50页）。译文为笔者提供，见之于：侯国金. 巴山闽水楚人行 英汉诗歌及互译 [M]. 武汉：武汉大学出版社，2019：160-161.

我血的温度和心跳
你无法翻译

你还可能无法翻译
我草稿纸上潦草的线条
和在键盘上偶尔敲出的乱码……

The Translator One Warning Away

If, I mean if, you try rendering my poetry,
do bear in mind, I did knock
rhymes out of my lines—
poetry goes by innermost intuition.

The rhythm of my mother tongue
hanging about my diction, the downfall of words,
plus the mainstream tone running all thro,
a big challenge to translation.

The glyphic pictograms, as if on tortoise shells,
the ideas pictured in strokes so old,
the weight of the radiance and glamour,
the sweetness of the breeze,
all this, a translating impossibility.

The fraction of moment of the precipitate fire
of emotions, the earliest noises that touched the tips of my heart,
my own allusions, and my style of my contemplation ere composition,
all this, a headache to Nida, Kumarajiva whoever.

Then, a vague metaphor on hand, though dated,
repeats on my lips, like a fruit in the flight of imagination,
the pull of poetic parturition,

with my heartbeat by the rise of temperature—
all beyond interpretation.

Furthermore, you can never put into other Greeks
the scratches on my first draft, and the gibberish codes
occasionally well-nigh by mistake I type by keys ...

笔者除了翻译了几百首英语诗歌，还翻译了几百首汉语诗歌（如上文和下文的汉诗英译），目的不同。前者是让我国读者了解、理解、欣赏英美诗歌并洋为中用；后者的目的相反，是让外国读者了解、理解、欣赏中国诗歌并汉为外用。这样的跨文化交流可以促进世界文化和谐共享。此外，我们身处英汉翻译和汉英翻译教学的第一线，深知其重、其难，有痛也有通，有经验也有教训。上面那首诗说了五次"你无法翻译"，可见译诗之难。三十多年的教研感悟和翻译实践感悟，愿和朋友们分享一二。

全书共有六章。

第一章是"文学翻译的文化制约和非文化制约"，介绍"文学翻译的意识形态制约、文学翻译的文化差异制约、文学翻译的语言差异制约、文学翻译的其他制约"。

第二章是"语用翻译学的译理和三大译观"，先介绍"何谓语用学"，再阐释"语用翻译学的三观"，以语用翻译学的译理导出相应的译观，再由语用译观导出相应的译技。这一切都是为了翻译等效，或者说是为了"语用等效"翻译。我们推崇的是两种"语用等效"，其一是"语用—语言等效"，其二是"社会—语用等效"。翻译中为了这两种语用等效，译者需要各种"语用变通"，这是本书的重点。只有有效的"语用变通"，才能达到翻译的等效，或者说，才能防止翻译的不等效。我们认为，"语用变通"是文学翻译的"特别通行证"。

第三章是"'国学'英译的语用变通"，涉及"国学"英译是"厚重"还是"瘦身"的问题，以及"国学"英译的三大道术繁难与对策。

第四章是"《红楼梦》英译的语用变通"。"开谈不说《红楼梦》，读尽诗书也枉然。一曲红楼多少梦，情天情海幻情身。"（得與《京都竹枝词》）。难怪黄生太[①]也说，"在乾嘉年间流行着修辞不谈《红楼梦》，纵读《诗》《书》也

---

① 黄生太. 基于语料库的《红楼梦》拟声词英译研究 [M]. 成都：西南交通大学出版社，2017：1.

柱然"的说法，其实20世纪乃至今天，何尝不是如此？《红楼梦》是最伟大的汉语小说之一，对中国文学乃至文艺，（通过翻译）对世界文学，都有深远的影响。"红学"学者王蒙说："读不下去《红楼梦》是读书人的耻辱。"① 笔者以为，将来的几十年一定还是"红学""沙学"并驾齐驱的文坛盛世。本章有七节，分别是《红楼梦》佛教思想的杨霍英译再现对比；《红楼梦》佛号的杨霍译对比；《红楼梦》"半A半B"构式的杨霍译对比；《红楼梦》茶诗的杨霍译对比；《红楼梦》中医药方的杨霍译对比；《红楼梦》"天王补心丹"杨霍译对比及其他；《红楼梦》中药的"九"字杨霍译对比。

第五章"现代小说翻译的语用变通：以《活着》《盘龙》为例"，顾名思义，就是讨论现代小说《活着》和网络小说《盘龙》是如何成功地翻译的，或者说，我们可以从白睿文和"任我行"（RWX）身上学到什么。

第六章"现代诗歌翻译的语用变通"含四节：赵诗侯译：《我愿……——致真》；赵诗侯译：《文字古今》；落叶卡何情，译笔别有意——卡明斯"l（a"诗之汉译；为何译诗及我为何译诗。也即，本章除了讨论赵彦春的两首诗歌的侯氏译法，美国现代诗人卡明斯（E. E. Cummings）的一首具象诗/立体诗的侯氏译法，还有笔者走上译诗道路的心得，主要涉及"为何而译、为何译诗、我为何译诗、我如何译诗"四个方面。

末尾是一个附录：关于一组汉语特色文化词英译的问卷及分析。

全书的撰写分工如下：王才英负责全书的构想，第一章、第三章、第四章、第五章、第六章前三节等内容的初稿撰写。侯国金负责前言、第二章、第六章第四节及附录等内容的初稿撰写。除此之外，王才英负责语料、校对、出版（联络）等，侯国金负责统稿、审核、校对。

笔者在涉及文学翻译的对比讨论时，少不了些许译评。许钧等说得好，"文学翻译需要批评"，译评是"提高翻译质量、促进翻译事业"的"一剂良方"。还说，译评不仅指导翻译实践，还有助于构建和建设翻译学②。我们不是文学翻译大师也就不能对文学翻译大师胡乱批评，但以语用翻译学视角对其译笔进行对比探究，也算是和作者、译者和读者的多重对话和学习。因此，笔者的译评未必都正确得体。不过，笔者以为所谓的文学翻译批评其实就是，至少可以当作文学翻译经验、教训、心得、感悟等的相互交流。许钧先生就做得很好，

---

① 王晶晶. 为什么还要读《红楼梦》[M]. 中国青年报, 2013-09-25.
② 许钧，等. 文学翻译的理论与实践：翻译对话录 [M]. 增订本. 南京：译林出版社, 2010: 29-30.

文学翻译的语用变通　>>>

先后访谈了几十位翻译大家，包括至今已辞世和在世的大师，加上自己的感悟，著书出版，即《文学翻译的理论与实践：翻译对话录》（译林出版社，2010）。我们的同事朱琳博士翻译了全书，"*Dialogues on the Theory and Practice of Literary Translation*"①。这一翻译不要紧，就让全世界的文学翻译界和译评界都有机会倾听中国的文学翻译之声。书中的访谈者和被访谈者谈及自己、对方或他人的文学翻译的任何叙事评述都是中国文学翻译批评，经翻译走上国际文学翻译批评的论坛。照此说来，希望笔者的评述点滴能够汇入这个文学翻译批评的海洋。

翻译软件②

替我把英语翻译成英语
把中文翻译成中文
把站着的中文翻译成坐着的中文
把室外的英语翻译成室内的英语
把呼吸翻译成喘气
死亡翻译成越来越甜的回忆
把一根烟的时间翻译成
960万平方公里的雾霾
把行走翻译成行走
不管你走到哪里
最后剩下的
就是我们称之为诗的东西
而漏失的是一个孤独的人
整整的一生

The Translating Software

translates English into English for me,
Chinese into Chinese,

---

① XU, J. *Dialogues on the Theory and Practice of Literary Translation* [M]. Tr. L. ZHU. London & NY: Routledge, 2020.
② 作者鸿鸿，此诗刊于《诗刊》（2015年11月号下半月刊，79-80页）。译文为笔者（侯国金）所作，见之于侯国金（2019.：161-162）。

6

Chinese on its feet into that on its seat,

outdoors English into indoors,

breathing into gasping,

death into sweet recollection,

time for one cig

into haze covering 9,600,000 km^2,

walk into promenade—

wherever you go,

the last thing left

is what is known as poetry,

missing the entire lifetime of a solitary

man.

  感谢华侨大学人事处和研究生院给予的项目支持。感谢支持和帮助我们进行翻译教研、翻译实践和翻译出版的泉州师范学院领导和外国语学院领导，华侨大学领导和外国语学院领导，感谢翻译理论家陈小慰教授多年的帮助和作序。感谢诸多施恩施惠的同事，如毛浩然、朱琳、吴国向、李志君、刘碧秋、王雪瑜、黄娟娟、黄广哲、黄佳丽、卢莉等。毛浩然教授跟我们分享他在大连外国语大学（2020年5月）所做的（在线）报告的PPT"翻译研究的窄化、异化、碎片化和貔貅化"，也算是忠告我们：不要将翻译研究窄化为翻译本体研究，未能基于完善跨学科知识结构进行有效突破；不要将翻译研究异化为翻译实践，未能以科研思维将实践经验提炼升华为翻译理论；不要将翻译研究碎片化为东鳞西爪的研究，未能形成逻辑严谨贴近国际前沿的系列研究；不要将翻译研究貔貅化为各种看书学习听讲座，只进不出缺乏产出导向。他的观点可浓缩为"由器入道，问题导向，前沿临摹，话题点穴，理论建构，修辞出场"。朱琳教授和我们分享了其翻译许钧等的《文学翻译的理论与实践：翻译对话录》的经验教训和翻译成果"Dialogues on the Theory and Practice of Literary Translation"。吴国向副教授无私分享的是他的译著"Cognition-based Studies on Chinese Grammar"（原作作者袁毓林，Routledge，2017）。李志君教授负责我校外语研究生的学术论坛"果香读赏会"的教改项目，给我们师生很多翻译理论探讨和口笔译实践的机会。刘碧秋老师在"果香读赏会"上试唱笔者英译的中国民歌，还撰文于《翻译中国》上。感谢我的学生：杨勇、李秀娟、张莹、马婷婷、孙红婷、叶炜鸿、周文智、刘静静、刘师婕、饶志丹、金子惜、刘晓、陈莉诗、郑思洁、郭仿仿、闫雪、高学森等和龙晋巧老师。最后，感谢父母家人一如既往的支持。

译事无易事。如上面这首诗所示，翻译软件、翻译机器或机器翻译在文学翻译面前寸步难行。希望未来的文学翻译不要发生鸿鸿所说的"最后剩下的/就是我们称之为诗的东西/而漏失的是一个孤独的人/整整的一生"，而是既有诗又有人。让我们携手继续努力，探索中国文学外译的译理、译观、译技，以促进"中国走向世界、融入世界、与世界进行对话、与其他民族共同提高"①。

笔者

于泉州师范学院和华侨大学

福建省高校人文社会科学研究基地，中外文学与翻译研究中心

2022 年 6 月 1 日

---

① 许钧，等. 文学翻译的理论与实践：翻译对话录 [M]. 增订本. 南京：译林出版社，2010：289.

目 录
CONTENTS

序　言 ·· 1

前　言 ·· 1

第一章　文学翻译的文化制约和非文化制约 ································ **1**
　第一节　文学翻译的意识形态制约 ··· 3
　第二节　文学翻译的文化差异制约 ··· 9
　第三节　文学翻译的语言差异制约 ··· 16
　第四节　文学翻译的其他制约 ··· 21

第二章　语用翻译学的译理和三大译观 ····································· **24**
　第一节　何谓语用学 ·· 24
　第二节　语用翻译学的三观 ·· 28
　第三节　如何避免文学翻译中的各种不等效 ······························ 39
　第四节　应该如何避免各种类型的"不等效"现象 ······················ 51

第三章　"国学"英译的语用变通 ·· **68**
　第一节　"国学"英译的三大道术繁难与对策 ···························· 68
　第二节　"国学"英译是"厚重"还是"瘦身"
　　　　　——评吴国珍的《论语》译本 ·································· 82

第四章 《红楼梦》英译的语用变通 ·················· **96**

第一节 《红楼梦》佛教思想的杨霍英译再现对比 ········· **96**
第二节 《红楼梦》佛号的杨霍译对比 ················ **113**
第三节 《红楼梦》"半 A 半 B"构式的杨霍译对比 ········ **129**
第四节 《红楼梦》茶诗的杨霍译对比 ················ **147**
第五节 《红楼梦》中医药方的杨霍译对比 ············· **163**
第六节 《红楼梦》"天王补心丹"杨霍译对比及其他 ····· **171**
第七节 《红楼梦》中药的"丸"字杨霍译对比 ·········· **177**

第五章 现代小说翻译的语用变通：以《活着》《盘龙》为例 ········· **186**

第一节 白睿文如何英译余华《活着》的粗俗语 ········· **186**
第二节 网络小说《盘龙》之英译：译路崎岖"任我行" ··· **195**

第六章 现代诗歌翻译的语用变通 ·················· **206**

第一节 赵诗侯译：《我愿……——致真》 ············· **206**
第二节 赵诗侯译：《文字古今》 ····················· **216**
第三节 落叶卡何情，译笔别有意
    ——卡明斯"l（a）"诗之汉译 ··············· **225**
第四节 为何译诗及我为何译诗 ····················· **238**

附录 关于一组汉语特色文化词英译的问卷及分析 ······· **261**

附1.1 问卷说明 ································· **261**

参考文献 ······································ **275**

第一章　文学翻译的文化制约和非文化制约

作为"人学"的文学（literature），是"复杂的社会行为系统"（a complex social system of actions）①。从本质上来说，文学是关于人的语言艺术品，而人是生活在一定文化空间而非文化真空里的活生生的人群或个人。"文化"（culture）是"复杂的'系统中的系统'"，包含文学、科技等子系统②。没有"文化真空"（cultural vacuum），甚至也没有"文化空白"（cultural lacuna）。文学语言自然就是一类人、一族人、一群人甚至其中的一个人的大写或小写文化的记录、描述、阐发、思考、传播等。

不同的国家有不同的族群及其文化，因此文学及其文学语言也大相径庭，也就存在着所谓的"文化空白"。例如，汉文化的舞狮文化对于西方多数文化而言就是陌生的事物，就是文化"他者、他性"（otherness, foreignness），就是自己的文化里所缺乏的，因此属于"文化空白"。若如此，文学能够翻译吗？或者说，翻译文学能在多大程度上保值、保真地传达和传播被翻译的源文本文学的文化"他者、他性"或填补其"文化空白"？暂且不考虑文化间的文化共性或共性文化（成分），倘若经文翻译不是文学翻译暂且也可以不予考虑。那么紧随其后，五四运动前后汉语"文白之争"期间及19、20世纪的英语文学汉译和汉语文学英译，算不算佳译/善译（good translation）？若是，就证明了文学翻译的可能性［可译性、可译论（translatability）］，反之，就证明了文学翻译的不可能性［不可译性、可译性低、不可译论（untranslatability）］。

我们相信可译论，但同时也看到了文学翻译的种种困难，以及一些文化翻

---

① SCHMIDT, S. J. "Empirische Literaturwissenschafte" as perspective [J]. *Poetics*, 1979（08）: 557-568; LEFEVER, A. *Translation, Rewriting and the Manipulation of Literary Fame* [M]. 上海：上海外语教育出版社，2005: 11.
② STEINER, P. *Russian Formalism* [M]. Ithaca & London: Cornell University Press, 1984: 112; LEFEVERE, A. *Translation, Rewriting and the Manipulation of Literary Fame* [M]. 上海：上海外语教育出版社，2005: 11.

译专题、话题、章节、字句等的不可译性。根据语言学家陈原（1918—2004）先生的介绍，有一本俄语书叫《普希金秘密日记》，里面充斥着"粗鄙语词"，相当于英语的"pussy，cock"类，不是本身不可译，而是社会规约使之不可译、"不必译"①。种种文学翻译面临的困难都是机器翻译难以承担的工作，值得译界和计算语言学界深入研究。

哪个国家都有语言。只要有文字，就有以文字为媒介的书写文学（原始部落的口头文学、"耳治"的民间传说等暂且不论），且多半分为诗歌、小说、散文和戏剧四个语体类别。单说这个大头（主要指字数和读者群），一般说来，每个民族都有自己的小说。而且一个民族只读自己的文学而决不涉猎他国文学，这是不可思议的。民族间的交流之一便是小说的翻译和传播，这种翻译和阅读又能促进本国小说的创作和外译。我国不少作家本身也是外国文学原著或译著的读者（甚至自己还是文学翻译家），如徐志摩、瞿秋白、鲁迅、冰心、屠岸、林语堂等，他们的文学创作在语言表达式方面，在思想、思路、方法等方面，或多或少都打下了外国文学的烙印。一国的文学在翻译的助推下走向了其他国家，也就是说，文学和文学、文化和文化，在翻译和传播中得到"会车"或碰撞，使得国际交往走向深入、深远。

各国文学具有一定的共性，一些文学艺术或手法是没有国界的。所有的文学都要以语言文字为载体，在文学叙事中巧妙地传达一种文学思想、社会隐含、审美旨趣，这些都是讴歌真善美、鞭笞伪恶丑的。也许这就是文学翻译和翻译文学的社会认知基础。然而，另一方面，由于意识形态差异（文化差异中的凸显"他者"文化），加之原语和译（入）语②之间有差异，更因译者素养、委托人的要求等方面的限制，译作与原著总是有差异的，严重时甚至是"两张皮"，也即，存在着明显的界限，甚至有可能是一条难以逾越的鸿沟。翻译研究的文

---

① 许钧，等. 文学翻译的理论与实践：翻译对话录[M]. 增订本. 南京：译林出版社，2010：166.
② 本书在无标记情况下交换使用"原语、源语"，视之为近义词。"原语"是相对于译文的，凡是翻译必有原语。"源语"着重原作的源头，在多版本"原语"情况下，每个译者所依据的"原语"不一，但也许共享"源语"（版本）。另外，"原、源"惯于搭配的词语也不相同。参见黄忠廉、杨荣广（2015）。此外，"原语、译入语"有人分别代之以"出发的语言、来源语言""目标语言、到达的语言"（许钧等，2010：163）。最后，这两个短语一般分别对应英语的"source/target language"。根据黄忠廉、杨荣广（2015），原语对应于"original language"，源语则对应于"source language"。

化学派代表人物勒菲弗尔①甚至认为，一切翻译都可以看作是"改写"（rewriting），即以某种方式"重新解释"（reinterpret）、"改动"（alter）或"操纵"（manipulate）原文本②，改写对"文学进化"（literary evolution）具有极大的"（电）动力"（motor force）③，而操纵文学翻译的三大力量，归根结底是目标语文化的意识形态、诗学、赞助人④。也即，不是译者天生就喜爱或擅长改写，而是不得不改写，"改写者的力量受制于另一种更为明显的力量"，即上述"三大力量"⑤。

第一节　文学翻译的意识形态制约

众所周知，翻译是跨文化、跨地域、跨语言的交流活动。勒菲弗尔提出了"意识形态决定论"即"意识形态管辖下的翻译"（ideology-governed translation）。贝克⑥认为翻译选材由多种形态决定：文化、经济、政治等。王东风⑦认为，翻译本身就是"向本土文化意识形态输入异域文化的意识形态"。根据勒菲弗尔（Lefevere）⑧的改写理论论述，"改写一般受到意识形态驱动"[或称为"意识形态理据"（ideological motivations）]，"少数受到诗学形态驱动"[或称为"诗学形态理据"（poetological motivations）]。可以说，属于"大写文化"（big C

---

① LEFEVERE, A. *Translation, Rewriting and the Manipulation of Literary Fame* [M]. 上海：上海外语教育出版社, 2005：7.
② SHUTTLEWORTH, M., & M. COWIE. *Dictionary of Translation Studies* [Z]. 上海：上海外语教育出版社, 2004：10.
③ LEFEVERE, A. *Translation, Rewriting and the Manipulation of Literary Fame* [M]. 上海：上海外语教育出版社, 2005：2.
④ LEFEVERE, A. *Translation, Rewriting and the Manipulation of Literary Fame* [M]. 上海：上海外语教育出版社, 2005：7.
⑤ LEFEVERE, A. *Translation, Rewriting and the Manipulation of Literary Fame* [M]. 上海：上海外语教育出版社, 2005：160.
⑥ BAKER, M. *Routledge Encyclopedia of Translation Studies* [M]. NY：Routledge, 1998：240.
⑦ 王东风. 一只看不见的手——论意识形态对翻译实践的操纵 [J]. 中国翻译, 2003 (05)：16-23.
⑧ LEFEVERE, A. *Translation, Rewriting and the Manipulation of Literary Fame* [M]. 上海：上海外语教育出版社, 2005：7.

culture）的意识形态（原作/作者所属文化的意识形态、译入语所属文化的意识形态①）制约着译者的翻译行为（过程和结果）的各个层面。

首先，社会意识形态影响文学翻译选材。自新中国成立以来，也就是1949—1966年的新中国成立十七年间，由于建设社会主义国家的需要，外国文学作品的翻译选材始终遵循着党的文艺方针，坚持当时的主流意识形态。以俄国作家高尔基②的长篇小说《母亲》的翻译为例。这本小说选择翻译和出版是因为作者及其作品符合中国当时的主流意识形态。原因之一是在写小说《母亲》时，作家采用了社会主义的现实主义写作方式；原因之二是这部小说真正从历史的角度具体地描述了无产阶级革命家的运动；原因之三是它结合了对未来的浪漫主义的向往以及对生活的深刻反思。最重要的是这是世界文学史上第一次塑造无产阶级英雄人物，开启了无产阶级文学的新时代。很明显，这时期的写作主题大都与社会主义建设与斗争有关。对外国文学的选择，大部分来自对我们友好的民主国家或民族主义国家，这些文学作品大多写了一些革命、斗争、解放、社会主义建设等。"文革"期间，翻译工作几乎止步不前，在当时政治意识形态下，文学翻译工作几乎处于停顿状态，基本上没有得到很好的开展。

我们认为，意识形态对译者选择翻译什么国家的什么时期的什么语言的什么作者的什么作品十分重要。例如在华居住多年直至在华去世的美国（犹太人）华籍汉学家沙博理（Sidney Shapiro）③，他很自豪地加入中国籍，自豪地对世人说，"我是一个中国人"，并且忠于中国共产党。那么可以说他接受了新中国的意识形态，这就不难解释为什么他的主要翻译都是新中国成立前后的红色经典。正因为他的翻译功勋，2010年沙博理获得了"中国翻译文化终身成就奖"，2011年获得"影响世界华人终身成就奖"。

其次，社会意识形态影响文学翻译的文本解读。一个优秀的翻译工作者在进行翻译之前，都会对整篇翻译原作进行通读和感悟，然后通过自己的理解和

---

① 还有译者所属文化的意识形态。这里不说它，因为这个译者可能归属于原作这边（例如许渊冲翻译唐诗宋词），可能归属译作这边（例如霍克斯与闵福德翻译《红楼梦》）。这里不考虑双语—双文化译者，如林语堂。
② 高尔基（Максим Горький，Maxim Gorky，1868—1936），原名阿列克塞·马克西莫维奇·彼什科夫（А. М. Пешков，Alexei Maximovich Peshkov），苏联作家，著有《童年》《在人间》《我的大学》等。
③ 沙博理（Sidney Sharipo，1915—2014），中国籍犹太人，著名汉学家和翻译家。翻译过诸多革命小说。《家》《春蚕》《月芽》《创业史》《保卫延安》《小城春秋》《林海雪原》《李有才板话》《孙犁小说选》《新儿女英雄传》《我的父亲邓小平》《西游记》等，获得过多项翻译大奖。

思考对原文进行探讨和分析。在译者对翻译原文的解读过程中，对原文的理解程度、理解方向以及理解效果等都会受到译者的教育程度、生活经历、社会阅历、思想价值观等社会意识形态的影响。因此，通过不同译者对不同翻译原著的解读，就会出现对同一篇文学著作不尽相同的翻译结果的现象，经过译者这个文学信息载体的加工转述，原著中所表达的信息有可能出现各种解读方式。例如，大家熟知的《卖火柴的小女孩》，原著通过讲述卖火柴的小女孩的故事，表达了对救世主能够施以援助的渴望，对上帝救苦救难的精神寄托，是一个宗教寄托的故事，同时也表达了作者的一个美好愿景。但当这本著作被译成中文时，译者受到当时国际社会背景的影响，在社会主义意识形态的作用下，中文版《卖火柴的小女孩》反映了资产阶级统治的冷酷和黑暗以及对资本主义社会底层劳动人民苦难生活的同情。此例明显反映出译者对文学著作的解读对原著翻译结果的影响。

再次，意识形态影响翻译策略的选择。威尔斯①认为，翻译策略"是指译者在把源语文本转换为目标语文本时采纳的步骤，这种步骤可能、但不一定能导致最佳的译作"。"翻译策略是翻译活动中，以实现特定的翻译目的所依据的原则和所采纳的方案集合"，而翻译策略可归为两类：异化（foreignization）和归化（domestication）②。就英汉翻译而言，二者的近义词是"洋化"和"土化/中国化"。异化贴近"信"，归化贴近"达、雅"。异化和归化都要注意语境和分寸，不可偏废或偏激。屠岸③先生认为，异化过度等于"谄媚"作者和原语，归化过度等于对原作和原语的"唐突"不敬④。如把美国作家斯坦贝克（John Steinbeck，1902—1968）的"*The Moon Is Down*"译成"月亮下去了"也许是异化过度⑤，译文在汉语没有文学味道了，而译成"月落乌啼霜满天"则归化或

---

① WILSS, W. *The Science of Translation：Problems and Methods* [M]. 上海：上海外语教育出版社，2001：28.
② 熊兵. 翻译研究中的概念混淆——以"翻译策略""翻译方法"和"翻译技巧"为例 [J]. 中国翻译，2014（03）：82-88.
③ 屠岸（1923—2017），本名蒋壁厚，笔名叔牟，诗人、译家、出版家。
④ 许钧，等. 文学翻译的理论与实践：翻译对话录 [M]. 增订本. 南京：译林出版社，2010：57.
⑤ 陈原先生用下例说明异化过度："The man whom I saw yesterday, who is extraordinarily fat, and in whom everybody would be interested, is a foreigner." "我昨天看到的、胖得出格、人人都会注意的那个人，是个外国人。"这其实是句式异化。善译大概是"我昨天看见那个人，胖得出格，人人都会关注他，原来是外国人"（许钧，等. 文学翻译的理论与实践：翻译对话录 [M]. 增订本. 南京：译林出版社，2010：169）。

"中国化"过度了①，在笔者看来是"张继化"过度了。如何掌握异化和归化的度？即何时该异化，何时又该归化？屠岸先生说"难以划出一条明晰的界限"，他提出两条"要求"：一是"不要使读者产生民族传统文化错乱的感觉"，二是"不要使读者如坠五里雾中"②。

文学作品要得到外国读者的青睐，译者翻译文学作品时，文学翻译就需要选取一定的翻译策略，意识形态（译者的翻译态度、译者的文化态度、译者与作者的关系）在很大程度上影响着译者对翻译策略的选取，并从政治、伦理以及审美三个方面体现出来。文学翻译策略与其他文本翻译一样常见的有归化法以及异化法。归化翻译策略是在翻译过程中尽量靠近读者，考虑读者的审美、理解能力以及阅读习惯，在翻译过程中尽量采用意译的手法；异化法就是在翻译过程中尽量向原文靠拢，保留原著文学思想，把读者带向原作者，通常采用直译的手法。不管是归化策略还是异化策略，还通常用改译、节译以及增译等方法。

在斯诺（Edgar Snow③）翻译的《活的中国》④中也体现了意识形态的操纵。但他的严谨的翻译态度值得我们学习：他认为译前一定要弄懂原作，用目标读者能理解接受、最准确无误的语言译出；要平等地看待异质（中国）文化；要与原作者密切沟通⑤。因此，他的翻译策略既有归化也有异化。主要的翻译方法是增译和删译。

（1）"往这边看过去呀，瞎子！……"（斯诺，1936：331）

译："No, stupid. Look over here! Watch carefully! ..."（斯诺译）

---

① 许钧，等.文学翻译的理论与实践：翻译对话录[M].增订本.南京：译林出版社，2010：289.
② 许钧，等.文学翻译的理论与实践：翻译对话录[M].增订本.南京：译林出版社，2010：289.
③ 斯诺（1905—1972），美国著名记者和汉学家，著有 *Red Star Over China*（《西行漫记》），编译了 *Living China*（《活的中国》），是最早向西方介绍中国红军领袖的外国作家之一。
④ 《活的中国：现代中国短篇小说选》（*Living China: Modern Chinese Short Stories*）是由埃德加·斯诺选编。1936年由英国乔治·哈拉普公司出版英文版，1983年又由湖南人民出版社出版中文版。斯诺精选了鲁迅、柔石、茅盾、丁玲、巴金、沈从文、孙席珍、田军、林语堂、萧乾、郁达夫、张天翼、郭沫若、佚名和沙汀等15名作家的24部短篇小说，基本上是每位作家的代表作，其中鲁迅有7篇小说，茅盾、丁玲和田军各2篇，组成了这本《活的中国：现代中国短篇小说选》。在鲁迅等中国作家的帮助下，斯诺［在太太尼姆·威尔士（Nym Wales，1907—1997，真名海伦·福斯特·斯诺/ Helen Foster Snow）的帮助下］完成了翻译工作。
⑤ 郝祝平.意识形态对翻译策略的操纵[J].话文学刊·外语教育教学，2015（05）：51-53.

（2）"老百姓过的啥日子呵！不乱往哪里跑？"（斯诺，1936：333）

译："What a period to be born into! Would we all be fleeing if conditions were tolerable in Szechuan?"（斯诺译）

在例（1）中，译者加译了"Watch carefully!"在例（2）中，译者根据上下文补充了原文中指的"哪里"，以减轻译文读者的阅读负担。

斯诺常常大胆删掉一些段落或插曲，既照顾读者的阅读和理解以及审美，也努力传达原作的精神实质。由此可知，意识形态决定了译者斯诺采用的基本翻译策略：并用归化和异化，也决定了他如何处理原文中与语言和文化有关的内容。

对外来译家而言，如上述的沙博理，还有理雅各（James Legge）①、韦利（Arthur Waley）②、戴乃迭（Gladys Yang）③、葛浩文（Howard Goldblatt）④、白睿文（Michael Berry）⑤ 等，制约他们翻译行为的意识形态要么是一维的（西方的意识形态），要么是二维的（置身于英汉双重意识形态之内），因此他们在翻译选材、翻译策略和方法等方面，都和中国本土译家（如严复、胡适、徐志摩、鲁迅、屠岸、梁实秋、钱钟书、许渊冲、冰心、辜鸿铭、朱生豪、李野光、梁宗岱、张禹九、曹明伦、高黎平、赵彦春、侯涛等）完全不同。论前者（翻译选材），外来译家往往不受任何翻译机构的左右，也即不卷入"机构（化）翻

---

① 理雅各（1815—1897），著名英国汉学家，译著颇丰。曾任香港英华书院校长，伦敦布道会传教士。翻译过《四书》《五经》等计 28 卷。当他离开中国时，已是著作等身。其多卷本《中国经典》《法显传》《中国的宗教：儒教、道教与基督教的对比》《中国编年史》等在西方颇有影响，获得儒莲翻译奖。

② 韦利（1888—1966），通汉文、满文、蒙文、梵文、日文和西班牙文等。撰著和译著共 200 余种，多半涉及中国文化。《不列颠百科全书》说"他是二十世纪前半个世纪中的最杰出的东方学家，也是将东方文化译为英文的最杰出的翻译家"。

③ 戴乃迭（1919—1999），原名"Gladys B. Tayler"，汉语名为"戴乃迭"，著名英国汉学家。她独自翻译或者和丈夫杨宪益合译，从先秦散文到名著《红楼梦》，还有近代小说，数不尽数，如《离骚》《史记选》《长生殿》《儒林外史》《鲁迅选集》《王贵与李香香》《白毛女》《太阳照在桑干河上》《暴风骤雨》《边城及其它》《湘西散记》《沉重的翅膀》《芙蓉镇》《烟壶》《绿化树》等。

④ 葛浩文（1939—），美国著名的汉学家，翻译了 30 多个中文作家的 60 多部作品，单是莫言的作品，就有《红高粱》《天堂蒜薹之歌》《酒国》《四十一炮》《丰乳肥臀》《生死疲劳》《檀香刑》《变》《蛙》《透明的红萝卜》和《师傅越来越幽默》。据说"是有史以来翻译中文小说最多的翻译家"（https：//baike.baidu.com/item/%E8%91%9B%E6%B5%A9%E6%96%87/1348581，2020-04-25）。

⑤ 白睿文（1974—），美国汉学家，加州大学洛杉矶分校（UCLA）教授。著有《煮海时光》《光影言语》《痛史》《乡关何处》。译作包括《长恨歌》《活着》等。

译"（institutionalized translation），如某组织机构的翻译小组在 10 至 20 年间对某类丛书的翻译。他们往往翻译自己所喜爱的作品，也即不是"要我翻"而是"我要翻"。屠岸先生回忆说，"我译惠特曼的诗，开始时是出于对他的爱好"，"我爱他雄浑、自由、奔放的诗风"①。他翻译的诗歌多为"第一流诗歌作品"中"能打动我心灵的作品"②。许渊冲先生译诗更是如醉如痴，一生以译笔"创造美"而自豪，90 多岁的他还没"挂靴"，还在忙着翻译莎士比亚，乐此不疲，达到"好之、乐之"之巅。最典型的是葛浩文，他声称"我只译我喜欢的小说"③。论后者（翻译策略和方法），外来译家在归化和省译时更为大胆。葛浩文对莫言⑨小说的一些不好译也似乎不必译（因为感觉英美人不会感兴趣）的部分段落和语句，进行大胆删节，足以为证。葛浩文翻译莫言的小说《丰乳肥臀》，其中有十几页内容被他活生生地删除。戴乃迭的翻译也是如此。侯国金④有多个例证。

总之，意识形态是"一只看不见的手"，这样或那样、或多或少操纵着作者创作和译者的手脚，尤其是译者的翻译行为和实践⑤。两年前笔者写了一篇英语小散文"How to Tell Chinese Stories in English"，由于自知是要示人的（主要是给自己的学生看，因为这也是给学生练笔练口的题目），笔者对何为"中国故事"的叙事就写得比较谨慎，毕竟不是日记。一个朋友看了后介绍给某杂志编辑部，叫笔者自译《如何用英语讲好中国故事》，做成汉英对照。后来还是没有刊登，理由是不适合，窃以为是政治意识形态使然。再说意识形态对翻译的影响，凡是中华特色文化词，外来译家和本土译家的处理总是迥异，如四五十年前的"革命现代京剧"别名"样板戏"，这三个字被《新时代汉英大辞典》译为冗长的"model Beijing operas, a term used during the Cultural Revolution (1966—1976) to refer to Beijing operas with a modern, revolutionary theme"，而央视国际网

---

① 许钧，等. 文学翻译的理论与实践：翻译对话录［M］. 增订本. 南京：译林出版社，2010：49.
② 许钧，等. 文学翻译的理论与实践：翻译对话录［M］. 增订本. 南京：译林出版社，2010：59. http://www.chinanews.com/cul/2013/12-10/5601163.shtml, 2020-04-20.
③ 莫言（1955—），原名管谟业，中国当代作家，著有《红高粱》《红高粱家族》《红树林》《生死疲劳》《蛙》《酒国》《四十一炮》《食草家族》等，获得"茅盾文学奖"和诺贝尔文学奖。
④ 侯国金. 语用翻译学：寓意言谈翻译研究［M］. 北京：北京大学出版社，2020a：55-56, 59-64.
⑤ 王东风. 一只看不见的手——论意识形态对翻译实践的操纵［J］. 中国翻译, 2003 (05)：16-23.

络英文频道的译文是更冗长的"The famous Eight Model Plays, featuring the communist activities during the anti-Japanese war and the civil war with the Nationalists, as well as the class struggles after the founding of the People's Republic, were then developed",有 36 个词!比较美国汉学家沙博理的译法:(1) model operas-traditional Beijing operas with modern themes, (2) Eight Model Works, model operas。由此看出,本土译者生怕遗失任何语义和文化内容,不惜采用"厚重翻译"(thick translation),而外来译家总要考虑可读性、可接受性等(见末尾的附录:"关于一组汉语特色文化词英译的问卷及分析")。

第二节 文学翻译的文化差异制约

上述的"意识形态"是大写文化的一部分。译者需要考虑的其他大写文化和小写文化还有诸多方面。这些方面的差异或多或少地影响着译者的翻译。

一、生存环境的差异

在不同的自然环境下,不同的民族创造了自己特有的文化,也被自己的文化所塑造。例如,海洋文化和大陆文化在诸多方面存在迥然差异。英汉差异也就可见一斑了。例如英语有成百上千条和海洋、航海、风、鱼等有关的短语和谚语,如"miss the boat"(误船、错失良机),"rock the boat"(摇晃小船、捣乱),"trim one's sail to the wind"(见风使舵),"have other fish to fry"(有其他鱼要煎,有其他目的,别有用心),"between the devil and sea"(在魔鬼和海洋之间,进退维谷),"get into deep water"(陷于深水,陷于困境),"sow the wind and reap the whirlwind"(种下风得风暴①,恶有恶报),"A great ship asks for deep water."(大船走深水),"A smooth sea never makes a skillful mariner."(平静的大海锻炼不出好水手),等等。汉语有成百上千条涉及土地和农耕的习语和谚语,如"时和年丰、五谷丰登、瓜果飘香、绿意葱茏、猗猗嘉禾、今盈我仓、粮丰农稳""麦要浇芽,菜要浇花""稻如莺色红,全得水来供""寸麦不怕尺水,尺麦但怕寸水""清水下种,浑水插秧""不怕天旱,只怕锄头断",等等。

---

① 以上凡是写着两种译文的,前者就是本义,后者则是引申(隐喻)义,更常用。

二、历史背景的差异

不同的民族经历了不同历史发展［也就有大量的特色（历史）典故］，而当下又处于有自己特色的历史发展时期。例如，英国、美国、澳大利亚、加拿大和中国的历史就显然不同。如此一来，各国的历史（学）、历史纪实、历史传记、历史（本身）、历史小说、历史戏剧、历史诗歌、历史歌剧、历史传奇、历史传说、历史典故、历史习语、历史谚语，等等，就都不相同。三国历史和《三国志》不同，更不同于罗贯中①的《三国演义》。有关的人物（如诸葛亮、曹操、关羽）以及有关的战争故事，创造了不胜枚举的词语、短语、习语、谚语。如"事后诸葛亮""既生瑜，何生亮?""不出茅庐，知三分天下""三个臭皮匠，赛过诸葛亮""运筹帷幄之中，决胜千里之外""鞠躬尽瘁，死而后已"。《三国演义》在国外拥有60多种语言的译本。单说英译，就有两部全译本：邓罗（Charles Henry Brewitt-Taylor②）和罗慕士（Moss Roberts③）的译本。《美国大百科全书》《大英百科全书》等工具书也就有了《三国演义》（*Romance of the Three Kingdoms*）条目。如果如汉学家翟理斯所云，邓罗译本和罗慕士译本都是优秀英译本，那么他们又是如何克服历史陌生（感/化）的困难，或者如何填补"（历史）文化空白"，从而成就如此优异的译本的?④

葛浩文在翻译莫言的小说时，有时会根据他对小说的理解照顾西方读者的趣味习惯，做一些必要的压缩。但葛浩文说他其实改动得并不多，很节制，绝不像外界传说的那样对原著大刀阔斧地改写甚至几乎重写。莫言的《四十一炮》他就几乎没有改动，全样译出；即将在美出版的《檀香刑》中，他的改动也很少。

三、思维模式的差异

西方人见长于科学分析和逻辑推理，因此思维模式是二元性的，呈线式；东方人富于想象，多依靠直觉，因此思维模式是多元性的，呈圆弧式。或者说，西方人注重科学性和精确性，东方人倾向于笼统性和模糊性。此外，西方重视

---

① 罗贯中（约1330—约1400），名本，字贯中，元末明初小说家。除了《三国志通俗演义》（简称的"三国演义"），还有《隋唐两朝志传》《三遂平妖传》等。
② 邓罗（1857—1938），英国著名汉学家和翻译家，翻译过《三国演义》等小说。
③ 罗慕士（1937—），美国汉学家，纽约大学东亚研究专家，翻译过《三国演义》等。
④ 朱振武. 翻译活动就是要有文化自觉——从赵彦春译《三字经》谈起［J］. 外语教学，2016（05）：83-85.

个人主义（individualism），中国重集体主义（collectivism）。有趣的是，西方的中性或褒义词"individualism"，在过去的100多年里，通过日语媒介（翻译再由日语）译成汉语，长期舍弃其中性或褒义，而得到了中国特色的贬义，即和我们提倡的"集体主义"相反的"个人主义"。对此现象，不说最初的译者，当今的译界难道就能熟视无睹？为什么不予以拨乱反正？原因在于中国人的思维传统不仅在自己的语词上打下中国特色的烙印，还在翻译借词（translation loan），如"individualism/个人主义"上，打下中国特色的烙印①。

具体说来，根据朱一凡、秦洪武②（2018）对多部权威英美词典的考察，"individualism"这个词是法国思想家托克维尔（Alexis de Toc-queville③）创造的（法语"individualisme"），旨在批评当时"每个人是怎样使其一切感情以自己为中心的"，也即它开始是贬义词④。"individualism"在英美"火"起来应该是20世纪20年代的事情，主要有三个含义⑤：

（1）在基本理念上，个体为一切价值观、权利、义务之源，强调个体的自由和自强自立，且个体利益至上；

（2）在行为层面上，强调特立独行，不受社会规范的约束；

（3）在政治经济层面上，强调个体政治经济的独立性，反对社会及政府干预、控制个人的政治经济生活。

《牛津英汉双解词典》（2013年版）说这个词的意思，是"独立、自立（依赖自己）"⑥"个人主义、个人自由主义"（强调个人的行动自由高于集体或国

---

① 朱一凡，秦洪武. INDIVIDUALISM：一个西方概念在中国的译介与重构——一项基于语料库的研究［J］. 中国翻译，2018（03）：34-43.

② 朱一凡，秦洪武. INDIVIDUALISM：一个西方概念在中国的译介与重构——一项基于语料库的研究［J］. 中国翻译，2018（03）：34-43.

③ 托克维尔（1805—1859），法国哲学家、政治家。

④ 朱一凡，秦洪武. INDIVIDUALISM：一个西方概念在中国的译介与重构——一项基于语料库的研究［J］. 中国翻译，2018（03）：34-43.

⑤ 原文是"independence and self-reliance"。见朱一凡，秦洪武. INDIVIDUALISM：一个西方概念在中国的译介与重构——一项基于语料库的研究［J］. 中国翻译，2018（03）：34-43。

⑥ 原文是"a social theory favouring freedom of action for individuals over collective or state control"。

家控制的任何社会理论①）。发展至今，"individualism"成了西方尤其是英美价值观中的支柱。日本人在明治时期以繁体字（日语汉字）"個人主義"翻译"individualism"，词典所给予的释义包含"利己主义"（贬义）。而因为汉日语言的渊源关系，1916年这个西洋—东洋舶来词成了现代汉语的"个人主义"②，而且，我国各个词典（包括英汉词典）就这个词所给的释义像日本词典的情况类似，都有贬义（部分），即"利己、利己主义、独一（者）"。翻译而来的"个人主义"和我国集体（主义）文化（个人服从组织、国家）以及"克己复礼"的观念格格不入，自然就"贬义"下去了，英汉双语人、英语教师等用起这个词甚至英语的"individualism"，都会忽视这个英语词本身的中性或褒义，长期以来，多数人用"个人主义"也好，用"individualism"也罢，多半是表达"利己主义"。当然，正如朱一凡、秦洪武③所说，"个人主义"这个词在中国也有中性用法和少许褒义用法，更多是贬义用法，而这个词的褒贬也不是一成不变的，如果说 1919—1949 年间其中性用法居多，那么 1966—1976 年的"文革"期间其贬义用法自然是呈压倒其他的趋势，而 80 年代"改革开放"之后，尤其是在 21 世纪，由于人性的解放及其相关讨论，"个人主义"在官方话语中虽然还是以贬义为主，但是在民众口语中却不总是那么贬，其"个体、个人权利、个性张扬"等含义得到不少包容④。

连淑能先生在其 2010 年的论著《英汉对比研究》等作品中较好地对比了汉英民族的思维差异，该书上篇和下篇共列出了 21 个方面的差异，如下篇的"伦理型与认知型、整体性与分析性、意向性与对象性、直觉性与逻辑性、意象性

---

① 和权威的《牛津英语词典》（第四版）的释义①和③差不多。①Self-centred feeling or conduct as a principle; a mode of life in which the individual pursues his own ends or follows out his own ideas; free and independent individual action or thought; egoism. ②The social theory which advocates the free and independent action of the individual, as opposed to communistic methods of organization and state interference. Opposed to collectivism and socialism. ③The doctrine that the individual is a self-determined whole, and that any larger whole is merely an aggregate of individuals, which, if they act upon each other at all do so only externally. 有趣的是释义②，将西方人追崇的"个人主义"（个体行为或思想的自由独立）不仅和组织或国家干预对立起来，而且还说后者是"共产主义/社会主义国家的方法"（communistic methods），这里存有些许误解暂且不提，但词典编纂者估计是意识到了中国和"个人主义"相对的集体主义思想和道德规范。

② 朱一凡，秦洪武. INDIVIDUALISM：一个西方概念在中国的译介与重构——一项基于语料库的研究 [J]. 中国翻译, 2018 (03)：34-43.

③ 朱一凡，秦洪武. INDIVIDUALISM：一个西方概念在中国的译介与重构——一项基于语料库的研究 [J]. 中国翻译, 2018 (03)：34-43.

④ 朱一凡，秦洪武. INDIVIDUALISM：一个西方概念在中国的译介与重构——一项基于语料库的研究 [J]. 中国翻译, 2018 (03)：34-43.

与实证性、模糊性与精确性、求同性与求异性、后馈性与前瞻性、内向性与外向性、归纳型与演绎型、悟性与理性"① 等 11 个方面②的差异，这些都和思维有关。连先生的意思是每一对的前一个是汉文化的特点，后者才是英语社会的特点。

四、生活习性的差异

不同民族有着不同的生活习惯，即小写的文化（small c culture）的一部分。例如英美和中国的日常饮食和起居，或者说衣食住行等，就有明显的差异。以牛奶、面包、牛肉为主的"刀叉文化"和以大米面粉为主的"碗筷文化"之间，存在太多的不同。于是英语的"lay down one's knife and fork"（放下刀叉），不仅可表其字面意义，还可表达其寓意，即"死亡、归西"的隐喻委婉表达，相当于汉语的"永远地放下碗筷了"。

英语的饮食习语中很多都有英美生活习性的特征，如"eat high on the hog"（吃得非常好又奢侈），"eat humble pie"（受到羞辱），"eat like a horse"（通常形容吃得多），"play a good knife and fork"（吃得开心），"a knife-and-forker"（吃得开心的人），"beef-brained"（愚痴），"beef-head"（笨蛋），"beefcake"（好展示男性肌肉的，猛男），"beef-fed"［（典型英国式）吃牛肉长大的］，"beef-witted"（愚蠢），"milk and honey"（鱼米之乡，丰衣足食），"I can eat a cow."（我快饿死了。）"Where's the beef?"（牛肉在哪儿？精华在哪里？）等。汉语的饮食习语套话自然有中国的生活特点，如"吃父母、吃食堂、吃救济、吃粮票、吃供应、啃老族、吃国家饭、打破铁饭碗、僧多粥少、乱成一锅粥、你吃肉我喝汤、打酱油、蒜你狠、吃得开、吃香、吃香喝辣、吃着碗里看着锅里、来个客人无非就是添一双筷子"等。四大名著之一《红楼梦》（作者曹雪芹、高鹗③）里就有很多"吃"的短语："吃汤水、吃茶、吃酒、吃斋（念佛）、混饭吃、吃不了兜着走、吃醉、吃絮、吃腻、吃一个河涸海干、吃不住、吃了大太太好些话、吃疼、吃了一下、吃惊、吃亏、吃苦、吃醋、吃的不耐烦、稳坐吃三注、吃了猴儿尿、吃了蜜蜂儿屎、中看不中吃的、吃个'车箍辘会'、

---

① 连淑能. 英汉对比研究［M］. 北京：高等教育出版社，2010：283-355.
② 作者似乎误说为十个方面，故改之。
③ 曹雪芹（约1715—约1763）。名沾，字梦阮，号雪芹，又号芹溪、芹圃，中国古典名著《红楼梦》的主要作者。高鹗（1758—约1815），字云士，号秋甫，负责《红楼梦》第八十一至第一百二十回的撰写。关于《红楼梦》原文的例句，我们全书参考的是人民文学出版社的2005年版《红楼梦》。

13

吃个双分子、吃五百钱、牛不吃水强按头、癞蛤蟆想吃天鹅肉、吃着碗里看着锅里"。

汉语的这些特色"吃"语词如何翻译？杨氏夫妇和霍克斯翁婿又是如何处理的？有何差异？（见下）

五、文化习俗的差异

各民族在历史长河中形成了各自不同的文化习俗，也即各民族的文化习俗都带有本民族的特色，此乃小写文化之大部。西方的文化习俗除了生活习惯、意识形态等，还基于自己的文学［如莎士比亚剧本（喜剧和悲剧故事）］、《圣经》（故事）、古典（古罗马、古希腊）神话以及英语/英国民族自身的民间传奇［如《贝奥武甫》（*Beowulf*）的史诗传奇］。比较而言，中国的文化习俗除了自己的生活习惯、意识形态等，还基于自己的文学（如四大名著）、佛教经典（各种译本）、儒家、道家等的经典古训（如《礼记》《三字经》《论语》《道德经》《朱子治家格言》《弟子规》《增广贤文》）、民间传说（如《白蛇传》《七仙女》《梁山伯与祝英台》）。假如西方和东方各自有一段充满自己文化习俗典故的短语、习语、谚语等语言形式的段落，那么对对方而言，不论是阅读原作还是译作，理解起来都不是那么容易的，遑论接受了。西方人就不能理解汉语的"龙"短语。龙是华夏民族尊崇的图腾形象，而对于西方人来说，龙是凶猛的动物。上述史诗《贝奥武甫》写的就是一个叫"贝奥武甫"的屠龙卫民的民族英雄。难怪"亚洲四小龙"[①] 被人译成"the Four Asian Tigers"（回译便是"亚洲四虎"，不见"龙"也不见"小"）。

六、宗教信仰的差异

宗教作为人类文化的特殊形态（属于"大写文化"的一部分），几乎与人类文化同步产生和发展。宗教文化可以说是对人类和社会影响最深最广的一种文化形态。中国的传统文化为汉传佛教文化（也有人把儒家学说和道家学说分别称为"儒教、道教"），比较而言，西方的宗教传统是以基督教为主。中国人说话可能引用佛教故事或话语，而西方人说话则借用圣经故事或语词，此类话语的翻译相较而言难以等效传达，难怪有不少"格义"的翻译，即汉译英中以英语社会文化熟知的事物代替他们不熟悉的汉文化事物，反之亦然，英译汉中也常有（反向的）格义。《红楼梦》

[①] 指 20 世纪 70 年代起经济迅速发展的四个位于东亚及东南亚的经济体：中国台湾地区、中国香港地区、韩国、新加坡。

出现近五十次"阿弥陀佛"这个佛号，如出自贾母之口，杨宪益夫妇（Yang & Yang）① 主要是异化地用该佛号的英译（Amitaba Buddha，Buddha Amitaba）等来翻译，霍克斯［David Hawkes 及其女婿闵福德（John Minford）］② 则主要是（个别例外）归化地用基督教的"神、上帝、万能的主、崇高的圣名"（God，almighty god，holy name）等来格义（参见第四章第二节）。

七、价值观的差异

西方文化的主流价值观是为自我满足而奋斗的精神，张扬个性，强调个人利益，强化个人权利意识（上述的"个人主义"）；中国主流文化价值观是和合精神，注重和谐，崇尚天人合一，强调以和为贵，所谓"协和万邦"（上述的"集体主义"）。

以上只是梳理了主要的民族差异，其实还有诸多方面，难以一一展开。这些方方面面的差异以各种方式"语用制约"（pragmatic constraint）着翻译。译者的任何行为和用词，无不是此种语用制约的结果。译者一方面要尊重原文的种种"他者"文化属性，尽量保真地翻译（严复的"信"），但同时也要竭力用译入语通顺的语句、语段、语篇来翻译（严复的"达"），更重要的是还要尽其所能让英美人易于理解（"达"）、易于接受奈达［（Nida）③ 的"等效/equivalence"］、乐于接受（奈达的"效"以及严复的"雅"）。

中西方文化的巨大差异，中国文化的博大精深又使译者遭遇翻译陷阱。优秀的译者尽力平衡中西文化的差异。例如：

---

① 杨宪益（1915—2009），中国著名翻译家。单独翻译或和夫人戴乃迭合译了《红楼梦》《离骚》《儒林外史》等近百部文学作品。关于杨夫人的简介，参见第一章第一节的脚注。
② 本书《红楼梦》语例都选自人民文学出版社 2005 年版（如前述），译文则出自：Cao, X., & E. Gao. 2001/2006. *A Dream of Red Mansions*（红楼梦）. (Vols. 1-4) Tr. Xianyi Yang & Gladys Yang. Peking：Foreign Languages Press；Cao, X. & E. Gao. 1973, 1977, 1980. *The Story of the Stone*（红楼梦）. (Vols. 1-3). Tr. David Hawkes. London：Penguin Books. Cao, X. & E. Gao. 1980, 1987. *The Story of the Stone*（红楼梦）. (Vols. 4-5). Tr. John Minford. London：Penguin Books. 本书讨论《红楼梦》的不同译例时，忽略译者的源语版本的细微差异（如庚辰本、程乙本）。另外，本书引用文学作品中的句子作为译例分析时，只提供作品信息，不提供具体页码，特此说明。若是运用语料库，则以语料库为主，兼顾纸质书。
③ NIDA, E. A. *Toward a Science of Translating* [M]. Leiden：E. J. Brill, 1964；NIDA, E. A., & C. R. TABER. *The Theory and Practice of Translation* [M]. Leiden: E. J. Brill, 1969/1982；NIDA, E. A. Approaches to translating in the western world [J]. 外语教学与研究，1984（02）：9-15；NIDA, E. A. *Language, Culture and Translating* [M]. 上海：上海外语教育出版社，1993/1999.

(3) 龙生龙，凤生凤，耗子生儿会打洞。①

译：A dragon sires a dragon, a phoenix breeds a phoenix, but a rat's baby knows how to dig a hole.②

《狼图腾》讲述了一个"知青"陈阵在内蒙古草原插队时与草原狼、游牧民族相依相存的故事。草原上狼群可能对马匹和牧民造成伤害，但草原民族还是视狼为神兽。例（3）的背景是小狼辛苦但快乐地挖洞的过程。例（3）是中国的一句俗语，体现了生物学中亲子代之间具有相同的性状，儿女的性格、行为、习惯等与其父母相似，相当于"虎父无犬子""有什么样的父亲，就有什么样的儿子"。英语也有类似的谚语，如"Like father, like son."然而，译者并没有用这句具有译语文化色彩的语句翻译原文句子，而是吸纳了源语的表达方式，将这一具有汉语特色的谚语介绍给了读者，满足了译语读者了解汉文化的心理，同时该表达式的意义对读者来说不难理解，而且译文的流畅性也没有受到影响。因此从翻译目的、读者的审美期待与接受能力以及译文的可读性来看，这里采用异化策略是合适的。

(4) ……"黄河百害，惟富一套。"……③

译：…"The Yellow River causes a hundred calamities but enriches all it touches"; …④

例（4）是陈阵一时所感。"套"本指黄河流域的河套平原。黄河泛滥造成的危害是巨大的，但我们不能否认它是中华民族的母亲河。例（4）的说法源于汉代，后半句说的是由于水利设施的兴建，更兼河套地区独特的地理优势，该地区几乎一直都旱涝保收。例（4）的意思是"黄河虽然有百害，河套地区无忧患"。译者葛浩文泛化了后半部分并译为"all it touches"，显得模糊混沌。

第三节　文学翻译的语言差异制约

语言间性是横亘在不同语言文化的文学作品翻译之间的巨大屏障。因为，

---

① 姜戎. 狼图腾 [M]. 武汉：长江文艺出版社，2004：220.
② GOLDBLATT, H. *Wolf Totem* [M]. 武汉：长江文艺出版社，2008：335.
③ 姜戎. 狼图腾 [M]. 武汉：长江文艺出版社，2004：57.
④ GOLDBLATT, H. *Wolf Totem* [M]. 武汉：长江文艺出版社，2008：51.

语言差异性在一定程度上阻碍了文学翻译作品对原著的原貌再现，使翻译文学在思想内容和艺术上有所缺失。

正如汉英语言间存在的巨大差异：汉语属汉藏语系（Sino-Tibetan language family），为表意文字（ideogram）。汉字的六书功能：象形、指事、会意、形声、转注和假借，使汉字的内涵丰富，语义多样，表现力强，使文学形象跃然纸上，使艺术氛围浓厚。有形、有声和有意的汉字是文学翻译的一道厚重藩篱，尤其是中国古代文学的翻译。汉字字形方正、均匀对称，排列有序，具有象形文字所特有的形象美。而汉字的形象美很难在表音文字如英语中完美体现，更糟糕的是，还很有可能会在翻译中丧失殆尽。

另外，汉语为声调语言，每个汉字音节都有相应的声调，语句具有声音的高低、轻重、长短、快慢的丰富变化，表现出抑扬顿挫的音美特征；文学作品中的方言声音记忆和传达在中国古代诗词中保留和弥散开来，如《题水阁》中"卖花声里到苏州"，吴侬软语入心的吆喝能让诗人牵肠挂肚；英语为语调语言，语调的单位是语句，单词没有声调但有重音，语调和轻重音的变化排列，构成了英语连绵不断、行云流水般的韵律美。汉语和英语的音美特征是不同的，对于音美特征突出的文学形式如诗词歌赋，在翻译时，原文的音美是难以传达的。

同时，汉语词汇语义丰富，表现力强，尤其是多义现象、同义现象、同音现象、反义现象等，使得汉语文学作品往往又能准确缜密，又能模糊婉转。优秀的文学作品，如《红楼梦》，其高超的语言艺术塑造了各种生动鲜明的人物形象，为中国文化叙事做出了自己的贡献。

英汉语之间至少有这些差异①：

一、形合还是意合

英语是"形合语言"（hypotactic language）即重形合（hypotaxis），即主从、关系、逻辑联系，是"低语境语言"（low-context language），而汉语是"意合语言"（paratactic language），或重意合（parataxis），即偏爱短句、并列、对仗、无连词、不说破，不说清楚，一个句子似乎怎么说都能表达意义。汉语是"高语境语言"（high-context language）。在像汉语这样的高语境语言里，如果一切似乎都在语境中，即"语境化"了（contextualized），则不需要明说即编码（encode）或表征（represent），如无主句的那个神秘主语/主体，中国人说和听都

---

① 参考了一篇网文："英汉语言十大差异"（作者不详），https://wenku.baidu.com/view/778528d080eb6294dd886c9f.html，2020-04-20。

能猜到是谁，只是心照不宣罢了。相比较，像英语这样的低语境语言就要事事编码、表征，而不能依靠语境。当然，这是极端的对比。我们倒不是说英语文化的交际就完全可以脱离语境，语境是脱离不了的，因为没有语境便没有交际。我们只是凸显汉语文化的高语境性。最典型的例子是有人在敬酒时激动得说不出话来，然后说一句："都在酒里了！"就一饮而尽。局中人都懂敬酒者和被敬酒者的关系如何，为什么敬酒，是什么都在酒里。换言之，该说的话不用说，都在语境（酒）中。

二、前重心还是后重心

英语是前重心语言，汉语是后重心语言。假如英语可以用因果句式、果因句式，如"α because β"，那么汉语则一般是因果句式，以果为殿后，以果为重，如"因为 β，所以 α"。同样，假如英语可以用条件结果句式、结果条件句式，如"α if β"，那么汉语则一般是条件结果句式，以果为殿后，以果为重，如"如果 β，那么 α"。现代汉语口语或书面语倒也出现过"α 因为 β""α 如果 β"类句式，窃以为这是"翻译腔"（translationese），至少这种逻辑式（LF）源于或受影响于带着这种"翻译腔"来翻译的译文语句，使得现代汉语平添了不少欧化语法特征。

三、静态语言还是动态语言

英语是静态语言，汉语是动态语言。英语不如汉语那么喜欢使用动词。汉语还偏爱大量采用兼语式和连动式。我们许多用动词的时候，英语则用介词，如"过来喝茶！"（Come over for tea.）

四、重物称还是重人称

英语重物称（impersonal），汉语重人称（personal）。例如，英语的主语可能是不能施行或非生命体，如"Last year saw an international pandemic running all through the globe."中的"last year"，既然是"无灵"（inanimate）时间短语，它又怎能"看见"（saw）新冠肺炎在全球肆虐横行？相反，汉语喜欢生命体主语，有时是"你（们）、我（们）"的过度使用，而即使用了无主句，也还是可以归到此类主语省略的句子中。李白的诗歌《早发白帝城》的前两句："朝辞白帝彩云间，千里江陵一日还。"说的是谁如此这般，译者必须理解并在英语再现（因为语法需要）①。

五、多主动还是多被动

英语多被动（passivity, passive voice），汉语多主动（activity, active voice）。和上面第四点相关，英语擅于被动句式，而汉语喜欢主动句式。比较英语的"It is seen that …"和汉语的"（我们）不难看出……""［］可见……"

六、重前饰还是重后饰

英语重后饰（back-modifier），汉语重前饰（front-modifier）。英语（和法语很像）虽然有前饰物和后饰物，但一旦是偏长的短语或从句修饰中心语（head），就使用后置定语。而假如定语又有自己的后置定语、后置状语等就更是如此，而且可以无限延长以至无穷，此乃最显眼的"递归性"（recursiveness），如"the N that … that … that … that …"所示。汉语也有此种递归性，但不论长短，修饰语总是前置，如上例的汉译"……的……的……的……的……的+名词"所示。

七、重短语还是轻短语

英语重短语，汉语轻短语。英语句法的基本单位是短语，乔姆斯基语言学的最基础部分便是"短语结构规则"（phrase structure rules），并由此延伸至语句，也即把语句当作短语：屈折短语［inflection (al) phrase, IP］，因为一般的语句都有谓语动词，这个谓语动词往往有时、体、态的屈折表征，如"did"表过去，就是原形"do"的"+ed"的过去时的屈折表征。生成语法通过 X-杆

---

① 原文如下：朝辞白帝彩云间，千里江陵一日还。两岸猿声啼不住，轻舟已过万重山。侯国金译文如下（*Departure from Baidi*）：
In the earliest morn,
In the cloudy mist,
I kissed goodbye the Baidi Town
For a Jiangling visit
Seven hundred miles down
The grand river and imagine it,
By the end of the same day still
I was heading back.
What a gibber-jabber chimp chorus
As my yacht rowed past hill by hill!
笔者处理为两个"I"（回译是"我"，指叙述者，暗指诗人李白）。

19

（隐喻）理论模型（X-Bar Theory/ Model），从真正意义的短语过渡到非短语的语句，使后者也变成短语［为了方便有时也叫"动词短语"（VP）、"补语短语"（CP）等］。汉语也讲"短语"，但更重视语词、或字词，可以说汉语是语词语言，而非短语语言。汉语对联讲究"天"对"地"，"来"对"往/ 去"，名词对名词，动词对动词，等等。如"千山鸟飞绝，万径人踪灭"（柳宗元①《江雪》的前两行），"两个黄鹂鸣翠柳，一行白鹭上青天"以及"窗含西岭千秋雪，门泊东吴万里船"（杜甫②《绝句》的前两行和后两行），都是在字词上做文章。

八、重时体还是轻时体

英语重时体（tense and aspect），汉语轻时体。英语讲究时态、语态、体态的变化，过去时、现在时和将来时，主动语态、被动语态、中动语态（middle voice③），进行体和完成体，相加、相乘，就会有诸多或简单或复杂的时体态复合体。"did, do, will do, will be doing, have done, have been done, will be done, will have been done④"等，这些对中国的英语初学者够头疼的了。不是说汉语无法表达类似的语法意义，而是说，这些意义可能词汇化（lexicalize）了，即通过词语来表达，如"已经、即将、着、过、了"，或者干脆省略，最典型的是被动构式的"被"字省略，因为省略"被"字是无标记的，说出来反倒是有标记的。如"文章写完了"（比较"文章被写完了"）。

九、重形态还是轻形态

英语重形态（conjugation/ morphological declension），汉语轻形态。英语是印欧语系（Indo-European language family）的语言，从有丰富形态（屈折）变化的古英语（Old English），通过中古英语（Middle English）脱落诸多语法/ 形态词尾，再经过早期现代英语（Early Modern English）的进一步脱落，而进入当今保留少数必不可少的形态变化。汉语则是汉藏语系的语标语言（源于象形和形声文字），鲜有形态标记。

---

① 柳宗元（773—819），字子厚，唐朝诗人、思想家。
② 杜甫（712—770），字子美，唐朝著名诗人，有"诗圣"之称。
③ 结构主动而意义被动的构式，如"The car drives easily.""这种事做起来不容易"。
④ 有趣的是，英语"奥卡姆"（删除）掉了似乎必要的"*have been being done, will be being done, will have been being done"。

十、竹式结构还是树式结构

"汉语句子是竹式结构,英语句子是树式结构"①。"竹式结构"是指一个语音语义团块加另外一个语音语义团块,直到作者的意思说完,各个团块通过关联词语连接或靠意合连接。此外,顾名思义,汉语每个句子比较短小,像竹子的一节,一个一个短句如同一节节的竹子,其间的联系不是靠连词,而是靠内部联系,好像一切都在不言中,或在语境中。像诸多简短的"SV"(主谓,主+动)构式,如"他来,你去。你升,她降"。这是典型的"以零驭整的开放性结构"②。相比较而言,英语类语言的树式结构大概就是一树分多子枝,子枝又分孙枝,如此循环,也即一个主句可能有一个、两三个或更多的从句环绕,而从句又有自己的从句,构成庞大复杂的主次分明或不分明的(多重)复合句。像诸多的"SV"互相连接,如"SV, because SV for SV, though SV, when SV while SV",一个主句顺带诸多从句和次结构(如动词不定式短语、分词短语、介词短语等),是"以整驭零的封闭性结构"③,如福克纳(William Faulkner, 1897—1962)的"多级瀑布"语句,即"大分叉下面还有小分叉"(参看1),以及许钧等④。

英汉语之间的差异也许还有很多。若微观考察,还会发现更多、更深、更细的差异,如许余龙⑤所为,探寻英汉语的语音差异、词汇差异、语法差异、篇章差异、语用差异。两种语言的种种差异构成译者阅读和翻译的张力和困难。可以说,忽略差异便没有翻译,解决差异的差异,便是译法的差异。

第四节 文学翻译的其他制约

影响文学翻译的因素多种多样,有译者本人的修养、性情、品格等,有赞

---

① 潘文国. 汉英语对比纲要[M]. 北京:北京语言文化大学出版社,1997:III.
② 王光谱. 读书:树式结构和竹式结构[EB/OL]. 新浪博客. http://blog.sina.com.cn/s/blog_4c68814c01008dgg.html. 2020-04-28.
③ 王光谱. 读书:树式结构和竹式结构[EB/OL]. 新浪博客. http://blog.sina.com.cn/s/blog_4c68814c01008dgg.html. 2020-04-28.
④ 许钧,等. 文学翻译的理论与实践:翻译对话录[M]. 增订本. 南京:译林出版社,2010:155.
⑤ 许余龙. 对比语言学概论[M]. 上海:上海外语教育出版社,1997.

助人、委托人、出版商的意志，还有翻译时的目的语文化的文学、美学、诗学等文风、品位等。

没有译者自然也就不存在翻译活动（Translation①），更不会有译作即翻译成品（Translat/ translatum）。霍克斯和闵福德翻译的《红楼梦》获得西方读者的青睐，当然首先要归功于这两个译者。莫言获得诺贝尔文学奖离不开译者葛浩文的辛勤劳动。赵彦春教授曾说，"译诗贵在自然天成，英文表现力并不弱，弱的是译者；英语的韵也比比皆是，押不上韵只能怨自己造诣不够"②。也即假如原作无懈可击且值得翻译，那么译得好不好，能否在译入语文化中广为传播，最大的责任人就是译者。史凯、吕竞男③指出，"翻译效果乏力恰恰是中国学出版走出去面临的最大障碍之一"。因此，我们认为，"谁来译"的价值不低于或等同于"翻译谁""翻译什么"。

赞助人等对文学翻译具有极大的左右力。"赞助人是有促进或者阻碍文学的阅读、协作和重写的权利的人或者机构，例如个人或团体、宗教组织、政党、社会阶层、宫廷、出版社，以及报章杂志、电视台等传播媒介"④。假如你翻译一本小说，自以为可以我行我素，像葛浩文对待莫言的小说一样（获得了莫言的首肯，可以自由发挥，不必事事问作者），其实不然，你的赞助人、委托人、出版社（编辑、编审、外审、总编）的意见都是不能忽略的。连格式都得听他人的，译者自己提供的只是原料、初稿、胚胎。

再者，翻译作品和其他作品一样也需要出版社及其所属的高水平、负责任的社长、总编审、编辑室、责任编辑、外审专家、印刷厂等审阅和校对。每每看到出版社编辑部编辑后的书稿又是兴奋又是羞愧，不仅更漂亮，而且还查出诸多舛误。他们的水平越高，我们最后的出版成品质量就越高。北京大学出版社的刘文静和吴宇森就是这样的责编，他们对拙著《语用翻译学：寓意言谈翻译研究》书中语例的出处和引述的精确都有苛刻的要求，他们不厌其烦地问，我们不厌其烦地查找和回答。据说，"傅雷的东西，人民文学出版社也作过修改"⑤，条件是有很好的编辑队伍。

---

① 德语词，和下文的"Translat"相对，因此斜体。
② 赵彦春在 2020 年 4 月 9 日微信朋友圈有文如是说。
③ 史凯,吕竞男.文学出版走向世界：谁来译？——谈中国文学图书翻译的译者主体[J].中国出版,2013(16)：57-60.
④ 文军,林芳.意识形态和诗学对译文的影响——以《西风颂》的三种译诗为例[J].外语教学,2006(05)：74-77.
⑤ 许钧,等.文学翻译的理论与实践：翻译对话录[M].增订本.南京：译林出版社,2010：250-251.

最后，目的语国家的读者群有什么样的文学品位和文学（阅读）期待？他们的阅读欣赏水平如何？有何诗学情趣或指向？这些也会影响译者的译笔。"诗学"（poetics）一词源自希腊文的"poetic"，有狭义和广义之分。狭义诗学指以诗歌为首为主的综合文学创作艺术或手段。广义诗学则泛指文学理论以及各种理论流派①"诗学关注文学应该或者可以是怎样的，其由两部分组成，一个是一张文学技巧、体裁、主题、典型人物和情境、象征的清单。另一个是关于文学在整体社会系统里有什么或应有什么角色的观念"②。也可以说，所谓诗学就是写诗论诗的各种大小学问，以及探讨诗歌创作规律的学问。一些学者从不同的诗学如何影响文学翻译的，如李洪金、吕俊③的梅洛—庞蒂的感性诗学，林萍④的陌生化诗学和前景化诗学，荣立宇⑤的英语主流诗学，蒋丽萍⑥的认知诗学。对诗歌怎么看，或者有什么样的诗学，就会有什么样的诗歌翻译、翻译诗歌、文学翻译、翻译文学。

---

① 蒋丽萍. 从诗学到认知诗学：文学翻译的新路径［J］. 北京第二外国语学院学报，2013（02）：17-21.
② 文军，林芳. 意识形态和诗学对译文的影响——以《西风颂》的三种译诗为例［J］. 外语教学，2006（05）：74-77.
③ 李洪金，吕俊. 梅洛—庞蒂的感性诗学与文学翻译——一种具身性认知方式的翻译研究［J］. 上海翻译，2016（02）：23-29.
④ 林萍. 还"陌生"以陌生："陌生化"诗学对文学翻译的启示［J］. 外国语文，2014（05）：139-142，168.
⑤ 荣立宇. 英语主流诗学与仓央嘉措诗歌英译——基于韵律的考察［J］. 山东外语教学，2016（03）：101 107.
⑥ 蒋丽萍. 从诗学到认知诗学：文学翻译的新路径［J］. 北京第二外国语学院学报，2013（02）：17-21.

第二章　语用翻译学的译理和三大译观

第一节　何谓语用学

胡壮麟①认为"语用学（Pragmatics），即语言实用学，是符号学中的实用学在语言学领域中的运用。作为哲学范畴的实用学是一种研究符号和符号使用者之间的关系的理论"。语用学涉及语词与语词使用者的关系②。语用学关注的是语言或逻辑式（logical form，LF）的语境意义、动态意义、互动意义、洽商意义、话语意义、言者意义、语用意义，也可以说，语用学涉及语言功能、语境（因）素（contexteme）、语言变异等各方面动态地制约语义的各种因素③。语用学研究话语或文本在具体语境或某种特定语境下使用的推理过程及要传达的意义，是"研究动态语境下的动态意义的生成和理解的学科"④，可以说，语言交际中的一切，尤其是语义学和句法学难以解释的动态因素，都是语用学研究的对象。

不说美国哲学家莫里斯（Charles William Morris⑤）在1938年出版的《符号理论基础》最早把实用学和语言学联系起来，构造了符号学（Semiotics）的三分，滋生了"语用学"（符用学，Pragmatics）这一术语的产生。单说语用学从

---

① 胡壮麟. 语用学 [J]. 国外语言学，1980（03）：1-10.
② 侯国金. 从格赖斯循环到显含义之争——语义—语用分水岭问题 [J]. 外国语文，2013c（05）：80-87.
③ 侯国金. 从格赖斯循环到显含义之争——语义—语用分水岭问题 [J]. 外国语文，2013c（05）：80-87.
④ 侯国金. 主持人语——语用翻译学何以可能 [J]. 当代外语研究，2012a（06）：23.
⑤ 莫里斯（1901—1979），美国哲学家，符号学创始人之一。

20世纪七八十年代开始①形成一个独立的学科，四五十年来，除了坚持着动态语义研究的逻辑发展线路之外，还"日渐体现其学科的多向性、交叉性"②。2007年、2011年等的国际语用学研讨会的专题多维性足以佐证③。其实，每两年一次的国际语用学大会，每次的主题都与人、社会、语言、意识形态等密切相关，几乎无所不包。也就是说，语用学研究天生是杂家。有趣的是，碰巧翻译也被吕叔湘先生认为是"杂学"④，翻译者是"杂家"。用孙艺风先生的话说就是"啥都懂点"（know something about everything）⑤。

往语用学的学科源头说，语用学显然源于语言哲学（哲学的一部分），探究语言的"是""为"等大是非，如语言是什么？谁用语言？用语言干什么？如何表达意义？为什么有多重意义？言者如何限制语义选择？受众如何推导语义？含义如何生成？如何推理？言语是否有真值？言语代表或表达了什么行为？语境是如何作用于言语交际的？非言语手段如何作用于交际的？支配或能用以解释交际的有哪些语用原则？等等，等等。

这就是为什么语用学是开放的学科，和人类及其交际相关的一切大小话题都可囊括其中。语用学的蓬勃发展也就顺理成章地催生了诸多界面研究，如认知语用学、语用翻译学、语用修辞学。

语用学在中国的引介主要归功于胡壮麟、何自然、何兆熊等老一辈外语学者。2003年，中国语用学研究会成立并一直活跃在中国学术舞台上，其宗旨是"促进语用学研究在海内外的繁荣与发展，促进语用理论与语用实际相结合，促进语用学科人才的成长，促进语用学知识的普及与推广，宣传语用学研究成果，提高社会—语用水平，为社会发展和市场经济做出贡献"。⑥语用学（习）者层出不穷，不说侨居海外的陈融（Rong Chen）和黄衍（Yan Huang），以及中国港澳台地区的语用学者（蒋严等），境内的语用学者，如徐盛桓、钱冠连、顾曰国、张

---

① 1977年，荷兰阿姆斯特丹正式出版发行的《语用学学刊》（Journal of Pragmatics），正式确认语用学作为一门新兴学科，推动了语用学在全世界的发展。

② 冉永平.语用学的多学科视角——Cummings新著《语用学》评介［J］.外语教学与研究，2006（04）：312-316.

③ 冉永平.语用学传统议题的深入研究新兴议题的不断拓展——第十届国际语用学研讨会述评［J］.外语教学，2007（06）：6-10；冉永平.当代语用学研究的跨学科多维视野［J］.外语教学与研究，2011（05）：763-771.

④ 吕叔湘（1904—1998），著名语言学家。语出吕叔湘先生（1951/2009：115-120）。

⑤ 2018年4月5日，孙艺风教授在澳门大学人文学院做了题为"Translation and Cosmopolitan Minds——口译漫谈"的报告。http://sfs.njust.edu.cn/96/a9/c1982a169641/page.htm，2020-02-09.

⑥ 中国语用学会.中国语用学研究会［EB/OL］.百度百科网站，2020-05-08.

克定、熊学亮、束定芳、文旭、曲卫国、俞东明、冉永平、陈新仁、何刚、张新红、于亚欣、曾文雄、赵彦春、项成东、李军、任伟、姚俊、李志君、霍永寿，不一而足。

近二三十年，中国语用学研究如火如荼。在"当当网"搜索"语用学"，可以查到1142728件商品。在中国知网以"语用学"为关键词搜索①，可以找到16958条结果。

从图1可看出，语用学在中国发端于20世纪80年代前后，21世纪逐渐兴盛，2010—2016年间达到高峰，年均发文量达到1000多篇。这一态势和国际语用学研究是吻合的（略）。

图1 中国语用学发展态势之一

从图2、图3可知，研究对象居前列的分别是"语用学、言语行为、合作原则、关联原则、语用学理论、礼貌原则、语用能力、对话含义、会话含义"等。

---

① 检索条件：(主题=语用学，或者：题名=语用学，或者："v_ subject＝中英文扩展"（语用学，中英文对照），或者："title＝中英文扩展"（语用学，中英文对照）（模糊匹配）；数据库：文献跨库检索。

主要主题分布

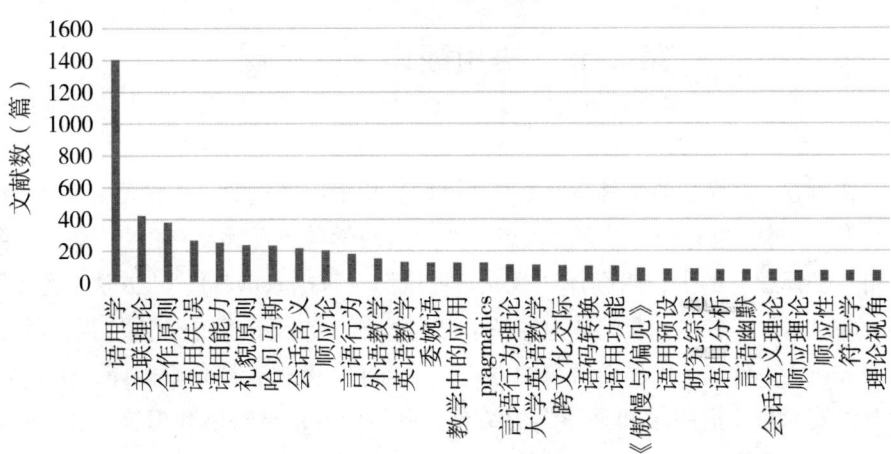

图 2 中国语用学发展态势之二

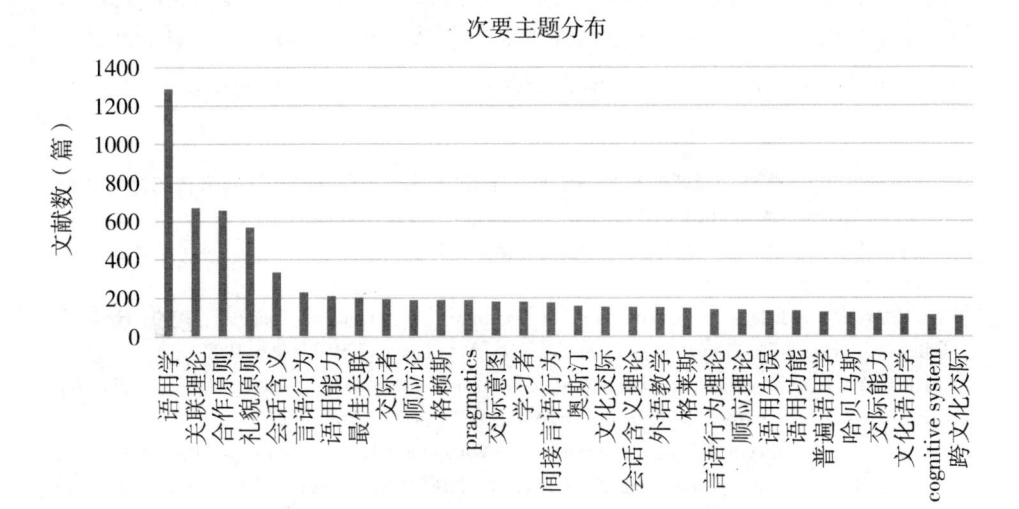

次要主题分布

图 3 中国语用学发展态势之三

第二节 语用翻译学的三观

在西方，翻译学的学科地位是在20世纪80年代确立的，在我国则晚20年左右[1]。当然，也有相对保守的认识，如"这门学科还远远没有建立"[2]，结果是叫"翻译学"的少，叫翻译"视角/视域"（perspectives）、"方法/途径"（approaches）等较多。我们认为翻译学已经构建起来了，只是还需加强，而加强的方式之一就是采用界面研究的方式，相当于从旁观者视角看翻译这个"庐山"的真面目。语用学和翻译学的结合，最早应该是哈特姆和梅森（Hatim & Mason）[3]、希基（Hickey）[4]、格特（Gutt）[5]、韦伯（Weber）[6]等。

哈特姆与梅森将英国哲学家奥斯汀（John Langshaw Austin[7]）于1962年发现的句子具有施为（performative）功能并达到某种交际目的的理念应用到译者的翻译工作之中。其合著《语篇与译者》从言语行为、符号学、语用学等多个理论视角讨论了一定社会情境下的翻译过程["释意理论"[8]的理解、"脱离原

---

[1] 李洪金，吕俊. 梅洛—庞蒂的感性诗学与文学翻译——一种具身性认知方式的翻译研究[J]. 上海翻译，2016（02）：23-29.

[2] 许钧，等. 文学翻译的理论与实践：翻译对话录[M]. 增订本. 南京：译林出版社，2010：250-251.

[3] HATIM, B., & I. Mason. *Discourse and the Translator* [M]. London：Longman, 1990；HATIM, B., & I. Mason. *The Translator as Communicator* [M]. London：Routledge, 1997.

[4] HICKEY, L. *The Pragmatics of Style* [M]. London：Routledge, 1989；HICKEY, L. *The Pragmatics of Translation* [M]. 上海：上海外语教育出版社，2000/2001.

[5] GUTT, E.-A. A theoretical account of translation-Without a translation theory [J/OL]. *Target* 1990（02）：135-164. http：//cogprints. org/2597/01/THEORACC. htm；GUTT, E.-A. *Translation and Relevance：Cognition and Context* [M]. Oxford：Blackwell. Manchester：St. Jerome Publishing, 1991/2000；GUTT, E.-A. Challenges of metarepresentation to translation competence [R/D]. Plenary paper presented at the 7*th LICTRA*, University of Leipzig（4-7）（Unpublished MS），2001；GUTT, E.-A. *Translation and Relevance：Cognition and Context* [M]. 上海：上海外语教育出版社，2004.

[6] WEBER, D. J. A tale of two translation theories [J]. *Journal of Translation*, 2005（02）：35-74.

[7] 奥斯汀（1911—1960），英国著名语言哲学家，"言语行为理论"（Speech Act Theory）创始人。

[8] 英语是"the interpretive theory/ approach"，法语是"le théorie de l'interprétation"，是20世纪60年代源于法国的探讨口译与非文学文本笔译原理与教学的学派，代表人物有塞莱斯柯维奇（Danica Seleskovitch）。

语语言外壳"(deverbalisation/ déverbalisation)、重新表达,①]分析了一些典型的翻译作品。这部著作强调了译者在不同文化交流的动态过程中起着重要连接纽带作用。例如,在探讨关联性准则与翻译的关系时指出,确定目标受众是否与原文读者一样具有关联性是译者的一个任务。译者还须按照目标语的语言习惯,运用各种翻译策略对原语语篇进行相应的调整翻译。

1986年,法国语用学家斯珀伯与英国语用学家威尔逊(Dan Sperber & Deirdre Wilson)合著的《关联性:交际与认知》(*Relevance:Communication and Cognition*)(一版再版,还有蒋严的2008年汉译版),提出了基于交际和认知理论的关联理论。威尔逊的(德国)学生格特把关联理论应用于翻译研究中。在《翻译与关联》一书中,格特认为,翻译是一种言语交际行为,既要涉及语码,更要动态推理不同的语境,而推理的依据即为关联性。翻译成功的决定性因素在于寻求译文的最佳关联,提供最佳语境效果。并且他认为,译语语篇要与目标受众产生充分的关联或提供充分的语境效果,以及译语语篇的构建和表达方式要让接收者尽量少付出或无须付出任何不必要的努力。

中国的语用翻译学[Pragma(-)translatology, Pragmatic Approaches to Translation, Pragmatics-based Translation Studies]研究发迹于20世纪70年代,到了21世纪,则达到鼎盛时期,如图4所示:

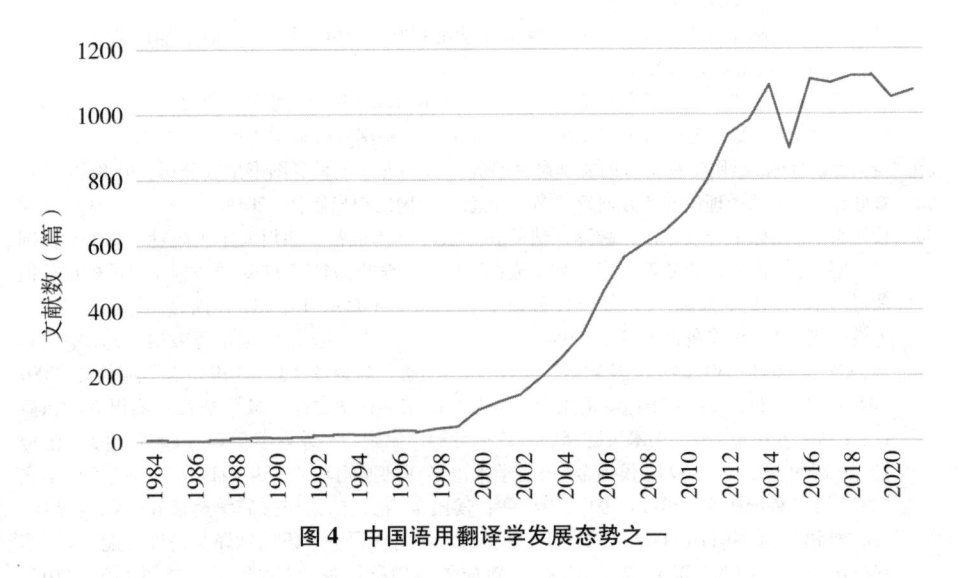

图4 中国语用翻译学发展态势之一

---

① 勒代雷. 释意学派口笔译理论[M]. 北京:中国对外翻译出版社,2010.

语用翻译学在中国，最先是何自然①的尝试。后来者层出不穷，如：张亚非②，曾宪才③，叶苗④，赵彦春⑤，吕俊⑥，莫爱屏⑦，李占喜⑧，赵会军⑨，安岩、赵会军⑩，仇云龙、程刚⑪，曹旺儒⑫，侯国金⑬，侯国金、何自然⑭，

---

① 何自然. PRAGMATICS AND CE/EC TRANSLATION［J］. 外语教学, 1992（01）：21-27.
② 张亚非. 关联理论述评［J］. 外语教学与研究, 1992（03）：9-16, 80.
③ 曾宪才. 语义、语用与翻译［J］. 现代外语, 1993（01）：23-27.
④ 叶苗. 关于"语用翻译学"的思考［J］. 中国翻译, 1998（05）：11-14.
⑤ 赵彦春. 关联理论对翻译的解释力［J］. 现代外语, 1999（03）：276-295；赵彦春. 语言模糊性与翻译的模糊对等［J］. 天津外国语学院学报, 2001（04）：9-13；赵彦春. 关联理论与翻译的本质——对翻译缺省问题的关联论解释［J］. 四川外语学院学报, 2003（03）：117-121；赵彦春. 翻译学归结论［M］. 上海：上海外语教育出版社, 2005；赵彦春.《三字经》英译诘难与译理发凡［J］. 天津外国语大学学报, 2014a（02）：19-24；赵彦春. 英韵三字经［M］. 北京：光明日报出版社, 2014b.
⑥ 吕俊. 建构翻译学的语言学基础［J］. 外语学刊, 2004（01）：96-101.
⑦ 莫爱屏. 语用与翻译［M］. 北京：高等教育出版社, 2010；莫爱屏. 翻译研究的语用学路径［J］. 中国外语, 2011（03）：88-94.
⑧ 李占喜. 语用翻译探索［M］. 广州：暨南大学出版社, 2014；李占喜. 语用翻译学［M］. 广州：暨南大学出版社, 2017.
⑨ 赵会军. 双关语语用翻译量化研究［M］. 北京：中国社会科学出版社, 2012.
⑩ 安岩, 赵会军. 商务英语语用翻译简论［M］. 北京：中国社会科学出版社, 2016.
⑪ 仇云龙, 程刚. 语用学视角下的文学翻译研究［M］. 北京：世界图书出版公司, 2018.
⑫ 曹旺儒. 语用翻译理论与实践研究［M］. 北京：中国纺织出版社, 2018.
⑬ 侯国金. 语用标记等效原则：翻译评估的新方法［M］. 成都：四川大学出版社. 2005a；侯国金. 语用标记价值论的微观探索［M］. 成都：四川大学出版社. 2005b；侯国金. 语用标记价值假说与语用标记等效翻译假说［J］. 外语学刊, 2005c（02）：15-23；侯国金. 浅论语用标记等效原则［J］. 山东外语教学, 2005d（01）：17-20；侯国金. 语用标记等效值［J］. 中国翻译, 2005e（05）：30-34；侯国金. 双关的认知语用解释与翻译［J］. 四川外语学院学报, 2007（02）：119-124, 134；侯国金. 语用学大是大非与语用翻译学之路［M］. 成都：四川大学出版社, 2008；侯国金. 语言学术语翻译的系统—可辨性原则——兼评姜望琪（2005）［J］. 上海翻译, 2009（02）：69-73；侯国金. 语言学术语翻译的原则和"三从四得"——应姜望琪之"答"［J］. 外国语文, 2011a（03）：94-99；侯国金. 拈连的语用修辞学解读和"拈连译观"［J］. 外语学刊, 2011b（06）：109-114；侯国金. 主持人语——语用翻译学何以可能［J］. 当代外语研究, 2012a（06）：23；侯国金. 轭配的语用翻译观［J］. 外语与外语教学, 2012b（03）：29-32；侯国金, 何自然. 有标记译法"重命名"及其正名：回应曹明伦教授［J］. 解放军外国语学院学报, 2018b（06）：90-97, 106.
⑭ 侯国金, 何自然. 有标记译法"重命名"及其正名：回应曹明伦教授［J］. 解放军外国语学院学报, 2018b（06）：90-97, 106.

王才英、侯国金①，等等。

我国的语用翻译学研究目前以关联顺应译观、语用等效译观、构建主义译观②等为主线，如下图所示：

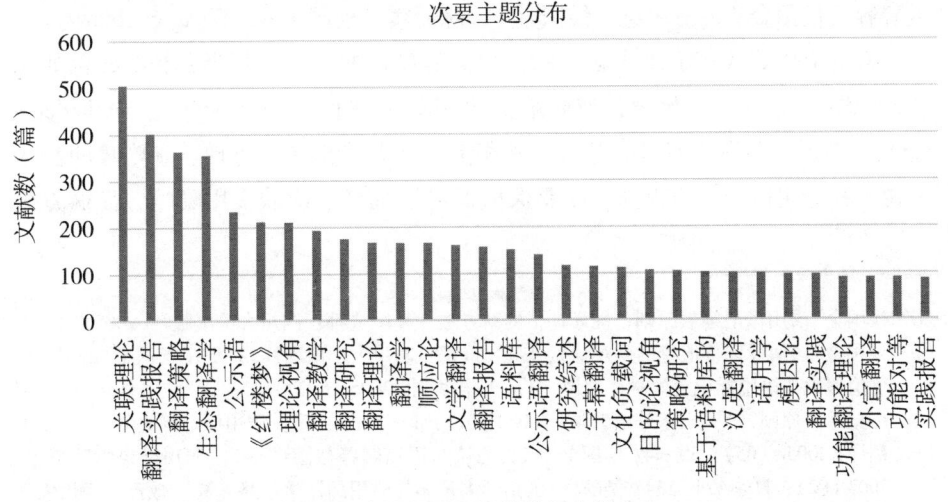

次要主题分布

图 5　中国语用翻译学发展态势之二

"语用翻译（pragmatic translation）是从语用学的角度探讨翻译问题，可以说是一种等效翻译理论，即提倡使用语用等效（pragmatic equivalence）来解决跨文化交际问题"③。这就是说，语用翻译学一开始就是坚持"信（于原文的语义）"，或者说以奈达的"等效译论"［Equivalence（Translation）Theory］为基础的界面研究。若抛弃了"信、忠实、等效"，也就无所谓语用翻译研究或"语用翻译学"了。

---

① 王才英，侯国金.《盘龙》外译走红海外及对中国传统文学外译的启示［J］. 燕山大学学报（哲社版），2018a（03）：41-46；王才英，侯国金. 两大名著中"半 A 半 B"构式的语用翻译分析［J］. 广东外语外贸大学学报，2018b（05）：74-79；王才英，侯国金. 红楼药方杨—霍译：语用翻译观［J］. 中国科技翻译，2019（02）：44-47；王才英，侯国金."天王补心丹"英译何其多？——语用翻译学术语观的"系统—可辨性原则"［J］. 中国科技翻译，2021a（04）：58-61；王才英，侯国金.《红楼梦》佛号的杨霍译对比［J］. 2022（即出）.

② 其他还有（跨）文化语用学、社会语用学、认知语用学、普遍语用学等的翻译研究，以及生态翻译学的崭露头角（如胡庚申等，2019）。

③ 叶苗. 旅游资料的语用翻译［J］. 上海翻译，2005（02）：26-28，58.

31

语用等效译观主要是侯国金①等创建的语用翻译学模型。他把经典的标记论提升到语用层级，再结合奈达的等效译观，创造性地构建了语用翻译学的语用等效假说或语用等效译观。侯国金本人及其团队以此进行了语用翻译学研究，如：侯国金②，吴春容、侯国金③，王才英、侯国金④，陈丽霞、侯国金⑤，Wang & Hou⑥。

何谓语用等效？主要指话语的语用修辞参数的相近、相当、相等，例如原文的隐喻（鲜活性）价值，或隐喻的语用标记（价）值（pragma-markedness value）在译文获得了对等、等值、不相上下、大致相等的再现。拿隐喻的翻译来说，其语用标记价值很高，需要保值保鲜地翻译。诗歌多用隐喻，江枫先生

---

① 侯国金.语用标记等效原则：翻译评估的新方法［M］.成都：四川大学出版社.2005a.
② 侯国金.语用标记价值论的微观探索［M］.成都：四川大学出版社.2005b；侯国金.语用标记价值假说与语用标记等效翻译假说［J］.外语学刊，2005c（02）：15-23；侯国金.浅论语用标记等效原则［J］.山东外语教学，2005d（01）：17-20；侯国金.语用标记等效值［J］.中国翻译，2005e（05）：30-34；侯国金.双关的认知语用解释与翻译［J］.四川外语学院学报，2007（02）：119-124，134；侯国金.语用学大是大非与语用翻译学之路［M］.成都：四川大学出版社，2008；侯国金.语用翻译学：寓意言谈翻译研究［M］.北京：北京大学出版社，2020a；侯国金.语言学术语翻译的系统—可辨性原则——兼评姜望琪（2005）［J］.上海翻译，2009（02）：69-73；侯国金.语言学术语翻译的原则和"三从四得"——应姜望琪之"答"［J］.外国语文，2011a（03）：94-99；侯国金.拈连的语用修辞学解读和"拈连译观"［J］.外语学刊，2011b（06）：109-114；侯国金.主持人语——语用翻译学何以可能［J］.当代外语研究，2012a（06）：23；侯国金.轭配的语用翻译观［J］.外语与外语教学，2012b（03）：29-32；侯国金.佛经翻译之"相"说［J］.东方翻译，2013a（05）：30-35；侯国金.TS等效翻译的语用变通［J］.外国语言文学，2013b（01）：28-37；侯国金.侯国金诗萃［M］.北京：国防工业出版社，2014a；侯国金.评"秘密故"不翻的不翻之翻［J］.外国语言文学，2014b（02）：108-118，143；侯国金.语用翻译观助中国文化走出去［N］.中国社会科学报，2015a-03-23；侯国金.现代翻译应反映多样交际要求［N］.中国社会科学报，2015b-08-04；侯国金.归化与异化是互补的翻译方法［N］.中国社会科学报，2015c-11-17.
③ 吴春容，侯国金.仿拟广告的语用修辞学解读和仿拟译观［J］.当代修辞学，2015（01）：70-77.
④ 王才英，侯国金.《盘龙》外译走红海外及对中国传统文学外译的启示［J］.燕山大学学报（哲社版），2018a（03）：41-46；王才英，侯国金.两大名著中"半A半B"构式的语用翻译分析［J］.广东外语外贸大学学报，2018b（05）：74-79；王才英，侯国金.红楼药方杨—霍译：语用翻译观［J］.中国科技翻译，2019（02）：44-47；王才英，侯国金."天王补心丹"英译何其多？——语用翻译学术语译观的"系统—可辨性原则"［J］.中国科技翻译，2021a（04）：58-61；王才英，侯国金.《红楼梦》佛号的杨霍译对比［J］.2022（即出）.
⑤ 陈丽霞，侯国金.颜色词"青"语用义的特点、生成机制及英译［J］.厦门理工学院学报，2018（02）：60-65.
⑥ WANG, C., & G. HOU. Pragma-linguistic and socio-pragmatic failures in translation of public environmental protection signs: An eco-pragma-translatology model［J］. *Chinese Semiotic Studies*，2021（02）：303-324.

认为译诗时要高度重视隐喻的翻译,"不可改动"①,否则"翻译便不成为翻译,译诗便不成为译诗"②。许钧先生说,"比喻是一个作者的生命","对于原作的引喻和比喻,不能随意'归化'"③。可以说,一首隐喻诗篇的隐喻假如没有得到很好的再现,即等效翻译,译犹未译。

语用等效还可细分为语用—语言等效(pragma-linguistic equivalence)和社会—语用等效(socio-pragmatic equivalence)。前者涉及语词的长短、新旧、褒贬、文体、引申(意义)等的等效再现,包括话语的正体含义或会话/话语含义,有时称为"语用含义/语用隐含"(pragmatic implicature)。也即,原文的句子有这个意思和那个含义,译文也应表达这个意思和那个含义,而不能表面意义一样而实际隐含不同。社会—语用等效指的是在社会礼仪等方面的等效,如礼貌程度一致。至于委婉程度、美学效果、修辞效果等,其实是横跨语用—语言等效和社会—语用等效的等效。

根据侯国金④,"语用标记等效假说/原则"(Pragma-markedness Equivalence Hypothesis/Principle,简称"PMEH"或"PMEM")是基于此,又挖掘和再现话语的各个级阶(rank,如词语、短语、从句、语句、语篇)的语用标记性(如无标记、弱标记、中标记、强标记、极强标记等)。例如,原文的一句直白话语算无标记式,译文也应该如此,也就是以无标记式译无标记式,那么译文的语用标记等效值(评分、得分)就高。相反,假如原文是一句冗长、婉约、文绉绉的话语,算(极)强标记,那么译文也应该如此,语用标记等效值就高。这两种情况,假如以有标记式译原文的无标记式或者相反,或者语用标记的程度有别,译文的语用标记值就低、较低、偏低、极低。散文译成诗文,或者诗文译成散文,语用标记值就低。否则,以俗译俗,以文以文,以诗译诗,就是语用标记值高、较高、偏高、极高。

---

① 江枫先生说的其实是其下文的"随意改动",就隐喻而言,他认为要"遵循不改变原作形象因素的原则"(许钧等,2010:99)。
② 许钧,等.文学翻译的理论与实践:翻译对话录[M].增订本.南京:译林出版社,2010:99.
③ 许钧,等.文学翻译的理论与实践:翻译对话录[M].增订本.南京:译林出版社,2010:285.
④ 侯国金.语用标记等效原则:翻译评估的新方法[M].成都:四川大学出版社.2005a;侯国金.语用标记价值论的微观探索[M].成都:四川大学出版社.2005b;侯国金.语用标记价值假说与语用标记等效翻译假说[J].外语学刊,2005c(02):15-23;侯国金.浅论语用标记等效原则[J].山东外语教学,2005d(01):17-20;侯国金.语用标记等效值[J].中国翻译,2005e(05):30-34;侯国金.双关的认知语用解释与翻译[J].四川外语学院学报,2007(02):119-124,134;侯国金.语用学大是大非与语用翻译学之路[M].成都:四川大学出版社,2008;侯国金.TS等效翻译的语用变通[J].外国语言文学,2013(01):28-37;侯国金.语用翻译学:寓意言谈翻译研究[M].北京:北京大学出版社,2020a.

相应的"语用标记等效译观"主要上述在翻译活动中贯彻"语用标记等效原则",含十二条准则/次则①:

一、熟悉原文角色(以及作者)的认知环境(认知水平、文化水平、出生、职业、身份、性情、心态、秉性、近况/状况等);

二、了解原文的命题意义,并区分概念意义、程序意义②、态度意义、社会意义等;

三、考虑原文的音韵效果、正字法/书写效果,洞察其标记性;

四、考虑原文措辞(词义和风格)洞察其标记性;

五、考虑原文构式和句式,洞察其标记性;

六、考虑原文的语篇结构和连贯效果,洞察其标记性;

七、考虑原文修辞风格,洞察其标记性;

八、考虑原文文体风格,洞察其标记性;

九、对原文做到深入和"神入"的理解;

十、尽量"等效",即"语用标记值"上"等效"地再现原文的上述各方面(三至八);翻译时形式相似第二,语义和功能等效第一;

十一、当意义丰富复杂时,以话语意义(言者意义、语用意义)为重;

十二、若因语言和文化的差异无法完美移植原文标记性,就要寻找标记性最接近原文的译法。翻译时假如标记性特征出现较大遗漏或损失,就要适度调整:要么以注释说明,要么在上下文的比邻处补救。

这十二条准则的基本思想是,发现和再现原文的音、形、义、效的"语用标记值",以取得尽可能高的语用标记等效值。总之,翻译的最高标准是在语义大致等值的基础上,以无标记译无标记,以不同的标记值再现原文相应的语用标记值,达到"语用标记值近效",相当于"尽可能多地保持原作的艺术风貌"或风格③,因为"风格就是生命",风格是"思想的血液"④(语出福楼拜⑤,出处同上:194页)。在语义型交际中,翻译以语义等值为重。在通达型交际中,

---

① 侯国金. 浅论语用标记等效原则 [J]. 山东外语教学, 2005d (01): 17-20;与原文稍改。

② 参见布莱克莫尔(Blakemore, 1987)。话语间的"first,首先,then,然后,all right,好吧,all in all,总之"等主要是带有"程序意义"。

③ 许钧,等. 文学翻译的理论与实践:翻译对话录 [M]. 增订本. 南京:译林出版社,2010: 73, 82.

④ 许钧,等. 文学翻译的理论与实践:翻译对话录 [M]. 增订本. 南京:译林出版社,2010: 194.

⑤ 福楼拜(FLAUBERT, G. 1821—1880),法国作家,代表作《包法利夫人》《圣安东尼的诱惑》等。

翻译以语用等值为重。这两种翻译都应尽量实现语用标记等效。

例如：美国现代诗人卡明斯（E. E. Cummings①）的一首短诗名为"now is a ship"②，正文如下：

(5) now is a ship

which captain am
sails out of sleep

steering for dream

作者本可以用一句话，"now is a ship which captain am sails out of sleep steering for dream"，而且可以开头大写和结尾用句号的无标记式（暂且不考虑内涵的隐喻，用隐喻和不用隐喻相比，一个是有标记式，一个是无标记式）。但作者不用大写字母，也不用句号，而且分为三节。结果是，这个诗像一条有三四层的客船，似乎是在向左边的海域航行。诗人把我们的当下（now）当作一艘船（ship），把我们每个"自我"的所为（行动）或/和所是（身份、价值）即英语的"am"，当作船长（captain）。这个船长把每个"自我"从梦乡带到梦想（的水域/彼岸）（dream）。看来这首诗，要译出这些意思还是有点难度的。关键或最难翻译的就是其半立体诗（semi-concrete poetry），即像船以及语言层面的种种破格（license）。请看译文③：

译：目前是一艘船

船长我是我为
把船开出了梦乡

驶近梦想

试想，假如原文是下列散文之一：1) "This time is a ship which my captain

---

① 卡明斯（1894—1962），美国现代诗人，擅于字词和标点符号的创造性使用，他的几百首诗歌收入《卡明斯全集》（Cummings: Complete Poems 1904-1962），见卡明斯（cummings, 2016）。
② QUILLSLITERACY. E. E. CUMMINGS POEMS［EB/OL］. E. E. CUMMINGS LOVE POEMS 网站. 2020-01-01. 有的网页拼成一节，如：https://www.best-poems.net/e-e-cummings/now-is-a-ship.html, 2020-01-01. 我们参考了 cummings（2016：825）。
③ 侯国金. 楚国金言诗话江海河［M］. 武汉：武汉出版社，2021.

（my identity and values） sails out of inaction to action of hopes."； 2）"This moment of my life is almost a ship whose captain, I think it is my own deeds and words, steers out of this life of no hard work to another life of great work and expectations.", 那么上述译文也就偏离了上述语用标记等效原则，其语用标记等效值或得分也就不高。这就是为什么上文说"以俗译俗，以文以文，以诗译诗"。这也是语用标记等效原则的基本要求。

语用翻译学的各个译观不是彼此分离的，而是相互关联、互相帮助的。例如，上述语用等效译观就常常借用关联顺应译观和构建主义译观。

关联顺应译观，顾名思义是关联理论和顺应理论的译观（的结合体），其关键词、关键概念或关键方法就是"关联、顺应"。那么，关键的关键就是关联于什么？顺应什么？如何关联和顺应？简而言之，就是译文要关联于原文的文本、语境、文化、意图等，译文顺应原文的文本、语境、文化、意图以及目的语的大语境和文化期待、委托人和出版商的要求，等等。如何关联和顺应呢？宏观上，译者要极力寻找以上关联和顺应的线索并极力关联和顺应，否则译文就不关联，不顺（应）。微观上，译者要极力采取有效措施以达到关联顺应的译文。

Gutt 把翻译方法分为两种："直接翻译"（direct translation）和"间接翻译"（indirect translation）。"直接翻译"是"解释性地完全相似于原文的翻译"（interpretively resemble the original completely），接近直译、形式等效、傅雷的"形似"和直接引用（直接引语）。相反，"间接翻译"就是接近意译、功能等效、傅雷的"神似"和间接引用（间接引语）的翻译。不论是哪种译法，译者都应该使译文关联，并在语言、语码、语体、措辞、构式、句法、语义、语篇等方面顺应原文，以及兼顾目的语文化的某些语境素。属于或运用关联顺应译者大有人在，如格特（Gutt）[1]，史密斯（Smith）[2]、林克难[3]、赵彦春[4]、徐莉娜[5]、姬鹏宏、曹志

---

[1] GUTT, E.-A. A theoretical account of translation—Without a translation theory [J/OL]. *Target*, 1990（02）：135-164； GUTT, E.-A. *Translation and Relevance：Cognition and Context* [M]. 上海：上海外语教育出版社，2004.

[2] SMITH, K. G. Bible Translation and Relevance Theory：The Translation of Titus [D]. UNIVERSITY OF STELLENBOSCH, 2000.

[3] 林克难. 关联翻译理论简介 [J]. 中国翻译，1994（04）：6-9.

[4] 赵彦春. 关联理论对翻译的解释力 [J]. 现代外语，1999（03）：273-295；赵彦春. 关联理论与翻译的本质——对翻译缺省问题的关联论解释 [J]. 四川外语学院学报，2003（03）：117-121；赵彦春. 翻译学归结论 [M]. 上海：上海外语教育出版社，2005.

[5] 徐莉娜. 试论翻译分析与批评的依据 [J]. 外语教学与研究，2001（03）：210-215.

宏①、戈玲玲②、袁斌业③、李寅、罗选民④、张景华、崔永禄⑤、薄振杰、孙迎春⑥、王琼、毛玲莉⑦、刘全福⑧、杨斌⑨、李磊⑩、于亚莉⑪、段奡卉⑫、莫丽红、戈玲玲⑬、李晶、孟艳丽⑭、胡静芳⑮、陈小玲⑯、郭淑婉⑰、邢驰鸿⑱、钮贵芳⑲、王小卉⑳、江雯㉑、欧阳文萍㉒、吴迪龙、武俊辉㉓、白莹、张世

---

① 姬鹏宏，曹志宏. 科技翻译机理的关联探索［J］. 中国科技翻译，2002（01）：1-4.
② 戈玲玲. 顺应论对翻译研究的启示——兼论语用翻译标准［J］. 外语学刊，2002（03）：7-11.
③ 袁斌业. 语言顺应论对翻译的启示［J］. 四川外语学院学报，2002（05）：111-113.
④ 李寅，罗选民. 关联与翻译［J］. 外语与外语教学，2004（01）：40-42.
⑤ 张景华，崔永禄. 解释性运用：关联翻译理论的实践哲学［J］. 外语与外语教学，2006（11）：52-55.
⑥ 薄振杰，孙迎春. 国内关联翻译研究成果与发展趋势［J］. 外语与外语教学，2007（09）：57-59.
⑦ 王琼，毛玲莉. 从关联翻译理论分析中西文化语境下"月亮"意象［J］. 兰州大学学报（哲社版），2007（02）：137-142.
⑧ 刘全福. 诗意的畅想：在可译性与不可译性之间——德里达关联翻译概念考辨及误读分析［J］. 外语教学，2009（06）：100-104.
⑨ 杨斌. 关联论视阈下庞德中诗英译的创造性内涵［J］. 徐州师范大学学报（哲社版），2009（06）：57-60.
⑩ 李磊. 依据关联翻译论探讨汉诗英译的凝炼美［J］. 山东外语教学，2010（01）：75-80.
⑪ 于亚莉. 试论汉语独特文化意象的翻译——以《浮躁》中的俗语典故为例［J］. 西北大学学报（哲社版），2010（03）：166-167.
⑫ 段奡卉. 从关联翻译理论看汉语格律诗英译中形式的趋同——以《春望》三个译本为例［J］. 外语学刊，2011（03）：121-124.
⑬ 莫丽红，戈玲玲. 关联翻译理论视角下的汉语成语翻译［J］. 湖南社会科学，2012（02）：189-191.
⑭ 李晶，孟艳丽. 关联翻译论视角下的习语英译方法——以《红楼梦》习语的英译为例［J］. 新疆大学学报（哲社版），2012（02）：142-145.
⑮ 胡静芳. 关联理论对字幕翻译的明示与指导［J］. 电影文学，2012（12）：156-157.
⑯ 陈小玲. 关联理论视角下的影视剧字幕翻译［J］. 电影文学，2013（04）：147-148.
⑰ 郭淑婉. 关联理论视角下的语用充实制约因素探析——以法律翻译为例［J］. 西安外国语大学学报，2013（01）：39-42.
⑱ 邢驰鸿. 关联翻译推理模式对公示语英译的解释力——基于公示语英译的实证研究［J］. 湖北大学学报（哲社版），2013（01）：136-139.
⑲ 钮贵芳. 试论关联理论下《功夫熊猫》字幕翻译［J］. 电影文学，2014（06）：154-155.
⑳ 王小卉. 从关联理论看《功夫熊猫》字幕翻译策略［J］. 电影文学，2014（19）：162-163.
㉑ 江雯. 中国电影传统文化翻译策略研究——以《唐人街探案2》为例［J］. 出版广角，2018（16）：55-57.
㉒ 欧阳文萍. 古汉诗英译中月亮意象之美的传递［J］. 湖南社会科学，2016（05）：209-212.
㉓ 吴迪龙，武俊辉. 关联翻译理论可适性范围与关联重构策略研究［J］. 广西民族大学学报（哲社版），2017（04）：185-190.

胜①，赵洪鑫、余高峰②，廖红英③，蒯佳、李嘉懿④，曹晓安⑤，侯国金⑥等。

此外，还有构建主义译观（The Constructivist Translation View，或 Constructivist Translatology），简称"建构译观"。它源于吕俊⑦的论述，其译观的论述主要是基于德国哲学家哈贝马斯（Jürgen Habermas⑧）的"普遍语用学"（Universal Pragmatics）的思想，还吸纳了"科学社会学"（Sociology of Science）的养分。人类交往具有极高的"社会依赖性"和知识"共享性"，语言选择、过滤、筛选等的主观能动性均以此为条件。人际/社会交往一方面必须遵守语言或语为的构成性规则即"制度性、规范性、良构性、合理性"等，更重视"调节/协调性规则"（regulative rule），即"交往性规则"（social/interactive rule）。再次，该译观还强调话语的社会实践性，把翻译看作"译者用另一种语言对原作者用原语在他所在的社会中对他的生活世界的建构结果进行再次建构的过程"，作者和读者/译者是协商地"共建"。不承认"理想化对话"，也不承认任意"解构"。最后，承认译者之外的各种力量。

语用翻译学是个开放的系统，以上三个译观（或流派），以及未来的语用翻译学译观和流派，都是也应该不分彼此、合作协力地用于翻译理论研究。

---

① 白莹，张世胜. 关联翻译理论视角下贾平凹作品文化内涵词的德译研究［J］. 出版广角，2017（08）：72-74.

② 赵洪鑫，余高峰. 从关联理论看中式菜肴翻译［J］. 上海理工大学学报（哲社版），2017（04）：322-325，356.

③ 廖红英. 从关联理论看文化信息在俄汉翻译中的传达——从"洪荒之力"的翻译谈起［J］. 外国语文，2017（04）：115-118.

④ 蒯佳，李嘉懿. 从关联翻译理论看程抱一的诗歌翻译策略——以《终南别业》翻译为例［J］. 中国海洋大学学报（哲社版），2018（05）：124-130.

⑤ 曹晓安. 关联理论视域下诗歌翻译的模糊关联研究［J］. 外国语文，2019（04）：117-122.

⑥ 侯国金. 语用翻译学：寓意言谈翻译研究［M］. 北京：北京大学出版社，2020a.

⑦ 吕俊. 翻译学构建中的哲学基础［J］. 中国翻译，2002（03）：7-10；吕俊. 普遍语用学的翻译观——一种交往理论的翻译观［J］. 外语与外语教学，2003（07）：42-46；吕俊. 建构翻译学的语言学基础［J］. 外语学刊，2004（01）：96-101；吕俊. 何为建构主义翻译学［J］. 外语与外语教学，2005（12）：35-39.

⑧ 哈贝马斯（1929—），德国哲学家，提出"普遍语用学"思想，被誉为"当代最有影响力的思想家"之一（https：//baike. baidu. com/item/%E5%B0%A4%E5%B0%94%E6%A0%B9%C2%B7%E5%93%88%E8%B4%9D%E9%A9%AC%E6%96%AF/5044899，2020-04-29）。

第三节　如何避免文学翻译中的各种不等效

一、等效、功能等效和"语用标记值"等效等问题

什么是等效、功能等效和"语用标记值"等效？什么是"虚假等值"？文学翻译中如何避免种种不等效？

"等效"一词源于奈达（Nida）[①] 的"功能等效"（functional equivalence）。不过，在中国译界好多人用"对等、等值"来译他的"equivalence"。学界的误解多集中在"形式对等、形式对应、功能对等、动态对等"等。不少人建议用"近似"（similarity）代替"等值/对等"[②]，我们认为大可不必，因为奈达的"equivalence"从来都是"similarity in response, reaction or effect"，即"（读者）反应或获得的效果接近（原作读者对原作的反应或获得的效果）"。所谓"对等"，一般是指下列五种情形[③]：

（一）语义对等（semantic/ linguistic equivalence），指原语与译入语在语义上相通，可字字对应；

（二）范型对等（paradigmatic equivalence），指语法结构对等；

（三）篇章（横向）对等（textual/ syntagmatic equivalence），指两语言在篇章的横向结构上对等；

（四）文体对等（stylistic equivalence），指原语与译语在文体风格上对等；

（五）功能（语效）对等（functional/ effectual equivalence），指两种文本具有对等的社会功能或语用效果。

奈达（Nida）[④] 说，"翻译旨在用接受语传达与源语信息最对等而又自然的

---

① NIDA, E. A. *Toward a Science of Translating* [M]. Leiden：E. J. Brill, 1964；NIDA, E. A. *Translating Meaning* [M]. San Ditmas, California：English Language Institute, 1982；NIDA, E. A. *Language, Culture and Translating* [M]. 上海：上海外语教育出版社, 1993/1999；NIDA, E. A. *Language and Culture：Contexts in Translating* [M]. 上海：上海外语教育出版社, 2001.

② 熊丽. 中国古诗意象翻译中的假象等值现象 [J]. 重庆科技学院学报（哲社版），2008（04）：142-143.

③ 侯国金. 语用学大是大非与语用翻译学之路 [M]. 成都：四川大学出版社，2008：59.

④ NIDA, E. A. Principles of translation as exemplified by Bible translation [A]. Ed. R. A. BROWER. *On Translation* [C]. Massachusetts：HUP, 1959：19.

信息，先意义，后风格"①。十年后，奈达与泰伯尔（Nida &Taber）稍加修改，"翻译旨在用接受语再现与源语信息最对等而又自然的信息，先意义，后风格"②。二者没有多大差异，只是前者的"producing, in"改为"reproducing, in terms of"。二者强调以语义等效为基础（条件），以文体/风格等效为第二或更为重要的目标③。

我们沿袭苑耀凯④、金隄⑤等的译法，一直坚持"等效"二字，因为翻译所求不仅是语义的相同，还有效果的相同或接近。奈达⑥的"动态对等"指的是"接受者和译文信息之间的关系，应该与原文接受者和原文信息之间的关系基本相同"。金隄⑦指出，"等效"的"效果"指信息接收者的"感受"。金隄⑧还说，等效翻译旨在译文和原文的"主要精神、具体事实、意境气氛"诸方面（基本）相同。

属于等效观这一类型的还有不少人，如卡特福德（Catford）⑨，耶格

---

① 其原文是"Translating consists in producing in the receptor language the closest natural equivalent of the source-language message, first in meaning and secondly in style."。见NIDA, E. A. Principles of translation as exemplified by Bible translation [A]. Ed. R. A. BROWER. On Translation [C]. Massachusetts：HUP, 1959：56.
② 其原文是"Translating consists in reproducing in the receptor language the closest natural equivalent of the source-language message, first in terms of meaning and secondly in terms of style."。NIDA, E. A., & C. R. TABER. *The Theory and Practice of Translation* [M]. Leiden：E. J. Brill, 1969/1982.
③ POPOVIC, A. *Dictionary for the Analysis of Literary Translation* [Z]. Edmonton：Department of Comparative Literature, The University of Alberta, 1975：6；波波维奇的"文体对等"（stylistic equivalence）指的是为"原文与译文的功能对等，目的是用相同意义的不变量达到表达上的一致"（Popovic, 1976：6）。可见和奈达的思想并未差别。
④ 苑耀凯.全面等效——再谈"等效论"和"神似论"[J].天津外国语学院学报, 1995 (02)：21-27, 37.
⑤ 金隄.论等效翻译[J].外语教学与研究, 1986 (04)：6-14；金隄.等效翻译探索[M].北京：中国对外翻译出版公司, 1998/2000.
⑥ NIDA, E. A. *Toward a Science of Translating* [M]. Leiden：E. J. Brill, 1964：159.
⑦ 金隄.等效翻译探索[M].北京：中国对外翻译出版公司, 1998/2000：39.
⑧ 金隄.等效翻译探索[M].北京：中国对外翻译出版公司, 1998/2000：40.
⑨ CATFORD, J. C. I. *A Linguistic Theory of Translation* [M]. London：OUP, 1965.

(Jäger)①，赖斯（Reiß）②，泰特勒（Tytler）③，威尔斯（Wilss）④，贝克（Baker）⑤，科勒（Koller）⑥，希基（Hickey）⑦，谭载喜⑧，陈宏薇⑨，林克难⑩，赵彦春⑪，范祥涛⑫，杨司桂⑬。虽然奈达的等效译论或许有自己的局限性⑭，虽然廖七一等⑮认为等效翻译对译者要求特别高，一是要有丰富的想象力，二是要有敏锐的知觉和语感。考虑到文学翻译的文化超载和等效翻译对心理因素和交际效果的偏重，廖七一等对等效翻译持质疑的态度。

纽马克（Peter Newmark）⑯，斯奈尔—霍恩比（Snell-Hornby）⑰，朱跃⑱，廖

---

① JAGER, G. *Translation und Translationslinguistik* [M]. Halle（Saale）：VEB Verlag Max Niemeyer, 1975.
② REIß, K. *Texttyp und Übersetzungsmethode. Der operative Text* [M]. (2nd edn.). Kronberg/TS.：Scriptor Verlag, 1976.
③ TYTLER, A. F. *Essay on the Principles of translation* [M]. London：J. M. Dent & Co. NY：E. P. Dutton & Co., 1791.
④ WILSS, W. *Maschinelle Sprachübersetzung* [A]. Ed. H. P. ALTHAUS. *Lexikon der Germanistischen Linguistik* [C]. Berlin：Mouton de Gruyter, 1980：802-808.
⑤ BAKER, M. *In Other Words* [M]. London & NY：Routledge. 1992.
⑥ KOLLER, W. *Einführung in die Übersetungswissenschaft* [M]. (4th edn). Heidelberg：Quelle & Meyer, 1992.
⑦ HICKEY, L. *The Pragmatics of Translation* [M]. 上海：上海外语教育出版社, 2000/2001.
⑧ 谭载喜. 奈达论翻译的性质 [J]. 中国翻译, 1983（09）：37-39；谭载喜. 新编奈达论翻译 [M]. 北京：中国对外翻译出版公司, 1999；谭载喜. 翻译学 [M]. 武汉：湖北教育出版社, 2000；
⑨ 陈宏薇. 语用学与翻译教学 [J]. 现代外语, 1995（04）：27-30, 37；陈宏薇. 从"奈达现象"看中国翻译研究走向成熟 [J]. 中国翻译, 2001（06）：46-49.
⑩ 林克难. 奈达翻译理论的一次实践 [J]. 中国翻译, 1996（04）：6-16.
⑪ 赵彦春. 关联理论对翻译的解释力 [J]. 现代外语, 1999（03）：273-295；赵彦春. 关联理论与翻译的本质——对翻译缺省问题的关联论解释 [J]. 四川外语学院学报, 2003（03）：117-121.
⑫ 范祥涛. 奈达"读者反应论"的源流及其评价 [J]. 外语教学, 2006（06）：86-88.
⑬ 杨司桂. 语用翻译观：奈达翻译思想再研究 [M]. 成都：四川大学出版社, 2016.
⑭ 谭载喜. 奈达论翻译的性质 [J]. 中国翻译, 1983（09）：37-39.
⑮ 廖七一, 等. 当代英国翻译理论 [M]. 武汉：湖北教育出版社, 2001：160.
⑯ 纽马克（1916—2011），英国翻译理论家，萨里大学（Surry University）教授，著书立说颇多，如《翻译问题探讨》（*Approaches to Translation*），《翻译教程》（*A Textbook of Translation*），《关于翻译》（*About Translation*），《翻译研究散论》（*Paragraphs on Translation*），等等；NEWMARK, P. Communicative and semantic translation [J]. *Babel*, 1977（04）：163-180.
⑰ SNELL. H, M. *Translation Studies：An Integrated Approach* [M]. Amsterdam & Philadelphia：Benjamins, 1988.
⑱ 朱跃. 语义论 [M]. 北京：北京大学出版社, 2006.

七一等①等不太赞成动态对等，因为"有时对等不可能，有时忠实于作品就不能忠实于读者"②，虽然译界在"对等、等值、等效"上兜圈圈，我们从2005年开始就从事语用翻译学的研究，而且走的主要是语用标记等效原则的进路。请看：

（6）（Tom和Alice在餐馆点菜，男的说）I hate chicken.

译$_1$：我讨厌鸡。

译$_2$：我讨厌鸡肉。

译$_3$：我讨厌吃鸡。

译$_4$：鸡我讨厌。

译$_5$：鸡肉我讨厌。

译$_6$：鸡我讨厌吃。

译$_7$：我不喜欢鸡。

译$_8$：我不喜欢鸡肉。

译$_9$：我不喜欢吃鸡。

译$_{10}$：鸡肉我不喜欢。

译$_{11}$：鸡我不喜欢吃。

译$_{12}$：我不想吃鸡（肉）。

译$_{13}$：我不想点鸡（肉）。

译$_{14}$：（我们）不要点鸡（肉）。

例（6）的译$_{1-14}$的差别主要是主位意义（thematic meaning）的不同，也即，在语篇构建中，说这句话时以什么为"主位"（theme）或"旧信息"（given information, givenness），以什么为"述位"（rheme）或"新信息"（new information, newness），是很重要的。例如，先说"我"（"我"是主位或旧信息），整个段落/语篇可能说"我"的饮食以及"今天"想吃什么。若是以"鸡"开头（"鸡"是主位或旧信息），整个段落/语篇可能是讨论鸡、鸡肉、养鸡、买卖鸡肉、鸡肉的烹饪等。可见，作为"I hate chicken."的译文，应优选上面译$_1$等以"我"为旧信息者。而假如将"鸡（肉）"前置就使得译文的主位意义不同于

---

① 廖七一，等.当代英国翻译理论［M］.武汉：湖北教育出版社，2001：160；廖先生承认等效翻译对译者的要求是特别高的，一是丰富的想象力，二是敏锐的知觉和语感。但鉴于文学翻译的文化超载以及等效翻译对心理因素和交际效果的倚重，廖先生对普通译者或译论者的所谓等效翻译持质疑态度（廖七一，2001：160；另见侯国金，2008：62）。

② 朱跃.语义论［M］.北京：北京大学出版社，2006：287-290．

也不等效于原文①。

再请看②：

(7) Gertrude Stein is *flower* of American literature, exotic to *all* cultures. ([M⁺⁺]③，隐喻和夸张，"exotic, cultures"很抽象和晦涩)

译₁：格特鲁德·斯泰因是美国文学的优秀作家，她的作品对于所有的文化都有洋味。([U])

译₂：格特鲁德·斯泰因是美国文学的奇葩，对于所有的文化来说都是非本土文学。(同原文)

(8) Gertrude Stein is the *sun* in the *galaxy* of *literature of all humanity* so *thousands of writers* wish to be her *satellite*.

([M⁺⁺⁺]，三个隐喻、两个夸张，且都鲜活)

译₁：格特鲁德·斯泰因是全人类文学总库里的魁首，数以千计的作家都希望跟随她。([M⁻/⁺])

译₂：格特鲁德·斯泰因是全人类文学的星系里的太阳，成千上万的文人墨客都希望做她的卫星。(同原文)

斯泰因（1874—1946，有时译作"斯坦因"），犹太人，是美国女作家、诗人、剧作家、理论家、收藏家。斯泰因的作品近百，如《三个女人》(*Three Lives*)、《我所见的战争》(*Wars I Have Seen*)、《如何写作》(*How to Write*)、《美国的地理历史：或人性与人类精神的关系》(*The Geographical History of America or the Relation of Human Nature to the Human Mind*)、《艾丽斯·B. 托克拉斯自传④》(*The Autobiography of Alice B. Toklas*)，等等。语言表达简朴多变，富有活力、弹性、张力、嚼头，文字直达人心，其语言艺术对20世纪西方文学产生过深刻的影响，"吸粉无数"，包括后来的大作家，以及大画家毕加索（Pablo Picasso，1881—1973）。早在1996年侯国金曾讨论过"斯泰因风格"。在上面两例中，译₁都译出了原文意思，但是丧失了一定的语用标记值，比较而言，译₂不仅意思忠实于原文，而且语用标记值也等效于原文。

再请看元朝马致远⑤的一首《天净沙·秋思》及两个英译。

---

① 侯国金. 语用学大是大非与语用翻译学之路 [M]. 成都：四川大学出版社，2008：66.
② 侯国金. 语用学大是大非与语用翻译学之路 [M]. 成都：四川大学出版社，2008：64-66.
③ 在侯国金（2005a-e），"[U]"和"[M]"分别表示无标记和有标记。"[M]"加上标的负号、正号、两个正号、三个正号，分别表示弱标记、中标记、强标记、极强标记。
④ 张禹九教授译之为《艾丽斯自传》，作家出版社，1997。
⑤ 马致远（约1250—约1324），号东篱，元代戏曲家。

(9) 天净沙·秋思

枯藤老树昏鸦。

小桥流水人家。

古道西风瘦马。

夕阳西下,

断肠人在天涯。

译₁: *Autumn*

Crows hovering over rugged trees wreathed with rotten-vines—the day is about done. Yonder is a tiny bridge over a sparkling stream, and on the far bank, a pretty little village. But the traveler has to go on down this ancient road, the west wind moaning, his bony horse groaning, trudging toward the sinking sun, farther and farther away from home. (翁显良译①)

译₂: Tune to "Sand and Sky" —Autumn Thoughts

Dry vine, old tree, crows at dusk.

Low bridge, stream running, cottages.

Ancient road, west wind, lean nag.

The sun westering

And one with broken heart at the sky's edge.

［斯科勒普（WayneSclllepp）译］

例（9）原文的意思是"天色黄昏,一群乌鸦落在枯藤缠绕的老树上,发出凄厉的哀鸣。小桥下流水哗哗作响,小桥边庄户人家炊烟袅袅。古道上一匹瘦马,顶着西风艰难地前行。夕阳渐渐地失去了光泽,从西边落下。凄寒的夜色里,只有孤独的旅人漂泊在遥远的地方"②。诗人以一个又一个的意象［枯藤、老树、昏鸦、小桥、流水、人家、古道、西风、瘦马、（西下的）夕阳、（在天涯的）断肠人］,以押韵的词（鸦、家、马、下、涯）,情景交融,心物合一,合起来构建"断肠人在天涯"的凄凉悲苦"秋思"意象/意境。除了末尾的"下、在"算动词,再也没有其他动词构式,几乎全是名词短语的堆砌,相当于

---

① 以上译文转引自王琦.从读者反应角度分析中诗英译翻译——以《天净沙·秋思》为例[J].南昌大学学报（社科版）,2009（03）: 153.

② 佚名.天净沙·秋思[A/OL].古诗文网, https: //so. gushiwen. org/shiwenv_ 9dcf133d25cc. aspx, 2020-04-24.

美国意象派诗人庞德（Ezra Pound①）的"地铁站"（*In a Station of the Metro*）的四五倍，因为后者只有两个名词短语。②

译₁是以文译诗，译₂是以诗译诗（无韵诗，blank verse）。译₁是三个句子的散文，回译大概就相当于上述的白话文翻译，也即，翁显良先生所表之意是没有偏误的，只是既然没有诗形，也就缺了诗意。（诚然，我们不否认散文诗也是诗歌，但一定的诗形，如五言绝句、七言绝句、宋朝的不同词牌，还有具象诗等，形式的价值也是不可小觑的。）能否说译₁不等效于马致远的原词？译₂则不同，不仅基本保留了原文的形式，而且全是名词短语（的堆砌）构建了一样的天涯沦落人的乡愁秋思。王琦③对30位外籍读者进行调查发现，接受译₁者少，接受译₂者多。不难看出，译₂在形式、内容、诗学（意象）上都等效于原文。

如果吹毛求疵，译₂的"vine, tree"为什么用单数而且没有不定冠词"a(n)"？难道是一根藤、一棵树？这个不是很关联（不合理）。"Low bridge"不一定"小"（原文是"小桥"），"stream running"的确应该用单数，为什么没有不定冠词"a"？"cottages"是孤词（光杆名词），到底是"村舍、农舍、小木屋、别墅"中哪个？如果不予以修饰，它甚至可能是"公厕、避暑房""（一层）平房"（《牛津英语词典》第四版）④或"别墅"（网络必应词典）。还有，刚才都是单数名词，这里为什么偏用复数的"cottages"？难道孤零零的一根藤、孤零零的一棵树和两三户或十几户或上百户"人家"搭上什么关系？同样，"Ancient road, lean nag"也是数的语义意义和语境隐含（contextual implication）似乎有问题（不说勉强合格的"west wind"）。"古道"可以是一条，"瘦马"可以是一匹，但英语表达最好还是有不定冠词"a"，或者以定冠词"the"（虚

---

① 庞德（1885—1972），美国意象派诗人和文学评论家，翻译过不少唐诗，为中西文化交流做出过贡献。
② 原文只有一句话："The apparition of these faces in the crowd; / Petals on a wet, black bough."仅有两个名词短语。若翻译便是："人潮中这些面容的忽现；/湿巴巴的黑树丫上的花瓣"（罗池译），或"人群中幻影般浮现的脸/ 潮湿的，黑色树枝上的花瓣"（钟鲲译）。https://www.douban.com/group/topic/4814833，2020-04-24.
③ 王琦. 从读者反应角度分析中诗英译翻译——以《天净沙·秋思》为例［J］. 南昌大学学报, 2009（03）：151-154.
④ 除了常用的释义"A dwelling-house of small size and humble character, such as is occupied by farm-labourers, villagers, miners, etc.""A small or humble dwelling-place; the cell of a bee, etc.", 还有罕用的"A small temporary erection used for shelter; a cot, hut, shed, etc."。其他就是英国俚语的"A public lavatory or urinal. slang (now only in homosexual usage)"; 美国的"In U. S. spec. A summer residence (often on a large and sumptuous scale) at a watering-place or a health or pleasure resort", 以及澳大利亚的"A house which has only one storey. Austral."。

拟）语用预设为读者所知道的什么"道、马"。末尾的"one with broken heart at the sky's edge"问题出在"heart"缺乏语法上必需的不定冠词"a"。以上种种，都可以说是译$_2$不等效于原文之处。

笔者的翻译如下①：

译$_3$：The Thoughts I Thought in Autumn

Those poor dry branches' tails
With aged tendrils that are blue
And crows thereon towards nightfall;
A tiny wood bridge o'er a stream small
Ever going, by a country home so crude;
An ancient path, beaten by the northwestern gales,
Less traveled by men than a lean nag—
At sunset, how far the unlucky go with a bag!

笔者的译文，虽不敢自夸有多好，但是以语用标记等效原则为指导之所得。我们做到了：

1. 以诗译诗（而且译文必须是诗，不能仅像诗），（和原文一样）也有诗歌的形、声、义、情、味、量、质等②；

2. 增行增词不增意（排成八行，所增之词应该是原文隐含的词语及其词义）；

3. 有韵［tails-gales（全韵）；blue-crude（大致韵）；nightfall-small（全韵）；nag-bag（全韵），也即译文是韵诗，以体现原文的韵律］；

4. 也是名词短语的并置：

a）Those poor dry branches' tails/ With aged tendrils that are blue；

b）And crows thereon towards nightfall；

c）A tiny wood bridge o'er a stream small/ Ever going, by a country home so crude；

d）An ancient path, beaten by the northwestern gales, / Less traveled by men than a lean nag-；

---

① 侯国金. 金笔侯译诗集［M］. 武汉：武汉出版社，2020c.
② 语出杨武能先生，转引自许钧等（2010：17）。

e) At sunset, how far the unlucky go with a bag!;

5. 增加了破折号和惊叹号,以增强诗行联系和逻辑张力;

6. 增译了下列词语及其词汇意义或/和逻辑—语法意义: "Those, poor, branches' tails, that are blue, And, thereon, wood, o'er, small, Ever going, by, so crude, beaten, northwestern①, Less traveled by men than ..., with a bag"。其中, "And, thereon, wood, o'er, by"等主要表达逻辑—语法意义(不能为了名词短语堆砌成诗的瘦身需要而铲除译文语言里在语义、语用、逻辑、语法有必要的词语,否则效从何来?)。

我们所说的"等效"是语义等效基础上的"语用标记(值)等效"(参见第二章第二节)。至此,仿佛解决了翻译的问题,即"不等效"。上例的译$_{4-6}$,译$_{10-11}$,都以"鸡"为主位(旧信息),整个译文算不算等效译文呢?我们认为不算等效译文,也即属不等效译文。至于意思迥异者就更是不等效的译文了。

但是,对一句话、段落或语篇假如给予字对字、词对词、短语对短语的翻译,算不算等效翻译呢?淡看字词级阶(rank), "America"译成"美国"好像是等效了,但倘若在一定语境中指的是"美洲",前译翻译也就不算等效译法了。在短语级阶, "China rose"译成"中国玫瑰"不算等效翻译,正译应该是"月季(花)"。在语句级阶,回应答谢的"You are welcome!"译成"你受欢迎!"自然算不上等效译法, "不用谢!"才是等效翻译。换言之,任何级阶都可能发生望文生义的误译,涉及语言文字的意义转达,可归属"语用—语言误译"(pragma-linguistic translation failure),而涉及文化、礼仪、道德、审美、风格、诗学、品位等,则可模糊笼统地归于"社会—语用误译"(socio-pragmatic translation failure)。不论是哪类误译,都是不等效的翻译。

二、何谓文学翻译中的"假象等值"

申丹教授(2002)提出了"假象等值"(deceptive equivalence)的概念,认为它是文学翻译中的最大问题。申教授认为小说翻译中的"假象等值"就是"译文与原文看上去大致相同,但文学价值或文学意义相去较远"的情况②。请看她的一个例子:

(10) 黛玉听了这话,不觉又喜又惊,又悲又叹。所喜者,果然自己眼力不错,素日认他是个知己,果然是个知己。所惊者,他在人前一片私心称扬于我,

---

① 所增为这个词的"north"部分。
② 申丹. 论文学文体学在翻译学科建设中的重要性 [J]. 中国翻译, 2002 (01): 11-15.

47

其亲热厚密，竟不避嫌疑。所叹者，你既为我的知己，自然我亦可为你之知己矣；既你我为知己，又何必有金玉之论哉；既有金玉之论，亦该你我有之，则又何必来一宝钗哉？……（《红楼梦》第三十二回）①

译₁：This surprised and delighted Tai-yu but also distressed and grieved her. She was delighted to know she had not misjudged him, for he had now proved just as understanding as she has always thought. Surprised that he had been so indiscreet as to acknowledge his preference for her openly. Distressed because their mutual understanding ought to preclude all talk about gold matching jade, or she instead of Pao-chai should have the gold locket to match his jade amulet. ... （杨译②）

例（10）的背景或上文是："……不想（黛玉）刚走进来，正听见湘云说'经济'一事，宝玉又说：'林妹妹不说这些混账话，要说这话，我也和他生分了。'"通过对比不难发现，原文的语义基本得到了完整的转达，也有文学可读性，似乎达到上述的"语用—语言等效翻译、社会—语用等效翻译"而非两种（或一种）误译。但若根据申丹教授的分析③，曹雪芹的原文"所喜者、所惊者、所叹者"都是小说家作为叙述者的评论，每个冒号之后的内容是以自由直接引语（free direct speech）的形式，来表达黛玉的内心波动。也就是说，这里由叙述者话语向人物内心想法的平行转换发生了三次。译文"显得言简意赅、平顺自然"，内容上似乎"是等值的"，但这里其实有"假象等值"。为什么这样说呢？

（一）将人物的想法客观化或事实化

小说的故事外叙述者说话是客观可靠的（读者至少要这么相信），比较而言，故事人物自己的话语则是主观的、不可信的。杨译将黛玉的内心想法演变为客观叙述，这一无心之失使得黛玉的想法或多或少事实化了。申丹教授的改写增添了"［the fact that］"（回译是"……的事实"），让我们更加清楚地看到杨译"改写"翻译中生硬的客观性④：

(11) She was delighted to know [*the fact that*] she had not misjudged him, for he had now proved just as understanding as she has always thought. Surprised [*at the*

---

① 申丹教授文章中所引《红楼梦》的例子在措辞和标点上有多处和笔者不同，笔者沿用人民文学出版社（2005 版）的《红楼梦》（作为中国古典文学读本丛书之一，由中国艺术研究院和红楼梦研究所校注）。
② 为简便，我们用"杨译"代替"杨宪益与戴乃迭译"或"杨氏夫妇译"。
③ 申丹. 论文学文体学在翻译学科建设中的重要性［J］. 中国翻译, 2002 (01)：11-15.
④ 申丹. 论文学文体学在翻译学科建设中的重要性［J］. 中国翻译, 2002 (01)：11-15.

fact] that he had been so indiscreet as to acknowledge his preference for her openly.

申丹教授认为（同上），这样做的结果是叙述焦点"从内心透视转为外部描述"，黛玉本是种种想法的潜意识生产者，在译文中却成了某种既成事实的"被动接受者"。原文中黛玉的想法与"喜、惊、叹"等字所表现的情感活动和情感意义有关，而在杨译里，就因为内心独白的外显化、事实化，结果是给西方读者一种"造成情感活动的外在原因"，"不再与情感活动合为一体"。不仅如此，"将黛玉的内心想法纳入叙述层也不利于反映黛玉特有的性格特征"①。原文说黛玉评价宝玉："他在人前一片私心称扬于我，其亲热厚密，竟不避嫌疑。"宝玉仅在湘云说经济一事的时候说了一句"林妹妹不说这些混账话，若说这话，我也和他生分了"。也即，宝玉话中其实并没有什么特别亲密的话语内涵，而黛玉视之为"其亲热厚密，竟不避嫌疑"却有特殊原因（同上），主要是对宝玉多少有点"自作多情"②。总之，黛玉说及宝玉的话语其主观性和感情色彩都很浓厚，而"这一不可靠的人物评论有助于直接生动地揭示黛玉特有的性格特征"（同上）。可是杨译"he had been so indiscreet as to ..."却成了叙述者口中的事实，也就无法刻画黛玉的特殊性格，③因此算"假象等值"。

（二）人称上无可避免的变化

原著里的"他、你"都是指代宝玉的。黛玉先以第三人称"他"来指他，随着内心活动的推进，改用第二人称"你"。这个第二人称的使用就是语用预设且为虚假预设宝玉在场（面对面），以缩短双方的语用距离（pragmatic distance）。紧接着，"既有金玉之论，亦该你我有之"，仿佛"两人已被视为一体"④。"敏感多疑"的黛玉对宝玉的情感总是狐疑不定，这才有"喜、惊"。然而，译文通过叙述者，也即把第一、二人称的虚拟对白改为第三人称叙事，或者说把黛玉的个人想法"纳入叙述层"显得客观可信，"就无可避免地失去了再现原文中人称转换的机会"，"无法再现原文中通过人称变化所取得的文体和主题价值"⑤。因此该译算是"假象等值"。

（三）在情态表达形式上的变化

原文说："你既为我的知己，自然我亦可为你之知己矣；既你我为知己，又何必有金玉之论哉；既有金玉之论，亦该你我有之，则又何必来一宝钗？"译文

---

① 申丹. 论文学文体学在翻译学科建设中的重要性 [J]. 中国翻译, 2002 (01): 11-15.
② 申丹. 论文学文体学在翻译学科建设中的重要性 [J]. 中国翻译, 2002 (01): 11-15.
③ 申丹. 论文学文体学在翻译学科建设中的重要性 [J]. 中国翻译, 2002 (01): 11-15.
④ 申丹. 论文学文体学在翻译学科建设中的重要性 [J]. 中国翻译, 2002 (01): 11-15.
⑤ 申丹. 论文学文体学在翻译学科建设中的重要性 [J]. 中国翻译, 2002 (01): 11-15.

是 "Their mutual understanding ought to preclude all talk about gold matching jade, or she instead of Pao-chai should have the gold locket to match his jade amulet..."。申丹教授认为，因为上述的译文把黛玉的想法纳入叙述层，也就"无法再现原文中由陈述句向疑问句的转换"，（和其他缘由一起）"大大地影响了对人物的主观性和感情色彩的再现"①，黛玉的推理和发问（设问）表达了一种疑惑和忐忑，而译文是"their mutual understanding"的干脆定论，毫无疑惑和忐忑可言。也就是说，译文的并列陈述句式无论如何都无法和原文一样反映人物复杂心理世界，也无法和原文一样塑造其人物性格②（同上）。鉴于此，该译是"假象等值"。

申丹教授这里的"情态"（通过多方例证）相当于句法学的情态（modality）和语用学的"态度意义"（attitude, attitudinal meaning, attitudinality）中的表示对事物判断的（可）信度、肯定度，例如，关于"下午下雨"，我们的判断有可能是肯定、半肯定和否定等，于是就有"下午一定下雨""下午十有八九要下雨""下午大概/可能下雨""下午不大可能下雨""下午不可能下雨""下午绝对不会下雨"等，主要体现在副词上。若是英语，除了副词，更多的是借用情态助动词（can, may, could, might, must 等）来实施。上述译文的"their mutual understanding"是以句首的名词短语作为明说预设（explicit presupposition），一不小心隐含了一种"干脆定论"，找不到原文中黛玉所做的一系列"疑惑和忐忑"（见上）。

纵观申丹教授讨论"假象等值"所用的例证发现，所谓的语言层面的等值和风格层面的不等值，和上文（参见第二章第三节）所介绍的奈达③ "等效翻译"（"……等效，先意义，后风格"，即意义等效，风格也等效）的对立面："不等效翻译"（意义等效，风格不等效），是一模一样的，和毛浩然教授说的"逻辑思维缺位导致源文理解逻辑错位、译文伪忠实和泛变译、译文语序越位与断句缺位"④ 也差不多。那么，窃以为，申丹教授所批评的"假象等值"的种种症状其实就是语义学意义的"意义、语义、词义、概念意义、本义、语句意

---

① 申丹. 论文学文体学在翻译学科建设中的重要性 [J]. 中国翻译, 2002 (01)：11–15.
② 申丹. 论文学文体学在翻译学科建设中的重要性 [J]. 中国翻译, 2002 (01)：11–15.
③ NIDA, E. A. Principles of translation as exemplified by Bible translation [A]. Ed. R. A. BROWER. *On Translation* [C]. Massachusetts：HUP, 1959：19; NIDA, E. A., & C. R. TABER. *The Theory and Practice of Translation* [M]. Leiden：E. J. Brill, 1969/1982：12.
④ 语出毛浩然教授 2020 年 5 月在大连外国语大学的（在线）报告"翻译研究的窄化、异化、碎片化和貔貅化"。

义、信息意图、显义、字面意义、认知意义、逻辑意义、理性意义"等①等值，而语用学意义的"宏观含义（语句的含义，如规约含义、非规约含义、一般会话含义、特殊会话含义）、微观含义（短语或词语的含义）、半隐义（impliciture）、语用预设、态度意义、话语意义、梯级数量含义、羡余意义（residue meaning）、语用目的、言者意图、交际意图、寓意、语力（illocutionary point）、语势（illocutionary force）"②等的不等效。

申丹教授文中还有好多文学翻译的"假象等值"翻译的例子，都是名作的名家翻译，用她的话说，"译者的水平一般较高，在对原文的理解上不存在任何问题。而之所以会出现'假象等值'，主要是因为译者对原文中语言成分与主题意义的关联缺乏充分认识，未能很好地把握原文的文体价值所在"③。她提醒我们，文学充斥着"偏离常规的表达形式"，可惜常常被译者忽视或误译，"小说翻译中最易被改动的成分之一就是原文中带有美学价值但表面上不合逻辑或不合情理的语言成分"，而她认为这些"偏离"往往有特殊的文学文体学价值，一旦误译或省译便造成"假象等值"。

基于申丹教授的分析和对文学文体学的认识，她认为译者可通过学习和提高文学文体学的认识，对作品进行文学文体学分析和鉴赏，便可以

（一）把握语言成分的美学功能和文体价值，并在翻译中等值再现。
（二）帮助翻译批评家和研究者提高文体意识以发现"假象等值"。
（三）将文学文体学引入文学翻译教学有助于提高翻译教学和实践。

第四节　应该如何避免各种类型的"不等效"现象

不难看出，首先，"语言对译"④或逐字对应的死译不是等效翻译，但按照申丹教授的"假象等值"论述，就应该当作"假象等值"，因为字对字的翻译

---

① 侯国金. 语用学大是非与语用翻译学之路 [M]. 成都：四川大学出版社，2008：17-18，71-72.
② 侯国金. 语用学大是非与语用翻译学之路 [M]. 成都：四川大学出版社，2008：17-18，71-72.
③ 申丹. 论文学文体学在翻译学科建设中的重要性 [J]. 中国翻译，2002（01）：11-15.
④ 和"自由翻译"对应，前者过死，后者过活，都不是善译（语出塞莱斯柯维奇，见于许钧，等. 文学翻译的理论与实践：翻译对话录 [M]. 增订本. 南京：译林出版社，2010：224.）。

51

正好达到了一种表层的或语词本义的对等。由于申丹教授关注的是翻译大家笔下的文学翻译中的"假象等值",自然她是看不上也就不会涉及这类低级误译。但从性质上看,此类死译应该算作"假象等值"。

其次,如上面所介绍申丹教授之所论,文学翻译中虽然再现原文的语言意义,却在文学文体风格上、审美价值上(如叙事人称、视角、主观化、客观化、情态意义等)和原文有较大的差异,看成"假象等值",是文学翻译中的大敌。

至此,就有两类"假象等值",一类是"低级假象等值",一类是"高级假象等值"。不说前者,单说后者,一个文学翻译工作者是应该避免各种"高级假象等值",但问题是如何避免?可以说,只要你执笔翻译,不论粗心大意还是小心翼翼,都会犯下很多,甚至"满纸流血"到处都是这类错误。我们这样说并不是认可、姑息甚至看好"高级假象等值",而只是说明此类错误具有普遍性、难以克服性。申丹教授没有讨论上面黛玉例的霍克斯翻译,想必是赞许的,也即,她认为霍译①这里没有她所批评的"假象等值"。我们不妨看看霍译:

译₂: Mingled emotions of happiness, alarm, sorrow and regret assailed her.

Happiness:

Because after all (she thought) I wasn't mistaken in my judgement of you. I always thought of you as a true friend, and I was right.

Alarm:

Because if you praise me so unreservedly in front of other people, your warmth and affection are sure, sooner or later, to excite suspicion and be misunderstood.

Regret:

Because if you are my true friend, then I am yours and the two of us are a perfect match. But in that case why did there have to be all this talk of 'the gold and the jade'? Alternatively, if there had to be all this talk of gold and jade, why weren't we the two to have them? Why did there have to be a Bao-chai with her golden locket? ...

(霍译)

由于较长,下面分成小例子进行讨论:

(12) 黛玉听了这话,不觉又喜又惊,又悲又叹。

译₂: Mingled emotions of happiness, alarm, sorrow and regret assailed her.

---

① 为了经济,我们有时用"霍译"笼统地指代"霍克斯翻译的《红楼梦》前八十回和闵福德翻译的后四十回",预设其间没有要紧的差别。例如,我们说"杨译和霍译的对比",其实如果涉及第八十回之后翻译,实为闵福德所为。特此说明。

译出了"又喜又惊,又悲又叹",但省译了"黛玉听了这话"以及"不觉",读者对此(可以领悟)具有较高的宽容度。

(13)所喜者,果然自己眼力不错,素日认他是个知己,果然是个知己。

译₂:Happiness:

Because after all (she thought) I wasn't mistaken in my judgement of you. I always thought of you as a true friend, and I was right.

这个译文的人称指别和申丹教授批评杨译所得正好相反:原文的"自己"可以是"我自己"(主观叙述),也可以是"她自己"(客观叙述),霍译用的是"I"(附加以旁注的"she thought")以及下面的"my"。这里不论翻译成"I"还是"she",都要和下面吻合。那么原文下面的"他"(宝玉)而非"你"(宝玉)是如何翻译的?霍克斯译之为"you"。既然如此,原文下一句省了主语的句子自然就承前理解为"我觉得你果然是我的知己",译文为"I always thought of you as a true friend, and I was right."也就可以理解和接受了。不难发现,若按申丹教授的人称、叙事、主客观性等视角来考察,霍译也犯了"假象等值",即对"素日认他是个知己"("我—他"之间较大的语用距离)的翻译,回译则是"素日认你是个知己"("我—你"之间较小的语用距离)。

至于"所喜者:"译为一个"Happiness:",而且单独做一行,若要吹毛求疵,大概算是"低级假象等值"。(下文的"所惊者、所叹者"也是如此)

(14)所惊者,他在人前一片私心称扬于我,其亲热厚密,竟不避嫌疑。

译₂:Alarm:

Because if you praise me so unreservedly in front of other people, your warmth and affection are sure, sooner or later, to excite suspicion and be misunderstood.

原文的"他"译成了"you",那么后面的"其"应该解读为"他(的)"而非"你(的)",而霍译则是"your"。也即,原文的"他—我"语用距离被拉近为"你—我"语用距离。按申丹教授的解读,应是"假象等值"。

(15)所叹者,你既为我的知己,自然我亦可为你之知己矣;既你我为知己,又何必有金玉之论哉;既有金玉之论,亦该你我有之,则又何必来一宝钗哉?

译₂:Regret:

Because if you are my true friend, then I am yours and the two of us are a perfect match. But in that case why did there have to be all this talk of 'the gold and the jade'? Alternatively, if there had to be all this talk of gold and jade, why weren't we the two to have them? Why did there have to be a Bao-chai with her golden locket?

53

这里的人称指别"你、我、你我"等，在翻译中没有出现申丹教授所论的叙事主客观串位、错位，不算"假象等值"——条件是"所叹者"的翻译，"知己、金玉"等的翻译，都没有任何"不等效"的问题。

综上，《红楼梦》的这几句话，其杨译的确有人称叙述的客观化问题，不过，似乎更好的翻译即霍译也没有其实也不能避免类似的错误，主要是人称匹配的语用距离差异。若依据申丹教授的论述，杨译和霍译都是"假象等值"。

(16) 凤姐儿道："谁教老太太会调理人，调理的水葱儿似的，怎么怨得人要？……"（《红楼梦》第四十六回）

译₁："Who told you, madam, to train your girls so well? If you bring one up as fresh as a sprig of young parsley, you can't blame people for wanting her. …"（杨译）

译₂：'You shouldn't be so good at training your girls,' said Xi-feng. 'When you've brought up a beautiful young bulrush like Faithful, can you blame other people for wanting her? …'（霍译）

查询360在线国学，"调理"有以下意思：1）调养；2）照料，管理；3）管教，训练；4）戏弄。原文中的两个"调理"包含上述的前三个意思。杨霍译都用了"train"和"bring up"，这两个词都有"培养"的意思，都译出了原文的意思。查询在线词林，"train"是"造就、调教、教养"的意思，"bring up"是"抚育，教育"的意思。"train"是"bring up"的上义词，符合原文的语境。那么整句的两个译文是否都等效或都是"假象等值"？原文的背景是贾母因贾赦要讨鸳鸯为妾而生了气。王熙凤巧言掐灭了贾母的怒火。原文的第一句是设问句，是伶牙俐齿、四面逢迎、巧言取宠的王熙凤讨好贾母的奉承话，杨译用直译保留了原文的问句形式，也就保留了该句式的语用功能（晚辈对长辈的微弱嗔怪）。霍译改用否定陈述句形式，若按申丹教授①的看法，霍译的更改句式的意译法批评长辈的言语直接明了，虽能刻画出八面玲珑但伶牙俐齿的"凤辣子"形象，但批评之语力过大，属社会—语用失误（社会—语用误译）②，算"假象等值"。

因此，虽然申丹提出的"假象等值"在文学翻译中屡见不鲜，其讨论和结论对文学翻译大有裨益，但窃以为她所例证的那些"假象等值"其实并不等效。正因为不等效，她才指控它们是"假象等值"。因此，我们把她所批评的"假象

---

① 申丹. 论文学文体学在翻译学科建设中的重要性 [J]. 中国翻译, 2002 (01)：11-15.
② 陈德用、张瑞娥 (2006：83) 却说霍译这里"减少了原设问句的力度，损弱了王熙凤巧于盘算、工于心计的形象！"笔者不敢苟同。

等值"（或称为"高级假象等值"），连同上述的逐词死译类（可称为"低级假象等值"），都当作"不等效"，算作程度不等的语用失误。这就可规避申丹"假象等值"之论的悖论：如果说"假象等值"是语言层面等值而文体风格意义不等值，那么就不得不承认而又不得不否认：

（一）语言层面不等值而文体风格意义等值，

（二）语言层面和文体风格意义等各方面等值，

（三）语言层面和文体风格意义等各方面都不等值，

（四）译者必须避免而又无法避免任何类型的假象等值，也即

（五）文学翻译作品必须远离而实际无法完全避免各种类型的假象等值，

（六）一个优秀译作和一个低质量译作都有很多假象等值。

我们结合上面对"对等、等值、等效、语用失误、语用翻译误译、假象等值"等的讨论，得出以下结论：

（一）翻译分为佳译和误译两大类。佳译不仅语义和语法要基本正确，功能、含义、态度、风格等还要等效。误译要么是语义出入较大，要么是语法上不合格，要么是功能、含义、态度、风格等方面明显不等效。佳译和误译是相对的，都是程度问题。

（二）正如任何表达失误可分为"语用—语言失误"和"社会—语用失误"一样，翻译的失误（可叫"误译"）就分为"语用—语言误译"和"社会—语用误译"。

（三）若承认和借用申丹教授的"假象等值"概念，那么，过分直译或死译类，算"低级假象等值"，可归属"语用—语言误译"。

（四）如果翻译在功能、含义、态度、文化、礼仪、道德、审美、风格、诗学、品位等方面有较大的缺失，算"高级假象等值"[1]，便归属"社会—语用误译"。

（五）上述两类语用翻译误译归根结底可归属"不等效翻译"现象。

（六）"不等效翻译"的语用失误有程度之别，翻译者应避免过多的"不等效翻译"语用失误（不论程度高低），也要避免程度较高的"不等效翻译"。

（七）避免"不等效翻译"的方法就是根据"语用标记等效原则"进行一定的语用变通，即采取一定的语用措施（如上述原则的准则十二）所说的"适

---

[1] 倘若细分，就会有"语用功能误译、语用含义误译、语用态度误译、文体语用误译、礼貌语用误译、道义语用误译、审美语用误译、诗学语用误译、品位语用误译"等，当然一般没有必要如此精细地划分。

度调整""要么以注释说明,要么在上下文的比邻处补救"等,尽量降低不等效。

四、语用变通及其文学翻译例证

所谓"语用变通",指的是在遇到困难时进行"适度调整"。没有困难的"佳译、善译",其实是没有"语用变通"的,如把"桌子"译成"(a/ the) table/ desk"。上面对"对等、等值、等效、语用失误、语用翻译误译、假象等值"等的讨论尤其是末尾的"结论",以及上文(参见第二章第二节)的"语用标记等效原则",尤其是其准则(12)——若因语言和文化的差异无法完美移植原文标记性,就要寻找标记性最接近原文的译法。翻译不是鹦鹉学舌,不是发传真或复印一份文件,不是依葫芦画瓢,不是"搬字过纸",也即译者不是传声筒①,翻译中假如标记性特征出现较大遗漏或损失,就要进行语用变通,或者说是适度调整:要么以注释说明,要么在上下文的比邻处补救——其实质便是"语用变通"。

既然难以等效再现原文的某种语用标记值(或语用修辞效果)而又必须等效再现(以语义等效为前提),那么译者就要采取一定的措施,即"补救"措施,"适度调整",尽可能地挽救和再现原文的语效。当然,这样的语用翻译学译理还只是纸上谈兵的译理,还得支撑本书第二章第二节中的译观,宏观的译观如"关联顺应译观、语用等效译观、构建主义译观"。这些宏观译观却需要支撑更具体即更微观的语用译观,如隐喻的语用译观、转喻的语用译观、双关的语用译观、拈连的语用译观、轭配的语用译观、汤姆诙谐句的语用译观、仿拟的语用译观、花(园路)径的语用译观,等等。

再者,这些微观译观离不开常用的翻译策略,如异化策略、归化策略、直译策略、意译策略。

最后,这些译观也罢,翻译策略也罢,都离不开其实是归属于它们的几十种具体的翻译技巧(如翻译教科书所教的),如重译法、省译法、增译法、转品(词类转换译法)、换形译法、具体译法、抽象译法、褒贬译法、正说反译、反说正译、合译、拆译、语态变换译法、词序调整译法,等等。

以上语用翻译学译理、宏观和微观的语用译观,尤其是修辞的语用等效翻

---

① 许钧,等.文学翻译的理论与实践:翻译对话录[M].增订本.南京:译林出版社,2010:13,162.

译方法，侯国金①都有论述和个案研究，称为"寓意言谈翻译研究"，因为修辞类话语都不是刻意言谈（literal talk），而是"随意言谈"（中的寓意），这也是语言交往中最有语用修辞价值，可惜也是最难等效翻译的一部分。最难的若能语义语用变通达到语用等效，中等难度、低等难度和没有难度的翻译的语用等效也就不在话下了。

从以上分析可知，文学作品中的文学地理（学）、民俗文化风情、城市的历史记忆、民族风义、家族文化、儒家情怀、文人情怀、家国情怀等，尤其是诗词曲赋中的特色风雅，都是翻译过程中的一道道藩篱。一方面，翻译文学难以如原文般再现原貌，即再现原作思想内容和艺术魅力，而又不得不努力为之。另一方面，译作的语言艺术"再创造、二度创作②"[re(-)creation]势在必行，翻译文学毕竟是文学，没有走出文学区域性的范畴③。假如译者失去个性，没有任何"再创造"类"心智活动"④而只剩下"技艺活动"或力气活，那么译家就只是译匠了。陈原先生说译家是"超越字典"的，而译匠是"捧着字典"的⑤。译匠终会被机器（翻译）所代替⑥。胡适、傅雷、许渊冲、郭宏安等翻译大师都说过类似于"文学翻译应是原作者用译语的写作"的话⑦。保守地说，文学译作可以看作是原创者与翻译者共同艺术创作的结晶。

由于中英两种语言在许多方面存在差异，如语言风格、语法系统、词汇选用等方面都有较大的差异，因此，翻译时要考虑到中英各自的语言特点，译文不改变源语言的风格，又兼顾目的语读者的阅读和审美习惯。上文谈到英汉"eat/吃"的生活习性（小写文化之一部分），下面看《红楼梦》的三个"吃"例的英译，看哪个译本有语用变通或实现了语用等效：

(17) 刘姥姥便又想了一篇，说道："我们庄子东边庄上，有个老奶奶子，

---

① 侯国金（2020a）第四章（共有五节）全是"寓意言谈"的个案翻译研究。
② "二度创作"语出方平先生（见于许钧，等.文学翻译的理论与实践：翻译对话录[M].增订本.南京：译林出版社，2010：126）。
③ 许钧，等.文学翻译的理论与实践：翻译对话录[M].增订本.南京：译林出版社，2010：144-172。
④ 语出余光中，见之于许钧，等.文学翻译的理论与实践：翻译对话录[M].增订本.南京：译林出版社，2010：135）。
⑤ 许钧，等.文学翻译的理论与实践：翻译对话录[M].增订本.南京：译林出版社，2010：172。
⑥ 许钧，等.文学翻译的理论与实践：翻译对话录[M].增订本.南京：译林出版社，2010：134。
⑦ 许钧，等.文学翻译的理论与实践：翻译对话录[M].增订本.南京：译林出版社，2010：46，90。

今年九十多岁了。他天天吃斋念佛，谁知就感动了观音菩萨夜里来托梦说：'你这么虔心，原来你该绝后的，如今奏了玉皇，给你个孙子。'……"（《红楼梦》第三十九回）①

译₁: "To the east of our village," she said, "there lives an old woman who's over ninety this year. She *fasts and prays to Buddha* every day. And would you believe it, this so moved the Goddess of Mercy that she appeared to her one night in a dream. 'You were fated to have no descendants,' she said. 'But I've told the Jade Emperor how devout you are, and he's going to give you a grandson.' ……"（杨译）

译₂: 'In a farmstead east of ours there was an old dame of more than ninety who had fasted and prayed to the Buddha every day of her life. At last the Blessed Guanyin was moved by her prayers and appeared to her one night in a dream. "It was to have been your fate to be cut off without an heir," the Blessed Mother told her, "but because of your great piety, I have petitioned the Jade Emperor to give you a grandson." …'（霍译）

该例中，刘姥姥说的是某90多岁的老奶奶吃斋念佛感动菩萨赐孙的故事。结果是"可见这些神佛是有的"。这个"他"应该是"我们庄子东边庄上，有个老奶奶子"，相当于如今的"她"。所以译₁的"She"是等效于原文的。译₂的上下文也是阴性代词"she, her"类，也是等效的。有趣的是，两个译本不约而同选择"fasts, fasted"［回译是"（宗教意义的）禁食"②，在中国主要是荤菜的禁食］，以及"prays to (the) Buddha"。同等的语用效果。霍克斯在《红楼梦》的他处英译中一般是归化或西化佛教的词汇，如"阿弥陀佛"的佛号（参见第四章第二节），只是这里却和杨译一样异化为"(the) Buddha"（佛、佛祖）。

(18) 因此刘姥姥看不过，乃劝道："姑爷，你别嗔着我多嘴。咱们村庄人，那一个不是老老诚诚的，守多大碗儿吃多大的饭。……"（《红楼梦》，第六回）

译₁:… but Granny Liu was not going to stand for this. "You mustn't mind me butting in, son-in-law," she said. "We villagers are simple honest folk who *eat according to the size of our bowl*. …"

译₂: Grannie Liu could eventually stomach no more of his wife-baiting and intervened on her daughter's behalf. 'Now look here, son-in-law: probably you will think

---

① 援引的例句下加点或斜体，都是笔者所添，译文若有相关部分的省译或漏译，用"［ ］"标出。下同。
② 《牛津英语词典》（第四版）的释义是"An act or instance of fasting:… as a religious observance, or as an expression of grief"。

me an interfering old woman; but we country folk have to be grateful for what is in the pot and *cut down our appetites to the same measure*. …'（霍译）

"守多大碗儿吃多大碗的饭"就是量体裁衣，有多大的能力就做多大的事，偶尔隐含"不思进取、安于现状"的意思。刘姥姥劝告女婿王狗儿不能因生计窘迫就摔摔打打，尽是拿老婆子出气。"姑爷，你别嗔着我多嘴。咱们村庄人，那一个不是老老诚诚的，守多大碗儿吃多大的饭。"话语有农村的朴实，却有普适的道理。杨译是异化法和直译的"eat according to the size of our bowl"（回译是"根据碗的大小来吃饭"），既保留了汉文化特色的"碗"，又隐含了一样的语义，算是难得的语用等效了。霍译省译了"老老诚诚的"，增译了"have to be grateful"（回译是"感恩"）和"for what is in the pot"（回译是"因为锅里的东西"）。另外，以"the same measure"（回译是"同样的度、同样的量"）译汉语的"守多大碗儿"，以"cut down our appetites"（回译是"缩小胃口，少吃点"）译汉语的"吃多大碗的饭"，算归化法和意译，可见语义方面不等效于原文，也就谈不上其他方面的等效了。

（19）尤三姐站在炕上，指贾琏笑道："你不用和我花马吊嘴，清水下杂面，你吃我看见。见提着影戏人子上场，好歹别戳破这层纸儿。你别油蒙了心，打谅我们不知道你府上的事。……"（《红楼梦》，第六十五回）①

译₁：Third Sister jumped on to the *kang* then and pointed at Jia Lian. "Don't try to get round me with your glib tongue！" she cried. "*We'd better keep clear of each other*. I've seen plenty of shadow-plays in my time; anyway don't tear the screen to show what's behind the scenes. You must be befuddled if you think we don't know what goes on in your house. …"（杨译）

译₂：San-jie leaped to her feet and, pointing her finger at Jia Lian from where she stood on the *kang*, fixed him with a withering look of contempt. 'Don't try the talking horse on me, my friend！ *If you two want to drink*, *I'll watch you drink*. But count me out of it. People who work shadow-puppets should be careful not to break the screen. You surely can't be so stupid as to imagine that we haven't seen by now how things really stand in your household？…'（霍译）

小说中讲述二尤之事，尤二姐和尤三姐分别是善良软弱和泼辣刚烈。贾琏在小花枝巷"包二奶"，包了二姐、尤老娘和尤三姐。原本色迷的贾珍乘虚而入，甚至和贾琏"共享"。兄弟二人与尤三姐同桌共饮，此时尤三姐站在炕上，

---

① 侯国金. 金笔侯译诗集［M］. 武汉：武汉出版社，2020c.

指着贾琏嬉笑怒骂:"你不用和我花马吊嘴的,清水下杂面,你吃我看见。见提着影戏人子上场,好歹别戳破这层纸儿。你别油蒙了心,打谅我们不知道你府上的事。这会子花了几个臭钱,你们哥儿俩拿着我们姐儿两个权当粉头来取乐儿,你们就打错了算盘了。……"据人民文学出版社 2005 年版的《红楼梦》(908 页)校注所云,"清水下杂面,你吃我看见"的"杂面"是"绿豆渣子一类豆面做成的粗粮,很涩,没有油水难以下咽"。那么,这句话的规约含义是对某事你我都心知肚明,"我看你怎么收场","你的意图瞒得了谁? 我可是一清二楚",后面的"见提着影戏人子上场,好歹别戳破这层纸儿"一起,其挖苦讽刺的语势很强。杨译是意译,而且和原文的意思有距离(语义不等效,功能更不等效)。霍译是省译中国特色的"清水下杂面",外加直译"I'll watch you drink",其语义和功能也不等效于原文。

再看一个"红"例:

(20) 凤姐儿道:"谁教老太太会调理人,调理的水葱儿似的,怎么怨得人要? ……"[《红楼梦》,第四十六回,同例(16)]

译₁:"Who told you, madam, to train your girls so well? If you bring one up as fresh as *a sprig of young parsley*, you can't blame people for wanting her. …"(杨译)

译₂:'You shouldn't be so good at training your girls,' said Xi-feng. 'When you've brought up *a beautiful young bulrush like Faithful*, can you blame other people for wanting her? …'(霍译)

原文中的"水葱"是什么? 原文的"水葱"曾有不同的说法。刘永良认为文中的"水葱"是"水仙花"。《南阳诗注》则称之为"天葱"。"它冰肌玉骨,高逸拔俗,清丽幽雅,芳香怡人,因此古代诗人墨客多有歌咏水仙者。王熙凤把鸳鸯比成玲珑秀雅、风姿绰约的水仙花,这自然会令人想象出鸳鸯的出众美貌。"因此,"水葱似的"是聪颖秀丽的意思。杨译为"as fresh as a sprig of young parsley",意思是"鲜嫩得像芹菜幼芽"。霍译为"a beautiful young bulrush like Faithful"像上帝之子女那么水灵。在西方基督教文化里,亚伯拉罕是费思(Faith)之父。显然,霍克斯代之以西方读者熟悉的文化意象。

上文还讨论了汉语的无主句英译,再请看毛泽东的《水调歌头·游泳》(上阕)及英译:

(21) [ ] 才饮长沙水,

[ ] 又食武昌鱼。

[ ] 万里长江横渡,

[ ] 极目楚天舒。

[ ] 不管风吹浪打,

[ ] 胜似闲庭信步,

[ ] 今日得宽馀。

子在川上曰:

逝者如斯夫!

我们用"[ ]"表示这里的七处省而不说的主语,不难发现都是人物或有生命体的人称,而且可以理解为"你(们)、我(们)、他/她(们)"之一,一切看语境关联。这里大概是诗人叙述者"我"。在乔姆斯基(Avram Noam Chomsky①)的生成语法(Generative Grammar)里这个"[ ]"的内容大概是一个代词(PRONOUN),不论是非限定小句(small clause, sc, SC)的"大代语"(PRO),还是一个语句前面省略的"小代语"(pro),在汉语通常是生命体。相应的英语句子则不然,请看译文②。

译: Just a sec ago water [*I*] was drinking in Changsha,

Imagine it, this moment [*I*] 'm on Wuchang fish. Then

[*You*] see [*an old guy*] surfing the great Yangtze, yeah

[*That*] 's [*me*]. What a view, that great Chu State ancient

From a floating horizon! Winds an' waves attacking,

But watch [*my*] free style, as if strolling in a garden.

What coziness! A riverside recollection, all adding

to Confucianism: 'As the river shows goes everythin.'

我们用粗斜体的"[ ]"表示原诗主题的再现或替换。也就是说,英语一般是需要主语的,而且不一定是生命体。

葛浩文是著名的汉学家和翻译大家,我们看看他翻译莫言《红高粱家族》的几个句子时是如何进行语用变通的:

(22) 高粱高密辉煌,高粱凄婉可人,高粱爱情激荡。③

译: Tall and dense, it reeked of glory; cold and graceful, it promised enchant-

---

① 乔姆斯基(1928—),美国著名语言哲学家、语言学家、麻省理工学院教授。他提出的"生成语法"或"普遍语法"(Universal Grammar)被认为是20世纪理论语言学和哲学中最伟大的理论/贡献。

② 侯国金(2020b)的译文(上阕,下阕略)。

③ 王才英,侯国金. 语用变通:中国文学走出去之金匙 [EB/OL]. 文明互鉴文明互译 百家谈(微信公众号). 2021b.

61

ment; passionate and loving, it was tumultuous.①

小说这里写的是"我父亲""一九三九年古历八月初九"随他干爹即"名满天下的传奇英雄余占鳌司令","去胶平公路伏击日本人的汽车队"。作者写到"我""对高密东北乡极端热爱","生存在这块土地上的我的父老乡亲们,喜食高粱,每年都大量种植"。例(22)的前一句是"八月深秋,无边无际的高粱红成汪洋的血海"。其下文是"秋风苍凉,阳光很旺,瓦蓝的天上游荡着一朵朵丰满的白云,高粱上滑动着一朵朵丰满的白云的紫红色影子",以及"一队队暗红色的人在高粱棵子里穿梭拉网","杀人越货,精忠报国,他们演出过一幕幕英勇悲壮的舞剧"。例(22)连续三个四字格短语几乎是汉语特有的表达式,读来朗朗上口,而英语(修辞)即使有少量的对仗(antithesis)一般也不会连续出现三四个此类表达。葛浩文是怎么翻译的?他自然是改变了原文的句式,但很神奇地创造了三个类似于汉语四字格短语的形容词短语:"Tall and dense""cold and graceful""passionate and loving",而且其他处都是精悍短句:"it reeked of glory""it promised enchantment""it was tumultuous"。从大处看,整个译文是三个类似构式的对仗,即形容词短语+主谓构式:1)"Tall and dense, it reeked of glory",2)"cold and graceful, it promised enchantment",3)"passionate and loving, it was tumultuous"。有趣的是,三个短句都是"it"做主语,而且同指。不难看出,葛浩文在难中制胜,所倚靠的就是语用变通,达到和译文相当的语用修辞效果,语用标记值很高。

如果我们如许渊冲先生②所提倡那样,译者有时可以努力超过原文③,所指一般不是在发现原文有讹误时给予理所应当的纠正(译文以正确对原文的讹误自然是超过了)④,和原文竞赛指的是超过原文的"语用标记等效值"[(语用修辞)效果]——条件是量少、切当。那么,葛浩文的这句译文似乎是取得了高

---

① GOLDBLATT, H. *Wolf Totem* [M]. 武汉:长江文艺出版社,2008:1.
② 许渊冲(1921—2021),北京大学教授。翻译过《诗经》《论语》《楚辞》《西厢记》《红与黑》《包法利夫人》等多部作品。誉为"诗译英法唯一人",获得过"翻译文化终身成就奖""北极光"杰出文学翻译奖。
③ 许渊冲(2006)关于"发挥优势竞赛论——译文能否胜过原文"的论文。但郭宏安先生似乎不赞同"超越原作、跟原作者竞赛"一说,认为译者不该"得意忘形,忘乎所以",而应该"自设藩篱,循迹而行"(见于许钧,等. 文学翻译的理论与实践:翻译对话录 [M]. 增订本. 南京:译林出版社,2010:90)。
④ 例如,钱钟书的《围城》,德语版译者莫尼克博士发现了几处错误。后来有法语等译本,发现了更多讹误。于是钱钟书在原作上"校正了几处错漏,并修改了几处词句"(见于许钧,等. 文学翻译的理论与实践:翻译对话录 [M]. 增订本. 南京:译林出版社,2010:195)。

于原文的语效（是另类"语用等效"）。

(23) 他确实是饿了，顾不上细品滋味，吞了狗眼，吸了狗脑，嚼了狗舌，啃了狗腮，把一碗酒喝得罄尽。①

译：He was ravenously hungry, so he dug in, eating quickly until *the head* and the wine were gone.②

余占鳌在餐馆喝酒，发现"胖老头"有狗肉（煮熟的一条整狗），于是要吃。"胖老头""噼里啪啦③对着狗脖子乱剁，剁得热汤四溅"。说狗肉是专门留给"花脖子"即土匪头子的，不知对面这位就是土匪头余占鳌本人。例（23）的上文是"他一只手端着酒碗，一只手持着狗头，喝一口酒，看一眼虽然熟透了仍然凶狠狡诈的狗眼，怒张大嘴，对准狗鼻子，赌气般地咬了一口，竟是出奇地香"。下文则是"他盯着尖瘦的狗骷髅看了一会儿，站起来，打了一个嗝"。后面是两人为价格吵了几句。可见，莫言的原文中细致入微地描述了余占鳌吃狗头的血腥过程，场面让读者恶心，不寒而栗，作者揭露的就是这个吃者的残忍贪婪。当然，中国人对狗，既有善待的一面（豢养于家中，有时形影不离），也有敌视、仇视、蔑视的一面，如打狗、踢狗、吃狗肉等，虽然也有少数褒义或中性的"狗"词语，如"烹狗藏弓、嫁鸡随鸡、嫁狗随狗、丧家之狗/犬、指鸡骂狗、人模狗样"，但酿造了一大批（有三四十个）负面形象的"狗"词语，如"狗东西、狗汉奸、狗仗人势、狐朋狗友、狗拿耗子、阿狗阿猫、狼心狗肺、狐群狗党、人面狗心、狗心狗行、泥猪疥狗、蝇营狗苟、行同狗彘、鼠窃狗偷、咬人狗儿不露齿、狗嘴里吐不出象牙、狗咬吕洞宾——不识好人心"等。但在英美文化中，犬是人类忠诚的朋友或伙伴，虽然也有"dog in the manger"（占着茅坑不拉屎的人）类贬义短语，但更多的"dog"词语都是中性甚至是褒义的，如："lucky dog"（幸运儿），"rain cats and dogs"（倾盆大雨），"dog-and-pony show"（盛大表演），"dog days"（三伏天、酷暑期），"not a dog's chance"（机会渺茫），"die like a dog"（悲惨地死去），"lead a dog's life"（生活得不幸福），"help a lame dog over a stile"（帮人渡过难关），"Every dog has his day."（凡人都有得意日。），"You can't teach old dogs new tricks."（人的旧习难改，学不了新东西。）那么，原文的"吞了狗眼，吸了狗脑，嚼了狗舌，啃了狗腮"怎么翻译？如果直译为"dog, dog meat, dog eyes, dog head/ brains, dog tongue,

---

① 莫言. 红高粱家族 [M]. 北京：作家出版社，2013：9.
② GOLDBLATT, H. *Wolf Totem* [M]. 武汉：长江文艺出版社，2008：107.
③ 原文是"劈"。

dog cheeks/ gills, dog blood"等,在西方读者的心里,可能造成跨文化交际的"文化休克"(cultural shock),也就谈不上什么良好的阅读效果(语用修辞效果)了。深知西方读者群的社会—文化心理的葛浩文,这里实施的语用变通是省译。作者末尾用"the head and the wine"并列,读者就能明白这个"head"是饮食类,只要关联于该例前面几句话(英译)——有"Dog head!""I want dog meat!""Dog head's all I've got!""... a whole dog was cooking"(其实已经残忍至极),就能领悟此时的"the head"到底为何物,能转喻其他什么(部位)。

(24)"我们是共产党,饿死不低头,冻死不弯腰,谁要认贼作父,丧失气节,我就和他刀枪相见!"①

译:"We're *resistance fighters*. We don't bow our heads when we're starving, and we don't bend our knees when we're freezing. Anybody who wants to give allegiance to the invader and cast off his moral courage will do so over my dead body!"②

"中队长"给大家分析了紧张局势,如果"龟缩在高密东北乡,无疑坐以待毙"。"脸色枯黄的干部"提议"来个假投降,去投伪团长张竹溪,混上棉衣,补充足弹药,我们再拉出来",被中队长骂了几句,说这是"当汉奸"。例(24)的上文是黄脸干部辩解道:"谁要你当汉奸?假投降嘛!三国时,姜维搞过假投降,黄盖搞过假投降!"而该例的下文是:"谁要认贼作父,丧失气节,我就和他刀枪相见!"后面双方继续吵了一会儿。例(24)(中队长的话)的"(就算)饿死/冻死"的夸张得到了完全等效的翻译:"(even)when we're starving/ freezing"。此外,原文并置的让步构式"饿死不低头,冻死不弯腰"(是"即使也不"的紧缩复合句构式),葛浩文语用变通为:"We don't bow our heads when we're starving"和"we don't bend our knees when we're freezing"。这是两句让步构式,"when"相当于"even when/ if/ though",都以"we don't"开头,一个说以"don't bow our heads"(回译是"不低头")的身体隐喻,另一个是"don't bend our knees"(回译是"不屈膝")的身体隐喻。这也是等效翻译。

此例难译的是第一句或者"共产党"这个词,这里指"共产党员",是中国特色文化词,不好翻译(见末尾的附录)。由于英美社会长期以来,尤其是新中国成立(1949年)前后几十年,对中国共产党和中国的态度,在不少英美人的社会认知里,这个词不是褒义或中性的词语,他们有时用贬义的俚语缩略词"Commies"来表达这个意思。葛浩文不译(漏译或省译)似乎不妥,或者直

---

① 莫言. 红高粱家族 [M]. 北京:作家出版社, 2013:345.
② GOLDBLATT, H. *Wolf Totem* [M]. 武汉:长江文艺出版社, 2008:367.

译，即以自豪或褒奖的话语说"We're Communists"或"We're (Communist) Party members"，似乎也不妥。但和上例一样神奇的是，葛浩文根据译入语文化政治意识形态和可能的接受程度，淡化译作的政治色彩，语用变通为"We're resistance fighters."，也即规避这个上述敏感词，而改译为"resistance fighters"[回译是"反抗（的）战士"]，意思是"为了争取或保卫某种利益而参加斗争的战士"。这里写的是1940年春抗日战争的故事，这和共产党为了整个中华民族的生存领导全国军民（以及建立统一战线）积极抗日（的抵抗——"抗日战争"的英译是"The War of Resistance Against Japan"）是吻合的。这种译法语义上不怎么等效于原文，但不会因意识形态差异而导致阅读群的阅读抵触，或者让读者群成为"resistance fighters"。因此，从语用修辞效果上看是等效于（或略高于）原文。（关于更多的文化特色词的英译，请参看"附录"）

文学翻译难，这是众所周知的。许钧先生曾说，"十六七岁就可以出一个写作的天才，但一个人不到五六十岁是成不了翻译家的"①。文学翻译其难度仅次于宗教典籍翻译，如佛经翻译和《圣经》翻译。文学翻译困难重重，普通翻译专业学士、硕士抑或博士一般都不能胜任，遑论机器翻译（或翻译机器、翻译软件），而文学翻译最难者莫过于诗歌翻译。这些几乎都是译界共识了。然而，文学翻译是最有价值的翻译，不像商务翻译，虽说有经济价值，但相关商务活动结束后其翻译成品（Translat）也就没有什么价值了。文学翻译的结果就是翻译文学，可以长存于世。那么文学翻译的困难何以克服呢？答案是语用变通。语用变通是文学翻译的特别通行证。

中国文学翻译从起于六朝时代，盛于最近150年②，中国翻译家之多，外译汉之丰，可以说是一个"世界之最"。但过去的文学翻译，至少在中国，一般认为没有也不需要理论，长期以来中国译界处于"翻译无理论"的状态③。虽然不少翻译家译著等身，但是要么不写翻译论文，要么偶尔发表点滴翻译经验，如严复的"信达雅"论、傅雷的"神似论"、钱钟书的"化境论"、许渊冲的"三美论、三化论、竞赛论"、许钧的"以信为本，求真求美"④ 等。可见，这些都不是翻译理论。

---

① 许钧，等.文学翻译的理论与实践：翻译对话录 [M].增订本.南京：译林出版社，2010：250.
② 许钧，等.文学翻译的理论与实践：翻译对话录 [M].增订本.南京：译林出版社，2010：1.
③ 许钧，等.文学翻译的理论与实践：翻译对话录 [M].增订本.南京：译林出版社，2010：9.
④ 许钧，等.文学翻译的理论与实践：翻译对话录 [M].增订本.南京：译林出版社，2010：276.

翻译，或者说文学翻译，真的"仅凭译者个人的修养、领悟和表现力"①（同上引）？既然我们承认翻译是交际，是运用语言进行的交际，而语言也罢，交际也罢，都是有规律可循的。就算把翻译当作一些人的活动、事件、脑力劳动、再创造，那这些也是有规律可循的。朱光潜先生曾说一切艺术的成熟境界是"从心而欲，不逾矩"②。那么，假如文学创作也罢，文学翻译也罢，都是"从心而欲"而没有"（规）矩"，也即没有理论指导，没有规则制约，翻译中没有做到严复所说的"不倍本文"，即不能不忠实于原文③，那么读者如何理解和欣赏（翻译）文学呢？文论家和译论家如何评论呢？许钧先生说，"理论的研究和思考，有助于加深对文学翻译活动的认识，有助于探讨翻译的可能性，提高翻译质量"④。因此，翻译不能没有理论，否则翻译行为只能是凭借语感、译感以及"译经"（翻译经验）而进行的翻译摸索。同样，翻译理论研究，如一本翻译研究专著，一篇翻译方面的博士论文，也是需要理论的——既要研创出理论，又要运用某个理论。

翻译理论从无到有还是 20 世纪 60 年代以后的事。西方人抛出了这样那样的翻译概念。随后才有翻译研究的流派，如语言学派（20 世纪 60 年代），文化派（20 世纪 70 年代末），以及各种译论，如功能派的译观，奈达的功能的等效译观，纽马克的"信息和通达译观"等。中国本土也有翻译理论的贡献，如翻译美学、译介学、变译理论、生态翻译学、译者行为批评论等。

由于很多中华经典和现代文学需要依靠翻译走出去，或者称为"译出"："由原文所属地且译入语为非母语的译者为主导，以保真传播原文文化为目的，以求真翻译为形式，以目的语读者为受众的文化逆向翻译活动"⑤，译界认为有必要研究有别于外译汉的汉译外，可能需要不同以往的好像只适合前者的翻译

---

① 许钧，等. 文学翻译的理论与实践：翻译对话录 [M]. 增订本. 南京：译林出版社，2010：276.
② 原话出自孔子的《论语》（第二章的"为政篇"）："吾十有五而志于学，三十而立，四十而不惑，五十而知天命，六十而耳顺，七十而从心所欲不逾矩。"意思是"我十五岁立志于学习；三十岁能够自立；四十岁能不被外界事物所迷惑；五十岁懂得了天命；六十岁能正确对待各种言论，不觉得不顺；七十岁能随心所欲而不越出规矩。" https：//baike. baidu. com/item/%E9%9A%8F%E5%BF%83%E6%89%80%E6%AC%B2%E4%B8%8D%E9%80%BE%E7%9F%A9/15573886，2020-05-29. 见许钧等（2020：39）。
③ 许钧，等. 文学翻译的理论与实践：翻译对话录 [M]. 增订本. 南京：译林出版社，2010：39.
④ 许钧，等. 文学翻译的理论与实践：翻译对话录 [M]. 增订本. 南京：译林出版社，2010：302.
⑤ 周领顺. 构建基于新时代译出实践的翻译理论 [N]. 中国社会科学报，2020-05-14.

理论或范式。有鉴于此，周领顺教授（2020）①认为"构建基于新时代译出实践的翻译理论"迫在眉睫。他认为不论叫"中国翻译理论""中国传统（翻）译（理）论""中国特色翻译理论""中国本土翻译理论"的哪个，新理论都不能是"唯西方理论是瞻的研究（风气）"，也即，需要本土特色，也不能是以往的"零星总结"，"具有零散性、模糊性、顿悟性的特征"。我们赞同、赞赏并愿投身于这个伟大的理论探索。

然而，鉴于译出和译进的共性（我们不相信存在一种仅适合一种语言向另一种语言翻译而不适合任何其他语言之间互译的译论），鉴于我们在调和翻译研究的语言派和文化派的矛盾的努力②，鉴于我们在中国典籍外译探索已经摸索出的经验——主要是"语用翻译观助中国文化走出去"③，"现代翻译应反映多样交际要求"④，"归化与异化是互补的翻译方法"⑤，我们姑且坚持语用翻译学模式。当然，下文着重运用语用翻译学的语用等效标记译观和关联顺应译观，探索解决中国文学外译（英译）疑难杂症的有效方式——语用变通。

---

① 周领顺. 构建基于新时代译出实践的翻译理论［N］. 中国社会科学报，2020-05-14.
② 侯国金. 翻译研究的语言派和文化派之间的调停［J］. 华侨大学学报（哲社版），2018a（01）：131-142.
③ 侯国金. 语用翻译观助中国文化走出去［N］. 中国社会科学报，2015a-03-23.
④ 侯国金. 现代翻译应反映多样交际要求［N］. 中国社会科学报，2015b-08-04.
⑤ 侯国金. 归化与异化是互补的翻译方法［N］. 中国社会科学报，2015c-11-17.

第三章 "国学"英译的语用变通

第一节 "国学"英译的三大道术繁难与对策

一、引言

随着中国经济实力的增强，国人的民族文化意识不断提升，"国学热"不断升温、深化、升华。"国学"在国外又称"汉学"或"中国学"，泛指传统的中华文化与学术。国学经典凝聚着中国优秀传统文化精华，"广涉中国传统文化的精气神韵，且与诸子之学密切相关"①，因此，可以说国学经典是一个民族的血脉，是一个民族的精神家园。在当今文学外译热和"东学西渐"的今天，国学经典翻译在"当今中华文化走出去重塑中国话语体系的国家战略中意义非凡"②。国学翻译是弘扬中国文化，提升中国文化软实力的重要方式。但由于种种原因，国学经典翻译瑕瑜并行，我们将分析目前国学经典翻译的三大繁难问题及解决方法，为今后国学翻译提供一些参考。

二、何谓"国学"

"国学"是以先秦经典及诸子百家学说为根基，涵盖两汉经学、魏晋玄学、隋唐道学、宋明理学、明清实学和同时期的先秦诗赋、汉赋、六朝骈文、唐宋诗词、元曲与明清小说及历代史学等一套完整的文化体系和/或学术体系。根据

---

① 丁大刚，李照国. 典籍翻译研究的译者话语视角——以辜鸿铭《中庸》英译文为例 [J]. 山东外语教学，2013 (01)：99-104.
② 李晶. 翻译·国学·中国话语体系——《三字经》英译者赵彦春教授访谈录 [J]. 天津外国语大学学报，2015 (01)：41-45.

《现代汉语词典》，狭义"国学"指中国的"哲学、历史学、考古学、文学、语言学等"，广义"国学"则包括中医、中国古代建筑以及琴棋书画艺术。晚清大学者章太炎在《国学讲演录》里将国学分为五方面：小学、经学、史学、诸子、文学。"国学"有时指以"国子监"为首的官学，自"西学东渐"后相对西学而言泛指"中国传统思想文化学术"。"国学"中蕴含着治国之道、管理之道、文化之道和修身之道。"国学"中的儒、释、道融合了人生智慧，如以儒治国、以道养生、以佛养心。再者，"国学"对我们处理当今国际关系和外交事务都能发挥巨大作用①。"国学"二字如何英译？有人译为 sinology，其实它指"汉学、国外汉学、中国问题研究"②。"国学"的翻译应"考辨中西，依景定名"③（同上），即根据"使用的场合、文本类型、读者对象"进行英译。可译为"classical Chinese philosophy""traditional Chinese culture""Chinese classics""traditional Chinese culture and values""studies of ancient Chinese civilization (including philosophy, history, archaeology, literature, linguistics, etc.)"等，而"国粹"可译为"the quintessence of Chinese culture"。

三、问题和困难

（一）何所译

首先是翻译选题、材料、语料或作品的选择问题。经过几千年的积累，中国流传下来许多宝贵的文化遗产，犹如沉淀在历史文化长河中的珍珠或项链，有的历久弥新，有的瑕瑜兼有。可惜中国典籍外译的主力是西方汉学家④，其翻译选材方面斑驳错杂，难免带有西方人意识形态偏好，不能完全代表中国传统文化精神。难怪一些品位通俗的作品被"择优"外译且颇受西方读者青睐，如《金瓶梅》⑤，而儒释道经典以及其他大部头国学经典，如《四库全书》，西方译者是望书兴叹，因此恐怕看不到真正的中国国学精粹，久而久之就造成了

---

① 高玉昆. 国学与我国当代外交实践 [J]. 国际关系学院学报, 2011 (02): 52-57.
② 金学勤. 考辨中西, 依景定名——从"国学"之英译名说起 [J]. 东方翻译, 2012 (06): 76-80.
③ 金学勤. 考辨中西, 依景定名——从"国学"之英译名说起 [J]. 东方翻译, 2012 (06): 76-80.
④ 刘立胜, 廖志勤. 国学典籍海外英译中超文本成分研究——以李白诗歌《长干行》三译文为例 [J]. 民族翻译, 2011 (04): 39-45; 张西平. 关于西方汉学家中国典籍翻译的几点认识 [J]. 对外传播, 2015 (11): 53-55.
⑤ 刘立胜, 廖志勤. 国学典籍海外英译中超文本成分研究——以李白诗歌《长干行》三译文为例 [J]. 民族翻译, 2011 (04): 39-45.

对中华文化的无知乃至误解。

　　杨宪益夫妇翻译作品丰硕，"翻译了整个中国"①，而唯有《红楼梦》的英译成就了他们作为大翻译家的一世英名（虽然在海外的名望不及翻译了同一原作的英国翻译家霍克斯和闵福德），可以说是《红楼梦》这一原作素材成就了杨氏夫妇（以及霍克斯翁婿）的翻译伟业。许渊冲译品等身，"书销中外六十本，诗译英法唯一人"②，而他最得意的还是唐诗英译，可以说是唐诗这一翻译素材成就了许氏的翻译业绩和最高翻译奖"北极光"③。论现当代的汉语小说的英译，名噪一时的莫言其诺贝尔奖在很大程度上归功于翻译其多篇作品的美国翻译家葛浩文，以及出版发行其译本的著名国际出版社。葛浩文是中国迷和中国通，但翻译谁的作品以及什么作品可不是随意或草率决定的小事。不说港澳台的琼瑶、金庸等，单说大陆的路遥、王蒙、叶辛、梁晓声、张抗抗、贾平凹、格非、周大新、柳建伟、刘醒龙、叶延滨、欧阳江河、范小青、李浩、徐则臣等近百名大作家，葛浩文选择其中任何一个人的作品来英译都会出现可以想见的不同结果。当然，若是选择"中国作家协会2017年新会员名单"的507人中的任何一位的作品，其翻译成效和地位都会迥异。译界的感觉是，是莫言成就了葛浩文，也是葛浩文成就了莫言。

　　问题是，译者有时是翻译"上面"布置的翻译任务，如钱钟书、萧乾等就被委以翻译"毛选"的重任。这样的"文件性"很强的翻译"只能尽力做到忠实谨严，不容许任何出入"④。上述张禹九教授翻译美国女作家斯泰因（Gertrude Stein）的小说《艾丽丝自传》（*The Autobiography of Alice B. Toklas*）⑤以及其他多部小说多半是受外文出版社、上海译文出版社等的合约邀请。也就是说，不少译者翻译什么不是自己决定的，而是要我译什么我就译什么。

　　其次是文言文（或白话文、半白话文）的解读和翻译问题。国学经典大多以文言文书写，存在很多与现代汉语同字不同义或一词多义的情况；晦涩、博

---

① 网易读书. "翻译整个中国"的人走了 [A/OL]. http：//book. 163. com/special/00923V3V/yangxianyi. html, 2020-05-08.

② 许先生名片上如是说。

③ 也有人，如翻译家赵瑞蕻先生，觉得许渊冲的翻译增译了很多东西，例如把《红与黑》的末尾"Elle mourut."（她死了。）译成"魂归离恨天"，这其实是《红楼梦》第九十八回标题的词句，实"不可取"，难道还要加上"泪洒相思地"？（见许钧, 等. 文学翻译的理论与实践：翻译对话录 [M]. 增订本. 南京：译林出版社, 2010：185-186）

④ 许钧, 等. 文学翻译的理论与实践：翻译对话录 [M]. 增订本. 南京：译林出版社, 2010：64.

⑤ 见第二章第三节对例（7, 8）的讨论。

<<< 第三章 "国学"英译的语用变通

识、广引,这也是中国文学风格的一贯特点。如果未能对其正确解读,都会使译文的准确性大打折扣。由于国外译者的古汉语知识相对贫乏,对原作意义的把握不够准确,翻译时只偏重归化和西化以迁就西方读者的接受心理,结果在翻译过程中普遍存在表层翻译、欠额翻译、增译、漏译及胡译①。如《道德经》第二十五章最后一句"道法自然",这句中的"自然"与现代汉语中的"自然"截然不同。该句是"道纯任自然"的意思,也即"按照事物自身或自发的规律发展,并非由外力作用"②。结果学生把这个词译成了"nature",岂非误译? 又如,美国前总统卡特于1981年8月24日卸任后到北京访问,刚下飞机时就说"今世褦襶子,触热到人家",非常符合当时卡特的身份和造访的语境,却难住了当场的口译人员。"搞懂此诗的文辞对知晓卡特此行的心理和意图是多么重要"③。这句诗意为"现在有个不懂事的人,酷暑天来打扰了"。窃以为不如译为 "as Cheng Xiao, a poet of the Jin Dynasty, said in his poem 'A Satire for a Summer Visitor': 'The greatest fool in the world was he who should call on his friend in the warmest day'" 或 "How unwise I am to come in the hottest weather to visit you!"。

翻译史中误译"佳例"不断涌现:在《长干行》译文诗体方面,丁韪良"在译文内容上出现大量误读之处";庞德"对于中国典故因费氏释义中解释不清,只把'望夫台'译为'look out',而'抱信柱'却没有得以翻译"④。《红楼梦》的节译本(王良志译本、王际真译本)都把"林黛玉"译为"Black Jade",后者虽有"黑玉"之意,但常含"黑皮肤荡妇、黑马(black horse⑤)"之寓意,应该算作贻笑大方的误译了⑥。再如《三字经》中的"性本善"网络版译为"*Sex is good",之所以错得这么离谱"就在于词的多义和翻译的可引申性"⑦。"性"字有多个义项或多种含义,此处的"性"是人的本性,"即一

---

① 刘立胜,廖志勤. 国学典籍海外英译中超文本成分研究——以李白诗歌《长干行》三译文为例 [J]. 民族翻译, 2011 (04): 39-45.
② 吴文安. 典籍英译训练的惑与得——以《道德经》英译为例 [J]. 中国翻译, 2017 (02): 111-114.
③ 高玉昆. 国学与我国当代外交实践 [J]. 国际关系学院学报, 2011 (02): 52-57.
④ 刘立胜,廖志勤. 国学典籍海外英译中超文本成分研究——以李白诗歌《长干行》三译文为例 [J]. 民族翻译, 2011 (04): 39-45.
⑤ 而非有寓意的"dark horse"(即出乎意料的比赛胜出者)。
⑥ 见之于网文:"林黛玉'荡妇'形象误导西方40年"(http://ishare.iask.sina.com.cn/f/6296567.html,2020-05-08),另见《韦氏英语词典》《牛津英语词典》对"jade"的解释。
⑦ 刘立胜,廖志勤. 国学典籍海外英译中超文本成分研究——以李白诗歌《长干行》三译文为例 [J]. 民族翻译, 2011 (04): 39-45.

个人绝对不受外在力量干扰的心灵状态"①，可译为"nature"。

可见，译者必须首先正确解读国学经典的古汉语词句的语义，否则势必失"信"失"质"，误译误传。解决了这个问题才能解决"中国概念如何走进西方"（语言间翻译/中外视域），以及助推"经典如何走入现代"（语言内翻译/古今视域）的问题②。

（二）何以译

首先是翻译策略问题。译者采用不同的翻译方法可能意味着不同的译文质量和外宣效果。如学界对《红楼梦》两个全译本的评论：杨氏夫妇译本以直译为主，有时译文略显苍白，文采不足；霍译本以意译为主，流畅自然，饱满耐读，但有时强制归化，使中国传统文化精神或走样或丧失。窃以为，就字句个案而言，两个译本肯定有高低之分，而就整个《红楼梦》英译而论，两个译本难分伯仲。前者适于英美的中国国学和"红学"研究者，后者适合欧美普通文化人。翻译研究的语言派认为要以语言、语法、语义的等值、等效为首要翻译目标，而文化派坚持跨文化传播的读者接受和传播效应。问题是，前者可能让西方人却步，后者却失却了国学精华或原味。

其次是翻译方法问题。哲学、宗教和诗歌的语言是哲理语言、禅宗语言、诗性（化）语言，是"流动的语言，其性如水"③，挑战一切译者。以中国古典诗词为例，它往往包蕴上述三种"语言"，寓意深邃，意境深远，还有各种修辞手法，寓哲、禅、诗之妙于一体，中国人读来可能津津有味，而翻译成任何语言都可能是吃力不讨好，西方读者难以获得应有的阅读快感。西方译者（汉学家）习惯以"格义"中国思想的难译之处，如英国汉学家和传教士理雅各的翻译。理雅各坚信这里的"上帝"是他们西方的"God"，于是把《中国经典》中的多处"上帝、帝"都（改）译为"God"④。其实中国的"上帝"是众神之合称，可译为"Tian"，也可译为"Heaven"或"Gods"，译者需格外注意文本译法和译词的一致性、连贯性、互文性。西方译者翻译中国不同经典时没有互文一致性，即同一语词、术语、概念在不同的作品中没有得到统一处理，造成译法混乱，如理雅各把多个"仁"译为"benevolent actions, true virtue, the good,

---

① 赵彦春.《三字经》英译诘难与译理发凡 [J]. 天津外国语大学学报，2014a (02)：19-24.
② 李丙权. 从《论语》英译看经典翻译的双重视域 [J]. 人文杂志，2015 (03)：57-64.
③ 韩经太. 海外汉学语境中的中国文化阐释 [J]. 国际汉学（辑刊），2006 (01)：28-30.
④ 赵长江. 用翻译打开中国人的思想大门——理雅各翻译述评 [J]. 中国文化研究，2016 (02)：138-149.

the virtues proper to humanity, the excellence, (the) virtue"等,如赵长江①所言,理雅各等的此种做法自然会"消解术语本身的一致性,学科体系会受到严重影响"。

再者,国学翻译需要相关文化背景知识,否则困难重重。由于儒、释、道思想的产生年代久远,中国本土对诸子百家的诠释就有古今多种版本。例如,孔子的《论语》,不论是解释、解读、介绍、白话本,还是英译本,书店和网络有几十个版本,于丹、易中天、钱文忠、许渊冲等都是各读各解,风格相左。外国译者和读者依据什么获得相关文化背景知识呢?西方或中国译者往往根据自己的偏好或既得资源来理解和翻译,难说就是儒、释、道的真谛。

不论是翻译策略还是翻译方法,我们想当然以为这是译者决定的,其实很多情况下受制于译者所属所处之组织机构、社团、国家及其政治意识形态、社会规约和接受(修辞)心理。上文所批评的王良志译本和王际真译本误译"林黛玉"人名(以及其他错误),主要因由其实是译者之外的机构干涉。为了迎合英美读者,美国出版商限定上述译者——(1)只保留小说的爱情线索,(2)仅突出异国风情和传奇色彩。王际真在第二版的导语中叹息地坦言,只关注爱情悲剧的"红"译本砍掉了大量中国文化元素,对上述限定感到尴尬和无助②。即使杨氏夫妇和霍克斯翁婿的译本是全译本,似乎没有上述限制,避免了"Black Jade"的误译,但很难说他们尤其是杨氏夫妇没有遇到任何政治意识形态的羁绊,也很难说"林黛玉"的"荡妇"形象没有影响到西方读者对全译本的接受心理③。

(三)谁翻译、谁出版

首先是译者问题。翻译难,除了众所周知的"一仆二主""戴着镣铐跳舞"的困难和"信达雅"或"文质"的和谐追求困难之外,还有翻译往往费时费力,而在学术评估体系中译著、译作、编译等的分量不如著作或论文那么重。因此翻译一部大部头文学作品,一般是不计也能够不计利益得失、甘愿把冷板凳坐穿的天生、天才翻译家,如霍克斯,以及最早的传教士翻译。据说为了翻译《红楼梦》,霍克斯于1970年前后辞去了牛津大学中文系系主任的职位,放弃了日常教学,"闭关"翻译。他是历史上唯一一位为了翻译而辞职的翻译家。

---

① 赵长江. 用翻译打开中国人的思想大门——理雅各翻译述评 [J]. 中国文化研究, 2016(02):138-149.
② 见上述网文:"林黛玉'荡妇'形象误导西方40年"(http://ishare.iask.sina.com.cn/f/6296567.html, 2020-05-08)。
③ 上述网文称,对《红楼梦》的种种误解在美国早已"深入人心"。

再说传教士翻译，像理雅各这样的传教士虽不是职业翻译家，但把翻译和传教高度统一起来，视为己任。"传教士译本的主要特点首先在于其翻译的目的和译者传教这一'使命'（mission）相关"①。也就是说，这些翻译家若为了五斗米而翻译就会饿死在译桌上。

我国早年的一些翻译大家也把翻译或跨文化交流作为天降己任，如朱生豪、傅雷、杨宪益、许渊冲等。可是，他们的劳作往往受到社会乃至学界忽略，甚至还难免政治风波的侵袭（如"文革"的停业批斗）。张禹九先生是著名的英美文学翻译家，他青年时期受到"文革"等运动的冲击，退休后还身强力壮的他无课可上，无研究生可带。也因此他的翻译得不到一分钱的资助，只有出版社的微薄稿酬。而他或大多数退休教师的科研成果一般是不会被自己曾经效力的学校或学院认可的②。许渊冲先生"文革"中受到批斗，据说他一边挨批，一边偷偷翻译毛主席诗词，如《为女兵题照》。他自鸣得意的"不爱红装爱武装"英译中有丫杈（chiasmus）构式"powder the face"（涂脂抹粉）和"face the powder"（面对硝烟），没想到因"歪曲毛泽东思想"的诬告而招来"一百鞭子"的体罚。人们问："挨打了还继续译呀？"许先生回答说："哎呀，闲着更难受。"我国翻译文学史上的俄国文学翻译家汝龙和草婴成就很大。两位翻译家绝非不勤快之人，那么他们的翻译量怎么没有达到他们的预想？比较任何日本翻译家大学毕业后都可以专心致志地搞翻译，汝龙和草婴却被卷入各种"运动"：据说汝龙房子被占有，藏书被抄，而草婴下到"干校"，两次险些丧生。

翻译难还表现在翻译作品尤其是国学经典对译者的崇高要求，译者"除文辞修养之外，还需要哲学、逻辑、语篇、文体等各方面的素养"③。如果译者缺乏这方面的素养或"译商"不高，在翻译的语义、文本、风格、诗学等层面，实际上"丢了西瓜捡了芝麻"——只保守了（部分）语义内容。如《三字经》的突出特征是三字、押韵、经典，而以往的译本大都顾此失彼，很难兼顾三者——直到赵译④为止——这说明以前的译者在这些方面的造诣有所欠缺。译者还有沟通两种文化，并自觉承担文化传播的使命，不能只译字而不译文，也不能只译字词、文字、文学而不译文化，因为那样做就是"捡了芝麻丢了西

---

① 李丙权. 从《论语》英译看经典翻译的双重视域 [J]. 人文杂志, 2015 (03)：57-64.
② 也许因为其成果不会计入学科点的各种表格，且学院职工年度绩效包不欢迎退休人员来瓜分。
③ 李晶. 翻译·国学·中国话语体系——《三字经》英译者赵彦春教授访谈录 [J]. 天津外国语大学学报, 2015 (01)：41-45.
④ 赵彦春. 英韵三字经 [M]. 北京：光明日报出版社, 2014b.

瓜"，张宁①说会"祸连原作"，不如不译。该观点符合目前的文化派译观，即翻译是跨文化交际。问题是一些译者的文化基础薄弱，更无文化传播的使命感，只是以某项翻译为任务或差事，图点立竿见影的名利。

翻译家来自何方？或者说翻译者如何培养呢？中国至少有206所院校开设了翻译专业，其中158所有"MTI"项目，而我们培养出了多少翻译人才、巨匠或大师？多快好省的、面向社会的翻译教学模式是培养不出真正的翻译高手的，翻译高手所有的翻译偏爱、执着、专注等，要么是天生的，要么是需要长期的家（庭）教（育）和学校教育与栽培的。张禹九先生在北大读书前就立下翻译的志向，在四五十年的教学研究生涯中始终不渝。许渊冲先生在中央电视台的"朗读者"节目说他在西南联大读书前就立志翻译，96岁高龄的老先生说还想翻译一部大部头作品。他说"人生最大的乐趣是发现美"和（在翻译中）"创造美"②。翻译中"不失真"是翻译的"低标准"，"求美"才是"高标准"③。"不失真"、达到"低标准"的译本能让读者"知之"，但不能让他们"好之、乐之"④。我们的翻译教学缺乏的正是培养发现美和（通过翻译）创造美的兴趣、素养、译商、译力（翻译才艺）和毅力。

倘若说我们培养出来的翻译人员在国学翻译中优势在于原文理解，劣势在于译文欠地道、欠流畅甚至不合语法，那么西方汉学家或译者在译本选择、文言文语词、文化意象等的理解上则可能出现偏差，常有因误解导致的误译、超额翻译、过分归化、过分迎合读者等问题。那么译海茫茫，谁主沉浮呢？

再就是译著的出版（社）问题。西方译者翻译中国国学经典有自己的优势和劣势，优在国际普通话英语和西方媒体、出版商和读者的倾向性认可，劣在原文理解和儒、释、道等国学文化思想的把握和等效再现。我国的译者的优劣正好相反，所译介的国学典籍可惜多半没能很好地走出国门，也就没有起到预期的国学外宣作用⑤。许渊冲的翻译，杨宪益（夫妇）的翻译，赵彦春教授的翻译，莫不如此，原因大概不外乎"国家政策支持力度不够，专业翻译人才及

---

① 张宁. 古籍回译的理念与方法 [J]. 湖北大学学报（哲社版），2007（01）：91-94.
② 许渊冲先生在一本名为《朗读者》的图书中的序言中如是说。
③ 许钧，等. 文学翻译的理论与实践：翻译对话录 [M]. 增订本. 南京：译林出版社，2010：64.
④ 许钧，等. 文学翻译的理论与实践：翻译对话录 [M]. 增订本. 南京：译林出版社，2010：64.
⑤ 刘立胜，廖志勤. 国学典籍海外英译中超文本成分研究——以李白诗歌《长干行》三译文为例 [J]. 民族翻译，2011（04）：39-45.

版权经纪人缺乏,以及国内外出版社合作力度不大"①。杨氏夫妇的《红楼梦》译本由外文出版社出版。此乃中国外文局的对外出版机构,虽然出版了3万余种图书,也号称销往200个国家和地区,但在国际的地位不是很高。霍克斯翁婿的《红楼梦》译本由美国著名的企鹅兰登书屋(Random House, Inc.)之分支出版社兰登书屋(Random House, Inc.)出版。除了在美国,它还在英国、加拿大、爱尔兰、澳大利亚、新西兰、印度、中国、韩国、南非等地设立了分社(代理),其"企鹅经典"(Penguin Classics)专门致力于文学经典的出版,享誉全球。葛浩文翻译的莫言小说出版于美国著名的出版社兰登书屋(Random House, Inc.)和法国著名的瑟伊出版社(Les Editions du Seuil),其国际名声和宣传促销力度远远超过出版杨宪益夫妇《红楼梦》译著的外文出版社。这就部分解释了为什么国内出版社的译著其国际知名度不及国外出版社出版的译著(假如具有可比性,如上述的两个"红译本")。

四、方法与出路

(一)关于何所译问题的思考

先说选材。为了确保国学外译的经典,确实传播中华文化精髓,国家可以增设更多的中华学术外译项目,还可以以课题招标等形式使专人研究国学经典。官方待译书单可供译者自由或夺标选择。国学经典由于历史悠久,往往会出现多种版本,专家们也要仔细甄别,否则这个任务就要落到译者肩上。假如要进行《红楼梦》的英译,国学专家们是否提供一个可靠可信的"红"源本?杨氏夫妇依据的原语是戚序本(前八十回)加程乙本(后四十回),霍译的原语是程乙本,这就给今天的《红楼梦》译评造成了诸多困难(因原版不同造成一定程度的不可比性)。再如,赵彦春教授翻译《三字经》,不是基于专家所赐的标准源本(尚无),而是由自己决定"基于清朝贺兴思的版本",因其"代表着中华民族的认识论和价值论体系",也因为(他认为),其他版本如南宋王应麟版本适合儿童阅读,"对中华文化体系的叙述较为粗疏",而民国的版本年代较近"经典还未得到历史的验证"②。

官方出资出人研究国学,甄别真假优劣国学经典,让译者优先优质地外译

---

① 刘立胜,廖志勤. 国学典籍海外英译中超文本成分研究——以李白诗歌《长干行》三译文为例[J]. 民族翻译,2011(04):39-45.
② 李晶. 翻译·国学·中国话语体系——《三字经》英译者赵彦春教授访谈录[J]. 天津外国语大学学报,2015(01):41-45.

真善美者。重要典籍可由不同的译者（团队）分别译为全译本和节译本，译得不好的可重译/复译。杨武能先生说，翻译不可能也不应该有"定本"（不让后来人复译而止步于某个译本），一个原作可能也可以有多个"成功的、出色的乃至堪称伟大的译本"①。对有自主权的翻译大家，我们对其选题不要进行政治或行政干涉，要使其想译什么就译什么，能译什么就译什么。

再说文言文或原文解读问题。国学典籍翻译其实涉及翻译的两个类型："语内翻译"（intralingual translation）和"语际翻译"（interlingual translation）。因古汉语通假随意性较大，"兼类"现象比现代汉语复杂，"所谓的汉语着实像一个难以驯服的孩子，在逻辑缜密的人眼里，这门语言相当桀骜不驯"②。（古今）汉语的一个语句，断句不同，或许使译文有截然不同的意思和感受。译者既要有准确理解文言文，又要找到中西方两种语言的契合点，找到最适合的语词来翻译。"上帝"在《中庸》里仅出现一例："郊社之礼，所以事上帝也。"郊祭上天，即"上帝"；社祭地神，即"后土"。朱子所言"上帝"即自然意义上的"天"③，译者若理解有误，何谈信达雅的翻译？

（二）关于何以译问题的思考

关于翻译策略。"研究典籍翻译中译者主体与翻译策略选择，必须联系到其本身的特点，根据译者本身的翻译能力和特定文本来选取翻译策略"。④国学典籍翻译可以采取以下策略：1. 阐释的翻译或翻译的阐释⑤。2. 音译或"不翻"，"文化词的音译是在考虑异域读者理解的前提下最大化地保留民族文化的翻译策略之一"⑥。

何谓"文化词"？主要包括"人名类、地理类、职官典制类、哲学宗教类、文学艺术类、工艺美术类、器物和建筑类"⑦，饱含所涉及国家和社会的特色精

---

① 许钧，等. 文学翻译的理论与实践：翻译对话录 [M]. 增订本. 南京：译林出版社，2010：134.
② [美] 方志彤（FANG, A）. 王晓丹译翻译困境之反思 [J]. 国际汉学，2016（02）：97-111.
③ 谭晓丽. 会通中西的文化阐释——以安乐哲、罗思文英译《论语》为例 [J]. 上海翻译，2012（01）：61-65.
④ 刘立胜，廖志勤. 国学典籍海外英译中超文本成分研究——以李白诗歌《长干行》三译文为例 [J]. 民族翻译，2011（04）：39-45.
⑤ 韩经太. 海外汉学语境中的中国文化阐释 [J]. 国际汉学（辑刊），2006（00）：28-30.
⑥ 张静华，刘改琳. 网络媒介视域下文化词的音译与文化的传播 [J]. 西安工业大学学报（哲社版），2016（05）：425-430.
⑦ 张静华，刘改琳. 网络媒介视域下文化词的音译与文化的传播 [J]. 西安工业大学学报（哲社版），2016（05）：425-430.

神财富或精神特点的语词。"音译译例有机会逐渐沿着国际化方向扩大受众群体"①，如在佛教经典字符、术语和语段等翻译时，可借鉴玄奘大师的"五不翻"策略，如《心经》的"波罗蜜多"就是梵语"Paramita"的音译/"不翻"。物名翻译以"音译为主、意译为辅"②，关键术语多采用"英译+拼音+原文"的方式，有意识地凸现汉语和中国文化的异质性③。国学典籍的语句中若有难译的文化词，又是不容错过的（经典中的）经典，可借鉴玄奘大师译经的"颂曰、论曰"手法，前者尽量"质"地说明原文的旨意，后者尽量"文"地通达阐释，合起来就是众所周知的先直译后意译外加（文化典故）注解法。

假如说国学典籍英译的惯式、定式是"厚重翻译"④，那么赵译《英韵〈三字经〉》则不同，简洁凝练，"形神兼顾，高度等值"⑤，即在形式上采取"三词对三字"的形式，在语义上还原其结构和韵律之美，对国学经典的对外传播提供了一个很好的范式。

关于翻译方法。译法很多，形形色色，各法都有适合的语境、语句、语义类型，而且各法入各眼，很难做出一刀切的规定。论国学典籍翻译，文本语义和文化精神总是位居首位，严谨认真、为原作和自己的使命负责的翻译人员不应该轻易或任性地引申，"如无必要，决不引申"，"文以趋同原文为旨归，力争在形式、内容、含义诸方面逼近原文"⑥。在字面意义和深度文化隐含（意义）出现矛盾的时候，译者应以后者为重，以达到"一种深度意义上的忠实"⑦。韩经太⑧说："对中国哲学、诗学概念的理解和翻译应该辩证一点、空灵一点。"

例如，国学典籍的文化词原则上用音译法或音译辅以直译/解释。"龙"作为一种传说的神兽意译为"dragon"本无异议，但作为国学的文化词，如"龙的传人"的"龙"，此种意译可能难以被西方读者理解或接受，2008年的如此翻译招致外国评委误解而反对将龙作为预期的奥运会吉祥物。如若改用音译的"loong"结果又当如何？"dragon"在西方是邪恶的怪兽，如上文（参见第一章

---

① 涂和平. 物名翻译及其标准化进程 [J]. 上海翻译, 2005 (02): 65-67.
② 李丙权. 从《论语》英译看经典翻译的双重视域 [J]. 人文杂志, 2015 (03): 57-64.
③ 赵长江. 用翻译打开中国人的思想大门——理雅各翻译述评 [J]. 中国文化研究, 2016 (02): 138-149.
④ 刘玉红等. 文化走出去的形式要求：英韵三字经的押韵艺术研究 [J]. 当代外语研究, 2016 (06): 100-104.
⑤ 赵彦春. 《三字经》英译诘难与译理发凡 [J]. 天津外国语大学学报, 2014a (02): 19-24.
⑥ 张宁. 古籍回译的理念与方法 [J]. 湖北大学学报（哲社版）, 2007 (01): 91-94.
⑦ 韩经太. 海外汉学语境中的中国文化阐释 [J]. 国际汉学（辑刊）, 2006 (00): 28-30.
⑧ 韩经太. 海外汉学语境中的中国文化阐释 [J]. 国际汉学（辑刊）, 2006 (00): 28-30.

第二节）所说，英国文学史最早的史诗《贝奥武甫》(*Beowulf*) 写的就是一篇"屠龙记"，贝奥武甫冒死屠杀诸多恶龙，拯救了国家和人民，被拥为民族英雄和国君。难怪有人把"亚洲四小龙"译为"The Four Asian Tigers"，规避了不祥的"dragon"，改用了吉祥的"tiger"［见英国诗人布莱克（William Blake）的《老虎》(*The Tiger*)］。

我们发现《红楼梦》的两个全译本虽然千差万别，但在处理诗歌和飞白、双关、隐喻等翻译难题时都具有很高的造诣。不论是"葬花词"还是"螃蟹咏"，杨氏夫妇和霍克斯翁婿的翻译几乎达到译诗的"化境"，看不出译笔的雕痕，俨然原作一般。如下例①：

（25）二人正说着，只见湘云走来，笑道："二哥哥，林姐姐，你们天天一处顽，我好容易来了，也不理我一理儿。"黛玉笑道："偏是咬舌子爱说话，连个'二'哥哥也叫不出来，只是'爱'哥哥'爱'哥哥的。回来赶围棋儿，又该你闹'幺爱三四五'了。"(《红楼梦》第二十回)

译₁: They were interrupted by Xiangyun's arrival. "Why, *Ai Brother* and Sister Lin!" she cried cheerfully. "You can be together every day, but it's rarely I have a chance to visit you; yet you pay no attention to poor little me." "The lisper loves to rattle away," said Daiyu with a laugh. "Fancy saying *ai* instead of *er* like that. I suppose, when we start dicing, you'll be shouting one, *love*, three, four, five...."（杨译）

译₂: Just then Xiang-yun burst in on them and reproved them smilingly for abandoning her: '*Couthin Bao*, Couthin Lin: you can thee each other every day. It'th not often I get a chanthe to come here; yet now I have come, you both ignore me!' Daiyu burst out laughing: 'Lisping doesn't seem to make you any less talkative! Listen to you: "*Couthin*!" "*Couthin*!" Presently, when you're playing Racing Go, you'll be all "thicktheth" and "theventh"!'（霍译）

史湘云"咬舌子、大舌头"把"二哥哥"说成"爱哥哥"，遭到爱讥讽吃醋的林黛玉的学舌挖苦。因此四处下加点的部分皆为棘手语词。"二、爱"的错误和飞白转写是飞白和嘲弄幽默之关键，如何翻译，杨译采用音译法，因为英语的"er, ai"和汉语的"二、爱"一样饶舌。唯一遗憾的是原文的韵味有所流失。霍译采用类比法，译为英美人也有的"s，th"不分，而把"s"说成"th"是高级错误（矫枉过正），以原文的飞白之法嘲弄言者的扭捏之态。因此，霍译更传神些。另外，末尾的"又该你闹'幺爱三四五'了"是最难翻译的

---

① 笔者添加了粗体和斜体，为篇幅计还合并了段落。

"文化词"：小说中的"幺、爱、三、四、五"，可以说对应于"一二三四五"，也有人说是暗指薛宝钗、林黛玉、史湘云、四儿、柳五儿，还有人认为是围棋的五种布局。杨译编造出掷骰子游戏（dicing），在一群数字中塞进多义的"love"（热爱、零分）。而霍译沿用原作的围棋（Racing Go），实施一贯到底的以"th"代"s"，具体是分别以荒谬的"thicktheth, theventh"代"sixth, seventh"，整段译文具有极高的互文性和连贯性。此外，霍译的"th"代"s"做法还波及其他词语，如"It'th not often I get a chanthe to come here"，可见其良苦用心。两个译本都是认真负责的翻译，译法则各有千秋，而且窃以为霍译在语效上略胜杨译。

（三）关于翻译者和出版者的思考

首先是译者问题。对于有志于翻译事业的人才，国家和机关、社会和组织，应该珍惜和扶持他们的翻译事业，处处开绿灯。例如，提高他们的待遇，改善他们"枯燥、薄利"的工作条件①，提升译著尤其是国学大部头难译作品的译著的学术地位，不使其有衣食之忧、意识形态之忧、发表出版之忧。还应鼓励国学翻译、合作翻译尤其是中外合作翻译。像萧乾和文洁若夫妇的合译方式——"萧文模式"，以及杨宪益和戴乃迭夫妇的中外（联姻）合译——"杨戴模式"，合作者往往是这样的劳务分工：一个注重"信、忠实""抠原文抠得紧"，而另一个是注重"达、雅、可读性"的"灵活派"②。"萧文模式、杨戴模式"都是值得学习和提倡的理想合译模式。

由于中国译者较熟悉中国的一些传统习俗语言文化等，因此对东西文化间的差异更为敏感。传播中国文化典籍的重任主要还得依靠国内的译者来承担，即典籍英译的主体应该是汉语译者，因华人译者对东西文化间的差异更为敏感③；"汉语译者有资格及义务从事典籍英译"④。另外，译者最好还须具备源语文本选材能力、考虑读者接受并推动译本在目的语境中的传播能力。优秀译者不仅要具备跨越中西的跨语际、跨文化的能力，还需圆融古今，弘扬民族精

---

① 许钧，等. 文学翻译的理论与实践：翻译对话录［M］. 增订本. 南京：译林出版社，2010：152.
② 许钧，等. 文学翻译的理论与实践：翻译对话录［M］. 增订本. 南京：译林出版社，2010：68.
③ 李丙权. 从《论语》英译看经典翻译的双重视域［J］. 人文杂志，2015（03）：57-64.
④ 刘立胜，廖志勤. 国学典籍海外英译中超文本成分研究——以李白诗歌《长干行》三译文为例［J］. 民族翻译，2011（04）：39-45.

神。当今的国学经典外译者应本着"出于文化的自觉"①。

再就是出版商问题。现当代文学"走出去"需要政府支持,还需要相关部门在海外进行推广。"克服民族文学僵化的片面性和封闭性""增强沟通、对话与理解"②。第一,政府的支持。国家级的基金立项,如2009年启动的"中国文化著作翻译出版工程",不仅资助出版费用,还资助推广费用。国家新闻出版总署设立了"中国现当代文学域外译介"专项基金。第二,传媒介入和学术推动。如影视传播、媒体介绍、作家/译者交流、学术推动。第三,开展好中国现当代文学海外推广活动,让自我传播与他者传播相融。国学外译和外宣也是如此。国学译著若由国内出版社出版,则需要各部门加大外宣力度和效度,我们建议最好还是联系国际著名出版社出版发行。

五、小结

我们讨论了国学英译的道和术方面的主要繁难问题,也提出了针对性的建议。在"一带一路"语境下,翻译可以为"走出去""引进来"即广泛的中外文化交流做出巨大的贡献。首先是国学经典走出去,获得国际认可,有助于讲述好"中国故事",塑造有利于"一带一路"沿线国家乃至更多国家共同发展的健康友善的大国形象,并获得更大的国际话语权。其次是进一步引入正能量的外国文化,促进文化交流、合作、交融。

笔者把国学经典翻译的症结归结为三个:"何所译"是译什么选题、论题、语料、内容、原文文本的问题。译者尤其是西方译者所译的未必是国学经典,更非全译本。而有关部门又不能给译者尤其是国际汉学家们布置"翻译作业"。"想译什么就译什么""要我译什么我就译什么"都不妥。再就是所翻译的原文解读问题,因为汉语不同于西语,特别是文言文,以往的翻译谬误累累,贻笑大方,皆因汉语的特殊性。其次是"何以译"问题,即如何翻译的大小问题,大的是策略(如归化为主还是异化为主,全译还是节译,以信、达还是雅为指向,等等),小的是方法(如省略法、增词法、正说反译法、倒装法、文化注解法,等等)。而道和术的选择往往还受制于译者之外的诸多因素,如机制性、政治性等。最后是"谁翻译、谁出版"的问题。翻译史证明,同一原作交由不同

---

① 李晶. 翻译·国学·中国话语体系——《三字经》英译者赵彦春教授访谈录[J]. 天津外国语大学学报, 2015 (01): 41-45.
② 杨四平."走出去"与"中国学"建构的文化战略[J]. 解放军艺术学院学报, 2013 (02): 31-34.

的译者翻译，质量和风格就会迥异，交由不同国家的不同出版社发行宣传效果也会迥异。我们也分析了培养翻译高手的教育和非教育的困难，感叹翻译大师的栽培殊非易事，若有就要格外爱惜。

　　基于此，我们建议，在三个方面（翻译选材和原作、翻译策略和方法、译者和出版者）都给予翻译家高度自主权和鼎力援助。要尊重翻译大家的各方面选择，而决不可"穿小鞋""开红灯"。具体说来，首先，关于翻译选题、原作和语言，有关部门要派专人研究国学，挑选出待译典籍，招标翻译，邀请翻译。其次，关于翻译策略和方法，既要注重国学精髓的保值再现，又要尊重译入语文化的接受度。鼓励译者在翻译研究的语言派和文化派的各种主张之间寻找折中点、平衡点，尊重和理解原作，做到信，又要考虑目的语及其文化的特点，做到达和雅。最后，关于国学典籍译著的翻译者和出版者，国家和机关、社会和组织，应该竭力帮助翻译家，使其译著得到学术认可，远离衣食之忧、意识形态之忧、发表出版之忧等现实烦恼。还要鼓励和促成合作翻译尤其是中外合作翻译。另外，还要加大出版社的对外营销，联合或联系国际知名出版社出版国学经典译著。

第二节　"国学"英译是"厚重"还是"瘦身"
——评吴国珍的《论语》译本

一、引子

　　典籍英译应该实行瘦身翻译还是厚重翻译是目前学界争论的话题。有人提倡瘦身翻译以满足碎片化阅读时代的读者快速阅读需求；有人赞成厚重翻译以期最大程度再现本国文化，便于读者理解和鉴赏，也有利于保留世界文化多样性。其实两者并非势不两立、相互排斥，而是各司其职、相辅相成。论者只需站在不同的视角，考虑"为何译""为谁译"，问题就能迎刃而解。我们将在厚重翻译视角下讨论吴国珍[①]先生的《论语》英译是如何解决这些问题的。

[①] 吴国珍（1945—），福建晋江人，退休前是中学英语教师，翻译家。

二、文献综述

"厚重翻译"是美国学者阿皮亚（Appiah，1993）的《厚重翻译》一文中提出的一种翻译策略，该策略是"通过注释、评注等方法将文本置于丰富的文化与语言环境中"[1]。因此，该策略常用于典籍翻译中。

孔子的《论语》是儒家经典，被译成多国文字。意大利传教士利玛窦（Matteo Ricci，1552—1610）早在1593年就把《四书》翻译成拉丁文。最早的《论语》英译本是英国人马歇曼（Joshua Marshman，1768—1837）于1809年出版的节译本[2]。其英译已有300多年的历史，"已有近六十个译本"[3]。这些译本虽然译者身份、意识形态、译者理解和翻译意图不一，翻译策略、方法和技巧各异，但都"文质颉颃，各领风骚"[4]。每个译本都有可圈可点之处，即使是被称为经典译本、大家手笔的理雅各与韦利的译本，"我们也不难发现它们各自存在的突出问题"[5]。这些问题主要有：格义现象（如用西方宗教和哲学概念翻译及诠释中国思想）[6]；语言层面西化[7]；原文解读错误[8]；一词多译现象[9]。由此可见，《论语》英译积弊繁多，虽然有些有目的而为之（如归化翻译），但有

---

[1] APPIAH, K. A. "*Thick Translation*" in the Translation Studies Reader [M]. Ed. L. VENUTI. London & NY: Routledge, 2000: 427.

[2] 据李丙权（2015：58）考证，最早的英译本出自柏应理（PHILIPPE, C., 1662—1693）在1687年的拉丁文译本基础上转译的，因其对《论语》处理的草率而往往不被学界提及；李钢，李金妹."西方中心主义"观照下的《论语》英译 [J]. 外语学刊, 2012 (02): 123-125.

[3] 李钢，李金妹."西方中心主义"观照下的《论语》英译 [J]. 外语学刊, 2012 (02): 123-125.

[4] 何刚强. 文质颉颃，各领风骚——对《论语》两个海外著名英译本的技术评鉴 [J]. 中国翻译, 2007 (04): 77-82.

[5] 何刚强. 文质颉颃，各领风骚——对《论语》两个海外著名英译本的技术评鉴 [J]. 中国翻译, 2007 (04): 77-82.

[6] 姚金艳，杨平. 传教士和汉学家在《论语》翻译及诠释中的文化挪用 [J]. 湖北大学学报（哲社版），2012 (02): 90-93；钟明国，辜鸿铭.《论语》翻译的自我东方化倾向及其对翻译目的的消解 [J]. 外国语文, 2009 (02): 135-139.

[7] 钟明国，辜鸿铭.《论语》翻译的自我东方化倾向及其对翻译目的的消解 [J]. 外国语文, 2009 (02): 135-139；孟健等. 文化顺应理论视阈下的典籍英译——以辜鸿铭《论语》英译为例 [J]. 外语学刊, 2012 (03): 104-108；李钢，李金妹."西方中心主义"观照下的《论语》英译 [J]. 外语学刊, 2012 (02): 123-125.

[8] 何伟，张娇.《论语》疑难章句的语内翻译模式 [J]. 外语教学, 2013 (06): 95-98.

[9] 黄国文. 典籍翻译：从语内翻译到语际翻译——以《论语》英译为例 [J]. 中国外语, 2012 (06): 64-71；范敏.《论语》五译本译者风格研究——基于语料库的统计与分析 [J]. 北京航空航天大学学报（哲社版），2016 (06): 81-88.

些却是误解或误译。对这些误解和误译，我们有必要尽可能矫正。

"只要语境许可，译者要有积极的宣传意识，有效传播中国文化，促进社会交流与进步。"①《论语》的形成基于一定的历史文化背景，因此，不同历史时期的各译本具有不同特点，但也有可能打上某个时代的烙印或为某个时代服务。在当今文化自觉和文化自信的大背景下，通过脚注、译注、说明、注释、长序、词语解释等手段补充文化语境的厚重翻译对于"文化走出去"是否可行就很值得研究了。

吴国珍教授退休后致力于"四书"的翻译，其中2012年出版的《〈论语〉最新英文全译全注本》在2013年被国家汉办推荐为孔子学院读物。在此基础上，2018年又推出《论语：平解·英译》。前者有英文全译和英文全注和词语解释，后者有拼音、注释、今译和评析，如此丰厚的内容当然导致译本的厚重，那么，"碎片化阅读"已经成为一种潮流的电子化时代，如此厚重的翻译真的有必要吗？

通过知网查询，研究吴国珍先生《论语》翻译的有12篇论文，如潘文国②，秦艺、李新德③，张娇④，陈莹⑤，魏媛⑥等。秦艺、李新德⑦指出吴国珍英译《论语》有三大特色：即"体例独特、译义确切、通俗易懂"，"尽管可能存在一些可资商榷的地方，吴译《论语》仍不失为一部上乘之作"。张娇⑧指出，"吴国珍的译著《〈论语〉最新英文全译全注本》别具一格、特色突出，是近几年出版的《论语》译本中比较优秀的译本之一"。潘文国⑨说，吴国珍翻译

---

① 陈小慰. 公示语翻译的社会价值与译者的修辞意识 [J]. 中国翻译, 2018 (01)：68-73.
② 潘文国. 典籍英译心里要有读者——序吴国珍《〈论语〉最新英文全译全注本》[J]. 吉林师范大学学报（哲社版），2012 (01)：16-19.
③ 秦艺，李新德. 译家经典，译事典范——吴国珍《〈论语〉最新英文全译全注本》评析 [J]. 浙江万里学院学报，2014 (01)：80-84.
④ 张娇. 匠心独运 尺瑜寸暇——吴国珍《论语》译本评述 [J]. 北京科技大学学报（哲社版），2015 (02)：88-90.
⑤ 陈莹.《论语》英译的宏观变异与微观变异：以理雅各、辜鸿铭、韦利和吴国珍译文为例 [J]. 北京科技大学学报（哲社版），2019 (06)：18-25.
⑥ 魏媛."厚翻译"视角下吴国珍《论语》英译研究 [J]. 北京印刷学院学报，2019 (10)：78-80.
⑦ 秦艺，李新德. 译家经典，译事典范——吴国珍《〈论语〉最新英文全译全注本》评析 [J]. 浙江万里学院学报，2014 (01)：80-84.
⑧ 张娇. 匠心独运 尺瑜寸暇——吴国珍《论语》译本评述 [J]. 北京科技大学学报（哲社版），2015 (02)：88-90.
⑨ 潘文国. 典籍英译心里要有读者——序吴国珍《〈论语〉最新英文全译全注本》[J]. 吉林师范大学学报（哲社版），2012 (01)：16-19.

《论语》"体现了典籍英译(乃至所有翻译)的一个重要原则:心里要有读者。吴国珍做到这点的办法包括加英文详注、提供原作者的详传、提供重要术语介绍、采用平实的译文语言,等等。他还注意吸收《论语》学术研究的最新成果,体现在译文里。这对于我国的典籍外译事业具有启示意义"。魏媛[1]总结说:"通过厚翻译方式,吴国珍将文本置于丰富的文化和语言环境中,向读者介绍了孔子思想、历史背景、社会习俗和文化概念,方便目标语读者更好地赏析。"

三、为何译

翻译是一种有目的的行为[2]。中国典籍外译在文化价值层面主要有两种目的:一是文化交流,向世界传播中国文化;二是西方话语中的"中国形象"构建[3]。吴国珍本着向世界传播真正的中国文化和摈弃、矫正一些《论语》中的英译积弊,提出个人的修正建议,不断完善《论语》译本的目的,"以期为典籍英译寻求正确的翻译策略和应对办法"[4]。

《论语》英译积弊如何?在提倡中国文化"走出去"的今天,"要让译文话语及其呈现方式对国际受众真正产生影响力、感召力和吸引力,让世界正面理解中国而不是误解中国"[5]。但由于众所周知的原因:一是《论语》原文以文言文书写,语句简约,"缺乏语境,许多章句含蓄难懂"[6];二是存在很多与现代汉语同字不同义或一词多义的情况,如果未能对其正确解读,都会使译文的准确性大打折扣;三是翻译时"戴着镣铐跳舞",要达到信达雅或文质和谐殊为困难。由于国外译者的古汉语知识相对贫乏,对原作意义的把握不够准确,翻译时只偏重归化和西化以迁就西方读者的接受心理,结果在翻译过程中普遍存在表层翻译、欠额翻译(under-translation)、增译、漏译及胡译[7]。因此,不少

---

[1] 魏媛."厚翻译"视角下吴国珍《论语》英译研究[J].北京印刷学院学报,2019(10):78-80.

[2] VEMEER, H. J. Skopos and commission in translational action [A]. Ed. L. VENUTI. *The Translation Studies Reader* [C]. London: Routledge, 2000: 221; NORD, C. *Translation As a Purposeful Activity: Functional Approaches Explained* [M].上海:上海外语教育出版社,1997:19.

[3] 周宁.亚洲或东方的中国形象:新的论域与问题[J].人文杂志,2006(06):1-10.

[4] 吴国珍.辜鸿铭《论语》英译缺失举隅[J].湖北师范学院学报(哲社版),2014(04):20-24.

[5] 陈小慰.对外宣传翻译中的文化自觉与受众意识[J].中国翻译,2013a(02):95-100.

[6] 金学勤.《论语》注疏之西方传承:从理雅各到森舸斓[J].四川大学学报(哲社版),2015(03):58-65.

[7] 刘立胜,廖志勤.国学典籍海外英译中超文本成分研究——以李白诗歌《长干行》三译文为例[J].民族翻译,2011(04):39-45.

《论语》译本存在一些瑕疵。

从 100 多年前到现在，由于各种原因，《论语》英译一直存在着舛误，而种种舛误非但没有得到改正，还往往得到继承。更有甚者，还对早期一些比较靠谱的英译进行"修正"，实则是往错上改。如"君子"的翻译，译文五花八门："gentleman"（韦利/ Waley 译、刘殿爵/ D. C. Lau 译）、"a wise man"（辜鸿铭/ Ku Hung-Ming 译）、"an exemplary person"（安乐哲与罗斯蒙特/ Roger T. Ames & Henry Rosemont 译）。先秦时期的"君子"其实更多的指贵族官员，有时甚至直接指国君。只是经孔子赋予其道德的含义后，才兼指具备理想化人格的、品格高尚完美的人。因此，以上翻译都在某种程度上有所欠缺。吴国珍先生将君子译为"superior man"，这是对理雅各的继承，其中的"superior"有上级和优秀的含义，兼顾了君子的多层面意思。又如黄继忠先生的英译本被牛津大学出版社称为"迄今最完美的"《论语》英译本，但他把"百姓"译作"the hundred family names"，就被林元彪先生直指为"简直是个笑话"①。再如"礼"的英译，这在封建社会被视为最重要的典章制度和行为准则，柯大卫 1828 年译本译成"propriety"（礼节），理雅各 1861 年译本译成"the rules of proprieties"（关于礼节的种种规定），虽然不是完全对等，但"礼节"属"行为准则"的循礼和节制，大方面是正确的，但到了 1898 年的辜鸿铭/ Ku Hung-Ming 译本就被"创新"为"art"（艺术）。到了 1938 年，韦利将"礼"译成"rituals"，这是具体的"典礼、仪规"，仅仅是祭礼、典礼中的程序，而非那个可以用来规范万方、治国安邦的典章制度。这就说明，《论语》英译是有其积弊的，有的还达百年之久。

如何革除此类积弊当然办法很多，比如林元彪先生提到的"把文本语境产生的全部'复义'整体挪移"②。这类典籍厚重翻译通过注释等多种手段有望在某种程度能消除《论语》英译中的陈年积弊，在这个意义上，《论语》厚重翻译有其存在的理由和必要，因为像"礼"这么重要的儒家核心词，没有一段较长的话是讲不清的，更何况"礼"有主次之分，有作为国家典章制度的礼法制度，也有祭祀、典礼的礼仪形式，更有日常的礼仪、礼貌，这就更需要伴随不同译文而随时附加注释。"由于古汉语一字多义的现象非常普遍，勉强定于一，

---

① 林元彪. 走出文本语境——"碎片化阅读"时代典籍翻译的若干问题思考 [J]. 上海翻译，2015（02）：20-26.
② 林元彪. 走出文本语境——"碎片化阅读"时代典籍翻译的若干问题思考 [J]. 上海翻译，2015（02）：20-26.

必然造成过于牵强，有时在不同的上下文中会显得扞格难通"①。

四、矫枉不妨过正

有人可能会反驳，厚重翻译可以的话，也不要厚到那个程度，适可而止的注释点拨不是更好吗？这完全是对的。我们也非常期望这种译本的出现，域外也的确有此类需求，但这不能成为拒绝某些非常详细的厚重翻译的存在理由。原因就在于，《论语》英译积弊年久月深，要革除之就要下重药，正所谓：矫枉必须过正，不过正不能矫枉！也就是说，典籍里的一些问题相当复杂，要有较长的篇幅才能讲清楚。吴国珍的厚重翻译《论语》译本里就有很多这样的例子。下面我们选取二例以说明之。

如下例（《论语》11.1 的一句话）：

（26）子曰："先进于礼乐，野人也；后进于礼乐，君子也。如用之，则吾从先进。"

白话：孔子说："先学习礼乐而后做官的人，是原来没有爵禄的普通人；先当了官再学习礼乐的人，是贵族出身的人。如果要选用人才，那我主张选用先学习礼乐后做官的人。"

译$_1$：The Master observed: "In the arts of civilization our forerunners are esteemed uncultivated, while in those arts, their successors are looked upon as cultured gentlemen. But when I have need of those arts, I follow our forerunners."（苏慧廉译）

回译：孔子说："在文明的艺术中，我们的先辈被视为没有教养的人，而在那些艺术中，他们的后辈则被视为有教养的绅士。但当我需要这些艺术时，我就会追随先辈。"

译$_2$：The Master said, "Those who first learn the rules of propriety and music before taking office are men of populace origin; those who learn the rules of propriety and music after taking office are men of aristocratic origin. If I were to use them, I'd choose the former."（吴国珍译）

为了让读者更好理解原文，吴国珍译本加注如下：

In the Zhou Dynasty, great importance was attached to the rules of propriety and music. With the rules of propriety, people respected each other and conducted themselves properly in accordance with their respective social strata. With music, a harmo-

---

① 潘文国. 典籍英译心里要有读者——序吴国珍《〈论语〉最新英文全译全注本》[J]. 吉林师范大学学报（哲社版），2012（01）：16-19.

87

nious and peaceful social environment was guaranteed. Thus learning and grasping the two had become a basic requirement for those who were seeking or had already held official posts.

For a very long time before Confucius, only the aristocrats and their inheritors had had the right to be given government positions. Then Confucius and other teachers began to set up private schools to educate different kinds of disciples from common people's families. Such disciples had to learn the rules of propriety and music very well before they could seek their slim opportunity to be officials. Such officials would be good at government since they had received systemic education, especially in the learning of the rules of propriety and music. On the other hand, a young man from an aristocrat's family would be easily given an official post even before he was properly educated, and would probably not be good at administration. That was why Confucius preferred educated populace to aristocratic inheritors when it was time to choose officials from among them.

回译：周朝非常注重礼乐制度。通过礼的规范，人们按照各自的社会地位互相尊重，举止得体。有了音乐熏陶和教化，就能达到家庭和社会的和谐。因此，学习和掌握礼乐已成为那些正在寻求或已经担任公职的人的基本要求。

在孔子之前的很长一段时间里，只有贵族及其继承者有权获得官职。后来孔子和其他为师者开办私塾，从普通家庭招收弟子。弟子们必须学好规矩和礼乐，将来才能为官执政。他们要系统学习如何进行事务管理，此外是礼乐学习。另一方面，出生贵族家庭的年轻人即使没有受过良好的礼乐教育也更容易跻身政坛，靠的是世袭官职，他们往往不擅长管理。这就是为什么孔子声称在挑选官员时更倾向于有教养的平民而非没受过礼乐熏陶的贵族（后裔）。

从以上两种译文可知，第一种是离奇的解读和翻译，跟孔子的原话完全没有关系。而吴国珍的译文契合了原文，而且通过加注让读者了解了原文的丰富的文化语境。

像这样的问题，牵涉的是中国古代礼乐文明的大事，有谁能不借助注释便可以用简单巧妙的一两句英译就能让外国读者马上明白呢？恐怕很难。所以吴国珍的英译本就对这段历史知识做了较长的注释和解读。

这就是所谓的厚翻译，因为它的字数远远超过原文。假如没有这样的背景介绍，任何译文都无法给读者带来有效的信息，更不要说上述译文本身就有错的译文了。

厚重翻译不但表现在注释方面，也可以表现在较长的前言，更可以有"词语解释"。比如吴译本就包含时任中国英汉语比较研究会会长潘文国教授的长序,接着是他自己编的"词语解释"(glossary),这当然又加厚了这本书,却有助于读者理解原文。

如《论语》14.2 中的一句话:

(27) 子曰:"士而怀居,不足以为士矣。"

白话:孔子说:"士如果留恋家庭的安逸生活,就不配做士了。"

这句话要译成英语,最难的就是那个"士"字。

译$_1$: The Master said, "*The knight of the Way* who thinks only of sitting quietly at home is not worthy to be called a knight."(韦利译)

回译:"只想静静地坐在家里的守道骑士不值得被称为骑士。"

把"士"译成"Knight of the Way"问题很大。"knight"是"欧洲中世纪骑士",如此借译是严重的西化;加上"of the Way",译之为"守道骑士",这属于中西杂糅,颇为牵强。另外,"怀居"的意思是"留恋家庭的安逸生活",把它译成"只想静静地坐在家里"无法表达这个意思。

译$_2$: The Master said:"*A scholar* who indulges in domestic comfort cannot be counted as a worthy scholar."(吴国珍译)

吴国珍教授将"士"译为"scholar",此句中的"士"能完全等同于英语"scholar"吗?似乎有点牵强,那么,"士"究竟要如何翻译呢?汉朝以后的"士"就是读书人、知识分子,译为"scholar"没问题。但先秦时期的"士"就没有那么简单了。鉴于"士"的出现率高,吴国珍在其"词语解释"专门为其编了一条。他先把这一条定名为"士、Scholar",然后用英文加以解释说明。

The word is often translated into "scholar" because it is true to the fact throughout most part of feudal China. But when it was used in Confucius' time or a little later than that, it usually referred to a special stratum of intellectuals who had no right of inheritance in their aristocratic families, but had to make it their career to serve those in power with their knowledge, intelligence, stratagems and loyalty.

In the early part of the Zhou Dynasty, only people of aristocratic origin had the rights and opportunities to receive education. Later, with the efforts of Confucius and other pioneers of civilian education, a small part of the common people gradually secured such rights and opportunities. They were taught knowledge and skills and accepted the moral values and standards of the ruling class. Most often they became consultants of those in power and had significant influence on them. Such people were also called 士.

回译:"士"这个字一般译成"学者",因为在中国封建社会情况正是如此。但在孔子时代或稍晚,"士"通常指一个特殊的知识分子阶层,他们虽属贵族家庭却没有继承权,而必须以知识、智慧、谋略和忠诚为当权者服务。

在周朝早期,只有贵族出身的人才有接受教育的权利和机会。后来,在孔子等文教先驱的努力下,一小部分平民逐渐获得了此等殊荣,又是接受知识和技能,又是接受统治阶级的道德观念和行为标准。这些人后来多半成为当权者的参谋顾问,自然左右着当权者的决策。这些人也被称为"士"。

此条词语解释指出,"士"属于知识分子阶层,这就为译成"scholar"提供了一定的依据,但又指出他们有以知识、智慧、谋略和忠诚为当权者服务的一面,让读者知道他们更多的是参与政事的治理,而非纯属研究学问的文人,有助于对他们身份的了解。这比多位译者翻译的"gentleman"①无疑更贴近史实。吴译的"scholar"虽在语义层面不能完全包含关联契合"士"的所有含义,但加上词语解释,读者对其真正的内涵应该会有较好的认知。

总之,吴国珍先生的这种"学术型翻译",尤其是他特别重视、传承和发扬传统注疏,这些注疏可助力"英语世界的读者理解甚至欣赏这一儒家经典,帮助他们了解该经典背后的阐释传统"②。

五、为谁译

如上文所说,《论语》已有60多种英译本。史嘉伯(Schaberg)③,认为每个译本有自己特定的读者,都为《论语》在英语世界传播做出了贡献。此外,他还认为各译本之间没有优劣之分,只有风格之别,当然也吸引不同的译者。如白氏夫妇的译本既能吸引汉学家,又能吸引普通读者;由于利斯译本注重意译,对于受众来说比其他译本可读性更高。刘殿爵翻译的《论语》通过前言、注释及附录以及解释等厚重翻译手段,让读者了解原文的意思,并且语言极具表现力,吸引了广大读者。"理雅各诠释《论语》和儒学带着传教士的价值取向"④,同时其译文采用"十九世纪书面语体英文,措辞古雅,译笔严谨"⑤,

---

① CONFUCIUS. *The Discourse and Sayings of Confucius* [Z]. Tr. Ku Hung-Ming. Shanghai:Killy & Walsh Ltd.,1898:169.
② 金学勤.《论语》注疏之西方传承:从理雅各到森舸斓[J]. 四川大学学报(哲社版),2015(03):58-65.
③ SCHABERG, D. 'Sell it! Sell it!':Recent translations of *Lunyu* [J]. *Chinese Literature:Essays, Articles, Reviews* (*CLEAR*),2001(23):115-139.
④ 杨平. 评西方传教士《论语》翻译的基督教化倾向[J]. 人文杂志,2008(02):42-47.
⑤ 杨平. 评西方传教士《论语》翻译的基督教化倾向[J]. 人文杂志,2008(02):42-47.

顺应了西方读者的宗教信仰，因而深受西方读者的喜欢。也就是说，典籍的外译不必满足于一种形式，而应该循序甚至欢迎几种形式并存，以适应读者需求的多样化。正如我们不能要求一位对东方哲学感兴趣的大学生去阅读蔡志忠的《论语》漫画本，也不能要求一个普通青年去啃吴国珍的全译全注本，但反过来不就可以了吗？

  基于功能行为交际理论的目的论认为翻译是一种有意图的目的行为，翻译行为的动因决定最终译本的呈现方式。不同的交际功能需要不同的翻译策略来诠释。吴国珍的《论语：平解·英译》正是在《〈论语〉最新英文全译全注本》在2013年被国家汉办推荐为孔子学院读物后，根据国外读者对2012版《〈论语〉最新英文全译全注本》英译的建议进行修订改造的又一个新版本。此书保持国家汉办评审结论所说的"准确、简练、通俗、地道"的特色。前言部分是对孔子的生平和核心理论的介绍，并翻译成英文，为读者提供了必要的背景知识。第二部分词语解释为书中的重要词汇或概念的诠释，在正文前单独列出，先行减轻读者的阅读负担。第三部分是正文，按照原文顺序排列。每章按小节排列英译，每章里都细分为各分节，便于读者查找和教师讲解。另外，为顺应当今国际"汉学热"，把集中体现儒家思想精髓的《论语》配上汉语拼音，方便了国外汉语爱好者和华裔青少年学习汉语，也有利于中外读者识别多音字、通假字的读音。注释里的词义、历史知识、地理沿革、名物制度、风俗习惯及生僻字、断读和易生歧义和晦涩费解的词句也都有了详细的注解，有助于读者了解中国文化和儒家哲学。"今译"是原文的白话文，帮助读者理解原文和译文。评析是译者对该节的提升点评，读完不仅有助于理解原文，也助力提升读者品性，为该书提升了一个档次。索引按字母顺序列举了书中的重要成语或核心概念。总之，拼音、注释、今译、评析和索引，尤其是书中增加了大量历史背景故事及作者精当的注释和详略互见的评论，实现"文内语境"和"文外语境"的相互补充，对理解经典原文助益良多。不仅反映出他潜心治学、认真考据的严谨风格，突显译本的学术性和严谨性，增加了本套书的参考值并扩展了其读者范围，而且挖掘了"四书"哲学内涵，使得本书的阅读探索不那么深奥，更容易获取，也更适合各个层次的读者。以上这些都体现了吴国珍先生的翻译目的是向世界弘扬中国文化，同时遵循了一个翻译的重要原则："心里要有读者。"[1] 因此，这种厚重翻译的《论语》适合当今国际兴起"汉语热"的趋势，

---

[1] 潘文国. 典籍英译心里要有读者——序吴国珍《〈论语〉最新英文全译全注本》[J]. 吉林师范大学学报（哲社版），2012（01）：16-19.

对于痴迷汉学的国外读者是难得的一本读物,当然,更可继续作为孔子学院的一本好教材。吴先生的《论语》厚重译本有其社会价值,它能推动社会交流与发展①。

六、拓展讨论

根据"语用标记等效原则"(见本书第二章第二节),翻译不应该过于瘦身以至于"欠额翻译",也不应该过于"增肥""厚重"以至于"超额翻译"(over-translation),这两种"不应该"都是违背上述原则的,原则上我们不提倡。但翻译允许个性和多样性,因为世上终归存在有个性的读者,也即一些译者可以兼顾读者多样性,或者干脆就是为一定的读者群而翻译。吴国珍先生的《论语》译本便是如此。若如此,就算"语用变通",也就不能按照常理(如上述原则)"锱铢必较"。

第一,翻译应顺应时代要求。在当今"文化走出去"时代,一本能深度解读《论语》元典精华的译著读本确实很有必要。"快餐式阅读"固然也需要,但正如钱理群②提出"要用人类、民族文明中最美好的精神食粮来滋养我们的下一代,使他们成为一个个健康、健全发展的人"。《论语》是一本为人、为学、为政三位一体而展开的政治哲学书,犹如东方《圣经》,"其中的名言警句,微言大义,吉光片羽,熠熠生辉"③。但由于其缺少上下文语境,加上文简意奥,外译时对其逐字逐句的严格训读尤为必要和重要。以往的译本大都是纯英译本或节译本,并不能把《论语》的精髓较完整地传达出去。在当今中国,随着"一带一路"和"孔子学院"的推进,世界已兴起"汉语热",把"中国的圣经"④原汁原味地推出去的时机已成熟。因此,吴国珍的《论语》厚翻译顺应了当今的"中国热"和"汉语热"的潮流。对于那些理性的、资深的汉语爱好者们来说,就如沙漠中的清泉,甘之若饮,这难道不是厚翻译带给他们的阅读之甘甜吗?

第二,考虑翻译目的。正如上文所说,吴先生翻译的目的除了兴趣使然,

---

① 许钧. 从翻译出发 [M]. 上海:复旦大学出版社,2014:140.
② 钱理群. 如何对待从孔子到鲁迅的传统——在李零《丧家狗——我读〈论语〉》出版座谈会上的讲话 [J]. 鲁迅研究月刊,2007 (09):4-11.
③ 陆卫明等. 关于《论语》的若干疑难问题阐析 [J]. 西安交通大学学报(哲社版),2016 (04):117-121.
④ 陆卫明等. 关于《论语》的若干疑难问题阐析 [J]. 西安交通大学学报(哲社版),2016 (04):117-121.

他的很重要的一个目的是纠正英译中的偏误及让外国读者阅读原汁原味的经典。"典籍的翻译是一件非常难做的事，它不仅仅是两种文字的转换活动，而且是对博大精深的中华文化的重新解读和重新诠释"①。《论语》文本存在重大的历史间隙、文本间隙、哲学间隙②，再加上中外语言和文化的差异，《论语》翻译和其他典籍外译一样，要经过"语内翻译"和"语际翻译"③。一方面，译者须先进行"语内翻译"（把古代汉语翻译成现代汉语），也就是解读典籍，包括"注解、注疏和译注"④，这一环节要求译者对现有的注疏进行筛选、审视和取舍，尽量做到准确、客观和周全；另一方面，把译者理解的现代汉语翻译成现代英语进行"语际翻译"。由于《论语》是文言文，因此吴译增加注释和今译可以帮助外国友人理解源语的"语义表征"（semantic representation），每一节都有比较详细的注释，有助于读者对有关历史背景的了解和对英语译文的评估⑤，但这些无疑会增加书页的"厚重"，却能减轻目标读者的阅读负担，让他们比较轻松地阅读经典。

第三，翻译应考虑布局编排要求。

第四，译者因为有常年当教师的经历，也深知中西文字的截然不同，因此，翻译时考虑到西方读者的阅读需求和阅读困难，加注了汉语拼音。

第五，由于东西方学术规范不同，考虑到西方读者对中文文字、文学和翻译的知识了解不足，因而有前言介绍孔子的生平，书中重要词语的解释，文末增加文中所涉关键词索引。这些"厚重"是与西方学术规范靠齐。"汉学家的译本，则详加评注、辅以导言、索引，学术气象十足。"⑥遵从西方出版习惯，才能顺应西方读者的阅读需求。

书中内容以句段形式编排，不像有些译本全英文没有中文；或左边中文，右边英文；或以一章为单位先英文后中文。吴译本以句段为单位，先中文（中

---

① 黄国文."解读"在典籍翻译过程中的作用——以"唯女子与小人为难养也"的英译为例[J]. 英语研究，2018（07）：100-109.

② 杨平. 评西方传教士《论语》翻译的基督教化倾向[J]. 人文杂志，2008（02）：42-47.

③ 方梦之. 中国译学大辞典[Z]. 上海：上海外语教育出版社，2011：122；黄国文. 典籍翻译：从语内翻译到语际翻译——以《论语》英译为例[J]. 中国外语，2012（06）：64-71.

④ 黄国文. 典籍翻译：从语内翻译到语际翻译——以《论语》英译为例[J]. 中国外语，2012（06）：64-71.

⑤ 黄国文. 功能语用分析与《论语》的英译研究[J]. 北京科技大学学报（哲社版），2015（02）：1-7.

⑥ 王辉. 盛名之下，其实难副——《大中华文库·论语》编辑出版中的若干问题[J]. 华中科技大学学报（哲社版），2003（01）：37-43.

文上标注汉语拼音）后英文，这样的内容安排虽然让整本译著厚重，但这样的编排却又利于读者"碎片化阅读"。

七、小结

在论及诗歌翻译（不论外译汉还是汉译外）时，江枫先生认为不必给读者"补文化课"，因为"好诗耐得百回读"，译者"应该给读者留有自行理解、咀嚼和欣赏的余地"，不需要担心读者不明白含义而画蛇添足的"点睛之笔"①。萧乾先生回忆其翻译《尤利西斯》的感受时说，"一向不赞成文学作品（不论创作还是翻译）加注"，因为他觉得这是"对阅读的一种干扰"②。不过，萧乾先生补充说，《尤利西斯》不同于其他文学作品，原文作者声称"故意把它写得让别人难懂"，萧先生承认"该注则注"，他是"迫不得已""怀着十分矛盾的心情来加大量的注的"③（同上）。

若如此，我们怎么看待吴国珍先生的《论语》译本？《论语》是特殊文本，就是现代中国读者也依赖脚注、注疏、解读、简写、翻译、说明、阐释。可以说，我国就有很多《论语》解读版，例如易中天版、于丹版、许渊冲版。若是译以同样简短的英语话语（如果可能），外国读者如何理解？吴先生通过厚重翻译的形式尊重原著思想，尽量传递《论语》的"文内语境"和"文外语境"，以期最大程度矫正某些英译积弊以期达到传播《论语》精髓给西方的特定读者群，如学者型汉学迷。可以说，吴先生的"厚重翻译"也是"迫不得已"而为之，在他看来，是"该注"的。

翻译是不同语言和文化之间的交流，语言的表达势必离不开文化，那么倘若文化差异较大，相应的语言表达可能会力所不逮。从中国典籍的特点看来，少量的注释可能还难以满足需要。比如《论语》文本内容多义深奥，英译活动的时间跨度较大，加之译者水平参差不齐，长期以来积累的舛误恐怕早已堆积如山，吴国珍式厚重翻译正是一贴重药（假如他的《论语》理解无误）。吴国珍先生凭借其全面而详细的各种注释和历史背景的分析，能够把孔老夫子的古老"中国故事"讲清楚，让域外读者明白，这是难能可贵的。

---

① 许钧，等. 文学翻译的理论与实践：翻译对话录［M］. 增订本. 南京：译林出版社，2010：100.
② 许钧，等. 文学翻译的理论与实践：翻译对话录［M］. 增订本. 南京：译林出版社，2010：70.
③ 许钧，等. 文学翻译的理论与实践：翻译对话录［M］. 增订本. 南京：译林出版社，2010：70.

当然,《论语》中体现的孔子思想是一种动态的鲜活的传统,其开放的文本会因时代的变迁和译者先见的介入,其文本的语内意义会随着时代的变化而不断地改变和重组。吴先生通过注解、今译和评论参与文本和作者的对话,努力达到与文本、作者和读者的视域融合,力求达到"厚重"与"悦读"的平衡。我们无意声称在众多《论语》译本中,吴译是最好的译本,笔者的意思是,吴译的"厚重"特点能服务带着一定阅读目的的读者,也值得其他典籍译者借鉴,就应该做"语用变通"处理。另外,为顺应当今电子化时代的阅读需求,再版时可以加入一些电子文本的一些功能,如微信扫描阅读与相关成语故事的视频链接,向"智慧出版"靠近。

第四章 《红楼梦》英译的语用变通

第一节 《红楼梦》佛教思想的杨霍英译再现对比

一、引子

佛教思想主要源于小乘和大乘佛典。我们这里所说的佛教是汉传佛教，主要有八大宗派系。佛教业内认为，佛是人而不是神，佛是真平等者，佛不是生而知之者，佛教不承认有顽劣不可教化的人，人人皆可成佛，不承认有创造万物的神，等等。佛教所传虽是出世之法，但蕴含着入世之理。科学界认为21世纪要解决的难题主要是宇宙和地球的关系（天文学、物理学、化学的相关研究）、生命的源起、存在和归宿（生命科学、医学的相关研究），认知和社会（认知科学、认知语言学、社会学、社会语言学等的相关研究），等等。有意思的是，佛教或佛学对这些已有很深的认识（见索达吉堪布[1]的《佛教科学论》[2]），也即，佛教不是迷信。佛教的各种思想，尤其是因果报应观、因果轮回观、万法皆空观、平等观、慈悲观、离苦得乐观，等等，深深地影响着中国古人和今人的思维、言谈和行为。

佛教传入有近两千年，对中国人的思想文化的影响可想而知。可以说，佛教思想或释迦牟尼学说（有时简称"释家"），和儒家学说（有时简称"儒

---

[1] 索达吉堪布（1962—），佛教大师，著有《苦才是人生：索达吉堪布教你守住》《做才是得到：索达吉堪布给你点滴加持》《残酷才是青春：索达吉堪布教你珍爱痛苦》《能断：金刚经给你强大》《你在忙什么》《幸好有烦恼》等。

[2] 索达吉堪布. 佛教科学论 [EB/OL]. http://www.fosss.org/Book/FoJiaoKeXueLun/Index.html, 2020-05-08.

家"）、道教（有时称"道家"）一起，并称"儒释道"，构成中国古典文化精髓。作为中国古典文学精华的《红楼梦》，无疑也是儒释道思想的再现。笔者从绍兴文理学院《红楼梦》语料库中选取例证，简述"红楼"佛教思想以及其在杨宪益夫妇和霍克斯翁婿的两个译本中的再现，着重讨论其细微差异。

二、《红楼梦》的佛教思想概述

佛教传入中国后，在两千多年的历史进化过程中，吸收了中国传统文化的思想和方法，因此，中国佛教有其鲜明"思想特点与文化特质"①，又因其"与传统思想文化的调和性"②，对中国传统文化和文学产生了较为久远和广泛的影响。四大名著之一《红楼梦》也不例外，其轮回、假、空和因果报应等思想以及幻、缘、劫等佛教观念都蕴含其中，如"绛珠还泪"的因果，王板儿、贾巧姐的佛手情缘，石头的下凡历劫，都体现了因缘果报观；癞僧、跛道对林黛玉、柳香莲、甄英莲等人的度脱与点化则体现了佛家的慈悲救度；甄士隐和贾宝玉的出家都带有佛教的禅宗思想。正如赵毅③所说，佛教的轮回和因果报应思想贯穿整个故事。

由于宗教文化背景的不同，译者对佛教文化的阐释在一定程度上影响了异国读者对《红楼梦》的内容和思想精髓的理解。以往也有对《红楼梦》中佛教翻译的讨论，主要聚焦于：

（一）翻译方法的研究：如钱亚旭、纪墨芳④探讨了《红楼梦》霍译本的翻译策略，认为是以归化为主要翻译策略，采用意译、替换等翻译方法翻译"色空观""悟禅机""六祖惠能"典故等；

（二）部分章节的研究：如白靖宇、寇菊霞⑤对"妙玉判词"中佛教内容的译论；

---

① 洪修平.试论中国佛教思想的主要特点及其人文精神 [J].南京大学学报（哲社版），2001（03）：64-72.
② 洪修平.试论中国佛教思想的主要特点及其人文精神 [J].南京大学学报（哲社版），2001（03）：64-72.
③ 赵毅.《红楼梦》的佛教思想略论 [J].学海，2008（05）：148-152.
④ 钱亚旭，纪墨芳.《红楼梦》霍克思译本中佛教思想翻译的策略 [J].湘潭大学学报（哲社版），2013（02）：88-92.
⑤ 白靖宇，寇菊霞.《红楼梦》中文化内容翻译探析 [J].外语教学，2002（02）：42-46.

(三) 佛教词汇的研究：如庄国卫①、孙静②（2010）对"阿弥陀佛"等词的翻译研究。

这些"红楼"佛学研究多半是讨论杨氏夫妇用异化翻译策略，霍氏翁婿用归化翻译策略，但较少关注译者的一些非常规译法及其译法缘由。笔者着重分析《红楼梦》佛教思想中的人文化和世俗化语例以及杨霍之译法对比。

三、"红楼"佛教思想实例和英译

下文讨论中酌情介绍语境信息以便看出译者的关联顺应处理，但我们突出"（语用标记）等效"。先看几则因缘果报观的语例。

（28）马道婆道："这个容易，只是替他多作些因果善事也就罢了。再那经上还说，西方有位大光明普照菩萨，专管照耀阴暗邪祟，若有善男子善女人虔心供奉者，可以永佑儿孙康宁安静，再无惊恐邪祟撞客之灾。"（《红楼梦》第二十五回）

译₁："… Of course there is. Just do more good deeds on his behalf. The sutras tell us of a great Bodhisattva in the west whose glory illumines all around and whose special charge it is to bring to light the evil spirits in dark places. If faithful believers worship him devoutly, their descendants are assured of peace and health and no evil spirits can get possession of them."（杨译）

译₂：'Easily,' said Mother Ma. 'By doing good works. Giving a bit more to charity on the young person's behalf. There is another way, though. According to what the Scripture says, there's a Bodhisattva of Universal Light living in the Paradise of the West who spends his time lighting up the dark places where these evil spirits lurk, and if any believer, male or female, will make offerings to that Bodhisattva in a proper spirit of devoutness, he will grant their children and grandchildren his holy peace and protect them from possession by devils and from the powers of darkness.'（霍译）③

当马道婆得知干儿子宝玉生病后，"劝"贾母多做因果善事，为后面劝贾母多捐香油铺路。杨译和霍译都只译"善事"，省译了"因果"，但霍译增加了

---

① 庄国卫.《红楼梦》英译本对宗教文化信息的处理 [J]. 重庆科技学院学报（社科版），2007 (05)：142.
② 孙静.《红楼梦》两英译本对"阿弥陀佛"的翻译对比 [J]. 飞天，2010 (14)：86-87.
③ 杨译的原语是戚序本（前八十回）加程乙本（后四十回），霍译的原语是程乙本。由于区别不大，下文的汉语例句多半选用戚序本，而且对比译评时不再说明版本差异，除非另有必要。

"giving a bit more to charity"（给慈善多捐一些），在语义层面作了一些关联顺应的延伸，便于现代读者更好理解，也更好地体现了原文的意思，为后文日捐香油五斤做了更好的铺垫，也极力写出了马道婆是一个披着宗教外皮敛财的假善人。马道婆是个穿着道衣行佛事、巧舌如簧、见风使舵的阴妇，满口"因果善事"，最终因作恶多端被告发，被刑部监问了死罪。马道婆是小说中因缘果报的坏典型。"因果"（梵语"hetu-phala"）是佛教词语，两译者都没有借用佛教用语，而是尽量达到语用等效。比较可知，就宗教思想的等效翻译而言，霍译略胜于杨译。

(29)《留馀庆》

留馀庆，留馀庆，忽遇恩人；幸娘亲，幸娘亲，积得阴功。劝人生，济困扶穷，休似俺那爱银钱忘骨肉的狠舅奸兄！正是乘除加减，上有苍穹。（《红楼梦》第五回）

译₁: *A LITTLE ACT OF KINDNESS*①

Thanks to one small act of kindness, she meets by chance a grateful friend;

Fortunate that her motherhas done some unnoticed good.

Men should rescue the distressed and aid the poor.

Be not like her heartless uncle or treacherous cousinwho for love of money forget their own flesh and blood.

Truly, rewards and punishmentsare meted out by Heaven.

（杨译）

译₂: *The Survivor*

Some good remained,

Some good remained:

The daughter found a friend in need

Through her mother's one good deed.

So let all men the poor and meek sustain,

And from the example of her cruel kin refrain,

Who kinship scorned and only thought of gain.

For far above the constellations,②

---

① 杨译和霍译没用粗体，我们书中凡是引述标题类，统一用粗体。下同。另外，原译有时是对话式的小段堆砌，为篇幅计，我们合写为一段。下同。
② 语料中此处为句号，恐有误。

One watches all and makes just calculations.

(霍译)

此曲《留馀庆》是写贾巧姐被刘姥姥救出火坑的事。《易经·坤》云："积善之家，必有余庆"。"留馀庆"和"幸娘亲，积得阴功"指的是前辈的善行庇佑后辈。贾巧姐的母亲凤姐在刘姥姥初进荣国府时一时兴起接济刘姥姥二十两银子是巧姐得救的"因"。知恩报恩的刘姥姥在贾府败落的时候，花了千金救出贾巧姐，保住了贾府的一位后生是"果"。该例旨在规劝人们济困扶穷，也体现了因缘果报的佛教思想。对比一下标题译文，杨译的"A LITTLE ACT OF KINDNESS"只译出了凤姐救济一事，霍译"The Survivor"同样未译出该词曲的主要内涵。从篇章来看，杨译用的是直译，如叙事一般把故事讲了一遍，最后一句"rewards and punishments are meted out by Heaven"直接点明了因果报应由天定，读来警醒意味很浓。霍译用意译，如"苍穹"归化为西方人熟悉的"constellations"（星座）。比较起来，杨译能更好地再现原文的佛教思想。

再看几则轮回观语例。

(30) 凤姐儿道："等着修了这辈子，来生托生男人，我再要罢。"（《红楼梦》第四十六回）

译₁："Wait till I've done enough good deeds in this life *to be reborn* as a man [ ]①. Then I'll marry her."（杨译）

译₂：'Not just now,' said Xi-feng. 'In my next life, perhaps. If I'm a good girl in this life, I *might be reborn* as a man, and I can ask you for her then!'（霍译）

该例的背景是，鸳鸯是贾母的上等丫鬟，贾赦想娶鸳鸯为妾，贾母舍不得。"来生"这一概念来源于佛教的轮回观念：众生按其不同业力获得果报，在三世六道转生不止。杨译用了省译法，但"来生"的意思隐含在"in this life"和"reborn"中。另外，杨译用"I've done enough good deeds in this life"较好地译出了"我修了这辈子"，也就是凤姐假设自己这辈子做足了好事才能转世为男人，以便配得上鸳鸯，从侧面译出了因果轮回。霍译直译"来生"为"in my next life"，"If (she were) a good girl in this life, I might be reborn as a man"［如果她这辈子是个好女孩，我下辈子投胎为男人（娶她）］。鸳鸯是贾母的上等贴身丫鬟，凤姐如此说是隐赞鸳鸯，两译本都再现了该隐赞，杨译之赞大于霍译（后者用了虚拟语气"I might be reborn as a man"）。杨译更佳，且更等效地译出了此处表达的果报轮回观。

---

① 中括号表示省译（这里无法和原文下加点部分对应）。下同。

(31) 噫！来无迹，去无踪，青埂峰下倚古松。欲追寻，山万重，入我门来一笑逢。(《红楼梦》第九十五回)

译₁: Ah! Come and gone without a trace
By the ancient pine at the foot of Blue Ridge Peak.
To seek it, cross myriads of mountains:
Entering my gate with a smile you will meet again.

(杨译)

译₂: ALAS!
IT LEFT NOR TRACE
NOR SIGN.
GONE TO GREENSICKNESS PEAK, TO LIE
AT THE FOOT OF AN AGE-OLD PINE.
WHY TRAVERSE COUNTLESS MOUNTAINS,
SEARCHING FOR YOUR FRIEND?
FOLLOW ME AND LAUGH TO SEE
YOUR JOURNEY AT AN END!

(闵译①)

宝玉佩戴的通灵宝玉原本是大荒山无稽崖青埂峰下的一块石头，是宝玉的命根子，却在宝玉急着去看不应季节而开的海棠时忘戴了，遍寻不着。岫烟和妙玉共占了一卦，所得为上述卦文，说的是通灵宝玉的来历和归处。通灵宝玉不见后，宝玉神魂失散，意味着灵魂已随那块玉回归青埂峰下。杨译采用直译，"Come and gone without a trace"译出了通灵宝玉来去无迹（玉的轮回）；闵福德只译出通灵宝玉"IT LEFT NOR TRACE NOR SIGN. GONE TO GREENSICKNESS PEAK"，找不着，回归青埂峰。比较而言，杨译更能体现因果轮回观的语效。

再请看几则色空观语例。

(32) 士隐乃说道："……甚荒唐，到头来都是为他人作嫁衣裳！"(《红楼梦》第一回)

译₁: Shiyin then declaimed:
"(To take strange parts as home)
Is folly past compare;
And all our labour in the end

---

① 闵福德翻译了后四十回。我们用"闵译"代替"闵福德翻译"。

101

Is making clothes for someone else to wear."

(杨译)

译₂:… and Shi-yin proceeded as follows:
'… In vain we roam:
Each in the end must call a strange land home.
Each of us with that poor girl may compare.
Who sews a wedding-gown for another bride to wear.'

(霍译)

该例的上文是"乱烘烘（今作'乱哄哄'）你方唱罢我登场，反认他乡是故乡"。暮年的甄士隐光景难熬，一日上街散心偶遇一跛足道人口念《好了歌》，顿时"悟彻"，便替《好了歌》做注解，接着就随疯道人飘然而去。该例是《好了歌》注解的末句，算是色空观的总结。命运难以捉摸，年轻或衰老，苦难或快乐，贫穷或富贵，生存或死亡，终有定数。功名利禄，人们都不断地苦苦追求，有时算尽机关，结果却事与愿违，正所谓谁也逃不脱命运的摆布。"为他人作嫁衣裳"杨译为"… Is making clothes for someone else to wear"，霍译是"… sews a wedding-gown for another bride to wear"，后者更关联（于原文的社会习俗典故）也更准确。另外，杨译采用的是"aba 韵"的三行诗句，霍译则是"aabb 韵"（英雄双行体）的四行诗句，后者的语效略胜。

（33）从此空空道人因空见色，由色生情，传情入色，自色悟空，遂改名情僧，改《石头记》为《情僧录》。（《红楼梦》第一回）

译₁: Since *all manifestations* are born of nothingness and in turn give rise to passion, by describing passion for *what is manifest* we comprehend nothingness. So the Taoist changed his name to the Passionate Monk and changed the title of the book from *The Tale of the Stone* to the *Record of the Passionate Monk*. （杨译）

译₂: As a consequence of all this, Vanitas, starting off in the Void (which is Truth) came to the contemplation of *Form* (which is illusion); and from *Form* engendered Passion; and by communicating Passion, entered again into *Form*; and from *Form* awoke to the Void (which is Truth). He therefore changed his name from Vanitas to Brother Amor, or the Passionate Monk, (because he had approached Truth by way of Passion), and changed the title of the book from *The Story of the Stone* to *The Tale of Brother Amor*. （霍译）

在佛教，"色"是"形色"的转喻，指任何有形（状）有（颜）色之事物，泛指万物。"色"属因缘而生，本质是空，《心经》云，"色即是空，空即是色"。"空—色—情—空"的过程是说,从空无一物到了解各种表象,又从表象体验人间的感情和苦恼,从情中解脱后才知是由表象引起,最后理解了外物的表现最终还是无。《红楼梦》以"情"为核心,写尽世间情。空空道人是书中的贾宝玉,下世为人后见到黛玉便觉久别重逢,两玉生情,如痴如醉,无奈遭到棒打鸳鸯。宝玉和宝钗成亲,黛玉泣血而死,宝玉最终看破红尘,遁入空门。这是宝玉的"空—色—情—空"过程。杨译的"nothingness-all manifestations/what is manifest-*passion-nothing*ness",和霍译大写的"Void-Form-Passion-Void"有异曲同工之妙,都直译出了人生的"空—形—情—空"流程,区别是,杨译比霍译简洁通俗,在文体的语用标记上却不如后者那么接近禅宗话语[①]。

请看几则慈悲救度观语例。

(34) 忽见山环佛寺,忙另盥手进去焚香拜佛,又题一匾云:"苦海慈航"。(《红楼梦》第十八回)

译₁:Among them a Buddhist convent set among hills, where she washed her hands before going in to burn incense and worship Buddha. She chose as inscription for this convent the words, "Ship of Mercy on the Sea of Suffering."(杨译)

译₂:When they came to the little convent nestling under its hill, she washed her hands and entered the shrine-hall to offer incense and pray before the image of the Buddha. She also wrote an inscription for the board which hung above the image:THE SHIP OF MERCY ON THE SEA OF SUFFERING.(霍译)

贾妃(贾元春)游幸大观园时来到山环佛寺,便题写了匾词"苦海慈航"。根据佛理,尘世是"五浊恶世",不论出身、教育、职业、地位乃至寿命,人人经历"八苦",因此人生如同无边"苦海",唯有佛和菩萨如同"航船、舟楫、木筏"以"同体大悲"的慈悲仁心普度众生,使其"脱离苦海"或"离苦得乐"。翻译时,若同样以隐性方式处理"苦海慈航",就会造成欠额翻译。两译本都挖掘出了"苦海慈航"的含意并做出了相应的"顺应"调整,所译意为"渡人出苦海的慈悲之船",从而建立起了理解佛教术语所需之语义韵(semantic prosody)(唯一的区别是霍译采用每个字母都大写的凸显形式)。另外,"佛寺"和"焚香拜佛"的翻译也值得推敲。杨译是"a Buddhist convent"和"to burn incense and worship Buddha",完全是佛教话语的对译。霍译则是"the little con-

---

[①] 参见《心经》的英译版"THE HEART OF PRAJNA PARAMITA SUTRA"[佛典翻译协会(The Buddhist Text Translation Society)所译,http://buddhasutra.com/files/heart_ of_ prajna _ paramita_ sutra_ w. htm, 2020-05-08.]。

vent"和"entered the shrine-hall to offer incense and pray before the image of the Buddha",虽然前者没有明说而是隐含了"Buddhist"一词,但在后面的译文里却又明说的"Buddha"。唯一遗憾的是杨译的"She chose as inscription for this convent…"似乎意味他人题就而元妃只是挑选而已。总之,论其佛教思想的传播,两译本的语用等效基本相当。

(35) 贾母道:"这么看起来竟是他了。他姐儿两个病中的光景和才说的一样。这老东西竟这样坏心,宝玉枉认了他做干妈。倒是这个和尚道人,阿弥陀佛,才是救宝玉性命的,只是没有报答他。"(《红楼梦》第八十一回)

译₁:"Judging by this, it was her all right," said the Lady Dowager. "The way they felt during their fits coincides with what we've just heard. How could that old witch be so vicious! And to think that we chose her to be Baoyu's godmother! It was that monk and priest-*Buddha be praised*!-who saved his life, yet we never thanked them for it."(杨译)

译₂:'That settles it!' exclaimed the old lady. 'That's exactly the sort of thing she got up to! So it was her doing, it must have been! Oh! How could the old woman sink so low-and Bao-yu's own godmother too! *Gracious Lord*, to think that if those two holy men had not arrived in time, he might easily have died! And we still have not repaid them…'(闵译)

宝玉和凤姐被赵姨娘和马道婆合伙用魔魇法致死的情况下,疯和尚和癞道士来到荣国府为通灵宝玉持颂,救了他俩的性命。这是作恶多端的马道婆被问死罪时贾母和宝玉说的话。两个译本各有千秋,但就佛教慈悲救度和"阿弥陀佛"而言,杨译胜过闵译:前者是"Buddha be praised!",异化出"佛陀",后者则是"Gracious Lord",这是归化、西化、基督化的翻译(和霍译的风格一致,参见第四章第二节对"阿弥陀佛"这个符号的语例译评)。

请看几则佛教词汇语例。

(36) 凤姐凑趣笑道:"……举眼看看,谁不是儿女?难道将来只有宝兄弟顶了你老人家上五台山不成?那些东西只留给他,我们虽不配使,也别太苦了我们,这个够酒的够戏的呢?"(《红楼梦》第二十二回)

译₁:Xifeng teased, "… Look, aren't all of us your children? Is Baoyu the only one who'll carry you *as an immortal* on his head *to Mount Wutai*, that you keep everything for him? Even if the rest of us aren't good enough, don't be so hard on us. Is this enough for a feast or theatricals?"(杨译)

译₂:… she said, '… You forget, Grannie, when you go to heaven young Bao-yu won't be the only one who'll *walk ahead of the hearse*〔 〕. You've got other grandchildren too, don't forget! You don't have to leave everything to him. The rest of us may not be much use, but you mustn't be too hard on us. Twenty taels! Do you really think that's enough to pay for a party and plays?'(霍译)

五台山在山西省忻州市，著名"五岳"之一，佛教圣地。《名山志》有所介绍，"五台山五峰耸立，高出云表，山顶无林木，有如垒土之台，故曰五台。""五台山由东西南北中五大高峰组成，据说代表着文殊菩萨的五种智慧：大圆镜智、妙观察智、平等性智、成所作智、法界体性智；以及五方佛：东方阿閦佛，西方阿弥陀佛，南方宝生佛，北方不空成就佛，中央毗卢遮那佛。"① 传说五台山是文殊菩萨的道场。小说第二十二回，凤姐拿生日说事，和贾母调侃，所说之"上五台山"为"死后成佛"之委婉说法（因为五台山是佛教圣地），既诙谐又十分投合贾母敬佛的心理。对原文读者来说，"上五台山"能互文联想起"死后成佛"这一共享佛教知识。"只有宝兄弟顶了你老人家"是指将来贾母仙逝时，只有她平时疼爱的宝玉才能抬棺助她荣升极乐。译文读者由于不具备同一文化语境，照实直译只能造成意义的晦涩混沌。杨译把"成佛"译成"（as) an immortal"或"carry you as an immortal on his head to Mount Wutai"，虽然"immortal"这个词也涵盖了所有得道、升仙等，但比较接近佛教的超脱六道轮回、成为菩萨或佛陀。霍译回译是"奶奶，您忘了吗？您要是归西了，小小的宝玉不会是唯一一个走在您的灵柩前面的人"，"上五台山"被省译/漏译。杨译的他处有"go to heaven"（上天堂），是典型的基督教话语。总体上，杨译的语用标记效果更好。

(37) 贾母便道："你是个女菩萨，你瞧瞧我的病可好得了好不了？"（《红楼梦》第一百零九回）

译₁: "Can you, who are *saintly*, tell me whether I shall get over this illness or not?" asked the Lady Dowager. （杨译）

译₂: 'You're *a religious person*,' said the old lady. 'Tell me: am I going to get better or not?'（闵译）

栊翠庵的妙玉师父本身就是佛教中人，得知贾母患病便来探望，贾母这句话的"女菩萨"主要是对妙玉的尊称。在佛教，"菩萨"（Bodhisattva）是"菩提萨埵"的简称，是上求佛道、下度众生、果位仅次于佛的觉者，观世音菩萨和地藏菩萨这样的"菩萨"其实就是佛，只是（在尘世）名称如此而已。本句

---

① 佚名. 五台县攻略［A/OL］. 蜂窝网网站，2020-05-03.

的"菩萨"是指像普度众生的慈悲、超能的菩萨一样的僧人/俗人，属敬称。杨译的"saintly"也罢，闵译的"religious"也罢，所译均欠贴切。两者都没有译出"女"字，可用"saintly madam"类语词来译。此外，闵译因为用了断言类"You're a religious person"，已完全丧失了对僧人/俗人的敬意（没有语用标记值）。若求地道的求助套话，就是"Can you kindly …?" "Can you do me a favour and …?"类，只是全无佛教味道（没有语用标记值）。

（38）后来，又不知过了几世几劫，因有个空空道人访道求仙，忽从这大荒山无稽崖青埂峰下经过，忽见一大块石上字迹分明，编述历历。（《红楼梦》第一回）

译₁：After no one knows how many generations or aeons, a Taoist known as Reverend Void, searching for the Way and immortality, came to Great Waste Mountain, Baseless Cliff and the foot of Blue Ridge Peak. （杨译）

译₂：Countless aeons went by and a certain Taoist called Vanitas in quest of the secret of immortality chanced to be passing below that same Greensickness Peak in the Incredible Crags of the Great Fable Mountains. （霍译）

该例讲的是宝玉的所谓"石头下凡"的前事：这块石头是因"无材补天"被女娲抛弃在青埂峰下，它能随意游荡，后来做了神瑛侍者，灌溉绛珠仙草。再后来又被一僧一道携了投胎下凡得以做人。另外，佛教的"劫"（kalpa），有小劫、中劫、大劫之分。一个小劫，就以人的寿命，从十岁算起，每过一百年，加一岁。加到八万四千岁。到了八万四千岁，就每过一百年，减一岁了。仍旧减到十岁。加一回，减一回，总共是一千六百八十万年，叫一个"小劫"。二十个小劫，称为"中劫"，就是三万三千六百万年（约为3.36亿年）。四个中劫，称为一个"大劫"，就是十三万四千四百万年（约为13.44亿年）。佛经上的"劫"，若不标明中劫或小劫，通常是指大劫。如何翻译"几世几劫"？"aeon(s)"是"漫长的时间、千万年"，算是模糊数，而汉语"劫"本质上虽是模糊数，但由于大中小劫的区分（这里大概指大劫）基本算是精确数。译文不妥。杨译添加"generations"一词，更易懂（仅就"模糊的漫长时间"意而言），音韵效果也更好。若改为"several Kalpas or aeons"或"several Kalpas or billions of years"，则既有佛教词语，又有俗话帮衬，则更等效于原文。

"红楼"佛教语词的英译在杨霍之间的最大差异莫过于"阿弥陀佛"这个佛号的译法。在佛教，"阿弥陀佛"（梵语是"Amitābha"）又名"无量佛、无量光佛、无量寿佛"等。一般认为阿弥陀佛是西方极乐世界果位最高、愿力最大的佛。据《大乘经》记载，阿弥陀佛在过去久远劫时曾立大愿，建立西方净土,广渡无边众生,成就无量庄严功德,为大乘佛教所广为崇敬和弘扬。因此,佛教徒相信,只要念到"阿弥陀佛"的佛号,就有望得到庇佑,辞世时能被接引往生彼土。佛家念这个佛号还是互相打招呼、祝福、告别的用语。俗家说"阿弥陀佛"还有表示惊奇、惊喜、惊愕、惊怕、庆幸等。我们初步考察,在绍兴文理学院《红楼梦》平行语料库中输入"阿弥陀佛",在戚序本前八十回中出现三十次,杨译本中总共出现四十一次;霍译(程乙本)一百二十回中出现三十八次。杨译有六种译法,多半采用异化法,即用"Amida Buddha, Buddha be praised, Gracious Buddha"类英译佛教术语来译;霍译有十七种之多,多半是归化为"(In the name of) Lord, bless you, His holy (precious) name"① 类西化或基督化的语词。杨译有助于佛教思想的保值,霍译则有助于"红楼"文学在欧美的传播。值得注意的是,杨译不是简单地处处译为"Amida Buddha"类,而是根据语境和意思适当增加"be praised, gracious"等(有时还大写),算是对英美或基督教文化的类似话语"our Lord/ God be praised, Gracious/ merciful Lord"的异化仿拟,可称为"杨式异化法"。另一方面,霍译也不是千篇一律地归化,偶尔也启用异化法,如例(41)的"阿弥陀佛慈悲大菩萨"译成"Amitabha, Merciful Buddha! Bless His Holy Name!",而非仅用佛号。可称霍译"霍式归化法"。虽然杨霍译本各有千秋,然而笔者既取"红楼"佛教思想的传播之立场,于是稍微偏向杨译。

再请比较:

(39) 刘姥姥道:"阿弥陀佛!全仗嫂子方便了。"(《红楼梦》第六回)

译₁:"*Buddha be praised*! I'm most grateful for you help, sister."(杨译)

译₂:'*Bless you*, my dear, for being such a help!' said Grannie Liu.(霍译)

来自农村的刘姥姥第一次到荣国府,她小心谨慎地先找到了周瑞家的,打通关节,想与贾府建立关系,当周瑞家的答应帮助她与凤姐通信见面,出于感激,她随口说出"阿弥陀佛"。杨译是"杨式异化法",霍译是归化法。

(40) 马道婆道:"阿弥陀佛慈悲大菩萨。"(《红楼梦》第二十五回)

译₁:"May *Amida Buddha* the Merciful Great Bodhisattva preserve you!"cried the grateful priestess.(杨译)

译₂:'*Amitabha, Merciful Buddha*! Bless His Holy Name!' said Mother Ma.(霍译)

当贾母说"一日五斤"的心愿时,马道婆难掩内心的喜悦,却又装着一副

---

① 英译中除了专名外,其他有小写的,也有大写的。

道貌岸然假慈悲的形象说出"阿弥陀佛"。杨译和霍译都用异化翻译法,杨译"Amida Buddha"是"阿弥陀佛"的英译,霍译"Amitabha"是梵文"佛祖"的音译,都是佛教用语。因此,在语言和文化层面上两译都属于忠实翻译行为。马道婆作为一个心地不善良者,她心中的"阿弥陀佛"只不过是她的一个道具,掩盖了她的邪恶。另外,马道婆满嘴"阿弥陀佛",完全忘了自己是个念佛的道教中人。由此可见,她只是个穿着宗教外衣的伪善者,杨霍译都起到了讽刺马道婆的作用。杨霍译本都是异化法。

(41) 刘姥姥道:"阿弥陀佛!原来如此。不是哥儿说,我们都当他成精。"(《红楼梦》第三十九回)

译1:"You don't say! *Gracious Buddha*! If you hadn't told me, I'd have sworn it was magic."(杨译)

译2:'*Holy Name*! Fancy that now! And me thinking all along it was the statue.'(霍译)

刘姥姥在编故事哄宝玉时和宝玉的对话,这句"阿弥陀佛!"充分体现了刘姥姥既淳朴又聪慧,既善良又精通人情世故。这句"阿弥陀佛!"不显山露水地表扬了宝玉聪明,又使编造的故事顺利发展下去。杨译是"杨式异化法",霍译是归化法。

上文比较杨霍二译时我们说"多半",是因为二译本也有例外,如:

(42) 紫鹃又给宝玉宝钗磕了头。宝玉念声"阿弥陀佛!难得,难得。不料你倒先好了!"(《红楼梦》第一百一十八回)

译1:Then Zijuan kowtowed to Baoyu and Baochai too. "*Amida Buddha*! Fine! You've stolen a march on rue!"(杨译)

译2:Nightingale also kowtowed to Bao-yu and Bao-chai. '*Amida Buddha*!' exclaimed Bao-yu piously. 'How rare! I never thought that you would be the first of us to be saved!'(闵译)

当惜春出家时,赞叹"妹妹"走上光明大道,却成了宝玉皈依之前奏或伏笔。此句的"阿弥陀佛!"发自宝玉真心皈依佛祖之时。《红楼梦》全文"阿弥陀佛"译文中杨译和闵译唯一一次同步用词,顺应原文语境,都用音译传真的异化翻译法,"Amida Buddha"是"阿弥陀佛"的英译,是佛教词语,保持了佛教文化,传真了语言和文化层面的等效。既表示对阿弥陀佛的敬重,也是对宝玉真心皈依佛门的一种感叹。

四、进一步讨论

佛教思想博大精深,渗透《红楼梦》中的大部分章回。以上(以及以下)

译例也充分说明了杨氏夫妇和霍闵翁婿对"红楼"佛教思想的翻译处理各有千秋,其大致区别是,杨译多采用异化法,霍译多半采用归化法。从可读性或可接受性考虑,霍译胜过杨译,但从佛教传播或"红楼"佛教思想的等效翻译的视角观之,杨译胜过霍译。另外,在中华文化外译自主性不断加强的今天,翻译(方法)正经历"从'归化'到'差异化'的过程",且"华人译者对东西文化间的差异更为敏感"[1],因此,近来的中华典籍和文学外译尤其是其中华文化敏感词的翻译应倾向于异化,而且我们主张"杨式异化法",即以异化为主、不拘一格、适当借用归化法的异化法。

综观这里的17个语例,例(43)暂且不考虑优劣(见下),例(37)的杨霍译法都不如意,例(34,41,42)译法一样(好),其他语例,杨译胜出的有8例,霍译胜出的有4例。凡是霍译胜出者,都是佛教词语(通)俗化程度很高的例子,如例(28)的"多作些因果善事"的翻译,例(32)的"为他人作嫁衣裳",例(33)的"因空见色,由色生情,传情入色,自色悟空",例(44)的"三灾八难"。

有意思的是,不同于以往的杨霍对比研究,我们发现,杨氏夫妇不是一味地异化,霍闵翁婿也并非一味地归化。例(41,42,43)的"阿弥陀佛(!)"霍译就采用了他们罕用的异化译法:"Amitabha, Merciful Buddha!""Amida Buddha!""In the name of Lord Buddha himself(!)",即"杨式异化法";杨译也偶尔采取其特色归化法(霍式归化法),如例(43)的"阿弥陀佛"译成"Good gracious"。这种游离出译者译法风格的做法有利于增添叙事张力和可读性,本身无所谓优劣。

(43)王夫人道:"好孩子,阿弥陀佛,这个念头是起不得的。"(《红楼梦》第一百一十六回)

译₁:"*Good gracious*, child!" exclaimed Lady Wang. "You mustn't have these notions."(杨译)

译₂:'My child!' said Lady Wang. '*In the name of Lord Buddha himself*! You must abandon this foolish idea!'(闵译)

惜春和大家说着佛门事宜以及宝玉是否能够入佛门,还说她自己"早已断了荤了"云云。王夫人自称吃斋信佛,但她并非要真的皈依佛门,更没有看到宝玉、惜春等都起"这个念头"。杨译和闵译都用了自己不常用的译文,前者是归化的"Good gracious",后者是异化的"In the name of Lord Buddha himself!"

---

[1] 李丙权. 从《论语》英译看经典翻译的双重视域[J]. 人文杂志, 2015 (03): 57-64.

(44) 赖嬷嬷叹道:"我那里管他们,由他们去罢!前儿在家里给我磕头,我没好话,我说:'哥哥儿,你别说你是官儿了,横行霸道的!……从小儿<u>三灾八难</u>,花的银子照样打出你这个银人儿来了。……'"(《红楼梦》第四十五回)

译₁: Granny Lai sighed. "I pay no attention to their affairs, they do just as they please. When he kowtowed to me at home the other day, I gave him apiece of my mind. I said, 'Child, don't start throwing your weight about now that you're an official. ... *You've had one trouble after another since you were a boy*, and the money we've spent on you would make a silver statue bigger than you are. ...'"(杨译)

译₂: Old Mrs Lai sighed, as though the thought made her melancholy. 'Oh, I don't concern myself with their affairs. I just let them get on with it. When he came round to me to kotow the other day, I didn't have a good word for him. I said to him, "Young man, don't tell me you're a mandarin now, because it's just plain ridiculous. ... And the money they spent on you," I said, "*nursing you through all the fevers and calamities of youth (for you were a sickly, ailing child)*: it would have been enough to have made you anew out of silver. ..."'(霍译)

赖尚荣(赖嬷嬷的孙子)在贾府的帮助下即将做州知县,赖嬷嬷和凤姐儿、李纨等人聊天,她简述了赖家的成功史,既表达了自己高兴的心情,更多则是他应对贾府感恩,让贾母、王夫人等施恩者特别开心。该例的前一句是"只知道享福,也不知你爷爷和你老子受的那苦恼,熬了两三辈子,好容易挣出你这么个东西来"(语篇关联性)。"三灾八难"在佛经有确指内容:"三灾"分"三小灾"(刀兵、饥馑、疫病)和"三大灾"(水灾、火灾、风灾)。"八难"指影响修道成佛的八种障碍。"三灾八难"在民间俗话里指多灾多难尤其比喻小孩多灾多难,难以养大。汉语的"三、八"常用以虚指"多"。该例的"三灾八难"就是指赖尚荣从小多病。杨译的"one trouble after another"和原文不等效,因为"trouble"能指任何方面的"麻烦"。霍译的"all the fevers and calamities"用了"fevers"(发烧)这个儿童典型病状来转喻百病,再加上并列的"calamities"(复数的"灾难"),等效于原文。不过,霍译还有旁注译法:即加了括号的"you were a sickly, ailing child",就更是直抒孩子多病之原意,笔者认为这难免画蛇添足了。

再者,《红楼梦》中的许多诗歌词曲中也蕴含着佛教思想,而典籍的诗性由于语言往往偏离常规而增加翻译的难度。诗词类"经典英译的核心任务之一就

第四章 《红楼梦》英译的语用变通

是诗性的再现"①，因此，两个译本在翻译那些渗透着佛教思想的"红楼"诗歌词曲时，不仅可以看出其佛教思想的再现（努力），也有其诗性的形意转化。如上文例（29）的《留馀庆》，霍译尾韵整齐，"留馀庆"也保留了其三字形式，译成重复的"Some good remained"。纽马克（Newmark）②说，译诗时要保留重要的重复。霍译较完美地再现了原文重复法的诗性。杨译在诗性方面逊色些许，但在语义层面比霍译更贴切，如"恩人"杨译为"a grateful friend"，译出了刘姥姥的"知恩感恩"；霍译"恩人"意译为"a friend in need"（患难朋友），未能体现出原文的蕴含。总之，杨译在诗性上有欠缺，霍译在语义上有欠缺。

如参见第三章第一节所"译评"，该例的因缘果报观在译文中得以体现，且杨译更好。从韵律上考察，杨译用了五行诗（六十一个英语单词：第一行十四个单词，第二、第三、第五行，都是九个单词，第四行二十个单词）来译原文的散文诗（正文五十二个汉字）。译文基本无韵，只有第二行和第四行末尾的"good，blood"算视觉韵，即看上去押韵（如同"comb，tomb"一般）。换言之，杨译也算是散文诗，只是语义复杂度或篇幅上略嫌单薄："留馀庆，留馀庆"和"劝人生"就没有译出，"幸娘亲，幸娘亲"虽译，却失却了重复效果。比较而言，霍译采用九行也即非典型的诗歌形式来译原文，论字数（不论长短），有五十七个单词。论形式和韵律，霍译是韵诗，都是比邻押韵，而且第一、第二行，第三、第四行，第八、第九行，都是英雄双行合体韵，第五至第七行是连续三行押（同一个）韵（sustain，refrain，gain）。除了第一、第二行较短（重复法），其他诗行，若算音节数，第一、第二行都是四个音节，第三、第四行分别是八个和七个。第五至第七行分别是十个、十二个、十个音节。第八、第九行分别是九个和十一个音节。也即，互相押韵的诗行长短大致相当。为了押韵，霍译在第七、第八行采用了倒装法："So let all men the poor and meek sustain"，"And from the example of her cruel kin refrain"，增加了译文的诗学张力和可读性。遗憾的是，首先，霍译对"幸娘亲，幸娘亲"的处理类似于杨译，即"虽译，却失却了重复效果"。其次，"Who kinship scorned"的倒装显得牵强。最后，题目的"留馀庆"译成了"The Survivor"（使人想到当事人而非后代的"幸存"），和重复的第一、第二行迥异，意义和形式上不算完美。

总体而言，虽然杨译以散文诗译散文诗，考虑到诗学效果和英美读者对"红楼"译本艺术性的期待，窃以为霍译诗学效果远超杨译，甚至高于原文，因

---

① 赵彦春，吕丽荣. 中国典籍英译的偏向与本质的回归［J］. 外国语文，2016（03）：95-100.
② NEWMARK, P. More Paragraphs on Translation［M］. Clevedon：Multilingual Maters, 1998：103.

111

此，笔者更青睐霍译。我们认为，今后经典文学中的诗词外译要注意语义贴近原文，还要译出其诗性。

五、小结

众所周知，作为四大名著之一的《红楼梦》在海外传播主要依靠杨氏夫妇和霍闵翁婿的译本。以往的研究一味地把杨译归结为异化法，把霍译视为归化法，并认为归化法是助推霍译（更）成功地传播于欧美的主要原因。鉴于"红楼"文化无疑凝结了中国古典文化即儒释道精神，本节以其佛教思想为窗口，通过抽样对比杨霍译本在处理佛教思想中的差异。笔者发现，就多数佛教思想语例的翻译而言，杨译主要是异化法，也有少量的归化法，可统称为"杨式异化法"。杨译的这一做法有利于所译之佛教思想的等效再现，且不乏一定的张力。霍译绝大多数是用归化法，也有少量的异化法，可称为"霍式归化法"。霍译虽然和杨译一样具有一定的表达"张力"，且具有可读性（易读性），也即能够得到英美读者的优选（和杨译比较而言），但从佛教思想的等效传播来讲，其佛教思想基督化（西化）的做法抑制了"红楼"佛教思想的表达和理解，也即提供给西方世界的是同质而非异质的宗教文化，仿佛"红楼"只是清朝贾府的穿红着绿、男欢女爱的无宗教文学，若有宗教也是基督教（变体）。鉴于以上认识，笔者认为就佛教思想的等效翻译而言，就多数语例而言，杨译胜过霍译。而且，佛教思想等中华特色文化思想或语词可以通过杨译风格的异化法予以保留，这也值得今后的文学外译借鉴（见附录）。在中国文学外译热和东西文化杂合的今天，国学经典外译应注意哪些因素，使其既能传播中国传统文化，又能让外国读者读懂、耐读和悦读呢？《红楼梦》也好，其他正在和即将外译的中国典籍和文学也好，对典型的中华文化思想，主要是儒释道精神，译者应该尽力异化（适当汲取玄奘大师的"五不翻"措施），像杨译一样，异化中不失原文的语义意蕴，更能转载原文的异质或他者文化意涵[1]。再者，译者要等效体现原作的文学性或诗性，也即像葛浩文翻译莫言文学作品一般，使之具有文学可读性和欣赏性甚至获奖。综观众多的"红楼"诗歌，杨译和霍译都具有较高的诗性，尤其是后者。只是有一点，假如诗词内含儒释道思想（或语词），在不折损上述诗性的基础上，译者应该竭力像杨译一般异化出原作固有的中华文化隐含，以臻语用等效。(参见第四章第一节-参见第四章第二节)

---

[1] 他们甚至夸张地说"典籍的语义内容当然是典籍的文化价值、历史价值等的体现"；赵彦春，吕丽荣. 中国典籍英译的偏向与本质的回归 [J]. 外国语文，2016 (03)：95-100.

第二节 《红楼梦》佛号的杨霍译对比[①]

一、引言

《红楼梦》是中国的一部经典名著,作者糅合他在人生沉浮中的感悟和中华古典文化于文字之中,如佛教的禅宗通过书中人的种种际遇和言谈浮现,阐释了作者对人生的终极关怀。在中国寺庙中供奉的阿弥陀佛以及出家人和俗家弟子常口诵的"阿弥陀佛"在不同场合被红楼中人提及。频繁出现的佛号应该如何英译呢?杨宪益夫妇和霍克斯翁婿的处理方法有何异同呢?上文(参见第四章第一节)已有数例及说明。

拟运用绍兴文理学院《红楼梦》平行语料库,穷尽"阿弥陀佛"的译法,搜寻统计对比各例杨霍译法,并重点对其异于常态的译法进行具体译评,以期对当今中华经典中的(频繁出现的)文化负载词的外译有所启示。

二、佛号何意?

"阿弥陀佛"源于佛教,是净土宗所尊奉的主佛佛名。佛僧、居士和普通百姓经常口诵"阿弥陀佛"。根据在线《汉典》"阿弥陀佛"有以下四层意思:

(一)佛教徒所指西方极乐世界里最大的佛,为梵语"Amitabha"的译音,也译作"无量寿佛、无量光明佛"。

(二)信佛的人口诵用语。表示祈祷或感谢神灵等意思,或佛教徒间相互问候语。

(三)感叹用语,含有"还好、万幸、谢天谢地"一类的意思。

(四)慈善的,善良的。

另外,根据《新汉英大辞典》"阿弥陀佛"还有用以"感谢帮助自己的人"的意思。除了以上意思以外,根据不同的语境,"阿弥陀佛"还有求福、感恩、忏悔、祈祷和颂扬的意思。

可见,根据佛教典籍,"阿弥陀佛"是西方极乐世界中果位最高的佛,不过,它有时只是佛教徒口头诵念的佛号,有时却意味着祈祷、祝福、感恩或感

[①] 王才英,侯国金.《红楼梦》佛号的杨霍译对比 [J]. 2022(即出)。

叹。一声声"阿弥陀佛",道出其文其义,说尽世间百态。

以往研究多半认为杨译是"典型的异化翻译",霍译是"典型的归化翻译"①,而对《红楼梦》中的"阿弥陀佛"这个词(及其翻译)的考察不多,只有毛卫强②、岳玉庆③、梁伟④、孙静⑤、刘锦晖⑥等。

刘锦晖⑦说,"要将原作中'阿弥陀佛'的语用意义完全对等地⑩体现出来是很困难的一件事"。孙静⑧和刘锦晖⑨认为,杨译保留了原文的宗教文化,用词的微调旨在更好地体现"语用意义";霍译以基督教词语代替佛教词语,文化不等值却有利于理解。然而,她们未说明译者依据的版本不同,语料统计有误:前八十回不是刘锦晖所说的二十五个,也不是孙静所说的四十个。其次,只举两三个例子难以说明问题。最后,杨译和霍译都不是她们所说的使用单一译法,为取得"译内效果"和"译外效果"的动态平衡,杨译和霍译都使用了一些别于他们的常态译法,这正是本节的研究意义所在。

三、理论模式与语料来源

拟采用"语用翻译学"的"语用等效观"(参见第二章第二节)和翻译文化派的"翻译暴力观"(translation-violence view)的合理成分,来解释和对比讨论杨霍译本对"红楼"佛号的处理方法。"语用等效观"是糅合语用学和翻

---

① 朱耕. 互文性理论视角下《红楼梦》书名涵义及其英译解读[J]. 东北师大学报(哲社版), 2012(03):107-110; 蔡新乐. 石头的故事:霍克思英译《红楼梦》开卷的跨文化处理[J]. 外国语文, 2015(05):94-102; 王丽耘等. "归化"与霍克思《红楼梦》译本的评价问题 [J]. 2015(01):95-100.
② 毛卫强.《红楼梦》翻译与文化传播[J]. 江苏大学学报(哲社版), 2009(05):81-84.
③ 岳玉庆. 从最佳关联原则看《红楼梦》宗教词汇翻译——以闵福德译本为例[J]. 忻州师范学院学报, 2009(04):59-60.
④ 梁伟.《红楼梦》佛教内容维译中的语境因素与顺应策略[J]. 新疆大学学报(哲社版), 2010(05):135-138.
⑤ 孙静.《红楼梦》两英译本对"阿弥陀佛"的翻译对比[J]. 飞天, 2010(14):86-87.
⑥ 刘锦晖."阿弥陀佛"一词在《红楼梦》两个译本中译文的语用分析[J]. 产业与科技论坛, 2011(19):185-186.
⑦ 刘锦晖."阿弥陀佛"一词在《红楼梦》两个译本中译文的语用分析[J]. 产业与科技论坛, 2011(19):185-186.
⑧ 原文是"的"。见孙静.《红楼梦》两英译本对"阿弥陀佛"的翻译对比[J]. 飞天, 2010(14):86-87.
⑨ 刘锦晖."阿弥陀佛"一词在《红楼梦》两个译本中译文的语用分析[J]. 产业与科技论坛, 2011(19):185-186.

译学的动态等效译观奈达（Nida）[1]等而成（参见第二章第二节），重在语用标记价值的关联顺应等效（略）。关于"翻译暴力观"，"翻译暴力"的概念起源于迈斯纳（Meissner）[2]，其翻译思想的拓展见之于韦努蒂（Venuti）[3]、韦伯（Weber）[4]、王东风[5]、孙艺风（Sun）[6]、高雪[7]、张景华[8]、陈达、陈昱霖[9]、侯国金[10]等。翻译暴力指对原作的不忠。在韦努蒂（Venuti）[11]看来，翻译暴力主要源自归化翻译，所谓"归化的我族中心主义暴力"。他建议异化或"零暴、软暴"，不妨让译文"读起来像翻译"[12]。然而，异化未必没有暴力。倘若归化施暴的对象是原语及其作者，那么异化的施暴对象则是译入语及其读者。根据不同的参数，可分为

（一）善意暴力、恶意暴力；

（二）有意暴力、无意暴力；

（三）主观暴力、客观暴力；

（四）无害暴力、有害暴力；

（五）虐暴、软暴。

翻译中若要施暴，尽量实施"善意暴力、无害暴力、无意暴力、客观暴力、

---

[1] NIDA, E. A. *Translating Meaning* [M]. San Ditmas, California: English Language Institute, 1982.

[2] MEISSNER, C. Words between worlds: The Irish language, the English army, and the violence of translation in Brian Friel's translations [J]. *Colby Quarterly*, 1992 (03): 164-174.

[3] VENUTI, L. *The Translator's Invisibility: A History of Translation* [M]. London: Routledge, 1995/2008；[美] 韦努蒂（L. VENUTI）.译者的隐形——翻译史论（*The Translator's Invisibility: A History of Translation*）[M].张景华等.译.北京：外语教学与研究出版社，2009.

[4] WEBER, S., et al. Violence in translation [J]. *South Atlantic Quarterly*, 2002 (03): 695-724.

[5] 王东风.一只看不见的手——论意识形态对翻译实践的操纵 [J].中国翻译，2003 (05): 16-23.

[6] SUN, Y. Violence and translation discourse [J]. *Journal of Multicultural Discourses*, 2011 (02): 159-175；孙艺风.译者是暴力的实施者 [J].中国翻译，2014 (06): 5-13.

[7] 高雪.关于翻译暴力存在必然性的研究 [J/OL].中国校外教育，2014-06-27. http://www.cnki.net/kcms/detail/11.3173.G4.20140627.1633.019.html，2020-04-25.

[8] 张景华，崔永禄.解释性运用：关联翻译理论的实践哲学 [J].外语与外语教学，2006 (11): 52-55.

[9] 陈达，陈昱霖.笔下解不开的结——浅析翻译暴力对翻译实践的影响 [J].上海翻译，2016 (04): 54-56.

[10] 侯国金.译者何以施暴？[J].当代外语研究，2018b (04): 78-84.

[11] VENUTI, L. *The Translator's Invisibility: A History of Translation* [M]. London: Routledge, 1995/2008: 61.

[12] VENUTI, L. *The Translator's Invisibility: A History of Translation* [M]. London: Routledge, 1995/2008: 17.

软暴（力）"，也即尽量减轻施暴的力量或危害。

《红楼梦》中佛号"阿弥陀佛"在戚序本前八十回中出现三十次，在程乙本一百二十回中①出现三十八次。称此佛号者有刘姥姥、黛玉、湘云、王夫人、马道婆、宝玉、周瑞家的、老尼、赵嬷嬷、赵姨娘、玉钏儿、鸳鸯、柳家的、晴雯、贾母、紫鹃、姑子、袭人、"众人"，用得最多的是前四位。

四、《红楼梦》中的佛号杨霍译对比

（45）刘姥姥道："阿弥陀佛！全仗嫂子方便了。"［《红楼梦》第六回，同例（39）］

译₁："*Buddha be praised*! I'm most grateful for your help, sister."（杨译）

译₂：'*Bless you*, my dear, for being such a help!' said Grannie Liu.（霍译）

如上述，刘姥姥头一遭到荣国府这样的圣地，小心加小心地找到周瑞家打通关节，和贾府搭上瓜葛。周瑞家的答应帮忙与凤姐沟通，例（45）中她随口说出"阿弥陀佛！"意为感激。从该例的翻译可见，杨译是异化法，只是加了"be praised"类仿拟"God/ Lord be praised！"构式的归化成分。在刘姥姥另外七个佛号例子中，杨译还有两例译成"Gracious Buddha"（仿拟"Gracious Lord/ holy name"构式的归化成分"gracious"），其余五例译成"Amida Buddha"（完全异化法②）。杨译不是千篇一律的异化。该例的霍译是"Bless you"，属归化法。但霍译翻译刘姥姥的其余佛号语例时，有一次"Bless us and save us"，六次"Holy（Precious）Name"。以上霍译都是完全归化法。

（46）黛玉向外头说道："阿弥陀佛！赶你回来，我死了也罢了。"（《红楼梦》第二十八回）

译₁："*Buddha be praised*! I hope I'm dead before you come back."（杨译）

译₂: Dai-yu leaned forward and shouted after him：'*Holy Name*! By the time you get back, I shall be dead.'（霍译）

因宝玉一句"理他呢，过一会子就好了"，惹得黛玉生了气，宝玉来看而不理，宝玉未及解释就被叫出，黛玉在气头上向房外冲宝玉说的话，相当于现代口语中"哎呀！你气死我了！"纵观《红楼梦》全书，黛玉除了抄写《金刚经》外，未提及其参与其他佛事，倒是提及其喜读《庄子》，如第二十一回提及黛玉

---

① 如前述，杨译的原语是戚序本（前八十回）加程乙本（后四十回），霍译的原语是程乙本。下文忽略其差异。
② 本节所谓"完全异化法、完全归化法"就单句、单词翻译是可行的，而就整个文本翻译而言只有相对的可行性。这里的"完全"意味着绝大多数情况下采取某种译法的倾向性。

翻出《庄子》来，而且她年纪又轻，因此，她念佛号大多是情急之中的随俗仿语。在黛玉的四个佛号例子中，杨译两次用到"Amida Buddha"（完全异化），两次用到"Buddha be praised"。霍译一次是"Now praised be"，一次是"It serves you right"，两次是"Holy Name"。关于杨译和霍译的风格差异，看例（45）的分析。

（47）史湘云道："阿弥陀佛，冤枉冤哉！我要这样，就立刻死了。你瞧瞧，这么大热天，我来了，必定赶来先瞧瞧你。不信你问问缕儿，我在家时时刻刻那一回不念你几声。"（《红楼梦》第三十二回）

译₁："*Amida Buddha*! That's not fair," cried Xiangyun. "May I drop dead if I ever give myself airs. Look how hot it is today, yet as soon as I arrive I hurry straight over to see you. If you don't believe me, ask Cuilu. At home I'm always saying how much I miss you."（杨译）

译₂：'*Holy Name*!' said Xiang-yun, now genuinely indignant. 'That's tho①unfair. I wish I may die if I ever "acted the young lady" with you, as you put it. I come here in this frightful heat, and the very first person I want to see when I get here is you. Ask Fishy if you don't believe me. She can tell you. At home I'm always going on about you.'（霍译）

袭人半开玩笑逗湘云，长大后变成小姐脾气不理袭人了，"阿弥陀佛，冤枉冤哉！"并送戒指给袭人，让读者感受到那个聒噪的"话口袋子"里面，藏着的是一颗"直心"。所以这句的"阿弥陀佛"有"菩萨作证"的意思，也有发誓的意思。该例杨译是异化的"Amida Buddha"，霍译则是归化的"Holy Name"。小说中湘云的四个佛号例子的翻译，杨译全是异化法，"Amida Buddha"用了三次，"Buddha be praised"用了一次。霍译全是归化的"Holy Name"。读者能从这些佛号例子感受到湘云的率真性情和礼佛习惯。杨译保留了佛教用词，有益于保留佛教文化。

（48）王夫人道："阿弥陀佛，不当家花花拉的！就是坟里有这个，人家死了几百年，这会子翻尸盗骨的，作了药也不灵！"（《红楼梦》第二十八回）

译₁："*Amida Buddha*!" cried Lady Wang. "The idea! Even if there are pearls in old tombs, how can you dig them up and disturb the bones of people dead for all those

---

① 语料库中"tho"是正体，在出版的书中是斜体，即特别标记。本节故事中，史湘云和袭人、宝玉说说笑笑，而湘云早有"误说"的前科：第二十回，她管"二哥哥"宝玉叫"爱哥哥"，遭到黛玉等的嘲笑。因此我们怀疑译者是有意以"tho"代"so"，属语音嘲弄或飞白。

117

hundreds of years? No medicine made that way could be any good."（杨译）

译₂：'*Blessed name of the Lord*!' said Lady Wang. 'What a dreadful idea! Even if you did get them from a grave, I can't believe that a medicine made from pearls that had been come by so wickedly – desecrating people's bones that had been lying peacefully in the ground all those hundreds of years – could possibly do you any good.'（霍译）

听宝玉说要坟里的珍珠宝石配药，王夫人发出"阿弥陀佛！"是感叹这味药的奇葩配方。杨译还是完全异化的"Amida Buddha!"霍译是完全归化的"Blessed name of the Lord!"在王夫人的四个佛号例子中，杨译除了两次用"Amida Buddha!"还有一次"Gracious Buddha"（异化+归化），一次"Good gracious"（归化）。霍译本例外还有一次"Holy Name"（归化），一次"In the name of Lord Buddha himself"（归化+异化）。王夫人吃斋诵经是事实，但也不全是真心实意念佛，她一面真心祈求佛菩萨护佑贾门，子女成龙成凤，背后却使出一些手段置金钏和晴雯于死地，控制了宝玉的婚姻，等等，因此，她是一个多重性格之人。杨译的忽而异化、忽而归化、忽而异化加归化，比霍译更能传达王夫人的"半佛性"。

(49) 马道婆念了一声"阿弥陀佛慈悲大菩萨"。[《红楼梦》第二十五回，同例（40）]

译₁："May *Amida Buddha* the Merciful Great Bodhisattva preserve you!" cried the grateful priestess.（杨译）

译₂：'*Amitabha, Merciful Buddha*! Bless His Holy Name!' said Mother Ma.（霍译）

当贾母答应供奉香油"一日五斤"时，马道婆难掩内心的喜悦，却又装着一副道貌岸然假慈悲的模样。马道婆心地不善，她口中的佛号只不过是一个掩盖邪恶的面具。杨译是异化的"Amida Buddha"，霍译是异化加归化的"Amitabha, Merciful Buddha!"由于原文还有"慈悲大菩萨"，杨译追加了异化加归化的"the Merciful Great Bodhisattva preserve you"，霍译加的是归化的"Bless His Holy Name!"在马道婆的另一佛号例子翻译中，杨译还是上述异化法，霍译则是归化的"Holy Name!"

(50) 宝玉笑道："阿弥陀佛！宁可好了罢。"（《红楼梦》第五十七回）

译₁："*Amida Buddha*! I do hope she soon gets well."（杨译）

译₂：'*Thank the Lord for that*!' said Bao-yu fervently. 'If only she could shake it off altogether!'（霍译）

小说这里说到宝玉"去看黛玉"。"黛玉才歇午觉",于是就问紫鹃黛玉的咳嗽如何,紫鹃道:"好些了。"宝玉放心,于是说了例(50)的话,引来紫鹃的讥笑:"你也念起佛来,真是新闻!"此句的"阿弥陀佛!"既是宝玉鹦鹉学舌(有口无心),又多少含有听闻黛玉好转时的欣慰、庆幸。杨译是惯用的异化"Amida Buddha",霍译则是归化的"Thank the Lord for that"。宝玉还有两例佛号,杨译一次用异化的"Amida Buddha",一次使用异化加归化的"the supreme Buddhist"(因为原文的佛号只有指称意义)。霍译(仅有一次①)和杨译异化法一样,是"Amida Buddha":

(51)紫鹃又给宝玉宝钗了磕头。宝玉念声:"阿弥陀佛!难得,难得。不料你倒先好了!"(《红楼梦》第一百一十八回)

译₂:Then Zijuan kowtowed to Baoyu and Baochai too. "*Amida Buddha*! Fine! You've stolen a march on rue!"(杨译)

译₂:Nightingale also kowtowed to Bao-yu and Bao-chai. '*Amida Buddha*!' exclaimed Bao-yu piously. 'How rare! I never thought that you would be the first of us to be saved!'(闵译)

大家谈论着四姑娘修行,以及紫鹃修行的念头,紫娟说若所得到许可就是"造化",否则就是"一个死"。宝玉吟诵一首:"勘破三春景不长,/缁衣顿改昔年妆。/可怜绣户侯门女,/独卧青灯古佛旁。"让王夫人等诧异伤心:"不好了!这个人入了魔了。"宝钗、袭人等也跟着伤心。王夫人对紫鹃的话算是默许了,于是紫鹃磕头致谢。宝玉这才说出例(51)的话,这个"好"可能有"如愿""皈依佛门"的含义。不说杨译的杨式翻译,还是异化法。单说闵译采用了少见的异化法,也许因为译者觉得原文的佛号所表示的是宝玉对佛陀的敬意和对妹妹惜春出家的惊异,也是他自己皈依的前奏。这一异化法杨译和闵译不约而同,实属少见。

(52)周瑞家的听了笑道:"阿弥陀佛,真坑死人的事儿!等十年还未必碰的全呢!"(《红楼梦》第七回)

译₁:"*Gracious Buddha*!" Mrs. Zhou chuckled. "How terribly chancy! You might wait ten years without such a run of luck."(杨译)

译₂:'*God bless my soul*!' Zhou Rui's wife exclaimed. 'You would certainly need some patience! Why, you might wait ten years before getting all those things at the proper times!'(霍译)

---

① "另外一次"霍译依据的原文无佛号。

写的是周妇与宝钗聊病说药。"冷香丸"制方奇特,不易到手,这里的"阿弥陀佛"有惊叹之意。杨译是异化加归化的"Gracious Buddha!",霍译则是完全归化的"God bless my soul!"。

(53) 老尼道:"阿弥陀佛!只因当日我先在长安县内善才庵内出家的时节,那时有个施主姓张,是大财主。……"(《红楼梦》第十五回)

译₁:"Amida Buddha!" sighed the abbess. "When I became a nun in Shancai Convent in the county of Chang'an①, one of our benefactors was a very wealthy man called Zhang. ..."(杨译)

译₂:'Bless his Holy Name!' the prioress began piously. 'When I was a nun at the Treasures in Heaven Convent in Chang-an, one of the convent's benefactors was a very wealthy man called Zhang. ...'(霍译)

老尼因施主张家之女的亲事要求凤姐帮忙。这句佛号既是僧侣的话语习惯,也是对凤姐出手相助的祈求。杨译是惯用的异化法"Amida Buddha!",霍译则是他惯用的归化法"Bless his Holy Name!"。

(54) 赵嬷嬷道:"阿弥陀佛!原来如此。这样说,咱们家也要预备接咱们大小姐了?"(《红楼梦》第十六回)

译₁:"Amida Buddha! So that's it!" cried Nanny Zhao. "I suppose our family will be preparing, too, for a visit from our eldest young mistress?"(杨译)

译₂:'Bless my soul!' said Nannie Zhao. 'So that's what it is! Well, I suppose in that case we shall soon be getting ready to receive our young lady?'(霍译)

贾琏处理好黛玉父亲后事,凤姐为他接风洗尘时,贾琏的奶妈赵嬷嬷进来,讲到贾府元春晋封贤德妃后回来省亲的事,赵嬷嬷说"阿弥陀佛!",她们家也要准备迎接大小姐了。大小姐省亲是件荣耀的事,聪明的赵嬷嬷也知此事,但也担心铺张浪费。杨译还是其惯用的异化法"Amida Buddha!",霍译也是其惯用的归化法"Bless my soul!"。

(55) 赵姨娘叹口气道:"阿弥陀佛!我手里但凡从容些,也时常的上个供,只是心有馀而力量不足。"(《红楼梦》第二十五回)

译₁:"Amida Buddha!" she sighed again. "If I'd only more in hand I'd be giving oftener. I just haven't the means."(杨译)

译₂:'Holy Name!' said Aunt Zhao. 'I'd do it oftener if things were a bit easier; but you know the saying: "My heart is willing but my purse is lean."'(霍译)

---

① 图书和语料库都是"Changan",我们改为现今通用的拼法。

<<< 第四章 《红楼梦》英译的语用变通

赵姨娘是贾政之妾,性格扭曲,悭贪邪恶,口中却偶尔念出佛号。此处的"阿弥陀佛!"是感谢马道婆帮她上供。杨译和霍译分别采用各自惯用的异化法"Amida Buddha!"和归化法"Holy Name!"。

(56) 玉钏儿道:"阿弥陀佛!这还不好吃,什么好吃。"(《红楼梦》第三十五回)

译₁:"*Gracious Buddha*!" she exclaimed. "You're hard to please."(杨译)

译₂:'Doesn't taste nice?' said Silver with an expression of extreme disgust. '*Holy Name*! If① that doesn't taste nice, I'd like to know what does!'(霍译)

顽皮的宝玉哄骗玉钏说她给的汤不好喝,玉钏儿不知其意,于是就说了例(56)。结果是她亲自尝了尝,其实好喝。宝玉补上一句"这可好吃了!"。其实是宝玉哄她也喝上一口。例中玉钏所说"阿弥陀佛!"意为"天呀,这么好喝还说不喝"类感叹。杨译是异化加归化的"Gracious Buddha!",霍译还是惯用的归化法"Holy Name!"。

(57) 鸳鸯道:"阿弥陀佛!这是个报应。"(《红楼梦》第三十八回)

译₁:"*Gracious Buddha*!" cried Yuanyang. "This is just retribution."(杨译)

译₂:'*Holy Name*!' said Faithful. 'That was a judgement, if ever there was one!'(霍译)

鸳鸯被凤姐调笑后,看到凤姐被平儿误抹蟹黄,感到快意。故事说贾母听见了喧闹就发问,鸳鸯等笑着回复贾母:"二奶奶来抢螃蟹吃,平儿恼了,抹了他主子一脸螃蟹黄子,主子奴才打架呢!"当然"打架"是戏谑之词。此处的"阿弥陀佛!"应是平儿无意帮她"报仇"的激动和感叹。两译本的译法同上例。

(58) 柳家的忙道:"阿弥陀佛!这些人眼见的。别说前儿一次,就从旧年一立厨房以来,凡各房里偶然间不论姑娘姐儿们要添一样半样,谁不是先拿了钱来,另买另添。……"(《红楼梦》第六十一回)

译₁:"*Gracious Buddha*! All those here can bear witness. Not to say the other day, but ever since this kitchen was set up last year, any apartment wanting something extra has always brought money to buy it. …"(杨译)

译₂:'*Holy name*!' said Cook Liu. 'These people here will be my witness. Whenever anyone from one of the other apartments, whether mistress or maid, asks me for a special order — and I'm not just talking about that occasion you mentioned, I'm

---

① 图书和语料库上呈现的都是小写,恐有误,故改之。

121

talking about ever since this kitchen here first started—they invariably offer me something to cover the extra cost. …'（霍译）

在大观园当厨师不容易，因为要让多方满意，而柳家的很会说话。她拿宝钗等主子做榜样，想让莲花也学学她们讲原则，付大钱，关心仆人。这句的"阿弥陀佛"有隐责之意。杨译是异化加归化的"Gracious Buddha!"，霍译还是其惯用的归化法"Holy name!"。

(59) 宝玉也只有哽咽之分，晴雯道："阿弥陀佛！你来的好，且把那茶倒半碗我喝。渴了半日，叫半个人也叫不着。"（《红楼梦》第七十七回）

译$_1$: Baoyu too could only weep. "*Merciful Buddha*!" cried Qingwen. "You've come just in time. Pour me half a cup of tea. I've been parched all this time, but when I call no one comes."（杨译）

译$_2$: Bao-yu was sobbing now himself. '*Holy Name*, it's a good job you've come!' she said. 'Could you get me half a cup of tea? I'm so thirsty, but though I've called and called, no one ever comes.'（霍译）

晴雯病重被撵走，宝玉私下看望她，晴雯的佛号饱含亲情般的感激。杨译和霍译还是上例的风格，只是杨译换"gracious"为"merciful"了。

(60) 贾母道："这么看起来竟是他了。他姐儿两个病中的光景和才说的一样。这老东西竟这样坏心，宝玉枉认了他做干妈。倒是这个和尚道人，阿弥陀佛，才是救宝玉性命的，只是没有报答他。"（《红楼梦》第八回）

译$_1$: "Judging by this, it was her all right," said the Lady Dowager. "The way they felt during their fits coincides with what we've just heard. How could that old witch be so vicious! And to think that we chose her to be Baoyu's godmother! It was that monk and priest—*Buddha be praised*!—who saved his life, yet we never thanked them for it."（杨译）

译$_2$: 'That settles it!' exclaimed the old lady. 'That's exactly the sort of thing she got up to! So it *was* her doing, it must have been! Oh! How could the old woman sink so low—and Bao-yu's own godmother too! *Gracious Lord*, to think that if those two holy men had not arrived in time, he might easily have died! And we still have not repaid them. …'①（霍译）

---

① 霍译是紧接着三个点的省略号，不顾前面句子的完整性。为统一性，笔者增添句号和间隔之后再加表示省略的省略号。

<<< 第四章 《红楼梦》英译的语用变通

马道婆和赵姨娘使坏使得宝玉和凤姐生病,幸亏和尚道人识破相救。贾母心善持佛已久,了解到真相后,一句情不自禁地"阿弥陀佛!"是感谢"和尚道人"以及佛陀和菩萨的恩情。杨译是异化加归化的 "Buddha be praised!",霍译则是惯用的归化法 "Gracious Lord(,)"。

(61) 离门口不远,紫鹃道:"阿弥陀佛,可到了家了!"(《红楼梦》第九十六回)

译₁: "*Gracious Buddha*!" sighed Zijuan in relief. "Home at last!"(杨译)

译₂: When they were nearly there, Nightingale exclaimed: '*Lord Buddha be praised*! Home at last!'(闵译)

黛玉见过宝玉后,紫鹃见证了痴情、心酸和棒打鸳鸯的绝望。该例的前面是"黛玉出了贾母院门,只管一直走去,紫鹃连忙搀住",该例的后面追加的是"只见黛玉身子往前一栽","一口血直吐出来"。紫鹃的这句佛号表达的是她对佛祖的感恩(终于到家的感叹,可以让她好好休养)。杨译是异化加归化的 "Gracious Buddha!",闵译却是少见的归化加异化的 "Lord Buddha be praised!"。

(62) 那姑子道:"阿弥陀佛!有也是施主,没也是施主,别说我们是本家庵里的,受过老太太多少恩惠呢。如今老太太的事,太太奶奶们都见了,只没有见姑娘,心里惦记,今儿是特地的来瞧姑娘来的。"(《红楼梦》第一百一十五回)

译₁: "*Amida Buddha*!" they exclaimed. "Whether well or badly off you're still our patrons, not to say that our nunnery belongs to your family and the old lady was always so good to us. During her funeral we saw all the mistresses except you. It's because we missed you that we've come today especially to see you, miss."(杨译)

译₂: "*Holy Name*!" came the pious ejaculation. "Benefactors are benefactors, whether they be rich or poor. Our convent was founded by your family, and we were always most generously provided for by Her Old Ladyship. We saw Their Ladyships and the young ladies at Her Old Ladyship's funeral, but we didn't see you there, miss, and we were worried about you. That's why we've come here specially to visit you today."(闵译)

地藏庵的两个姑子来看惜春,惜春半责怪半玩笑地数落她们因为贾府家道中落而不常来了。那姑子所说的佛号既有出家人的话语习惯,也有对贾府常年恩惠的感激。杨译和闵译分别采用各自惯用的异化法和归化法:"Amida Buddha!"和"Holy Name!"。

(63) 惟有袭人看他爱讲文章,提到下场,更又欣然。心里想道:"阿弥陀

123

佛！好容易讲《四书》似的才讲过来了。"（《红楼梦》第一百一十八回）

译₁：Xiren was delighted to hear how animatedly Baoyu was talking about essay writing and the examination. "*Merciful Buddha*!" she thought. "He seems to have come to his senses at last after that lecture we gave him！"（杨译）

译₂：Aroma on the other hand was delighted to hear him talking about compositions and the examination. '*Praise be to Buddha*!' she exclaimed silently to herself. 'What a sermon it took though, to bring him to his senses！'（闵译）

妻妾谏痴人，贾政捎回家书，让想要出世离群的宝玉准备功课应考。宝钗以忠孝赤子之心打动宝玉准备考个功名。袭人能看到宝玉的转变，为其不信和尚而高兴，又怕其再一次留恋儿女情长不振作。因此，袭人此处的"阿弥陀佛！"既有对佛祖让宝玉改邪归正的感恩戴德，也有祝愿、寄托的意思。杨译是异化加归化的"Merciful Buddha！"，闵译是归化加异化的"Praise be to Buddha！"。

（64）众人说道："阿弥陀佛，说这些话的防着割舌下地狱！"（《红楼梦》第一百一十二回）

译₁："*Amida Buddha*! What a thing to say! Aren't you afraid of going to the Hell Where Tongues Are Cut Out？"（杨译）

译₂：'*Holy Name*!' exclaimed one of the women. 'You'll have your tongue cut out in hell for such wicked talk！'（闵译）

妙玉被人偷走，众人寻妙玉不得，包勇却乱说话（"你们师父引了贼来偷我们，已经偷到手了，他跟了贼去受用去了。"），于是众人说"阿弥陀佛"，既表明众人对妙玉的担心，也希冀佛陀主持公道，使得恶有恶报。两译本分别使用了各自惯用的异化法和归化法："Amida Buddha！""Holy Name！"。

五、佛号杨霍译之语用批评

（一）量化对比

《红楼梦》中的佛号"阿弥陀佛"出现三四十次①。杨译有"Amida Buddha" 22 次，"Gracious Buddha" 8 次，"Buddha be praised" 7 次，"Merciful Buddha" 2 次，"Good gracious" 1 次，"the supreme Buddhist" 1 次。如上述，杨译不是"典型的"（参见第四章第二节第二部分）、简单的、机械的、千篇一律的异化："Amida Buddha" 或 "Buddha Amitabha"，相反，杨译是非典型的、有

---

① 如前述，杨译和霍译的原语版本有异，杨译和霍译的原语出现"阿弥陀佛"分别为四十一次、三十八次。

弹性、有变化的、有归化（法）的异化：

1. 选用"Amida Buddha, Buddha Amitabha"等及其变体；
2. 异化加归化：就是在"Amida Buddha, Buddha Amitabha"等词前后增添英语中类似（基督教）表达的"gracious, supreme, holy, merciful, be praised"等。

综合起来看杨氏夫妇翻译"红楼"佛号的方法，可称之为"杨式异化法"。比较而言，霍（闵）译有"Holy Name" 22次，"Bless you" 1次，"God bless my soul" 1次，"Bless his/ His Holy Name" 2次，"Now praised be" 1次，"Amitabha" 1次，"It serves you right" 1次，"Blessed name of the Lord" 1次，"Bless us and save us" 1次，"Thank the Lord for that" 1次，"Gracious Lord" 1次，"Lord Buddha be praised" 1次，"Holy Precious Name" 1次，"In the name of Lord Buddha himself" 1次，"Amida Buddha" 1次，"Praise be to Buddha" 1次。

（二）翻译暴力对比

泛泛地讨论异化法和归化法的优劣毫无意义，必须结合原作、原语、作者、译者、译入语、出版商、读者（身份和期待）、语义内容、文化内涵等多方面因素。饱蘸中华文化的《红楼梦》，其佛教思想的重要载体——佛号——作为佛教术语的英译，不能不慎重。杨氏夫妇也罢，霍闵翁婿也罢，都是深思熟虑的，既要沿袭全书的翻译风格，例如，前者以异化为主，后者以归化为主，又要照顾佛号在每例中的特殊意义及其所译能否表达该意义并取得较好的读者效应，涵盖强调译文求真、接近原文的"译内效果"（intra-translation effect）和强调译文务实、服务社会的"译外效果"（extra-translation effect）两种①。以"翻译暴力"观察之，异化和归化都实施了"暴力"：异化施暴的对象主要是译文读者及其文化，因为其读者可能不知所云，也就很难进行有效的（跨）文化传播，遑论文化交融、融合；归化施暴的对象则主要是原文及其作者、角色、叙事、风格，一旦归化（过度），就有归而化之、化为乌有的危险。杨译和霍（闵）译既然基本上采用相反的方法来翻译佛号，那么可以说都实施了翻译暴力，只是施暴对象不同，反之，所尊重或照顾的对象也就迥异：杨译更多地尊重并试图等意/义地再现"红楼"文化和文学思想，可惜，"等意"不是"等值"，更不是"等效"，也即，所译在英美社会得不到原著在中国的接受度或欢迎度，也不及霍译在西方的上架、购买、传播程度，也就失却了预想的如真、如实、如是

---

① 周领顺."译内效果"和"译外效果"：译文与译者行为的双向评价——译者行为研究（其六）[J]. 外语教学，2011（02）：86-91.

地再现《红楼梦》。霍译更多的是尊重译文读者和文化并试图近效、等效、高效地再现"红楼"文化和文学,遗憾的是,"近效、等效、高效"应以保真地翻译原文的语义值和文化值为基础或前提,霍(闵)译的归化有时显然是"归而化之,化为乌有",如原文的佛教思想(例如,人物的佛教信仰、佛教或寺院情结、佛教典故)既然西化、欧化、基督化成"God/ Lord""holy name"类,那么,与其说是传递了原文的佛教文化,还不如说是表达原文所没有、而读者会误以为有的基督教思想。

这就两难了。杨译和霍(闵)译都难以避免一定的翻译暴力:因各有所重所轻,故有语义值、文化值、综合效果等的所得所失。单就佛号而言,杨译长于保留佛教文化,但"Amitabha""Buddha"类译法可能让欧美普通读者却步。既然"却步",他们又怎能完整地阅读和欣赏这一名著(的译本)?又怎能了解"红楼"佛教思想?霍(闵)译也有其风险,虽然其异化之法擅长英式英语的地道表达,但"Holy Precious Name, Bless you"类不足以传达原文的佛教思想,至于"Thank the Lord for that, Gracious Lord"类译文,更是佛教基督化,是中华文化的"格义化",虽易读好懂①,然而所读所懂已完全不是原文的佛教思想,俨然是"红楼"基督教思想。

所幸的是,综合全书翻译及全部佛号的翻译,杨译不是始终不变的异化,而是以异化为主色调,以归化为辅色调,霍译则相反。假如不谈个案而只看全部佛号译例,杨译和霍译都有值得典籍翻译(学)者学习的特点,那便是上述的"主辅色调",我们分别称为"杨式异化法、霍式归化法"。有趣的是,"杨式异化法"允许少量的完全归化,"霍式归化法"则可造出完全异化的译法。

为了便于西方读者理解,杨译将小说(翻译)中最先出现的佛号进行了异化加归化的"the supreme Buddhist"处理,后来逐渐放开使用完全异化的"Amida Buddha",同异化加归化法交替使用。在自认为和佛教关系不紧密的语境下,杨译也会使用归化法,即完全西化的表达式,如:

(65) 王夫人道:"好孩子,阿弥陀佛,这个念头是起不得的。"[《红楼梦》第一百一十六回,同例(43)]

译₁:"*Good gracious*, child!" exclaimed Lady Wang. "You mustn't have these notions."(杨译)

译₂:'My child!' said Lady Wang. '*In the name of Lord Buddha himself*! You

---

① 蔡新乐. 石头的故事:霍克思英译《红楼梦》开卷的跨文化处理 [J]. 外国语文,2015(05):94-102.

must abandon this foolish idea!'（闵译）

该例的"阿弥陀佛"被杨氏夫妇理解为无宗教意味，于是译成完全归化的"Good gracious"①。霍译闵译则相反，一开始多用归化法，在中间才偶尔使用完全异化或半异化的"Amitabha""Merciful Buddha"，后来大多沿用归化法，偶尔穿插异化法："Lord Buddha be praised""In the name of Lord Buddha himself""Amida Buddha""Praise be to Buddha"。霍（闵）译在自认为某佛号完全是佛教意味时会采取完全异化法，如例（40）中马道婆所念的佛号。号称信佛、佛号不离口的马道婆听到贾母答应每日供奉五斤香油而遂了自己的心愿，无比喜悦却装作假慈悲的模样。该例说的是慈悲的阿弥陀佛、慈悲的（观世音）菩萨，佛教意味浓重，霍译闵译选择了完全异化的"Amitabha""Merciful Buddha!"（补充以归化的"Bless His Holy Name!"类，算是语义重复）。

（三）"杨式异化法"和"霍式归化法"的分野

在默认状态下，或者在没有特殊条件的情况下，我们认为杨氏夫妇的译法和霍闵翁婿的译法各有千秋，难分伯仲。两者都没有采用一刀切式的异化法或归化法，而是以一种为主，以另一种为辅，而且都用了异化加归化（或归化加异化）。杨氏在语义值和文化值上更等效于原文，霍译在读者效果上更等效于原文。另外，虽然两种翻译风格做不到完美，无论如何也会有所忽略、轻视、牺牲，或者说总会对某种对象（原语方或译入语方）实施一定的有意或无意暴力，善意或恶意暴力，客观或主观暴力，无害或有害暴力，虐暴或软暴。窃以为，杨译主要是异化暴力，霍译主要是归化暴力，而且二者的暴力应属"有意暴力、善意暴力"，少数难懂或奇怪的译法属"虐暴"，其他如归化加异化者、异化加归化者，均属"软暴"。

从上文的"量化对比"可知，和杨译不同的是，霍译主要是归化，但也不是"典型的归化翻译"（参见第四章第二节）。霍译把佛教术语即佛号归化，实际上是"西化、基督化"，换言之，采用英美人尤其基督教徒耳熟能详的对应表达式。崔永禄②说得好，假如中国译者把英文小说的"God bless me"译成"菩萨保佑"，汉语读者大多会以为说那句话的人是佛教徒或和佛教有关联。窃以为，霍译的佛号基督化不无漏洞。不过，细看不难发现，霍译也不是不分青红

---

① 不过，窃以为，杨氏夫妇理解可能有误。这个王夫人面子上是吃斋念佛的，她后面所议之事是惜春断荤，和吃斋念佛有关，因此这里的"阿弥陀佛"具有佛教意味，作为以异化为主的翻译家，这里突然采用归化的"Good gracious"，偏离了杨式风格。

② 崔永禄. 霍克斯译《红楼梦》中倾向性问题的思考 [J]. 外语与外语教学, 2003（05）: 41-44.

127

皂白地、一刀切的归化，相反，霍译偶尔也启用异化法，如完全异化的"Amitabha""Amida Buddha"，此外还有归化加异化的"Lord Buddha be praised""Praise be to Buddha"。综合起来看霍闵翁婿所译"红楼"佛号，可算作"霍式归化法"。

鉴于异化法和归化法的互补性①，综合观之，杨译佛号若能在"杨式异化法"基础上适当增添归化法剂量，反之，霍译佛号若在"霍式归化法"基础上酌情增加异化法分量，杨霍译本都会更加高效（或等效）地再现原文的诸方面语用标记价值。当然，随着现代交际的现代化、多样化、个性化、细腻化②，典籍或文学的"完全异化法、完全归化法、杨式异化法、霍式归化法"等，都能服务于一类读者群，都有一定价值。

六、小结

四大名著之一的《红楼梦》包含古典中华思想和文化，主要是儒释道三家学说。单说释迦牟尼佛的学说及其佛教思想，如何等效或有效再现之，这是译者不得不慎之又慎的大问题。这句佛号具有多语义性和多功能性，可表示（用以）祈祷、祝福、感恩或感叹。有时和佛教有直接或间接关系，有时只是俗家（仿僧侣话语）的一种口头禅，多出于长者和女人之口。本节以《红楼梦》的佛号"阿弥陀佛"的英译为例，对比考察了杨译和霍译，发现：《红楼梦》中的佛号"阿弥陀佛"多达近四十次。杨译主要用异化法，以异化加归化为辅，偶尔才完全归化法。霍译则相反，以归化为主，以归化加异化为辅，偶尔使用完全异化法。由于杨译不是简单的异化，霍译也不是一成不变的归化，他们都有相反译法的成分，只是主次有别，分量有异，风格不同。综合全书佛号的英译考察，不妨分别把杨译和霍译称为"杨式异化法、霍式归化法"。我们认为，就佛号翻译而言，杨译的异化法有时难念、难读、难懂（对西方读者），而霍译的归化法更多时候是佛教的佛号西化、基督化，也就难免丧失某些语境下的佛号的佛教指称义或祈祷义。"杨式异化法"有利于佛教思想的保值，"霍式归化法"则有益于西方读者理解和接受。就《红楼梦》的翻译和外宣而言，不能机械地以哪个译本流传更广作为标准来判断它的译法更好，毕竟译本的传播还决定于很多其他因素，如译者国籍、出版商、宣传部门、宣传渠道、方法和效果，等等。

论语义值和文化值，杨译比霍译更等效于原文，论读者效果，霍译比杨译

---

① 侯国金. 语用制约/语用压制假说 [J]. 外语教学与研究, 2015d (03): 345-354.
② 侯国金. 现代翻译应反映多样交际要求 [N]. 中国社会科学报, 2015b-08-04.

更等效于原文。杨译和霍译分别实施了异化暴力和归化暴力,二者属"有意暴力、善意暴力",少数偏激译法算"虐暴",其余属"软暴"。对杨译和霍译我们不能简单地对比、定名、定性或分出优劣。论佛号翻译,"杨式异化法、霍式归化法"若能互相借鉴,或者分别增添些许归化法和异化法,杨霍译本就会更加高效。

在国学经典外译热的今天,各读者群的需求呈多样性,"完全异化法、完全归化法、杨式异化法、霍式归化法"等都能满足一类读者群。但对于文化负载词或对语篇内多次出现的同词翻译,"杨式异化法、霍式归化法"却给我们很好的启示:除已有约定俗成译法的文化负载词之外,翻译文化负载词时要译出其"语内效果""语外效果"。

第三节 《红楼梦》"半 A 半 B" 构式的杨霍译对比①

一、引言

"构式"(construction)是约定俗成的形义配对的句法单位②。构式必须作为词条或习语构式而整体获得,才能明白其构式义,并能在相关语境下恰当仿用③,例如汉语的"半 A 半 B"构式(如"半信半疑"④)。"半 A 半 B"构式使用频率较高⑤,在网络时代更是"爆炸式"地发展⑥,可用于书面体或口语

---

① 王才英,侯国金.两大名著中"半 A 半 B"构式的语用翻译分析[J].广东外语外贸大学学报,2018b(05):74-79.
② CROFT, W. Radical Construction Grammar [M]. Oxford:OUP,2001:17,52.
③ 侯国金.词汇—构式语用学[M].北京:国防工业出版社,2015e:101.
④ 文中例析的"半 A 半 B"构式出自四大(其实是两大)名著,其他源于网络和吴光华先生于1993主编的《汉英大辞典》(上卷)(上海交通大学出版社)。其次,《红楼梦》第八十至一百二十回为霍克斯的女婿闵福德所译,由于语料库统一用"h",学界有时沿用该标注法。再次,全文无出处译文皆为笔者试译。最后,例中"半 A 半 B"构式统一加了下加点,对应的译文用斜体加粗。
⑤ 邵敬敏,黄燕旋."半 A 半 B"框式结构研究[J].陕西师范大学学报(哲社版),2011(02):124-128.
⑥ 张书克."半 A 半 B"格式的动态发展研究[D].暨南大学硕士学位论文,2012.

体①。由于认知动因、经济动因、隐喻动因、语言（系统）动因、竞争与妥协动因及文化动因②，该构式具有强大的兼容性和能产性，衍生出一些变体以及多种浮现用法③。由于其"框式结构"泛化④，该构式的"半"字几乎涵盖了"半"字的所有用法及句法特征。

那么，"半 A 半 B"构式如何英译呢？鉴于"半 A 半 B"构式的常用性，尤其是多次用于《红楼梦》和《西游记》（共计 44 次），那么应该如何翻译呢？是否要用"half/ semi-"呢？在不同的译者笔下又是如何翻译的？本研究借用绍兴文理学院的四大名著汉英平行语料库，对比四大名著的"半 A 半 B"构式及其英译方法，有所发现，也希望有助于其他习语构式的翻译及其研究。

二、"半 A 半 B"研究概述

"半 A 半 B"构式由来已久，根据北大语料库，最早出现于先秦的《吴子兵法》⑤。经过沿袭和发展，该构式成为古代和现代汉语中的高频活跃构式⑥。关于"半 A 半 B"构式的"半"字是何词性，吕叔湘⑦认为，用在形容词、动词前及由"半"构成的四字格短语中的"半"字应归为副词。张书克⑧认为，"半 A 半 B"的"半"从修饰名词，历经动词，再到形容词，获得了一定的副词功能。邢福义⑨和姚俊⑩则把这里的"半"当作数词，因为它可修饰动词、形容词或名词，还可充当主语或宾语。胡媛媛⑪的观点是"半 A 半 B"的"半"字不完全是数词或副词，应视语境而定。

---

① 胡伟."半 A 半 B"、"一 A 一 B"、"一 A 二 B"比较研究[J].暨南学报（哲社版），2016（05）：21-27.
② 张书克."半 A 半 B"格式的动态发展研究[D].暨南大学硕士学位论文，2012.
③ 胡媛媛."半 A 半 B"与"半 A 不 B"格式的多维比较研究[D].南京师范大学硕士学位论文，2013.
④ 张书克."半 A 半 B"格式的动态发展研究[D].暨南大学硕士学位论文，2012.
⑤ 张书克."半 A 半 B"格式的动态发展研究[D].暨南大学硕士学位论文，2012.
⑥ 邵敬敏，黄燕旋."半 A 半 B"框式结构研究[J].陕西师范大学学报（哲社版），2011（02）：124-128.
⑦ 吕叔湘.现代汉语八百词[M].北京：商务印书馆，1999：61.
⑧ 张书克."半 A 半 B"格式的动态发展研究[D].暨南大学硕士学位论文，2012.
⑨ 邢福义.现代汉语数量词系统中的"半"和"双"[J].语言教学与研究，1993（04）：36-56.
⑩ 姚俊.汉语"半"字的文化透视及其英译——英译《红楼梦》译例分析[J].语言研究，2004（02）：65-69.
⑪ 胡媛媛."半 A 半 B"与"半 A 不 B"格式的多维比较研究[D].南京师范大学硕士学位论文，2013.

关于"半A半B"中AB两项通常是何词性的问题,一般认为,两项可能是同一词性:动词、名词或形容词①。北大语料库共有1,738个"半A半B"语例。根据胡伟②对北大现代汉语语料库的统计分析,进入该构式的AB项的词性频率为:动词>名词>形容词。张书克③对北大古代汉语和现代汉语语料库的发现稍有差别,AB项的词性频率为:动词>形容词>名词。张氏④还发现AB项有跨类情况:A为动词,B为形容词,或相反;AB项虽同属某一词类但分属不同的次类:A为行为动词,B则为心理动词(如"半笑半惊、半气半笑")。

再者,"半A半B"构式中AB具有"语序优选性"特点。游淑娟⑤根据顺序相似原则,列出了其三个序列制约因素:1) 趋旧倾向制约,2) 使用频率制约,3) 表达重心制约。AB语序的优选性一般遵循自然顺序、社会顺序和倒序现象⑥。胡媛媛⑦认为AB一般受到构词规则顺序、客观事物发展顺序、认知先后顺序、文化传统和求新求异心理等因素的制约。胡伟⑧说,该构式的AB项制约于自然顺序(包括时间顺序和空间顺序)和社会顺序(思维视点和文化观念等社会因素),如"半新半旧"的自然顺序(比较:"半旧半新"受表达重心制约,呈倒序),"半上半下"的空间顺序。

关于语义问题,张书克⑨指出,"半A半B"构式的AB项其语义从古到今经历了逐步虚化的过程,AB主要有相近和相对(含相反)的语义关系⑩。李卫

---

① 邵敬敏,黄燕旋."半A半B"框式结构研究 [J].陕西师范大学学报(哲社版),2011(02):124-128.
② 胡伟."半A半B"、"一A一B"、"一A二B"比较研究 [J].暨南学报(哲社版),2016(05):21-27.
③ 张书克."半A半B"格式的动态发展研究 [D].暨南大学硕士学位论文,2012.
④ 游淑娟."半A半B"格式的认知分析 [D].暨南大学硕士学位论文,2009.
⑤ 邵敬敏,黄燕旋."半A半B"框式结构研究 [J].陕西师范大学学报(哲社版),2011(02):124-128.
⑥ 胡媛媛."半A半B"与"半A不B"格式的多维比较研究 [D].南京师范大学硕士学位论文,2013.
⑦ 胡媛媛."半A半B"与"半A不B"格式的多维比较研究 [D].南京师范大学硕士学位论文,2013.
⑧ 胡伟."半A半B"、"一A一B"、"一A二B"比较研究 [J].暨南学报(哲社版),2016(05):21-27.
⑨ 张书克."半A半B"格式的动态发展研究 [D].暨南大学硕士学位论文,2012.
⑩ 邵敬敏,黄燕旋."半A半B"框式结构研究 [J].陕西师范大学学报(哲社版),2011(02):124-128;胡伟."半A半B"、"一A一B"、"一A二B"比较研究 [J].暨南学报(哲社版),2016(05):21-27.

中[1]和陈淼星[2]认为"半A半B"的构式义决定于其AB项的语义关系,如表₁所示:

表₁ "半A半B"的构式义和AB语义关系

"半A半B"的构式义	AB项的语义关系	举例
肯定AB之间的语域	AB项为相对反义词	半开半闭
混沌状态	AB项为绝对反义词	半死半活
两种状态同时存在	AB项为近义词	半痴半傻
一面A,一面B	类别相同但意义不同	半工半读

陈淼星[3],胡媛媛、胡芳芳[4]认为在"半A半B"构式的"半"字有表达肯定和否定的双重功能,而这个"半"的肯定性或否定性又决定了整个构式义,如表₂所示:

表₂ "半"的肯定性或否定性

"半"的肯定性/否定性	"半A半B"构式义的肯定性/否定性	举例
两个"半"都表肯定	肯定	半工半读
前者表肯定,后者表否定	肯定A	半生半熟
前者表否定,后者表肯定	肯定B	半推半就
两个"半"字都表否定	否定	半死半活

胡伟[5]认为"半A半B"的构式语义有"加合、增值、借喻"三种变体。"加合"指"半A半B"等于"A+B",如"半沙半草";"增值"指"半A半B"大于"A+B",如"半掩半露";"借喻"指"半A半B"约等于、几乎是、仿佛是"A+B",如"半鬼半人"。游淑娟[6]则认为有加合、取舍、中间和变异

---

[1] 李卫中.与"半"字相关的格式的考察[J].殷都学刊,2000(01):106-109.
[2] 陈淼星.小议"半……半……"[J].语文知识,2006(07):27.
[3] 陈淼星.小议"半……半……"[J].语文知识,2006(07):27.
[4] 胡媛媛,胡芳芳.浅析"半A半B"格式的肯定性和否定性[J].现代语文,2012(04):75.
[5] 胡伟."半A半B"、"一A一B"、"一A二B"比较研究[J].暨南学报(哲社版),2016(05):21-27.
[6] 游淑娟."半A半B"格式的认知分析[D].暨南大学硕士学位论文,2009.

型四种构式语义：其"加合"指的是 AB 项意义的加强，如"半痴半呆"；"取舍"是指肯定一方，否定另一方，如"半推半就"；"中间"是指两种状态并存，如"半跪半立"；最后，"变异"是指 AB 项的语义引申，如"半心半意"。张书克[①]认为"半 A 半 B"有四种语义类型：保持本义，如"半信半疑"；产生引申义，如"半农半居"；产生转喻义，如"半推半就"；产生隐喻义，如"半阴半阳"。

他还认为该构式的语义经历了动态发展：如"半阴半阳"由本义（道法阴阳）→比喻义（指称音乐分类或天气变化）→隐喻义（指称人的特征、表情）；"半冷半热"由本义（指称湖水温度）→隐喻义（指称待人接物的态度）；"半沉半浮"由本义（在水中沉浮）、抽象义（喻指（战士）没有斗志，懒懒散散的精神状态）→隐喻义（指称命运、身世浮沉)[②]。

关于"半 A 半 B"构式的句法分布，学界认为它在句中充当定语、状语、谓语或宾语[③]，偶尔也能作主语、补语或从句[④]，如：

(66) 七仙女张望东西，只见南枝上止有一个半红半白的桃子。（《西游记》[⑤] 第五回）（定语）

(67) 谭招弟半推半就地坐在汤阿英旁边。（周而复《上海的早晨》）（状语）

(68) 宝玉半梦半醒，都不在意。（《红楼梦》第三十四回）（谓语）

(69) 已退化的草场目前年平均亩产草仅 15 公斤，不少地区羊吃下的是半沙半草，处于半饥饿状态。（1994 年报刊精选/01）（宾语）

(70) 半工半读不是玩笑事，尹白不止一次听人说，内地学生为了筹学费，长期抗战做体力劳动，诉苦的时候，抱怨每天洗十二小时盘碗比劳改还要痛苦。（亦舒《七姐妹》）（主语）

(71) 其母亲吓得半死半活。（1994 年报刊精选/03）（补语）

(72) 行者捧着匣子，八戒拖着龙婆，半云半雾，顷刻间到了国内。（《西游记》第六十三回）（从句）

---

① 张书克."半 A 半 B"格式的动态发展研究 [D]. 暨南大学硕士学位论文, 2012.
② 张书克."半 A 半 B"格式的动态发展研究 [D]. 暨南大学硕士学位论文, 2012.
③ 李卫中. 与"半"字相关的格式的考察 [J]. 殷都学刊, 2000 (01): 106-109; 罗敏. 浅析"半 A 半 B"结构 [J]. 文教资料, 2011 (16): 29-31.
④ 胡媛媛."半 A 半 B"与"半 A 不 B"格式的多维比较研究 [D]. 南京师范大学硕士学位论文, 2013.
⑤ 本书的《西游记》语例源于人民文学出版社的（1980/2005 年版）《西游记》。

有意思的是，李卫中[①]认为"半B"是"半A"的"羡余成分"，不仅强调了"半A"，还使该构式具有对称的音韵美（比较"半真半假、半真、半假"）。唐莉[②]的观点接近李卫中：在多数情况下，该构式的构式义重心偏于A，B仅为A的补充，但有时则视语境而定。"半A半B"的构式义呈贬义或中性，褒义偏少[③]。A、B项的语义性（semanticity）和整个构式的语用性（pragmaticity）及其关系见表₃。

表₃ AB项语义性和"半A半B"构式的语用性

AB项的语义性	"半A半B"构式的语用性	举例
AB语义（一般的）相关	褒义/中性，合意度适中	半叙半咏
AB语义相对	弱贬义，合意度低	半生半熟
AB语义相反	强贬义，合意度高	半男半女

三、"半"字英译的文献回顾

马崇梅[④]认为，"半"可译为"half, half a, a half, part, partly"和词缀"semi-, hemi-, quasi-, mid-, under-"等，而在翻译"半"字习语时，要先分清AB的含义：语义模糊时可译为"half, part (ly)"类，纯表"半"时则不妨借用英语的对应词，如将"半掩半开"译为"ajar"，将"半吞半吐"译为"hum and haw"。姚俊[⑤]讨论了《红楼梦》中的"半"及其译法。她认为，表数的"半"（如"数+量+名"构式），可译为"half"；模糊不清的"半"不宜译为"half"，可借助动词的重叠式、"at last, finally, eventually, for+时间段"等。其次，强调否定性的"半"字，可译为"a, a single"等。第三，"一A半B、一A半A"等构式的"一"为完整义，"半"则为非完整义，可译出"一A"

[①] 李卫中. 与"半"字相关的格式的考察 [J]. 殷都学刊, 2000 (01): 106-109.
[②] 唐莉. 论"半A半B"句式 [J]. 青年作家（中外文艺版）, 2011 (02): 50-51.
[③] 胡伟. "半A半B"、"一A一B"、"一A二B"比较研究 [J]. 暨南学报（哲社版）, 2016 (05): 21-27.
[④] 马崇梅. 英汉"半"的比较 [J]. 云南农业大学学报（哲社版）, 2008 (02): 97-101.
[⑤] 姚俊. 汉语"半"字的文化透视及其英译——英译《红楼梦》译例分析 [J]. 语言研究, 2004 (02): 65-69.

>>> 第四章 《红楼梦》英译的语用变通

而省略"半B、半A"类。刘洪泉、刘秋红①探讨了四大名著中"半"字的译法。"半"表"二分之一"时可译为"half (of) +名词""mid+名词"类，若是约略的"半"，可用"most of, a great number, the best part of"等来译。"半"表"少"时，可译为"little"。"半"表其他意义时，可进行相应的意译。他们也提到有时可用英语的语义对应词来翻译，如以"ajar"或"half open"，有时甚至可用"half"短语翻译"半"字四字格习语。

上述"半"字翻译研究提出了各种应对译技，但就语料库或四大名著的"半"字翻译而言，它们存在以下问题：1）语料统计不全。在四大名著汉英平行语料库中以闭合式查找"半"字，《红楼梦》有1,016次，包含十九个"半A半B"构式例；《西游记》有458次，包含二十五个"半A半B"构式例；《水浒传》有125次，没有"半A半B"构式例；《三国演义》有251次，也无该构式的例子。以上研究对"半A半B"构式着墨不多，例如姚俊②只有《红楼梦》中的九个"半A半B"构式例，且仅浅析了两个。刘洪泉、刘秋红则只有一个例子③。2）对"半A半B"构式的译法缺乏比较分析，囿于零星提及和译法介绍④。

笔者下面主要探讨这些名著中的"半A半B"构式的译法，着重解决：AB的词性和语义是否影响该构式的翻译？该构式的译法是否适于该构式的泛化（构式）之翻译？还是否适于其他四字格习语的翻译？该构式的翻译如何体现译者的主体观性？笔者在四大名著汉英平行语料库中分别输入"半"字检索，收集到四十四个"半A半B"构式例，其中《西游记》二十五个，《红楼梦》十九个，其他两本零次⑤（如上述）。其中《红楼梦》十九个例子的AB项均为动词；《西游记》九例AB项均为动词，十二例AB项均为名词，四例AB项均为形容词。全部"半A半B"构式例按AB词性的特点进行分类，并按该构式的

---

① 刘洪泉，刘秋红. 一知"半"译——中国古典四大名著英译"半"字赏析 [J]. 上海翻译，2005 (04)：66-69.
② 姚俊. 汉语"半"字的文化透视及其英译——英译《红楼梦》译例分析 [J]. 语言研究，2004 (02)：65-69.
③ 刘洪泉，刘秋红. 一知"半"译——中国古典四大名著英译"半"字赏析 [J]. 上海翻译，2005 (04)：66-69.
④ 姚俊. 汉语"半"字的文化透视及其英译——英译《红楼梦》译例分析 [J]. 语言研究，2004 (02)：65-69；刘洪泉，刘秋红. 一知"半"译——中国古典四大名著英译"半"字赏析 [J]. 上海翻译，2005 (04)：66-69.
⑤ 《红楼梦》中两个译本依据的原著有异，一般情况下我们忽略该差异。如果相同的"半A半B"构式例出现于不同的原文，则每项单计。另外，《西游记》中有不同语境的重复项，每项都单计。

译法进行归类（见表4）。最后对该构式的译法进行点评。

四、"半 A 半 B"构式的英译

（一）四字格习语的英译方法

四字格习语是汉语的独特财富，往往饱蘸中华文化，翻译起来绝非易事，早就成了译界的研究对象，翻译教科书多有介绍，例如冯庆华[1]介绍了四种情况和翻译对策：

1. 汉英相同。汉语四字格习语碰巧和英语的某表达法形神酷似，理应如此直译，如"竭泽而渔"译为"to drain a pond to catch all the fish"，"打草惊蛇"译为"to stir up the grass and alert the snake"。

2. 汉英相似。四字格习语和英语某表达式不同却相似（相邻、相近），就该以此直译，如"刻骨铭心"译为"to be engraved on one's heart and bones"，"井底之蛙"译为"to be like a frog at the bottom of a well"。再如上述的"竭泽而渔、打草惊蛇"，酷似英语的"to kill the goose that lays the golden eggs；to wake a sleeping dog"，因此能以此意译之。

3. 汉英较异。四字格习语和直译或死译的英语表达式有一定距离，建议意译。如"粗枝大叶"与其译为"＊with big branches and large leaves"，不如意译为"to be crude and careless"，"开门见山"与其译为"＊to open the door and see the mountain"，不如意译为"to come straight to the point"。

4. 汉英迥异。四字格习语和直译或死译的英语表达式相距甚远甚至风马牛不相及，建议意译其内涵，如"毛遂自荐"，较之英美人不知所云的"＊Mao Sui recommends himself"，不如意译为"to volunteer one's service"，"叶公好龙"，较之英美人云里雾里的"＊Ye Gong is fond of the dragon"，不如意译为"professed love of what one really fears"。

总之，冯先生认为，在可能的条件下，应尽力直译以保留原文的"形象"。不能直译时，应译出其"实际意义"，若还能套用某英语习语，则为上策。论文体风格，越是正式文本，越倾向于保留"形象的逐字翻译"，越是非正式，越倾向于"简洁的大意翻译"[2]。我们认为以上译观基本上是语用翻译观，照顾到了习语的形式、意义和效果。其"理应、就该、建议、在可能的条件下，应尽力"等词语，说明其翻译策略的指导性、商榷性、灵活性、语境依赖性、文体差异

---

[1] 冯庆华. 实用翻译教程［M］. 上海：上海外语教育出版社. 2004：109-112.
[2] 冯庆华. 实用翻译教程［M］. 上海：上海外语教育出版社. 2004：109-112.

性、主观能动性等语用翻译考量。为了使之更"语用",即更多地考虑翻译的语用性——如,关联等效地译出作者(原文、语句、人物)的语义、含义、目的、预设、风格、语用—修辞效果,等等,我们补充两点:首先,在翻译四字格习语时,要判断它属于上述哪种情形,再对症下药地翻译。其次,正式文本的翻译中,若采用"逐字翻译",一定要满足达意的条件,因此实际翻译中往往采取直译兼意译的措施,甚至还辅以文化旁注/脚注的"厚重翻译"形式。习语翻译和修辞格翻译一样,以音、形、意/义、效这四个方面都能等值为目标,若有牺牲,可酌情"施暴"地牺牲音和形的特征,属"软暴"(gentle violence)、"无害暴力"。比较后面的意和效,原文若以语义为主旨,翻译中要突出意(词汇意义、句子意义、话语意义);若以效果为主旨,翻译则要凸显效(语用效果、修辞效果)。翻译中若丧失了意和效,就是"虐暴"(abusive violence),属"危害暴力"①。

(二)"半 A 半 B"构式例译评

先请看看一些译例。

(73)大圣却飞起来看处,那呆子四肢朝上,掘着嘴②,半浮半沉,嘴里呼呼的,着然好笑,倒像八九月经霜落了子儿的一个大黑莲蓬。(《西游记》第七十六回)

译:When the Great Sage flew there to have a look he saw the idiot with his four limbs pointing upwards and his snout downwards as he *half floated and was half sinking*, grunting through his snout. He really was a ridiculous sight, like a big blackened frost-bitten lotus pod that has shed its seeds in September or October. (詹纳尔(William John Francis Jenner) 译)

(74)众人听了,都站起身来,点头拍手道:"我说他立意不同,每一题到手,必先度其体格宜与不宜,这便是老手妙法。这题目名曰《姽婳词》,且既有了序,此必是长篇歌行方合体的。或拟白乐天《长恨歌》,或拟咏古词,半叙半咏,流利飘逸,始能尽妙。"(《红楼梦》第七十八回)

译₁:The secretaries rose to their feet, nodding and clapping. "We knew he'd come out with something original," they said. "When presented with a subject, the first thing to consider is what is the most suitable form for it. This shows he's an old

---

① SUN, Y. Violence and translation discourse [J]. *Journal of Multicultural Discourses*, 2011 (02): 159-175; 孙艺风. 译者是暴力的实施者 [J]. 中国翻译, 2014 (06): 5-13; VENUTI, L. *The Translator's Invisibility: A History of Translation* [M]. London: Routledge, 1995/2008: 14-15.

② 原文如此,可理解为"噘着嘴"的通假。

hand at versifying. This is like tailoring—you must measure your customer before cutting out a gown. As this is a eulogy of the Lovely General and there is a preface to it, it should be a longish ballad something like Wen Tingyun's the Pitcher Song or some other old ballad, or like Bai Juyi's Song of Eternal Sorrow, *half narrative and half lyrical*, lively and graceful. That's the only way to do justice to such a good subject." （杨译）

译₂: 'You see!' said the literary gentlemen, some jumping to their feet, some nodding or clapping in their enthusiasm. 'We said that his contribution would be quite different! It is the sign of a good, experienced writer to be able to gauge immediately what form will be most appropriate to the subject. With a title like this and a preface, clearly what is called for is either a long narrative poem like Bo Ju-yi's "The Everlasting Remorse" or an Old Style ode like Wen Ting-yun's "On Hearing Guo Dao-yuan Play the Musical Glasses" or Li He's "Return from Gui-ji", in which *narrative and lyrical elements combine*. Only the greater freedom of the Old Style allows for the smoother, more flowing development that this subject calls for.' （霍译）

例（73）说的是猪八戒被妖怪捉了，孙悟空要去救援。至于例（74），"众幕宾"和贾政等试试宝玉的诗才，大家大加赞许，贾政不以为然，甚至直言"粗鄙！"。例（73，74）是参见第四章第三节中的情形 1) 或情形 2) "汉英相同/相似"，且 AB 项语义相对或相近，可借用"half"来直译"半 A 半 B"构式的形、义、效。"半浮半沉"的"浮、沉"语义相对，无明显褒贬，但在该语境中该构式是描述猪八戒在水中想浮却沉底的滑稽。詹纳尔之译"half floated and was half sinking"（尤其是后半部分）能达到形象的等效，是难得的佳译。例（74）类似，"众人"所云是涉及宝玉论及诗歌"题目"，隐含赞誉，其"半叙半咏"中的"叙、咏"语义相对，指边叙边咏，表褒义。杨译"half narrative and half lyrical"是直译，还做了双焦点处理，即同时强调 AB，等效于原文，略胜于霍氏的无"half"的"narrative and lyrical elements combine"。

（75）这尤三姐松松挽着头发，大红袄子半掩半开，露着葱绿抹胸，一痕雪脯。底下绿裤红鞋，一对金莲或翘或并，没半刻斯文。两个坠子却似打秋千一般，灯光之下，越显得柳眉笼翠雾，檀口点丹砂。……（《红楼梦》第六十五回）

译₁: Now Third Sister wound her hair in a loose knot, her scarlet jacket, *half unbuttoned*, disclosing her leek-green bodice and snow-white skin. Below she was wearing green trousers and red slippers, and she now kicked her dainty feet against each other, now stretched them out side by side-never still for a moment while her pendant eardrops swung this way and that. Under the lamplight her willowy eyebrows curved enticingly, her fragrant lips glowed red as cinnabar,…（杨译）

译₂: Out of deliberate disregard for appearances she had taken off her hair-ornaments and outer clothes, and from time to time as she spoke, the animated gestures with which her words were accompanied caused the imperfectly-fastened crimson shift she was wearing *to gape open*, revealing glimpses of leek-green breast-binder and snow-white flesh beneath; the red shoes that peeped out below her green drawers were were all the time tap-tapping or coming together in a manner that was anything but ladylike, and her earrings bobbed to and fro like little swings. To her brow's dusky crown and lips incarnadine the lamplight lent an added softness and brightness;…（霍译）

例（75）写的是某日陪贾琏和贾珍饮酒作乐的尤三姐的醉状（下文是"一双秋水眼"，让贾氏兄弟"迷离恍惚，落魄垂涎"）。这里的"半掩半开"描述的是女子的衣襟着装（而非门窗类）。这个"半"字构式是参见第四章第三节中的种情2)"汉英相似"，可直译或意译。"掩、开"的反义性并不能掩盖这里的"开"偏向。若直译为"half closed""half open"或两者并列，也未尝不可。杨译就是如此。霍译采用意译，用"gape"修饰"open"（回译是"惊讶地张开嘴、张开、裂开"），"开"的程度高于原文的"半掩半开"。原文那样都说是"没半刻斯文"，霍译这样处理，她就更是斯文扫地了。

(76) 宝玉无心去看，只向鸳鸯立的所在奔去。见那一间配殿的门半掩半开，宝玉也不敢造次进去，心里正要问那和尚一声，回过头来，和尚早已不见了。（《红楼梦》第一百一十六回）

译₁: In no mood to read their inscriptions, he hurried to the place where Yuanyang had vanished. The gate of this court *was ajar*, but not liking to intrude he decided to ask permission from the monk. When he turned round, however, the monk was nowhere to be seen.（杨译）

译₂: He felt no great inclination to inspect any of these buildings closely, but hurried on in quest of Faithful. The entrance beyond the spot where she had stood *was ajar*, but he did not dare to enter, thinking he should consult his guide first. And yet when he turned to find him, the monk had vanished.（闵译）

(77) 袭人只得跟着，一面走，一面说。走到尤氏那边，又一个小门儿半开半掩，宝玉也不进去。只看见园门的两个婆子坐在门槛上说话儿。（《红楼梦》第一百零八回）

139

译₁: Xiren had to follow him, chatting as they made their way to Madam You's lodge, near which they saw a small gate *left ajar*. Instead of going in, Baoyu accosted two matrons in charge of the Garden who were sitting on the threshold gossiping. (杨译)

译₂: Aroma went along with him, and the two of them talked as they went. They soon came to You-shi's apartment, and noticed that the small side gate next to it leading into the Garden *was half-ajar*. Baoyu did not go into You-shi's apartment at all; instead he went up to the two old serving-women in charge of the side gate, who were sitting there on the threshold having a conversation, (and asked them:) ... (闵译)

例（76）说的宝玉看见"一溜配殿"，"殿宇巍峨，绝非大观园景象"，其中有个匾额上写"引觉情痴"，好像是针对他而写就的。例（77）说喝了点酒的宝玉和袭人出门"到珍大奶奶那里逛逛去"，后来发现"尤氏那边"的"一个小门儿半开半掩"的情景。例（76, 77）是参见第四章第一节中的情形3）"汉英较异"，可意译为语义相当的"be ajar"类。例（76）的"半掩半开"和例（77）的"半开半掩"是近义词，可共享上述译文。闵译处理例（77）时采用了同义的"was half-ajar"。根据电子词典《自由词典》(*The Free Dictionary*) "ajar"，做副词是"partially opened"之意，做形容词是"slightly open"之意。另外，例（77）的"小门儿"事实上是"边门"，本身就小，再"半开半掩"，约等于险些没锁，对应于下文的"天天不开"。可见，"半开半掩"译成"half-ajar"略胜于"was ajar"。

(78) 鸳鸯也半推半就，谢了坐，便坐下，也吃了一钟酒，笑道："酒令大如军令。不论尊卑，惟我是主，违了我的话，是要受罚的。"（《红楼梦》第四十回）

译₁: After *making a show of declining*, Yuanyang took the seat with thanks and drank a cup, after which she announced: "Drinking rules are as strict as martial law. Now that I'm in charge I'll be no respecter of persons-anybody who disobeys me must pay a forfeit." (杨译)

译₂: When the chair had been brought, Faithful, *offering polite resistance*, allowed herself to be propelled towards it, and having first apologized for the liberty of doing so, sat down. At once she established her authority by drinking a bumper-cup. 'Right,' she said. 'The rules of drinking are as strict as the rules of war. Now that you've made me your M.C., any of you who doesn't do exactly as I say, no matter who it is, has to pay a forfeit.' (霍译)

第四章 《红楼梦》英译的语用变通

　　小说第四十四回说到贾母和大家（如薛姨妈、王夫人、凤姐儿、鸳鸯、刘姥姥等）一起喝酒行令，鸳鸯和刘姥姥不好意思，有退避之意，贾母等不依不饶，欢笑满堂。例（78）的"半推半就"是上文的情形4）"汉英迥异"。此时的"半A半B"构式只宜选择牺牲原文形式而挽救原文语义的意译（施暴）。另外，"推、就"是动作类行为动词，形容表面推辞实则接受的心态。"半推半就"的前一个"半"字表否定，后一个"半"字表肯定，也即该构式是"前否后肯"，假推实就，杨译和霍译异曲同工地采用了意译：都译成"-ing"短语，都作状语。区别是，杨译以"a show of declining"偏重"推（却）"（一种"秀"），霍译以"polite"修饰"resistance"，弱化拒绝（推），或者变相强化了接受（就）。因此，霍译更接近原文的意和效。

　　在两大名著的"半A半B"构式翻译中，杨氏夫妇的译文借用"ajar"二次，使用"half"四次，直译四次，意译三次；霍闵翁婿的译文借用"ajar"一次，使用"half"七次，直译一次，意译五次。詹纳尔所译的《西游记》借用"ajar"五次，使用"half"四次，意译十九次。详见表4：

表4 "半A半B" AB词性、语义及翻译方法

"半A半B"构式例	AB词性及词义关系	情形和译法	译文
半掩半藏	动词，相近	情形（2）汉英相似，直译或意译	half hidden from view
半叙半咏	动词，相近	情形（1）汉英相同，直译或意译	half narrative and half lyrical; narrative and lyrical elements combine
半吐半露	动词，相近	情形（4）汉英迥异，意译	in a roundabout way; no more than hint at a prior attachment
半拖半扯	动词，相近	情形（2）汉英相似，直译或意译	threw Pig to the ground
半雾半云	名词，相近	情形（2）汉英相似，直译或意译	through the mists and clouds

141

续表

"半A半B"构式例	AB词性及词义关系	情形和译法	译文
半云半雾	名词，相近	情形（2）汉英相似，直译或意译	amid cloud and mist; amid clouds and mist; through cloud and mist; went by cloud; through the clouds; amid the mists; in clouds and mist; travelling by cloud and mist; cloud-capped; amid wind and clouds
半用半赚/半哄半赚①	动词，相近	情形（2）汉英相似，直译或意译	embezzled about half of this sum and used the other half; … tricked him, … by pocketing half the sum and buying him some poor fields and a ramshackle cottage②
半劝半喝	动词，相对	情形（4）汉英迥异，意译	calm … down; expostulating and warning
半红半白	形容词，相对	情形（2）汉英相似，直译或意译	red and white
半红半绿	形容词，相对	情形（2）汉英相似，直译或意译	half red, half green
半推半就	动词，相反	情形（4）汉英迥异，意译	made a show of declining/resisting; polite resistance; put up only a token resistance
半梦半醒	动词，相反	情形（1）汉英相同，直译	half sleeping and half waking; in his half dream, half-awake state
半开半掩	动词，相反	情形（2）汉英相似，直译或意译	ajar; half-ajar; half open
半掩半开	动词，相反	情形（2）汉英相似，直译或意译	ajar; half unbuttoned

---

① 后面的内容是"些须与他些薄田朽屋"。
② 杨译和霍译依据的原文分别是"半哄半赚、半用半赚"。下面杨译和霍译若只出现一个，说明所缺者的原文无此项（如"半劝半讽"）。

续表

"半A半B"构式例	AB词性及词义关系	情形和译法	译文
半明半灭	动词,相反	情形(3)汉英较异,意译	the dim lamplight; half-lit
半疑半信	动词,相反	情形(3)汉英较异,意译	half convinced
半信半疑	动词,相反	情形(4)汉英迥异,意译	found this hard to believe; had yet to convince her audience
半吐半吞	动词,相反	情形(4)汉英迥异,意译	in such an ambiguous way; doesn't seem to say what he's thinking
半浮半沉	动词,相反	情形(1)汉英相同,直译	half floated and was half sinking
半新半旧	形容词,相反	情形(2)汉英相似,直译或意译	neither too new nor too old; worn
半劝半讽	动词,相反	情形(2)汉英相似,直译或意译	making a show of consoling her flung a few taunts at her

五、讨论

译者的译法其根本差别源于何处？译者不是翻译机器或软件，是有情感、有经验、有知识、有主观能动性、受社会制约的人。朱琳[1]认为译者所处的外部环境及心态都影响着译者的译法抉择和最终质量。因为上述原因，霍闵翁婿倾向于归化和意译，旨在通达性、耐读性，难怪其译本在欧美广为传播。比较而言，杨译主动或被动地倾向于异化和直译，旨在忠实性、保值性，能够"镜映"《红楼梦》的中华文化[2]。

一部译作总是在译者理解原文的基础上加入自己的创作，因此，译作多少

---

[1] 朱琳.《谁翻译？——论超越理性的译者主体性的研究》述介[J].中国科技翻译, 2009 (03): 62-64, 23.
[2] 任生名.杨宪益的文学翻译思想散记[J].中国翻译, 1993 (04): 33-35; 周钰良.谈霍克思英译本《红楼梦》[A].周钰良,编.周钰良文集[C].北京: 外语教学与研究出版社, 1994: 131-140.

总会反映出译者的主体观。以上"半 A 半 B"构式译例部分体现了霍闵翁婿和杨氏夫妇的诸方面差异,尤其是译者主体观差异。霍氏翁婿采用的是"可接受性"翻译策略,"以译入语文学规范为旨归"①。再者,霍氏是出自对《红楼梦》的喜爱才踏上"红译"之路:"如果我能将这部中国小说给予我的快乐转达给读者,哪怕只是一小部分,我也算不枉此生了"②。另外,正如英国汉学家 Graham 所言,"翻译最好是译成译者自己的母语"③,霍氏翁婿以英语为母语,英译时表现出精湛的文字功底。例如,"半吐半吞"意译为"doesn't seem to say what he's thinking"是何等地道自然!比较而言,有人批评杨氏曾言"我不喜欢看《红楼梦》",④ 而他"译红"多少有点阴差阳错⑤。杨氏夫妇"译红"既有优势(中英合璧,强强联手),也有劣势(受到当时社会意识形态的限制),译笔不能越雷池一步。难怪张南锋⑥批评杨译束缚太多,太直白因此缺乏想象力空间,如"半劝半讽",杨译是"making a show of consoling her flung a few taunts at her",不仅欠简洁而且不活泼(表$_4$末尾)。下例是"半劝半喝"的译法。

(79) 里头跟宝钗的人听见外头闹起来,赶着来瞧,恐怕周瑞家的吃亏,齐打伙的上去半劝半喝。(《红楼梦》第一百零三回)

译$_1$: Baochai's maids inside on hearing this commotion hurried out, afraid Mrs. Zhou might get hurt. They crowded forward to intervene, *expostulating and warning* the fellow off.(杨译)

译$_2$: The servants who were with Bao-chai in the inner room heard this rumpus break out and came hurrying in to see what was happening. Fearing that Mrs Zhou might come off worst in the fray, they all surged forward and *tried to calm the combatants down.*(闵译)

小说这里描写一场争斗。"一个老婆子"(大概是金桂的母亲)"指着薛姨妈的脸哭骂",说女儿的死和薛姨妈有关,而周瑞家的出来说她是服毒自杀,和薛姨妈无关。周瑞家的"把手只一推"。夏家的儿子不依不饶,"你仗着府里的

---

① 张曼. 杨宪益与霍克斯的译者主体性在英译本《红楼梦》中的体现 [J]. 四川外语学院学报,2006 (04): 109-114.
② CAO, X. (& E. GAO). *A Dream of Red Mansions*(红楼梦)[M]. (Vols. 1-4) Tr. X. YANG & G. YANG. Peking: Foreign Languages Press, 2001/2006: 46.
③ GRAHAM, A. C. *Poems of Late T'ang* [M]. Baltimore: Penguin, 1965: 37.
④ 刘晋锋. 杨宪益: 阴差阳错成翻译大家 [EB/OL]. 2009-12-18. http://society.people.com.cn/GB/82585/146200/177420/10610561.html.
⑤ 刘迎姣.《红楼梦》英全译本译者主体性对比研究 [J]. 外国语文,2012 (01): 111-115.
⑥ 张南锋. 中西译学批评 [M]. 北京: 清华大学出版社,2004: 223.

势头儿来打我母亲么?"例（79）说的是大家"半劝半喝"以调停纠纷。后面说的是"那夏家的母子，索性撒起泼来"，直到"刑部来验"。原文的"半劝半喝"是"半劝解半喝止"的意思，归根结底是礼貌地制止纠纷。杨译是"expostulating and warning"。电子词典《自由词典》（*The Free Dictionary*）说"expostulate"是源于拉丁语的大词，虽能译意，但文体价值不等，徒增阅读负担。闵译是"*tried to calm the combatants down*"，回译是"努力让双方住手"。闵译模糊地处理了"劝、喝"，更加得体。

有趣的是，在多数"半A半B"构式的英译中，两个译本没有拘泥于一种译法，而是灵活多变，或者说，闵译也会直译/异化，如把"半用半赚"译为"embezzled about half of this sum and used the other half"；杨译则会意译/归化，如把"半推半就"译为"made a show of declining/ resisting"。

根据上面例析和表₄的对比，"半A半B"构式作为四字格习语构式，译者翻译前必须考察每例属于情形1-4），并采取相应译法。汉英相同取直译法，汉英相似取直译或意译法，不可拘泥。汉英较异和汉英迥异都可采用意译法，如詹纳尔把"半云半雾"译为"went by cloud"，此乃应景之译，指木叉"腾云驾雾"径直到了流沙河水面上；再如他把"半云半雾"译成"cloud-capped"，形象地译出了八百里荆棘岭笼罩在云雾之中。情形4）若是口译，则可意译、省译。

AB的词性对"半A半B"构式翻译不起决定性作用，但其语义对该构式的翻译有一定的影响。如《红楼梦》第七十四回"人见这般，俱笑个不住，又半劝半讽的"中的"半劝半讽"重在"讽"。"劝、讽"语义相反，贬义倾向明显。该译也是用意译的方式，根据译者对句子的处理方式，强调了"讽"，但杨译"making a show of consoling her flung a few taunts at her"，并没有很恰当地把"讽"强调出来，属"软暴"，甚憾。又如下例，詹纳尔根本无视"半飞半跳"的存在，是省译还是漏译犹未可知，是"虐暴"，完全失却了原文"飞、跳"等的生动形象。

（80）他半飞半跳，近于光前看时，却是包袱放光。（《西游记》第六十五回）

译：He went closer to the window, his heart in his mouth with excitement, and looked inside to see that the glow was coming from the luggage.（詹纳尔译）

六、小结

我们首先回顾了"半A半B"中"半"的词性及"半"在该构式中的意义

145

以及 AB 项的语序优选性，梳理了"半"字的翻译。我们采用冯庆华①的四字格习语英译的语用翻译观，分析了《红楼梦》《西游记》中"半 A 半 B"构式例及其译法。有四种情形和相应的翻译对策：情形 1）"汉英相同"（四字格习语和直译或死译的对应英语表达式同义——以具有良构性为前提），采取直译法。情形 2）"汉英相似"，直译或意译。情形 3）"汉英较异"，意译。情形 4）"汉英迥异"，意译。

翻译"半 A 半 B"构式时，重在考虑其语义性和语用性的等效翻译，酌情牺牲其音、形等方面的特征。若如此，就算语义或语用效（果）方面适当受损，也只是"软暴力"。而倘若丧失其语义和语用属性，那就是"捡了芝麻丢了西瓜"的"虐暴"，不忠于原作，辜负赞助商和出版社的信任。

两大名著中"半 A 半 B"构式的英译中常有佳译、妙译，当然偶尔也有值得商榷之处，如詹纳尔对"半云半雾"的漏译，属"虐暴"，是较大的语用翻译失误。例析对比以及表$_4$说明：

（一）杨译和霍译常有惊人的相似译法，如"半掩半开"译为"be ajar""half ajar"类，"半梦半醒"译为"half sleeping and half waking""in his half dream, half-awake state"。

（二）杨译倾向于异化，以便最大限度保留原文的文化特色，"且文且质"。

（三）杨译难免对译入语读者实施了"我族中心主义异化（翻译）暴力"（ethnocentric violence of foreignization），如"半劝半讽"构式例的译法"making a show of consoling her flung a few taunts at her"。

（四）霍闵翁婿倾向于归化，以便英美读者易懂且欣赏，译文地道，没有翻译痕迹。

（五）霍译难免对原文实施"我族中心主义归化（翻译）暴力"（ethnocentric violence of domestication②），如"半劝半喝"构式的翻译，霍译用"to calm the combatants down"，意思虽明了，原文的婉约滋味却译没了［如例（79）］。

（六）詹纳尔的翻译良莠不齐，个别译法出现"虐暴"，如"半拖半扯"译成"threw"，"半飞半跳"完全漏译［如例（80）］。

（七）"半 A 半 B"构式和其他四字格习语翻译一样，需要按照上述四种情

---

① 冯庆华. 实用翻译教程［M］. 上海：上海外语教育出版社，2004.
② VENUTI, L. *The Translator's Invisibility: A History of Translation*［M］. London：Routledge，1995/2008.

形来分别选择译法。

（八）文本和语句中的习语在翻译时要凸显语义和语用特点，减轻所实施的"暴力"，控制"软暴"，杜绝"虐暴"，忠于原文和职守，为中华文化译出去尽到译者的义务。

第四节 《红楼梦》茶诗的杨霍译对比

一、引言

在我国悠久的历史中，茶一直扮演着重要的角色。茶在中国是日常消费用品，与人们的生活密切相关，很多人甚至无茶不欢，正所谓"无酒不成席，无茶难叙话"。随着历史的变迁，茶积淀了浓厚的文化底蕴，即形成了独特的茶文化，并逐渐构成中华文明或者说中国民众精神文化的有机成分。因此，中国文学中屡屡以茶为描写、叙事、抒情的对象，至少是故事的背景或噱头，形成了中华特色的茶文化。《红楼梦》是我国四大名著之一，与其他很多经典文学作品一样，蕴含着丰富的中国传统文化，如书中的茶文化片段。小说中的茶俗、茶诗、茶礼、茶事、茶具，反映出清代茶文化的一个断面，更能折射出书中人物的不同命运。曹雪芹和高鹗对茶有各种或浓或淡的描写，将茶的知识、茶的功用、茶的情趣，一并熔铸于书中，正可谓"茶香四溢满红楼"。

我们查询绍兴文理学院《红楼梦》语料库有关的茶诗、茶联的英译对比。因杨氏夫妇和霍闵翁婿所翻译的前八十回依据的原版本有异[1]，笔者只讨论两译本都保留的茶诗、茶联，以语用翻译学为理论指导，对比分析杨译和霍译的茶诗和茶联英译，试图找出两译本的茶诗和茶联的语用（翻译）契合度或效度。

二、文献回顾

涉及《红楼梦》诗歌翻译的研究，有陈刚、胡维佳[2]的"目的论"讨论，

---

[1] 如前述，杨译（前八十回）以"有正本"即"戚序本"为底本，其他章回和霍译一样，以"程乙本"为 底本。本节一般忽略其间差异。
[2] 陈刚，胡维佳. 功能翻译理论适合文学翻译吗？——兼析《红楼梦》咏蟹诗译文及语言学派批评[J]. 外语与外语教学，2004（02）：43-45.

有闫军利①和刘肖杉②的"三美论"讨论,都认为杨译是直译法,译出了"意美",损失了"音美、形美",而霍译在"音美、形美"上略胜。在万方输入"《红楼梦》茶文化翻译",共有21条记录,人工查阅剔除两篇内容不相关论文,剩下19篇。目前《红楼梦》茶文化翻译研究中多以目的论为理论依据,其次是顺应论和接受美学,翻译策略多以异化为主,以归化为辅。至于研究内容,主要是茶文化,其次是茶具和茶水。涉及语用学翻译思想的论文如:沈倩③讨论了部分茶名、茶具、茶礼茶俗的翻译;顾琳④讨论了部分茶名、茶具、茶水的翻译;孙菲菲⑤讨论了茶文化翻译。三篇都有茶名、茶具和茶水的翻译讨论,较少涉及茶诗和茶俗,少量的触及既无对比,也不深入。笔者却以为,小说中的茶诗和茶俗话语更是中国茶文化的写照,是小说中富有诗意或民俗文化内涵的中国元素,不仅难译,值得译者"旬月踟蹰",更值得翻译研究者探秘。译者如何通盘考虑各种因素并达到自己和出版社的语用目的,这就呼唤语用翻译学的上场⑥。

三、《红楼梦》中的茶文化

《红楼梦》描写的是钟鸣鼎食的富贵人家,而富贵家庭对饮茶的要求自然也高。书中的茶文化特写向读者展现了一幅幅晚清茶文化画卷。我们发现,小说中的茶文化主要包括:

(一)茶名:千红一窟、枫露茶、老君眉、泪罗茶、龙井茶、六安茶、漱口茶、普洱茶、凤髓茶

(二)茶水:陈年雨水、梅花雪水

(三)茶具:茶杯、茶碗、茶钟、茶盏、小盖钟、填漆茶盘、盖碗、小茶盘、暖壶、茶筅

(四)茶俗:茶果、茶面、茶泡饭、吃年茶、吃茶嫁人⑦

---

① 闫军利. 论诗歌翻译的"信""美"统一——从《红楼梦·秋窗风雨夕》两种英译比较谈起[J]. 外语教学, 2005 (06): 83-85.
② 刘肖杉.《红楼梦》中《葬花吟》两英译文比读与赏析[J]. 外语教学, 2007 (05): 91-94.
③ 沈倩. 语用视角下的《红楼梦》茶文化翻译透视[J]. 海外英语2017 (17): 119-120.
④ 顾琳. 语用学视域下《红楼梦》茶文化翻译[J]. 福建茶叶, 2017 (09): 271-272.
⑤ 孙菲菲. 语用学指导下的《红楼梦》茶文化翻译研究[J]. 福建茶叶, 2018 (02): 381-382.
⑥ 陈洁. 汉语古典诗歌英译模糊性审美维度的认知——以《红楼梦》诗歌英译为例[J]. 西安外国语大学学报, 2017 (03): 104-107.
⑦ 王熙凤(对黛玉)笑道:"你既吃了我们家的茶,怎么还不给我们家作媳妇儿?"(第二十五回)

(五) 茶诗:"一局输赢料不真,香销茶尽尚逡巡。欲知目下兴衰兆,须问旁观冷眼人"① 等。

可见,《红楼梦》的茶名、茶具、茶水让读者见微知著地一睹大户人家的富贵荣华,也借题发挥而入木三分地书写角色的关系、性格和感情。另一方面,这里的茶俗、茶诗、茶联则向读者展示了相关人物的才华情趣。这样一来,人物千姿百态,情节出神入化。既然《红楼梦》有两个英译本,我们不禁要问,二者是如何把握原文的茶文化并使茶文化"走出去"的?有没有误解、误译?或者谁的译法更有效,更传神?

四、《红楼梦》茶诗英译的语用翻译学对比

《红楼梦》中的人物,除了下人及薛蟠、贾琏等辈,个个满腹才情,出口成诗,因此书中诗词歌赋层出不穷,其中就有涉猎茶文化的茶诗。书中人品茗赋诗,留下许多咏茶佳句,反映不同场合的茶文化以及茶事活动,与文中其他故事内容唇齿相依、相互映衬。不难发现,书中茶文化的描写并不是简单地以茶论茶,而是以茶叙事,借茶抒情,以茶喻人,写尽人情世故。如果说语用翻译学的重要"参照标准"是"译者对译文读者的接受环境和译入语语言文化环境的正确评估和认识,对源语和译入语之间差异的评估"②,那么,译评(对比)一般要以某个译观为理论依据,比较不同译本的诸方面尤其是语义(价)值和语用效(果)差异。因此,下面的分析对比多半涉及一定的语境信息、双语对比、双译对比等,如:

(81) 宝鼎茶闲烟尚绿,幽窗棋罢指犹凉。(《红楼梦》第十七回)

译$_1$: Still green the smoke from *tea* brewed in a rare tripod,
Yet cold the fingers from chess played by quiet window.

(杨译)

译$_2$: From the empty cauldron the steam still rises after the brewing of *tea*,
By the darkening window the fingers are still cold after the game of Go.

(霍译)

此联是宝玉为潇湘馆题联。大观园告竣,贾政命宝玉题字以试其才(贾政摇头道:"也未见长。")。宝玉称某亭为"沁芳亭",又作七言对联:"绕堤柳借三篙翠,隔岸花分一脉香。"到了一带翠竹粉垣即后来林黛玉居住的潇湘馆,

---

① 《红楼梦》第二回,校记之 [一]。
② 钱冠连. 汉语文化语用学:人文网络言语学 [M]. 北京:清华大学出版社,2002:292.

宝玉又作了一联，即本例。本联看似闲情逸致，实有伤感。结合全书，"凉"字预示黛玉结局的悲凉。黛玉在沁芳亭设立"桃花社"，后来社空茶凉，直至香消玉殒。上联的意思是，虽然宝鼎不煮茶了，但由于翠竹掩映，屋里仍飘散着绿色的蒸汽；下联意思是幽静的窗下，虽已下完棋，但因浓荫生凉手指还觉得有些凉意。上下联虽未见"竹"字，兼具视角形象与触觉感知的"写真"却全是竹，这正符合中国传统美学的虚实观。在宁可居无鱼也要居有竹的中国古代居住审美中，这里以竹居为情景语境（背景），饮茶作赋的雅趣盎然纸上。联中的"茶闲""棋罢"用得绝妙，体现了中国"无棋不茶"的习俗，而吟诵此联，由景及情，由物及人，映入眼帘的无不是贵族家庭中公子和小姐的闲情逸致。

原文的"幽窗棋罢指犹凉"是饮茶的场景或"伴随符号束"。"宝鼎茶闲烟尚绿"突显的是烹茶烧柴的炊烟，也即以炊烟为侧显（profile）、图形（figure）、前景（foreground(ing)）或射体（projector），相反，以所烹之茶、所品之茶为背景（ground/ background(ing)）、路标（landmark）。换言之，这一句诗以"宝鼎茶闲"为明说预设（explicit presupposition），以"烟尚绿"为声言（assertion）。两句连起来解读，所言的信息焦点（focus）分别落在了"烟尚绿""指犹凉"，而分别以"宝鼎茶闲""幽窗棋罢"为背景和铺垫。那么，我们要考察的是译者是否保留了原文的句法构式特点以及"茶意、茶趣"。二者是如何译茶的呢？先看杨译。(1) 用的是"Green/ cold NP PP"的对仗，且关联顺应地保留了原文对联（属绝对）的句法、语义、修辞特点即语用标记（价）值。(2) 副词"still"对"Yet"。(3) 省略倒装句"green(be)the smoke …"对"cold(be)the fingers …"。(4) 两联都是名词短语 NP 加介词短语 PP 的名词构式"... from ..."。(5) 都是介词短语"from NP+PP"。(6) 末尾作后置修饰语的介词短语"in NP"对"by NP"。(7) 以"chess"译"棋"，算是以泛（指的棋类娱乐）代专（指的围棋）的转喻手法，英美读者读来不会突兀，只是没有"Chinese"等限定语可能误导（难道是国际象棋？）。(8) 以"tripod"（三足鼎）译"宝鼎"基本无虞，体现了大观园烹茶的考究。若对杨译吹毛求疵，美中不足的是：下联翻译的末尾"quiet window"作为单数可数名词需要一个不定冠词"a"，若如此，岂不是正好应了上联"in a rare tripod"的"a"？也即，若如此翻译，就能达到更高的等效——等效于原文的绝对之"形美、音美、意美"①。

再看霍译：(1) 两联都是"PP NP VP（内包 PP）"的对偶，也算是关联顺应地保留了原对句法—语义—修辞特点，即原文的语用标记（价）值。(2)

---

① 许渊冲. 再谈"意美、音美、形美"[J]. 外语学刊, 1998 (02): 68-75.

两联开头的介词短语"from ..."对"By ..."。(3) 开头介词短语中的名词短语,偏正(向心)结构"the empty cauldron"对"the darkening window"。(4) 随后的主谓构式或名动构式"the steam still rises"对"the fingers are ... cold",基本可行。(5) 末尾的介词短语"after the brewing of tea"对"after the game of Go"。(6) 两联是介词短语加主谓构式,也即都是"from/ by NP + NP VP(内包 PP)"。硬要"鸡蛋里挑骨头",(1) 霍译没有体现何为"绿"(green),何为"凉"(cold),只译出宝鼎煮完茶后仍然在冒着蒸汽,关键的"绿"字却被漏译了。(2) 用表天色正暗下来的"darkening"译"幽"字,歪解了原文中的"幽窗"的本意"竹影婆娑,幽深生凉的窗口"。霍克斯也许忽视了中文的这一以此写彼的虚实叙事手说"基本可行")。不如原文"绝对"法。(3) 两行不对称因此(4) 之完美,逊色于杨译。若改成"still feel cold"类,则可望达到对联之上述"三美"等效。(4) 以"the game of Go"来译"棋",更无脚注,普通英美读者也许只知是游戏,未必明白是棋类或围棋①。(5) 以"cauldron"(锅、釜)译"宝鼎",仿佛是普通大家庭喝茶,逊色于杨译。

总体上看,本联的杨霍之译都做到了语用翻译学(参见第二章第二节)的信、"语用忠实",或者说是关联顺应的语用标记等效。换言之,杨译和霍译都理解原文为对联诗句,都试图以"三美"等效的对仗句译之,而且都保留或再现了原文的语用标记值,即上述的背景—图形或预设—声言模式,以及其他句法、语义、修辞语用标记值,遑论其他字词义等语用标记值。杨译略胜于霍译。

(82)《夏夜即事》云:

倦绣佳人幽梦长,金笼鹦鹉唤茶汤。
窗明麝月开宫镜,室霭檀云品御香。
琥珀杯倾荷露滑,玻璃槛纳柳风凉。
水亭处处齐纨动,帘卷朱楼罢晚妆。

(《红楼梦》第二十三回)

译₁: SUMMER NIGHT

Weary of embroidery, the beauty dreams;
In its golden cage the parrot cries, "*Brew tea*!"
Bright window, moon like musk-scented palace mirror.
Dim the chamber with fumes of sandalwood and incense.

---

① 考虑到互文性,霍译全书第一次出现"play Go"类(也无脚注或旁注)是在后面的一百一十一回。

Clear dew from the lotus is poured from amber cups,
Cool air from the willows wafts past crystal railings;
In lake pavilions everywhere flutter silken fans,
And the blinds are rolled up on the vermilion tower
As she finishes her evening toilet.

（杨译）

译₂：Summer
A tired maid sleeps at her embroidery.
A parrot in its gilt cage calls for *tea*.
Pale moonbeams on an opened mirror fall,
And burning sandal makes a fragrant pall.
From amber cups thirst-quenching nectar flows.
A willow-breeze through crystal curtains blows.
In pool-side kiosks light-clad maidens flit,
Or, dressed for bed, by open casements sit.

（霍译）

宝玉"闲吟"四首"四时即事诗"，所谓《春夜即事》《夏夜即事》《秋夜即事》《冬夜即事》。贾宝玉一年四季都和姊妹丫鬟近距离交往，于是有了《四时即事》这纪实之诗。所谓"即事诗"，乃就眼前实事写就的抒情感怀，例（82）便是其二即《夏夜即事》。本例描写夏日大观园的女儿生活。前两句的意思是"描鸾刺凤倦了佳人早已进入了深长的梦乡，金笼架上的鹦鹉还在殷勤地叫唤送茶汤"（360百科）。大观园的佳丽做着典型的女工刺绣，不觉生出倦意不免依栏小憩一会儿。原文是"英雄偶句诗、英雄联韵体"（heroic couplet），押"长、汤"韵。作为对子，"倦绣佳人"对"金笼鹦鹉"实属完美，而"幽梦长"是主谓构式，"唤茶汤"则是动词短语构式，不如例（81）那样工整。

关于前两句的杨译：（1）语义等值无虞。（2）没有押韵①，或者说没有一般意义的尾韵，却采用了（半）谐音的方式："beauty dreams""Brew tea"前后元音相同，比较悦耳，关键是"Brew"体现了中国煮茶、烹茶、泡茶的特色文化（另见附录）。挑刺如下：（1）"Weary"本是"疲倦"之意，但接了介词短语"of 短语"就是"厌烦"之意，这就曲解了原文，不如改为"weary/ tired/ fatigued from NP"，表示因刺绣而疲乏而已。（2）"the beauty dreams"是否能隐

---

① 杨译全诗是无韵诗（blank verse），像莎士比亚的剧本台词。

含睡觉？如果上文说某某厌倦了某职业，然后说"dreams(about V-ing)"，其实多半意味着梦想着改行，做点别的行当。显然这里不是此意。(3) 原文的"金笼鹦鹉"没有单复数的形态标记，但是养鸟的一般不会只养一只鹦鹉，一个笼子往往养着二至四只，有公有母。诚如此，杨译以单数的"the parrot"翻译岂非有误？(4) 虽然原文的"唤"等于"叫"，译成"cries"以拟人地表言说似无大碍，但若用鸟鸣的"sings/ chirps/ cheeps/ twitters/ whistles"之一以隐含其像人一般说话，也未尝不可，毕竟"cries"蕴涵歧义（其他意义有"哭诉、大喊大叫"）。(5) 原文整首诗比邻两行为上下联，隔行押韵，杨译采用无韵诗的形式来翻译，似乎牺牲了韵律特色。(6) 杨译采用六个单词对九个单词，似乎迷失了原文对联美的语用标记值（的再现）。所幸的是，从语音效果（音美），上下联都是十一个音节！若改成译$_3$，上下联都是十三个音节，保留原译之韵和基本措辞风格，似乎更能体现语用译观：

译$_3$：Weary from embroidery, slept a while the beauty,
Leaving the caged parrots aside, twittering, "Brew *tea*!"

再看霍译。(1) 语义和语义韵（semantic prosody）翻译无虞。虽然回译时难以恢复原文之三美，但算是再现了其语义值。(2) 译者用某某"sleeps at NP"，奇妙地隐含了是因为刺绣而稍有倦意，也许是无意中打个"猫盹"。(3) 霍译全诗都是英雄双韵体，韵脚为 AABBCCDD，即"fall, pall""flows, blows""flit, sit"，几乎完美无缺。(4) 论字数是七个对九个，但论音节数，是十个对十个，很工整。美中不足的是，(1) 两个独立的语句（都有句号），难以成诗——即具有诗性关联的对偶；(2) 上述英雄体韵脚不是很完美，毕竟"embroidery"的"-ry"是轻读音节，难以和下一行重读的"tea"完美押韵，或者押完美韵（perfect rhyme），连阴韵（feminine rhyme）都谈不上。考虑到各方面的语用标记值的等效翻译，霍译若改"sleep"为"dozing"或"napping"，末尾用逗号，"gilt"改为"gold"，再增添一个音节（配上上述的"-ing"），这里的"calls"改为"orders"（后接不定冠词"a"）或"calls loud"，如译$_4$：

译$_4$：The maid dozing tired from her embroidery,
Her parrot in the gold cage orders a *tea*.

总体上看，霍译和杨译一样，在语用—语言（pragma-linguistic）方面的关联顺应努力和语用标记值的等效努力值得赞赏。前者重在写意，后者重在取效。

(83)《秋夜即事》：
绛芸轩里绝喧哗，桂魄流光浸茜纱。
苔锁石纹容睡鹤，井飘桐露湿栖鸦。

153

抱衾裙至舒金凤,倚槛人归落翠花。

静夜不眠因酒渴,沉烟重拨索烹茶。

(《红楼梦》第二十三回)

译₁: AUTUMN NIGHT

The red pavilion scented with rue is hushed,

Moonlight floods the gauze dyed with madder;

Crows asleep by the well are wet with dew from the plane tree,

And storks roost on mossy boulders,

A maid spreads the gold-phoenix quilt,

The girl coming back from the balcony drops her trinkets;

Sleepless at night and thirsty after wine

I relight the incense and call for *fresh tea*.

(杨译)

译₂: Autumn

In Red Rue Study, far from worldly din,

Through rosy gauze moonlight comes flooding in.

Outside, a stork sleeps on moss-wrinkled rocks,

And dew from well-side trees the crow's wings soaks.

A maid the great quilt's golden bird has spread;

Her languid master droops his raven head.

Wine-parched and sleepless, in the still night he cries

For*tea*, and soon thick smoke and steam arise.

(霍译)

饮酒者酒后多半要水要茶(反映了酒茶关系:喝酒前后饮茶,酒醉更要饮茶)。末尾两句指"宁静的夜晚因喝酒后口渴而不能入睡,便叫丫鬟重新拨开炭火煮茶喝,以茶解渴,同时也是借茶消解秋夜的思绪"(360百科)。虽是富贵人家的细节描写,却传达出青春时光里淡淡的慵懒和哀愁。正所谓"长夜凄清,少时闲愁"①。

关于末尾两句的杨译,似乎没有丧失任何语义内容。批评如下:(1) 第一行并列的形容词短语构式不便入诗,也即破坏诗意。(2) 因为(3),"不眠"

---

① 好多巴多.《红楼梦》中人情化的茶事茶趣 [A/OL]. 好多巴多的博客的博客. http://blog.sina.com.cn/s/blog_ 170989b7e0102x1ja. html, 2017-04-17.

是果,"(因)酒喝"是因,在译文中被篡改了,剩下的意思是(1)深夜难眠,(2)喝了点酒,口渴得很,也即是两件不甚关联的事情。(3)"沉烟"是指炉中的深灰或余火,"沉烟重拨"意味着重新生火,以便"烹茶"。但杨译"(relight) the incense"——这个"incense"一般是焚香的香/烟,不是日常的炊烟类。这里的"沉烟"大概是"(stove) ash(es)"。因此,笔者怀疑此为误译。(4)和(1)(3)有关的是,第二行是并列构式,难免两个并列构式放在两行诗句中,顿失诗意。(5)第一句"不眠"的是谁?第二句"重拨"和索要"烹茶"的又是谁?是不是同一人?汉语(不论古今)充斥着汉语或汉文化特色的无主句,其"指称赋值"(referential assignment)及翻译往往需要译者依据语境线索进行关联顺应的推导,并根据译入语的句法需要添补适当主语/主体。杨译用的是第一人称单数"I"。笔者认为,若说"I"因酒难眠,不是不可行,但做诸如生火烹茶、做饭、洗衣类粗活者大抵是女佣类。若如此,这里的翻译恐有误。(6)以非韵译韵,亏折了些许韵律美。假如这两行不便押韵,总可以和全诗的其他处押一些松散韵。

霍译何如?(1)采用了韵诗形式,甚至胜过原文的诗歌形式美——"cries, arise"押韵。看全译诗便发现霍译采用的是 AABBCCDD 韵脚,即四组英雄双韵体,"din, in""rocks, soaks""spread, head""cries, arise",堪称美不胜收,要是许渊冲先生见了,一定称其为"和原文竞赛,胜过原文"[①]。许先生认为文学翻译"与创作无异""好的翻译等于创作,甚至超过创作"[②]。

不过,读者需要理解"rocks, soaks"为诗性破格,即吟诵"soaks"时"语用压制"(pragmatic coercion),使之和"rocks"完全押韵(而非更改"rocks"的读音以迁就"soaks")。(2)霍译的"Wine-parched"用词简单但道明了不眠因由,即因酒过多,口干舌燥(难受)。(3)霍译第一行是形容词短语构式加上介词短语构式再加上主谓构式,语义上清楚明了,也有诗性话语的张力。(4)这个"he cries"后接"For tea",分属两行,但没有为诗而诗的雕痕。(5)由"he cries/ For tea"往后,附加语短语"soon"后跟主谓构式"thick smoke and steam arise",比较自然。稍感遗憾的是,为了动词复数"arise"的形式[以便和首行的"cries"押韵,见上面(1)],霍译采用了使之合理化的并列名词构式"(thick) smoke and steam",虽说从生活经验、百科知识和语法上都不

[①] 许渊冲. 再谈《竞赛论》和"优势论"——兼评《忠实是译者的天职》[J]. 中国翻译, 2001(01): 51-52.

[②] 许钧, 等. 文学翻译的理论与实践: 翻译对话录 [M]. 增订本. 南京: 译林出版社, 2010: 15.

是不可行的，但怀疑有因形害诗之嫌。若改成"smoke begins to arise"或"smoke is seen to arise"，则规避了上述指控。

综上，前者忠于意，后者忠于效。整体上的关联顺应努力和语用标记等效的努力更加有效，胜于前者。

(84)《冬夜即事》：
梅魂竹梦已三更，锦罽鹴衾睡未成。
松影一庭惟见鹤，梨花满地不闻莺。
女奴翠袖诗怀冷，公子金貂酒力轻。
却喜侍儿知试茗，扫将新雪及时烹。

(《红楼梦》第二十三回)

译₁: WINTER NIGHT

Plum-blossom and bamboo dream, the third watch has come,
But sleep eludes them under silk eiderdowns.
Only a stork can be seen in the pine-shadowed court,
No oriole sings in the snow which has drifted like pear-blossom.
Cold is the green-sleeved girl as she writes a poem,
Tipsy the young lord in gold and sable gown;
Happily the maid knows how to make *good tea*
And gathers up fresh fallen snow to brew it.

(杨译)

译₂: Winter

Midnight and winter: plum with bamboo sleeps,
While one midst Indian rugs his vigil keeps.
Only a stork outside is to be found—
No orioles now, though white flowers mask the ground.
Chill strikes the maid's bones through her garments fine;
Her fur-clad master's somewhat worse for wine;
But, in *tea-making* mysteries deep-skilled,
She has with new-swept snow the kettle filled.

(霍译)

前面几行说的是二人相思相恋，历经四季，少了些笑语莺声，借着冬冷以酒浇愁。末尾的"喜"自然有点勉强，衬出二人的悲摧。这两句翻成白话便是"我很高兴，书童/丫头懂得品茶，他/她把新雪弄来给我煮茶喝"。

先说末尾两句的杨译，褒贬参半。(1) 词汇、句法和语义再现基本无虞，但是，"happily" 若换成 "Fortunately" 类作为全句的（语用）状语更贴切。(2) 两行都是 9 个词，都是十一个音节。若非如此，或许可省去 "fallen" 一词，因其语义羡余。(3) "茗" 本指茶树的嫩芽，一般喻指茶叶精品或好茶，素有 "品茗" 一说。这里既然是新雪煮出，一定是旧茶、好茶、名茶。杨译用 "good" 译 "茗"，以 "gathers up fresh fallen snow" 来译 "扫新雪"，做到了达意，却未尽其效。可尝试 "new/ green tea" 类，"fallen" 可删也可后置（见下）。(4) 两句都是动词短语内包动词不定式构式 "to do"，略显单调。(5) 中间的句号改为逗号更好，两句联成一句。(6) 无韵。综合考察杨译全诗，如果说 "come, eiderdowns, blossom, gown" 等押大致韵，那么，末尾两行的 "tea, it" 是不押韵的。可考虑以 "fallen" 结尾。

再看霍译。(1) 词汇、句法和语义再现基本无虞，省译了 "喜、及时"，隐含了要烹茶。"she" 指侍女或 "侍儿"。"知试茗" 译成 "tea-making mysteries deep-skilled"，虽不如 "tried making tea by the new tea leaves" 明白，但其关联顺应努力结出了诗性语效的果实。(2) 两行是六个词（包括合成词）对八个词，都是十个音节，完美。(3) "skilled, filled" 押韵，和上面六行的英雄体双韵形式一致（"sleeps, keeps" "found, ground" "fine, wine"）。然而，窃以为以 "new-swept snow" 来译 "扫将新雪" 貌似通达，其 "swept" 一词意味着 "扫走、清除"，恐有不妥，逊色于杨译的 "gathers up"。

杨译求信求意，霍译求达求效。总体看来，后者胜过前者。

(85) ……
"烹茶冰渐沸，" "煮酒叶难烧。"
……

(《红楼梦》第五十回)

译₁:…

"The ice to make our *tea* is slow to boil."
"The leaves to warm the wine will hardly glow."
…

(杨译)

译₂:…

'Ice lumps we thaw and boil to make our *tea*.'
'The fuel being dump, they greatly tantalize.'
…

(霍译)

文学翻译的语用变通 >>>

　　《红楼梦》第四十九回末尾和第五十回初，姑娘们和宝玉要做《即景联句》的作诗游戏，"五言排律一首，限'二萧'韵"，后面尚未列次序。正所谓"芦雪广争联即景诗 暖香坞雅制春灯谜"（第五十回标题）。由李纨的"一夜北风紧"开始，自己联以"开门雪尚飘"。再出上联"入泥怜洁白"，后面一般是一人接两句，再后来，就是一人接一句。又轮到黛玉，她说"寂寞封台榭"，湘云接上"清贫怀箪瓢"。宝琴的句子是"烹茶冰渐沸"，湘云对曰："煮酒叶难烧"。我们重点讨论宝琴与湘云句子：上联是"烹茶冰渐沸"，下联是"煮酒叶难烧"，用白话说就是"用来烹茶雪水加热后融化，可是煮酒的柴草因为潮湿难以燃烧，好不叫人心急"。

　　先看这两句的杨译。(1) 原文的对联不押韵，但字字相对，属绝对。杨译上下两联都是十个音节（十个词对九个词，长短相当），无可挑剔。(2) 恐有不足的是：两句不押韵，都有句号，句首单词都大写，显得无甚关联，诗意暗淡；汉语"煮酒叶难烧"道明了叶子和酒的关系，而译文虽然有"warm, glow"① 其关联度却不高。

　　关于霍译。(1) 两句虽是十个词对七个词，但音节上是十个对十一个，似无大碍。(2) 虽然不押韵，但从句法上的张力（倒装的"NP we thaw and boil ..."" 独立主格构式+主谓构式"），以及措辞的张力（"Ice lumps, thaw, fuel, dump, tantalize"），诗性大增，也即，译文入诗，像诗，是诗。(3) 第二句回译便成了"燃料受潮了，让人干着急"。"tantalize"属妙用。不足之处是，难以寻觅"煮酒"，虽然"叶（子）"大概能被"fuel"隐含。换言之，下联的英译无酒，而上下联是以"茶"对"酒"并以此为话头的对对子游戏。

　　综上，杨译直译多于意译，霍译意译多于直译。以诗歌或对联的英译视角观之，两者都进行了有效的关联顺应努力，杨译达意，霍译达效。后者略好。

（86）右中秋夜大观园即景联句三十五韵②

　　香篆销金鼎，冰脂腻玉盆。
　　箫增嫠妇泣，衾倩侍儿温。
　　空帐悲文凤，闲屏掩彩鸳。
　　露浓苔更滑，霜重竹难扪。
　　犹步萦纡沼，还登寂历原。
　　石奇神鬼缚，木怪虎狼蹲。

---

① 比较 "... to warm (up) ... hardly burn"。
② 小说在诗歌后面追加以这个题目。两译本也是这样处理。我们这里把标题编排到诗文之前。

158

第四章 《红楼梦》英译的语用变通

贔屭朝光透，罘罳晓露屯。
振林千树鸟，啼谷一声猿。
歧熟焉忘径？泉知不问源。
钟鸣栊翠寺，鸡唱稻香村。
有兴悲何继，无愁意岂烦。
芳情只自遣，雅趣向谁言。
彻旦休云倦，烹茶更细论。
(《红楼梦》第七十六回)

译$_1$: A Poem Written Collectively with Thirty-five Rhymes While Celebrating the Mid-Autumn Festival in Grand View Garden

The incense in gold tripods has burnt out,
And ice-white oil in the jade basin forms;
Fluting recalls a widow's lamentations
As a small serving-maid the silk quilt warms.
On empty curtains a bright phoenix hangs.
The idle screens gay ducks and drakes enfold;
Thick dew has made the moss more slippery,
And heavy frost makes bamboo hard to hold.
Strolling again beside the winding lake,
Climbing once more the solitary hill,
The rugged boulders seem contending ghosts.
The gnarled trees wolves and tigers crouching still.
Dawn lights the tortoise pedestal of stone,
On outer trellis now the thick dew falls.
A thousand woodland birds begin to stir,
In vales below a single gibbon calls.
How can we stray on a familiar road?
Why ask the way to fountain-heads we know?
The bells chime in Green Lattice Nunnery,
The cocks in Paddy-Sweet Cottage start to crow.
With cause for joy why grieve excessively,
Or needlessly display anxiety?
A maiden's feelings none but she can vent—

159

To whom can she confide her nicety?

Speak not of weariness though night is done,

Over *fresh tea* let us talk on and on.

（杨译）

译₂: Mid-Autumn Night in Prospect Garden: A Poem in Thirty-five Couplets

In golden censers figured incense burns;

Unguents in their jade pots coagulate.

A flute provokes the grieving widow's weeping;

She craves some warmth her bed's chill to abate.

Its cheerless hangings stir in the wind of autumn,

Its love-ducks mock a mistress without mate.

Thick dews make treacherous the slippery moss,

And spears of frost the tall bamboos serrate.

Better the winding lakeside path to follow,

Or lonely hilltop to perambulate.

Bound demons seem to writhe in the tortured rock-shapes;

In the trees' black shadows wild things pullulate.

Light's harbingers begin with the dark to struggle,

And morning's first dews to accumulate.

Birds in a thousand treetops wake the woodland;

In the echoing valley sad apes ululate.

My footsteps tread the path's familiar turnings,

Nor need the stream's source to investigate.

From Green Bower convent sounds the matin bell;

And Sweet-rice cocks the dawn anticipate.

Why should this rapt enjoyment end in sorrow,

Or timid cares our conscience irritate?

Poets ought in themselves to find their pleasure,

Not in the message they communicate.

As daylight breaks let none of us plead tiredness,

But over *tea* continue our debate.

（霍译）

此诗为妙玉所题（"提笔微吟，一挥而就"），受众是黛玉和湘云等，"黛玉湘云二人称赞不已",说"可见咱们天天是舍近求远。现有这样诗人在此,却天天去纸上谈兵。"全诗共有13联,计26句。末尾两句撇开前半部分的凄苦,看似只写到了烹茶(折射出朋友闲聊必饮茶的中国元素),实乃引出更多茶论,有一种"言已尽,意未尽"的感触,把论茶与论人生结合起来,我们分明也看到了妙玉的两只冷眼、一颗热心。可以说作者巧妙地将茶与人情俗世结合。

关于末尾两句的杨译,(1)原文是两行五言诗句,杨译是8个词对9个词,或者说10个音节对10个音节,似臻完美。(2)"fresh tea"这里不是新鲜的茶,而是再泡一壶茶,属隐义显化法。(3)以"Speak not of NP"译"休言",也许具有句法歧义,一是让人不要如此言说,二是接上文产生"何况"(not to speak of NP)。"Speak"换成"Talk"便可消歧,除非译者意欲歧义之模糊美。4)两行押大致韵。全诗基本是韵诗,每四行的韵脚为ABCB:"forms, warms""enfold, hold""hill, still""falls, calls""know, crow""anxiety, nicety"(大致韵),到了结尾(本例),是单独押韵即英雄双韵体"done, on"(大致韵),仿效了莎士比亚式十四行诗的多数风格。不过,窃以为,这两处若改为完全的押韵则更完美。

关于霍译,(1)形式和语义内容得到了等效再现,以"debate"译"细论",未必是原作的意思,但为了押韵,也考虑到小说中人物可能的逗趣、斗嘴,霍译的"debate"除了押韵之故以外,似能彰显妙玉、湘云和黛玉的凹晶馆和栊翠庵和而不同,应无可厚非。(2)论修辞的语用标记值,原文有两处修辞手法:"彻旦"的夸张和行末的押韵。霍译保留了二者(注意"As daylight breaks"也许言过其实,故有夸张之效)。(3)以"plead tiredness"译"云倦",回译是"以累为由",加上下一行倒装的"(continue one's) talk/ debate over tea",入情入诗,诗情剔透。(4)霍译是9个词对6个词,或者说是11个音节对10个音节,无懈可击。(5)单看两行不押韵,而纵览译诗全文,发现霍译和杨译一样也是韵律诗,押韵方面是极端(困难)的一韵到底:"coagulate, abate, mate, serrate, perambulate, pullulate, accumulate, ululate, investigate, anticipate, irritate, communicate, debate"。当然,这些词语有的押阳韵(masculine rhyme),如"coagulate, abate, mate, serrate, debate",有的押阴韵:"perambulate, pullulate, accumulate, ululate, investigate, anticipate, irritate, communicate"。为了破格,读者读诵时完全可以处理成阳韵,即重读末尾的"-ate"。

综上,杨译和霍译在三美方面的关联顺应努力达到了语用标记值的等效,且后者略胜前者一筹。

五、小结

《红楼梦》的研究可从诸多方面入手，例如中国特色的茶文化。小说中的茶俗、茶诗、茶礼、茶事、茶具，更重要的是茶知、茶用、茶趣、茶情的诗歌（对联）描写，不仅为小说的人物刻画添色，也对译者提出了一道道难题。（古）汉语诗歌（尤其是对联），由于语言凝练，格律感强，饱蘸情感，源于生活且高于生活，是中国文学或"文学中的文学"的瑰宝。

中国文学和中国文化如何走出去，以《红楼梦》为例，在一定程度上是诗文的翻译问题。汉字有独立的语形、语音和语义，在诗中平仄有致，对仗工整，朗朗上口且意蕴婉约，而印欧语系的英语就大不相同。难怪美国诗人弗罗斯特（Robert Frost）说"诗者，译之所失也"①（Poetry is what gets lost in translation.②）。这句话若有道理，就意味着诗译绝非常人所能为，最好是既懂诗又懂译的双能能手③。然而，既译《红楼梦》，里面又有不少诗文，杨氏夫妇和霍闵翁婿就要明知其茶诗等诗歌难译乃至不可译而译之。

通过运用语用翻译观对六例茶联、茶诗的杨译和霍译的对比译评，我们发现两个译本都进行了卓有成效的关联顺应努力，取得了既定的翻译目标。然而比较而言，除却白璧微瑕，杨译主要是求质求信，外加求文求达，也即在语义和文化信息上等效于原文，而霍译偏重求达求效，外加求文求雅，也即在译文的音美、形美、意美方面等效于原文。

以上认识证实陈刚、胡维佳④、闫军利⑤、刘肖杉⑥的《红楼梦》诗歌翻译对比讨论基本正确。另外，我们从传统的宗教翻译和文学翻译步入新兴的互联

---

① 或者译之为"诗歌乃翻译中之所失"，或者采用江枫之译："诗就是在翻译中失去的那种东西"（见于许钧，等.文学翻译的理论与实践：翻译对话录[M].增订本.南京：译林出版社，2010：92.）。

② 好多巴多.《红楼梦》中人情化的茶事茶趣[A/OL].好多巴多的博客.http://blog.sina.com.cn/s/blog_170989b7e0102x1ja.html,2017-04-17.江枫先生对此语深表怀疑（见于许钧，等.文学翻译的理论与实践：翻译对话录[M].增订本.南京：译林出版社，2010：91.）。

③ 许钧，等.文学翻译的理论与实践：翻译对话录[M].增订本.南京：译林出版社，2010：92.

④ 陈刚，胡维佳.功能翻译理论适合文学翻译吗？——兼析《红楼梦》咏蟹诗译文及语言学派批评[J].外语与外语教学，2004（02）：43-45.

⑤ 闫军利.论诗歌翻译的"信""美"统一——从《红楼梦·秋窗风雨夕》两种英译比较谈起[J].外语教学，2005（06）：83-85.

⑥ 刘肖杉.《红楼梦》中《葬花吟》两英译文比读与赏析[J].外语教学，2007（05）：91-94.

网翻译产业①，但任何文本尤其是文学文本的文字转换和文化传播本质不变，语用翻译学以及以此进行的《红楼梦》茶诗译法比较的上述认识，也基本适合当下的各类翻译，包括网络文学的翻译。笔者的不足之处是没有突显茶诗之茶在翻译中的得失对比，还有待深入考察，而笔者对杨译和霍译的批评必然存在失察失真之处。以此请教大方。

第五节 《红楼梦》中医药方的杨霍译对比②

一、引言

中医的医理（理论和实践）与现代医学（尤其是西医）范式迥然有异，于是难以在西方语言中找到对应语词（语言空缺、文化空缺）。更兼大写和小写文化的差异，中医外译类国际交流就更是困难重重。笔者以《红楼梦》中的唯一完整药方为例，对比考察杨译和霍译的策略差异，希冀有助于中医典籍外译和其他外译实践，也算是"红学"和译学的微观研究。

二、研究综述和方法

中医术语一般应采用深化译法、浅化译法、轻化译法、淡化译法和等化译法等③。按葛校琴④的看法，主要是"（西医术语）替换、意译、音译加解释和解释译法"。钱多秀则提出，在不混淆中西医概念的前提下应该用仿照法或移植法翻译，仍不如意却要保留中医概念时，可酌情以汉语拼音来译。"英+汉+拼"译法值得提倡，如"针灸"译成"Great Shuttle Point 大杼穴 Dazhu Xue（BL-11）"⑤。

《红楼梦》虽不是中医药理经典却不乏中医智慧，小说中包含290多个医药

---

① 张士东，彭爽. 中国翻译产业发展态势及对策研究[J]. 东北师大学报（哲社版），2016（03）：48-52.
② 王才英，侯国金. 红楼药方杨—霍译：语用翻译观[J]. 中国科技翻译，2019（02）：44-47.
③ 李照国. 中医基本名词术语英译国际标准化研究：理论研究、实践总结、方法探索[M]. 上海：上海科学技术出版社，2008：28.
④ 葛校琴. 国际传播与翻译策略——以中医翻译为例[J]. 上海翻译，2009（04）：26-29.
⑤ 世界卫生组织（1989年10月）如是译，见钱多秀（2008：37）.

卫生知识点，多达五万余字①。涉及《红楼梦》中医药文化及其翻译的研究，有十三篇论文。杨方林认为霍译用的是"异化策略，采用了直译或直译加释义的办法"②（没有涉及杨译），没有研究对比杨译和霍译的药方。

下面采用语用翻译学译观（参见第二章第二节）。"若因语言和文化的差异无法完美移植原文标记性，就要寻找标记性最接近原文的译法。翻译时假如标记性特征出现较大遗漏或损失，就要适度调整：要么以注释说明，要么在上下文的比邻处补救"③。"语用等效"最简单的体现是译文和原文的"语（用行）为"（pragmatic act，简称"pract"）或效果高度一致，例如，以指令译指令，用不同语势的指令（命令、要求、请求、恳求、哭求）来译出，当然这些一般要以不牺牲原文的基本语义值（和文化值）为前提。

三、杨译霍译之对比

（一）译文布阵

药方"益气养荣补脾和肝汤"出自小说的第十回。秦可卿身染重病，贾珍托冯紫英请来太医张友士。张太医详细辨证后，便开出了这个十六味药的方子，以功效外加药剂类型来命名。我们忽略译文所依据的原文版本之间的微弱差异。请看原文和译文：

(87) 益气养荣补脾和肝汤

人参 二钱 白术 二钱土炒④ 云苓 三钱 熟地 四钱

归身 二钱 白芍 二钱炒 川芎 钱半 黄芪 三钱

香附米 二钱制 醋柴胡 八分 怀山药 二钱炒 真阿胶 二钱蛤粉炒

延胡索 钱半酒炒 炙甘草 八分

引用建莲子七粒去心　红枣二枚

（《红楼梦》第十回）

译₁：DECOCTION TO IMPROVE THE RESPIRATION, FORTIFY THE BLOOD AND TRANQUILLIZE THE LIVER

---

① 夏青，张超. 霍氏与杨氏《红楼梦》中医药文化翻译的得失 [J]. 湖南农业大学学报（社科版），2010（05）：84-90.
② 杨方林. 试析霍译本《红楼梦》中医药文化的翻译 [J]. 辽宁医学院学报（哲社版），2014（03）：126-130.
③ 侯国金. 语用标记等效值 [J]. 中国翻译，2005e（05）：30-34.
④ 原文同时有上标和下标的条目是对齐的，如这里的"二钱"和"土炒"，特此说明。

<<< 第四章 《红楼梦》英译的语用变通

Ginseng. 2oz

Atraetylis（clay baked）. 2oz

Paehyma cocos. 3oz

Prepared Ti root. 4oz

Aralia edulis（cooked in wine）. 2oz

White peony（cooked）. 2oz

Szechuan selinum. 15oz

Sophora tomentosa. 3oz

Cyperus rotundus（processed）. 2oz

Gentian soaked in vinegar. 08oz

Dioseorea from the Huai region（cooked）. 2oz

Genuine Tung-ngo glue（prepared with powdered oyster-shell）. 2oz

Carydalis ambigua（cooked in wine）. 15oz

Dried liquorice. 08oz

Adjuvant: *Seven Fujian lotus-seeds with the pits extracted and two large red dates.*

（杨译）

译₂: For a decoction to increase the breath, nourish the heart, fortify the spleen and calm the liver

Ginseng　2 drams①

Atraectylis（clay-baked）　　2 drams

Lycoperdon　3 drams

Nipplewort（processed）　　4 drams

Angelica　2 drams

White peony root　2 drams

Hemlock parsley　1½ drams

Yellow vetch root　3 drams

Ground root of nutgrass　2 drams

Hare's ear（in vinegar）　　8 drams

Huaiqing yam　2 drams

Dong E ass's glue（prepn with powdered oyster-shell）　　2 drams

---

① 霍译的每行药名和度量单位相隔较远，我们稍作调整。

165

Corydalis (cooked in wine)   1½ drams
Roast liquorice   ¾ dram

Adjuvant: Excoriate and remove pits from7 lotus-seeds; *Item* 2 large jujubes.

（霍译）

（二）方剂名英译对比

请比较：

译₁：DECOCTION TO IMPROVE THE RESPIRATION, FORTIFY THE BLOOD AND TRANQUILLIZE THE LIVER（杨译）

译₂：*For a decoction to increase the breath, nourish the heart, fortify the spleen and calm the liver*（霍译）

1. 杨译大写，旨在侧显药方及其名称。霍译则是无标记写法。

2. 关于"益气"的"气"。"有功能之气，也有物质之气，有先天之气，也有后天之气，有宗气、元气、真气、营气、卫气，等等"①。"益气"是补气、提气。因"含多义故"，意译很难全现。杨译用西医术语"RESPIRATION"，该词指呼吸循环过程，代表体内的氧气运输和交换。霍译的"breath"则仅能表示肺通气。诚如此，杨霍皆未尽其意。"益气"可译为"benefit Qi, Qi benefit, invigorate Qi, Qi invigoration"等，且"Qi"可以斜体警示其外来语标识（同上）。

3. 关于"养荣"。"中医界常将荣（营）血并称，即处方中的养荣"②。"养荣"可译为"nourish the blood"。杨译的"blood"比霍译的"heart"恰当。

4. 关于"补脾"。《中医药学名词》译为"invigorating spleen"③。杨译漏译了"补脾"，霍译用的是"fortify the spleen"，其"fortify"有"加固、加强"之意，而中医里的"补脾"是指用药达到健脾的目的，因此"invigorate"似乎更适切。

5. 关于"和肝"。它指用滋阴与疏肝相结合以治疗肝虚气郁的方法。杨译为"TRANQUILLIZE THE LIVER"，霍译为"calm the liver"。"Tranquilize"是通过施药使人消除心理紧张，"calm"则是"宁静之状态"。考虑"和肝"的意蕴，窃以为"tranquilize"胜过"calm"。

---

① 李照国. 中医英语翻译技巧[M]. 北京：人民卫生出版社, 1997：26.
② 冯其庸, 李希凡. 红楼梦大辞典[Z]. 北京：文化艺术出版社, 1990：250.
③ 中医药学名词审定委员编写的《中医药学名词》（2004年版）。

6. 关于"汤"。专指汤药。杨霍译不约而同都用了"decoction"。

该药方及其药方名都是白色（而非灰色）信息，是强交际（而非弱交际）信息，需要语义保值。我们发现两译本的药方名都有语义牺牲。杨氏比霍氏更熟悉中医文化，主要是以语义翻译策略来处理该药方，较好地保留了药方承载的中医文化（遗憾的是漏译了"补脾"）。霍译则更多地使用通达翻译法，丧失了一定的中医语义值和文化值。

（三）药材名以及英译对比

该药方包含了十四味中药和两种药引，见表$_5$：

表$_5$　《红楼梦》药方药名及英译

药材名	杨译	拉丁名	霍译
人参	Ginseng	Panax ginseng	Ginseng
白术	traetylis (clay baked)	Atractylodes macrocephala	Atraectylis (clay-baked)
云苓	Paehyma cocos	Poria cocoswolf	Lycoperdon
熟地	Prepared Ti root	Chinesefoxglove	Nipplewort (clay-baked)
归身	Aralia edulis (cooked in wine)	Angelica sinensis (Oliv.) diels	Angelica
白芍	White peony (cooked)	Paeonia lactiflorapall	White peony root
川芎	Szechuan selinum	Rhizoma Chuanxiong	Hemlock parsley
黄芪	Sophora tomentosa	Astragalus membranaceus (Fisch.) Bunge	Yellow vetch root
香附米	Cyperus rotundus (processed)	Cyperus rotundus	Ground root of nutgrass
醋柴胡	Gentian soaked in vinegar	Radixbupleuri	Hare's ear (in vinegar)
怀山药	Dioseorea from the Huai region (cooked)	Dioscorea oppositathunb	Huaiqing yam

续表

药材名	杨译	拉丁名	霍译
真阿胶	Genuine Tung-ngo glue（prepared with powdered oyster-shell）	Asinicorii colla	Dong E ass's glue（prepn with powdered oyster-shell）
延胡索	Carydalis ambigua（cooked in wine）	Corydalis yanhusuo W. T. Wang	Corydalis（cooked in wine）
炙甘草	Dried liquorice	Glycyrrhiza Linn	Roast liquorice

不说杨霍相似之处，二者采用不同译名的是"云苓、熟地、归身、白芍、川芎、黄芪、香附米、醋柴胡、怀山药、真阿胶、延胡索、炙甘草、建莲子、红枣（大枣）"。"熟地"为玄参科植物地黄的块根，又名"熟地黄、伏地"，经加工炮制而成。杨译是"Prepared Ti root"，霍译为同属植物英文名"Nipple-wort"。"白芍"是毛茛科植物芍药"Paeonia tacti lora Pall"的干燥根。杨译为"White peony"，霍译加了"root"，更等效于原文的语义值。（其他从略）。

有些药材名包含产地。因气候、土壤等原因，同种异地出产的药材在药效上会有区别，中药中的"道地药材"决定了其质量和疗效。此剂中有5种药材，即云苓、川芎、怀山药、真阿胶和建莲子，产地分别是云南、四川、河南、山东和福建。山药以产地河南省沁阳市的最为上乘。沁阳市隶属河南省焦作市，而焦作古称"怀庆府"，因此此地出产的山药也叫"怀庆府山药"，简称"怀山药"。阿胶因原产山东东阿而得名。擦去种皮的称"白莲子"，因主产福建，故又称"建莲子"。"云苓、川芎、怀山药、建莲子、真阿胶"这五味"道地药材"在杨译中未译第一个和第五个的地名，其余分别是"Szechuan selinum""Dioseorea from the Huai region""Fujian lotus-seeds"，这种"产地+通用名""通用名+产地"的释义翻译法信于原文且不拗口。霍译也用了些地名，如"怀山药"译为"Huaiqing yam"，"真阿胶"译为"Dong E ass's glue"，却没有如此对待其余三个。可见，两译者都没译出全部"道地药材"的原产地。

四、拓展讨论

药方翻译真是差之毫"钱"，谬以千里。以中药剂量配比为例，"钱"的英译绝对不能马虎。1钱是500克÷16÷10＝3.125克，约等于3.125克①。杨霍译分别为"oz，dram"。"oz"为"ounce"之缩写，1盎司等于16打兰（dram）或31.1030克（gram），而1个打兰等于1.772克。可见，盎司大于打兰大于克。1钱略大于1打兰，略小于2打兰，比2打兰小0.419克。1盎司比1钱大27.978克！因此，无论把1钱翻译成"oz"还是"dram"，都不是我们的"钱"。杨译的".1oz"可解读为0.1盎司，约等于3.11克。"钱半"是1.5钱，杨译是".15oz"。"八分"应该是1钱的十分之八，相当于0.8钱，杨译是".08oz"。可见杨译的"钱"和零点几个盎司对应，比较接近原文的数值。霍译是以"打兰/ dram"译"钱"。设1钱＝3.125克（或3.73克，暂且不考虑1钱＝5克的假设），② 且1打兰＝1.772克，由于霍译的1钱＝1打兰，那么，他把1钱译成了1打兰所等值的1.772克，比原作的1钱所能兑换的3.125克或3.73克要少1.353克（或1.958克）！可见霍译的误差大于杨译。我们主张译"钱"为斜体的"*qian*"，并加尾注或旁注（说明钱是汉语重量单位，1钱等于多少克）。这种"音译+注解"的译法在精准达意之际，也让西方读者了解了中国文化的独特计量。

再者，一个英文药名往往承载同属的若干药物，因此，英译常常造成所指混乱以及相应的用药错误即误诊。杨译和霍译是如何解决的？前者倾向于拉丁语，后者倾向于英语对应词，如上述，各有千秋，各有误译。杨译保持了《红楼梦》英译的一贯风格，即以信为本，到了这个药方也就自然沿袭了科学、严谨的拉丁语药名翻译的求信求质。涉及特色词、术语类，杨译习惯于异化译法，属纽马克的"语义翻译"。霍译的"红译"风格相反，求文，即以达为上，习惯于归化译法，属"通达翻译"。可见，杨霍译的对比往往是质文对比，对应了我国古代佛经翻译的"文质之争"。当然，就算是杨译本身，或霍译本身，也是"文质之争"，不是文多质少，便是文少质多。除此张力拉锯和权衡，再无他事。

中草药名称中的文化意向体现于古人对人体、疾病以及中草药本身的涉身理解，折射了中华民族的认知方式及生命哲学观，是世界多元文化的有机部分。以上药方的中草药名、道地药材和炮制方法，假如出现在中华典籍或药典，原则上可以用拉丁文+英文+汉语+拼音的形式译出。若出现于药店（以药品、商品形式），建议用英语+拼音形式翻译。至于其相关重量单位，我们建议用汉语

---

① 也有人认为，1斤＝16两＝160钱，1斤是596.8克，所以旧制的1钱＝3.73克。参见《中药大辞典》。
② 李照国.中医基本名词术语英译国际标准化研究：理论研究、实践总结、方法探索［M］.上海：上海科学技术出版社，2008：14.

拼音+注释的译法。根据以上杨霍对比，仅以药方论之，杨译在再现原文语义值和文化值上胜过霍译，而霍译在易读、可读、悦读上技高一筹。

单就《红楼梦》药方英译而言，杨译更能凸显中华自信以及语义—文化忠实，略胜于霍译。不过，我们既不支持一味地拉丁化，也不赞成一味地英语白话化，同时不能接受一些学者①仅以汉语拼音译之的建议。可以仿《本草纲目》的译者罗锡文先生近几年对中药材的译法，即拼音+拉丁文+英文，例如"甘草"译为"Gancao（radix glycyrrhizae；Liquorice Root）"，这样既保留了中药的药性、文化性、（拉丁语表达的）国际通用性和（英语表达的）国际可读性，又有利于中国文化的跨文化交流。鉴于中医的严谨性、科学性、中华特色等，以语用翻译学（参见第二章第二节）观之，上述药方无论出现在文学还是非文学语篇，一旦翻译还是以药理精确（性）和文化特色保值为首要。可采用杨霍折中路线的一二种做法：

（一）拉丁语+英语注解；

（二）拼音+拉丁语+英语注解；

（三）拼音+英语+拉丁语注解；

（四）拼音+英语注解。

考虑到药方篇幅，所选译法应保持一贯到底的风格或译风，这样既遵从了译理（语言派译观、文化派译观、语用翻译学译观），又不会"超额翻译"，至于必然的少量"厚重翻译"，对小说巨著而言算是九牛一毛，无甚大碍。

五、小结

在中国典籍外译热潮中，中华医学典籍和文学典籍外译日显重要。由于文化、医理和语言的差异，中医文献乃至于文学经典中中医片段的外译，不是外行或常人所想当然那样简单，不是按词典之图索译文之骥，就是仅以拉丁语译名（假如果真有对应词）译出。

上面通过对比《红楼梦》中唯一的完整药方杨霍英译，发现些许差异，也算各有千秋。杨译主要是求信的异化法，倾向于拉丁语译法；霍译主要是求达的归化法，倾向于同属植物的英文名。译者应"神入"（地拥有）中华文化的文化自觉和文化自信，在不偏离药理、药剂实质的前提下，根据语用翻译观，不妨采用杨霍方式的折中：

---

① 李照国. 中医基本名词术语英译国际标准化研究：理论研究、实践总结、方法探索 [M]. 上海：上海科学技术出版社，2008：14.

（一）拉丁语+英语注解；
（二）拼音+拉丁语+英语注解；
（三）拼音+英语+拉丁语注解；或者
（四）拼音+英语注解。

译者择一二而从之，以统一的译风尽力求信而不失却文学可读性。关于《红楼梦》中医片段的英译对比评论和建议，也适合其他非医学文本的中医翻译，在一定程度上也适于中医翻译。以此求教于大方。

第六节　《红楼梦》"天王补心丹"杨霍译对比及其他[①]

一、引言

"天王补心丹"是什么药？应该怎么英译？目前有多少译法？哪些正确，哪些错误？我们可以从中学到什么？可以汲取什么教训？

"天王补心丹"其实就是古今常用的临床复方，用于多种疾病的治疗和辅助治疗。李应存等[②]认为它来源于"毗沙天王奉宣和尚神妙补心丸"，主要是佛教徒用以治疗劳心过度的"心动悸"。田甜、肖相如认为该药源于北宋《太平圣惠方》中的菖蒲丸，或者更早的宋代杨士瀛的《仁斋直指方论》[③]。有文章涉及其医理、药理和临床应用，但甚少触及其英译。讨论其诸多译法对中医术语翻译有所裨益。

二、语用翻译学的术语翻译观

语用翻译学（pragmatranslatology）是翻译研究的一个全新范式，已有三大语用译观：关联—顺应译观[④]，语用标记等效译观[⑤]，建构主义译观[⑥]。语用翻

---

① 王才英，侯国金."天王补心丹"英译何其多？[J]. 中国科技翻译，2021（04）：58-61.
② 李应存，史正刚，魏迎春. 敦煌佛书 S. 5598V 中毗沙门天王奉宣和尚神妙补心丸方浅探 [J]. 甘肃中医，2006（07）：12-14.
③ 田甜，肖相如. 天王补心丹源流探讨 [J]. 吉林中医药杂志，2010（03）：250-252.
④ Gutt, E.-A. *Translation and Relevance: Cognition and Context* [M]. Oxford：Blackwell, 1991.
⑤ 侯国金. 语用翻译学：寓意言谈翻译研究. 北京：北京大学出版社，2020.
⑥ 吕俊. 建构翻译学的语言学基础 [J]. 外语学刊，2004（01）：96-101.

译学的术语译观主要是"系统—可辨性原则"①，该原则由三准则构成：

（一）系统性和可辨性准则：a）论著者的某一著述的术语应该自成系统或者符合约定俗成的系统且有可辨性；b）论著者所有相关研究的术语应该自成系统或者符合约定俗成的系统（具有互文性）同时具有可辨性；因此 c）论著者不能遗漏重要或必不可少的术语（例如成对的术语要尽量共现）；而且 d）论著者的同一术语应该高度一致，准确性、可读性、系统性、可辨性等始终如一。

（二）主体先用性准则：术语命名及翻译的"主体先用性"（author-pre-emptiveness）指的是，"谁先说就听谁的""谁先译就听谁的"。

（三）三从四得准则：

1. 三从：根据（二）除非既有译法有严重失误，译者应"从他"（沿用他人译法），如果某译法早已普及就应"从众"（采纳该通俗译法），而不应"从己"（捏造新译）。按轻重缓急排序便是：从众 > 从他 > 从己。"从己"的语用条件是下列三者之一：a）填补空白；b）纠偏（前人之偏，乃至众人之偏）；c）贡献同义词。而且从重到轻，应该是 a）>b）>c）。

2. 四得："从他"得到既有的或权威的译法，"从众"得到现存的广为接受的译法，"从己"要么得到多此一举或添乱的译法，要么得到独创性或（更）好的译法。

三、语料分析

最近②在中国知网以"天王补心丹"为关键词查询，得期刊文献 205 条（包括硕博论文），得译名 31 种（75 频次），见表 1：

---

① 侯国金. 语言学术语翻译的系统—可辨性原则——兼评姜望琪（2005）[J]. 上海翻译，2009（02）：69-73.
② 在 2020 年 4 月 7 日。

172

第四章 《红楼梦》英译的语用变通

表 1 "天王补心丹"英译及其频次

译法	序号	译文	频次
音译	1	Tian-Wang-Bu-Xin-Dan	1
	2	Tian-wang-bu-xin-dan	2
	3	Tianwang Buxin dan	1
	4	TianWang Buxin Dan	1
	5	Tian wang bu xin Wan	1
	6	The Tianwang Buxin Dan	1
	7	Tianwangbuxindang	1
	8	tianwang buxin dan	1
	9	Tian Wang Buxin Dan	2
	10	Tianwang Buxindan	3
	11	Tianwang buxin Dan	4
	12	Tian Wang Bu Xin Dan	4
	13	Tianwangbuxin Dan	6
	14	Tianwang Buxin Dan	20
音译兼意译	15	tianwang replenishing Dan	1
	16	Pop Pushing Dan	1
	17	Tianwang Buxin Pellet	3
	18	Tianwang Buxin Pillets	1
	19	Tianwangbuxin broth	1
	20	Tianwang Buxin minipill	1
	21	Tian Wang Bu Xin minipills	1
	22	Tianwang Buxin recipe	1
	23	Tianwang Buxin Cinnabar	1
	24	Tianwang Buxin pill	1
	25	Tianwang Buxin Bolus	1
	26	TianWang BuXin Pills	1
	27	Tianwang Buxin decoction	2
	28	Tianwang Buxin pills	3
	29	pop bushing Dan	3
	30	Tianwang Buxin mini-pills	4
意译	31	Celestial Emperor Heart-Supplementing Elixir	1

以上"天王补心丹"英译出自1993—2019年的多家杂志①以及22篇硕博论文，分为三类：音译、音译加意译、意译。完全音译的有15种（高达49频次），区别在于大小写，是否分拼及如何分拼。错误最大的是译7，因为同一文章分别译为"Tianwangbuxindang""Tianwangbuxindan"。"天王补心丹"由三个固定名词短语构成，"天王、补心"都应合拼，即"tianwang"和"buxin"。若如此，表1的译2"Tian-wang-bu-xin-dan"等、译13"Tianwangbuxin Dan"等，都是误拼误译（语用翻译失误）。译5"Tian wang bu xin Wan"就错得更离谱（更严重的语用翻译失误），因为音译"丹"为"丸"，属指鹿为马，且大小写紊乱。

音译兼意译者也有15种类型（25频次），多为"天王、补心"音译和"丹"意译，如"Tianwang Buxin mini-pills"。这个"丹"的意译多种多样："pills"（药丸、药片）、"mini(-)pill(s)"（小药丸）、"pellet/pillet"（小球）、"cinnabar"（辰砂、朱砂）、"broth"（肉汤、清汤、液体培养基）、"recipe"（处方、秘诀、食谱）、"bolus"〔（兽医）大药丸、小而圆的物块〕。以上所列若回译则是括号内的旁注，只有前四种算佳译，远胜后三种。术语可读性最低者属音译兼意译的译15"tianwang replenishing Dan"、译16"Pop Pushing Dan"、译29"pop bushing Dan"，因为它们选错了意译对象和音译对象。这个药名若要局部音译和局部意译，前面两个短语优选音译，后面的"丹"优选意译。译29的"bushing"和译16的"Pushing"本是音译（按照港台的通用或韦氏拼法②），结果碰上了音译的忌讳，即音译人名地名等不宜使其和现有的译入语词汇雷同或相似。这样说来，译29的"bush"可理解/误解为动词分词形式，意为"浓密地生长、以灌木装饰/保护、到林间宿营"（OED第四版），译16的"Pushing"则是动词push的分词形式，意为"推动、推行、逼迫"。此两译势必引起西方读者的误解。两译的"pop"（通俗、流行）可算"创造性叛逆"，即以自吹的"流行（有名）"取代原文难译的"天王"，这里暂不褒贬。至于译

---

① 如《中国医药导报》《吉林中医药》《中医药临床杂志》《中国药剂学杂志》《新中医》《世界中医药》《光明中医》《中国中医基础医学杂志》《中国现代药物应用》《中国中医药现代远程教育》《天津中医药大学学报》《实用中医药杂志》《现代中西医结合杂志》《内蒙古中医药》《亚太传统医药》《成都中医药大学学报》《现代中医》《时珍国医国药》《实用中医内科杂志》《世界睡眠医学杂志》《河南中医》《四川中医》《河北中医》《辽宁中医药大学学报》。

② 三种音译分别是中国大陆的汉语拼音音译法、中国台湾地区通用拼音音译法、英国韦氏拼音音译法〔威妥玛—翟理斯式罗马化（拼音音译）（Wade-Giles romanization）〕，当今多从第一种。

15 "tianwang replenishing Dan",首尾音译,当中意译,实为不妥,而且第二个单词过长,破坏了原名的音韵美。

完全意译的是译 31 "Celestial Emperor Heart-Supplementing Elixir",回译便是"玉皇大帝的补心万能药、天皇养心长寿药"。可以说这是名副其实的意译,好不好暂且不论。

四、拓展讨论

(一) 能从杨译和霍译学到什么?

《红楼梦》中的"天王补心丹"是什么药?"天王"二字一是取自民间传说:邓天王在梦中授予因诵经而过度劳累的僧人道宣的药方,专用于补心,具有良效,故名"天王补心丹"。细究起来,"天王"也指(汉传)佛教中的四大护法天王,即佛教的护法天神,俗称"四大金刚",在线海词词典译之为"Four Heavenly Guardians at the entrance to a Buddhism temple"或"Four Devarajas"。其次,"补心"和"安神"是中医中常见的药效,是旧时的达官富人或有产阶级及其家属"富贵病"的医治首选。最后,汉语有"丹、仙丹"之说,古代帝王为长生不老而求丹。"丹剂"一指含有汞、硫黄等矿物的化合制剂,二泛指贵重药品或特效药物。"天王补心丹"因含当归、人参等药,当属后者,其剂型为丸剂,分为水蜜丸、小蜜丸和大蜜丸三种。据说"天王补心丹"滋阴养血,补心安神,难怪《红楼梦》第二十八回林黛玉吃了一剂。杨译为"heavenly-king-fortifying-the-heart pills",霍译为"The Deva-king Cardiac Elixir Pills"。

杨宪益及其英国夫人戴乃迭都是学贯中西的学者和翻译家,在"红译"中遇到中华文化特色词一般倾向于有意译成分的异化译法(不是简单的音译)。这里的"天王"译为"heavenly-king"[注意"heavenly"的模糊性,可指任何宗教和文化的"天(宫)"],"补心"译为"fortifying-the-heart","丹"译为"pills"。他们选择以连字号联系起来成为一个冗长合成词,以向西方读者暗示此为特色文化词,使其关注该"他者"(otherness/foreignness)文化成分。比较而言,霍克斯的英国身份使得他在特色文化词的翻译中倾向于归化法,如有异化,也会考虑译入语读者的读赏。在其笔下,"天王"成了"Deva-king"。这个"Deva"是印度神话、印度教和佛教的"天神"(OED 第四版),有时音译成"提婆、迪瓦、德瓦"。"补心"的霍译是"Cardiac",回译则是"强心剂、心脏的"。"丹"译成了"Elixir Pills"。本来"Pills"一词足矣,但霍氏增译"Elixir",回译是"灵丹妙药、长生不老药、圣水"。整个霍译主要是适合英美人"悦读"的归化译法,兼少许异化成分,即"Deva"的东方文化成分。

175

可见杨氏夫妇的异化不是完全的异化，霍译也不是十足的归化。如果用钱钟书的"化境说"来描述，杨译药名是很"化"即进入了"化境"的异化法，并非机械的异化（如百分之百的音译）。霍译也"化"，也并非归化得不见原文文化的踪影。

（二）原则的审视：几十种译法为何不"从他"？

根据语用翻译学的"系统—可辨性原则"准则 1"系统性和可辨性准则"，译者的术语翻译要契合译入语的相关术语系统和自己所译的术语系统（风格）而且术语间具有可辨性（不能互相混淆）。杨霍译的"天王补心丹"和上下文及其大小语境具有关联性和系统性。"天王补心丹"作为中医方剂，是中医的汤、散、膏、丹、丸和酒等剂型系统中的一元。上述 34 种期刊译法多半都只有一译，并没有翻译其他几十条或几百条药名（而构成微系统），自然不考虑或遵守英译药名的"系统性和可辨性（准则）"。论"主体先用性准则"，杨译出版时间是 1973、1977、1980 年，霍译（含闵福德所译的末尾四十回）是 1980、1982、1987 年。由于翻译和出版的时间接近，加之译者之间不熟悉且缺乏当今的通信手段，他们几乎没有互相参考译法，也即没有违背"主体先用性准则"。比较而言，上述杂志译法都出现于 1993—2019 年，显然对杨译或/和霍译是视而不见，也即违反了"主体先用性准则"。再看"三从四得准则"，这 31 种译法多半是"从己"（有时和他人巧合或相似），得出的多半是西方读者无法理解的音译，或者是音译加意译，其中不乏欠地道、欠妥、错误之处，如译 15"tianwang replenishing Dan"、译 29 的"pop bushing Dan"等（如前述）。假如这些译者"从他"，在杨霍之间择一而从，便得权威译法而省去自译的麻烦。

就术语翻译而言，年轻译者似乎更倾向于"从己"。上述 31 种译法出自期刊文献，根据作者简介，其作者有 50 位是各级医院医生，9 位是医科大学（含研究所）的教师，14 位是研究生，还有一名中学教师，可见多半是中青年医学人士。当然"从己、从他"还涉及 1）学术期刊及学者对摘要英译不够重视的问题，2）学者是自译、机译还是代译的问题，3）学者的术语翻译标准化意识问题，4）是否阅读并见过相关术语的既有译名的问题，等等。首先，中医术语若尚未英译，可按照李照国先生①的"自然性、简洁性、民族性、回译性和规定性"五原则，"在不偏离药理、药剂实质的前提下"，具体译法"采用杨霍方式的折中"：1）拉丁语+英语注解；2）拼音+拉丁语+英语注解；3）拼音+英语

---

① 李照国. 中医术语英译的原则与方法. 中国科技翻译，1996（04）：32-35

+拉丁语注解；或者4）拼音+英语注解①。其次，中医术语（以及其他术语）的翻译，还要遵守语用翻译学术语译观的"系统—可辨性原则"（三个准则）。对既有药名译法，只要不违背上述诸原则便可。"中医药学名词审定委员会"在2004年公布的5283条中医术语的英译中包括了"天王补心丹"的"tianwang buxin mini-pills"，何来后来的诸多译法？在非文学语境中提及该药名时不妨"从他/从众"地从此官方译法，而不用在表1的译法中纠结，更无须无知地"从己"而造出"奥卡姆剃刀"（Occam's Razor）难以容忍的佳译（遑论误译）。

五、结语

笔者调查了近三十年的国内期刊上的31种"天王补心丹"译名以及杨译和霍译，并以语用翻译学术语译观的"系统—可辨性原则"审视。多数译法没有尊重前人的译法，也即违背了上述原则的"主体先用性准则""三从四得准则"，且其英译不外乎音译、音译加意译、意译，以第一种居多。这些译法不仅有雷同之处，而且还有多种语用翻译失误。在非文学语境中讨论该药还是应"从他/从众"而取"tianwang buxin mini-pills"这一音译兼意译表达式为宜。"补心丹"事小，中医术语翻译事大，我们不妨从这一药名的"杂译"看到中医术语翻译的大是非。窃以为，中医学术语乃至其他学科的术语，只要尚无既有的译法，就应遵守李照国的"自然性、简洁性、民族性、回译性和规定性"五原则以及语用翻译学术语译观的"系统—可辨性原则"，具体译法可折中杨霍方式，即拉丁语+英语注解；拼音+拉丁语+英语注解；拼音+英语+拉丁语注解；或者拼音+英语注解。

第七节　《红楼梦》中药的"丸"字杨霍译对比

一、引言

中医文化被称为中华民族的"第五大发明"。随着世界医药界的交流和发展，中医、西医和中西医结合不断满足世界各国人民对治病、养生和保健的要求。2018年9月26日，美国《自然》杂志发表文章表示"中医即将被纳入明年

---

① 王才英，侯国金. 红楼药方杨—霍译：语用翻译观. 中国科技翻译, 2019（02）：44-47.

出版的最新全球医学纲要当中"①，已在 2019 年 5 月举行的世界卫生大会上通过，将在 2022 年 1 月 1 日生效。据 2016 年国务院发布的《中国的中医药》白皮书，中医药已经传播到世界 183 个国家和地区，与中国签订中医药合作的政府协议多达上百个。2017 年 10 月 18 日，习近平主席在第十九次全国人民代表大会上提出，"实施健康中国战略，传承发展中医药事业"，足以看出国家对中医药发展的重视。因此，全世界已掀起一股"中医风"。

中医药中的概念、中药名、术语、方剂名以及蕴含其中的文化、哲学等诸多因素极大地影响了中医药的国际推广。中医药国际推广的方式很多，如同仁堂与新加坡南洋理工大学孔子学院签署协议联合办学，在新加坡成功地推广中医药文化。翻译中医相关书籍也是中医西传的一个好方法，但由于专业中药书籍受众面小，而文学书籍的受众来自各个阶层，因此，研究《红楼梦》中的中医药文化翻译对中医药成功走向国际，有很好的借鉴作用。中医药文化也可借助当今中国文学的"东风"吹进西方读者心中。

通过《红楼梦》中英平行语料库和文献阅读的方式，收集了该名著中的 45 个中药方剂名称，由于篇幅所限，这里将讨论带"丸"字的 13 剂中药方剂的翻译，因为丸剂是中药药品炮制的四种基本剂型之一。"丸"字的中药方剂在同仁堂的中成药大全（2017 年）中，有 218 剂中成药带有"丸"字，占总数（296）的五分之四强。其中"人参养荣丸、八珍益母丸、左归丸、右归丸、六味地黄丸、金刚丸、八味地黄丸、清心丸、调经养荣丸、定心丸"至今仍在使用，因此，研究"丸"字的中药方剂有一定的现实意义，可助力中医药西行。但通过研究发现，《红楼梦》的"丸"字中药方剂的翻译存在一定的误读和误译。

二、文献综述和研究方法

《红楼梦》是中国传统文化的一部百科全书，书中有丰富的医学知识，尤其是中药、方剂和养生知识。在整部书中，有关中医药文化的文字多达五万多字，提及的中药方剂 45 个。其中多味中药方剂仍可通过现代科学考证，并对现今临床仍有重要价值。

目前对《红楼梦》中方剂名翻译探讨的有夏青、张超②，王银泉、杨乐③，

---

① 搜狐新闻. 中医药未来将会更加科学化、专业化、细分化 [A/OL] http：//www.sohu.com/a/258167018_99967468, 2018-10-08.
② 夏青，张超. 霍氏与杨氏《红楼梦》中医药文化翻译的得失 [J]. 湖南农业大学学报（社科版），2010（05）：84-90.
③ 王银泉，杨乐.《红楼梦》英译与中医文化西传 [J]. 中国翻译，2014（04）：108-111.

李蕾[1]等。这些研究讨论了45味中药方剂的个别或十几个，大部分都是通过文献查阅法，鲜有使用语料库查询，有些讨论仅局限于方剂语义翻译是否正确，未结合中医标准化、规范化、专业化和当今中国提倡的"文化自觉、文化自信"背景下中医药文化如何更好"走出去"进行探讨。王才英、侯国金[2]对《红楼梦》药方以及"天王补心丹"的英译考察，采用的是语用翻译观（参见第四章第五节和参见第四章第六节）。至于研究方法，我们沿用参见第四章第六节第二部分的语用翻译学的术语译观主要是"系统—可辨性原则"（略）。

三、《红楼梦》译本"丸"字的中药方剂译例分析

通过查找《红楼梦》平行语料库，带"丸"字的中药方剂有13剂。杨译本和霍译本依据的版本不一样，中药方剂名个别有出入，如"黎洞丸"，在这里算作同一个名称。

表₇ 《红楼梦》药丸及其杨霍译

章回	方剂名	杨译	霍译
3，28	人参养荣丸	ginseng pills ginseng tonic pills	Ginseng Tonic Pills
7，8，91	冷香丸	Cold Fragrance Pills	Cold Fragrance Pills
28	八珍益母丸	eight-treasure-leonurus pills	Eight Gem Motherwort Pills（含闵译）
28	左归丸	left restorative	Zhang's Dextrals
28	右归丸	right restorative	Zhang's Sinistrals
28	六味地黄丸	six-flavour-digitalis pills	
28	金刚丸	guardian-angel pills	Vajra Pills
28	八味地黄丸	缺省[3]	Dr Cui's Adenophora Kidney Pills

---

[1] 李蕾. 功能主义视角下的中药方剂名翻译探析 [J]. 中国中医基础医学杂志，2016（03）：415-417.
[2] 王才英，侯国金. 红楼药方杨—霍译：语用翻译观 [J]. 中国科技翻译，2019（02）：44-47.
[3] 这里的"缺省"指的是译作所依据的原文相应处没有这个药名，而不是一般意义的"省译"。下同。

续表

章回	方剂名	杨译	霍译
31	山羊血黎洞丸	pills compounded with goat's blood	Hainan kid's-blood pills
42	清心丸	restorative pills	缺省
73	安魂丸	a sedative	缺省
77	调经养荣丸	(the) fortifying pills	pills designed to regularize her periods and make some new blood to replace the quantities she had lost
100	定心丸	a sedative	a sedative（闵译）

下面我们一一对比评论：

（一）"人参养荣丸"出自《红楼梦》第三回和第二十八回，是一剂由十二味药组成的中成药及中药方剂，主要功能有补气养血、宁神益智、健脾开胃。在第三回，杨译为"ginseng pills"，在第二十八回，杨译为"ginseng tonic pills"，霍译是"Ginseng Tonic Pills"。杨译的第一种译法"ginseng pills"漏译了"养荣"，这种译法不值得提倡，因人参与其他中药搭配成其他名称的丸剂，如"人参养肺丸、人参鹿茸丸"等，容易引起读者误解。霍译"Ginseng Tonic Pills"符合术语翻译的标准化和专业化。

（二）"冷香丸"出自《红楼梦》第七回、第八回和第九十一回，杨霍译均直译为"Cold Fragrance Pills"，并都用首字母大写表明其专有名词属性。作为文学文本的《红楼梦》译本，译者如此翻译一定是体现了译者的读者意识（减轻读者的阅读负担）。更重要的是，"冷香丸"被认为是薛宝钗的象征。从文学翻译的角度，"Cold Fragrance Pills"译出了原文蕴含的创意。根据《红楼梦》中的介绍，"冷香丸"应是大药丸，这个"Pills"自然可改为"Boluses"。

（三）"八珍益母丸"出自《红楼梦》第二十八回，具有益气养血，活血调经之效。查阅医学百科发现"八珍益母丸"并不完全是八种药。据《中华人民共和国药典》记载，该方剂由九味药组成，明朝的《景岳全书·妇人规古方》是八味，明朝的《古今医统大全》是八味，明朝的《摄生秘剖》是十二味，清朝的《墨宝斋集验方》是十一味。《红楼梦》写于清朝年间。程甲本《红楼梦》（乾隆五十六年辛亥萃文书屋活字摆印本）是史上的第一部"红"印本。依据以上四本有记载该方剂的医药书，《红楼梦》成书时该方剂可能是八种、九种甚至十二种。照此说来，两译本以"eight/ Eight"译"八珍益母丸"的"八"，要么是坚信这个数字的刻意解读（即理解"八"为确数而非约略），要么是以转喻的手法来处理这个"八"（模糊地指代"八""九"或"十二"）。另外，杨译"eight-treasure-leonurus pills"的"leonurus"是拉丁语的"益母草"，回译为"八种宝物益母草丸"；霍译是直译的"Eight Gem Motherwort Pills"，其"motherwort"是英文的"益母草"，回译为"八种珍宝益母草丸"。照此说来，杨霍译都无碍，是等效于原文药名的译法。①

（四）"左归丸、右归丸"出自《红楼梦》第二十八回中，主要功效是前者补肾阴，后者补肾阳。杨译为"left restorative, right restorative"，从文学翻译的可读性要求和药用功效考虑，杨译是无懈可击的。霍译本将二者译为"Zhang's Dextrals, Zhang's Sinistrals"，其中的"Zhang's"指的是这两种丸药出自明代著名医学家张景岳的《景岳全书》，补充了文化信息，体现了译者的历史意识。另外，"dextrals"回译是"右旋糖"，"sinistrals"回译是"左旋糖"。查阅《中国药学大辞典》和医学百科，霍译似为误译。此外，若有人把"左归丸、右归丸"译为"Zuogui Kidney-*Yin*-Reinforcing Pills, Yougui Kidney-*Yang*-Reinforcing Pills"，也未尝不可。

（五）"六味地黄丸"出自《红楼梦》第二十八回，有滋阴补肾的功效。杨译为"six-flavour-digitalis pills"，其"digitalis"是另一种中药即毛地黄（别名"洋地黄"）的拉丁名。毛地黄跟地黄同科不同属，药效完全相反：地黄（拉丁名为"Rehmannia"）主要具有滋阴补肾、养血补血、凉血的功效，而毛地黄（拉丁语名称为"Digitalis purpurea"）可兴奋心肌，增强心肌的收缩力，改善血液循环。因此，杨译可算误译，那就不等效于原文的语义内容或语义值。霍译词条缺省。

（六）"金刚丸"出自《红楼梦》第二十八回，主要功效为补虚扶正。杨译是意译的"guardian-angel pills"。"金刚丸"是贾宝玉请人为林黛玉配制的中药。黛玉在宝玉心中犹如天使（所谓"天上掉下个林妹妹"），因此，杨译的"angel"体现了这一层用心。霍译是直译的"Vajra Pills"。两译本都等效于原文的语义内容或语义值。但单从文学读物可读性的读者期待考虑，或者说，在文

---

① 此外，知网文献和一些辞典将其译为"Leonurus Pills with Eight Precious Ingredients""Bolus of Eight Ingredients"，前者不像术语。若相信《中华人民共和国药典》所记载的该方剂由九味药组成，那么以上含"eight"的译法似乎都不理想。若改用"Ba Zhen Yi Mu Pills"（"八珍益母"的拼音，外加"Pills"），似乎比较晦涩，西方读者只知它是药丸，构成或功效则全然不知。

学的美学价值的等效上杨译胜于霍译。

（七）"八味地黄丸"出自《红楼梦》第二十八回，具有补中益气的功效。霍氏将其译为"Dr Cui's Adenophora Kidney Pills"，将药物的发明人、药物成分及治疗对象囊括其中，而"Adenophora"回译是"沙参"，和地黄完全不同，可视为一定程度的语用—语言误译。（该例在杨译本为缺省。）

（八）"山羊血黎洞丸"出自《红楼梦》第三十一回。杨译为"pills compounded with goat's blood"，体现了其配方用山羊血，省译/漏译了"黎洞"。霍译为"Hainan kid's-blood pills"，其"Hainan kid's-blood"有可能是语用—语言误译。为什么是"Hainan"？霍克斯误把该方剂中的"黎洞"当作海南琼崖黎洞。又据《医宗金鉴》记载，"黎洞丸"由三七、生大黄、阿魏、孩儿茶、天竹黄、血竭、乳香、没药（别名"末药、明没药"）（各二两）以及其他一些药材组成，还有"孩儿茶"成分，霍译的"Hainan kid's-blood pills"听起来像是用孩子的血做成的药丸，岂不惊恐？算是社会—语用误译。两者对比，杨译更等效于原文药名。

（九）"清心丸"出自《红楼梦》第四十二回，主要功效是清心、化痰、祛风。杨译为"restorative pills"，其中"restorative"回译则是"滋补（的）"，稍有不同。（该例在霍译本为缺省。）

（十）"安魂丸"出自《红楼梦》第八十四回，具有补土泻火、消痰逐邪之效。杨译为"a sedative"，其中"sedative"回译是"镇静剂"，传达了"安魂丸"的功效（语义值的语用等效），可惜不像中药名，也就算作社会—语用误译。（闵译缺省。）

（十一）"调经养荣丸"出自《红楼梦》第七十七回，主要功效为清热养血，是一剂女性调经以及滋养容貌的药物。杨译为"the fortifying pills"，回译是"强身健体的药丸"，似乎适合任何男女老幼，可见是一定程度的语用—语言误译。霍译为释义法："pills designed to regularize her periods and make some new blood to replace the quantities she had lost"，回译为"用来调节她的经期并且酿造新血以弥补过往失血的药丸"。此译虽准确传达了方剂的内涵，但作为药名违背了简洁性原则。可以说霍译是一定程度的社会—语用误译（文体风格的欠等效）。

（十二）"定心丸"出自《红楼梦》第一百回，具有益气养血、宁心安神的功效。杨闵译都是"a sedative"。其问题也是一样的，即上述的"不像中药名"，"算作社会—语用误译"。

182

四、进一步讨论

李照国①提出中医术语英译的自然原则、简洁性原则、民族性原则、回译性原则和规定性原则，我们也提出了语用翻译学的术语翻译的"系统—可辨性原则"（参见第四章第六节）。医药术语大体可依照翻译。

说起"丸"字的翻译，其实大凡丸剂都是指药材细粉或药材提取物，外加适宜的黏合剂或其他辅料，精制而成的球形或类球形剂型，主要供内服。对于方剂中"丸"字的翻译，《红楼梦》的两个译本多用"pills"，或者省译，未区分丸药的大小。经查询"术语在线"，目前所有的中药丸剂都翻译成"pills"或"mini-pills"。大陆和港澳台的一些老字号，如同仁堂、马百良、永达堂，其中成药盒上的英译有"wan，WAN，pills"三种。

综上，《红楼梦》"丸"译可能存在下列问题：（一）有的译法违背忠实性原则，也就犯了语用—语言误译。"六味地黄丸、八味地黄丸"的杨霍译似乎都如此。霍译的"山羊血黎洞丸"是更高程度的语用—语言误译。此外，"定心丸、安魂丸"用同一译名，违反了"可辨性原则"，让译文读者误以为是同一种药。（二）有的译法违背简洁性原则，也就犯了社会—语用误译（文体风格缺陷），例如霍译的"调经养荣丸"——"pills designed to regularize her periods and make some new blood to replace the quantities she had lost"，过于冗长，不仅不像药名，还有损整个翻译文学的可读性。注意这里的代词"her"，指的是王熙凤。故事里说王熙凤月经不调，需要这个中药继续调理身子②。可见霍译这里没有把这个药当作中医药名来翻，只是一种阐释（也算一种翻译）。

---

① 李照国. 中医术语英译的原则与方法 [J]. 中国科技翻译，1996（04）：32-35.
② 《红楼梦》（第七十七回）原文是这样说的，"话说王夫人见中秋已过，凤姐病也比先减了，虽未大愈，然亦可以出入行走得了，仍命大夫每日诊脉服药。又开了丸药方来，配'调经养荣丸'"。霍译是："To Lady Wang it appeared that, with the passing of the Mid-Autumn festival, Xi-feng's condition had improved considerably. True, she was still far from well, but she could get about in the house now and even venture out of doors. The physician, who, notwithstanding this improvement, had on Lady Wang's instructions been requested to continue his daily visits, was now recommending a course of pills designed to regularize her periods and make some new blood to replace the quantities she had lost."

请看表₈：

表₈ 《红楼梦》中药"丸"杨霍译偏误对比

方剂名	杨译	主要偏误	霍译	主要偏误
人参养荣丸	ginseng pills; ginseng tonic pills	违反术语统一性和系统性，前一译法漏译"养荣"	Ginseng Tonic Pills	无碍
冷香丸	Cold Fragrance Pills	无碍	Cold Fragrance Pills（含闵译）	无碍
八珍益母丸	eight-treasure-leonurus pills	无碍	Eight Gem Motherwort Pills	无碍
左归丸	left restorative	无碍	Zhang's Dextrals	用词不当
右归丸	right restorative	无碍	Zhang's Sinistrals	用词不当
六味地黄丸	six-flavour-digitalis pills	稍有偏误	缺省	
金刚丸	guardian-angel pills	无碍	Vajra Pills	无碍
八味地黄丸	缺省		Dr Cui's Adenophora Kidney Pills	稍有偏误
山羊血黎洞丸	pills compounded with goat's blood	基本无碍	Hainan kid's-blood pills	误译较大，引起文化休克
清心丸	restorative pills	稍有偏误	缺省	
安魂丸	a sedative	稍有偏误，还与"定心丸"英译重名	缺省	
调经养荣丸	(the) fortifying pills	稍有偏误	pills designed to regularize her periods and make some new blood to replace the quantities she had lost	冗长
定心丸	a sedative	不像药名/术语，还与"安魂丸"英译重名	a sedative（闵译）	不像药名/术语

184

五、小结

中医丸剂是中医药剂的一个重要组成部分,占中成药的大半壁江山,其英译可助力中医药学走向国际。在《红楼梦》的十三剂丸药中,杨霍译都有可圈可点之处,但也都出现了一些误译或不等效的译例,或者是一定程度的语用—语言误译,或者是一定程度的社会—语用误译。这也正好说明了中医本身的中国特色和医药深邃。我们的局外批评,对不必懂中医而碰巧必须翻译中药名的"红"译汉学家而言,可能是苛求苛责了。

再者,杨霍译的医学毕竟不是中医的药名英译,而只是文学里的药名翻译,文学的可读性要求总是十分突出,那么读者群对药名是否达到了百分之百的语义值(药理、药效等)等效不是那么在乎,对所犯的语用—语言失误(以及少量的社会—语用失误)也就会给予较高的宽容。

最后,文学里的中药名翻译毕竟不是马百良、永达堂等百年品牌店的药名英译,后者为了商业效应,可以用如同"tuhao, dama"① 这样的(不翻)拼音版,连同(繁体字)汉语药名,强行推行。文学翻译要考虑读者的感受,与其让读者受到整页的语用—语言等效但难读难懂的拼音药名的"无意软暴力"(unintended gentle violence)的摧残,还不如让他们受到语用—语言不等效但好读而似乎能懂的"有意软暴力"(intended gentle violence)的博弈挑逗。

---

① 回译是"土豪、(中国)大妈",已经进入了英语世界。

第五章　现代小说翻译的语用变通：
以《活着》《盘龙》为例

第一节　白睿文如何英译余华《活着》的粗俗语

一、引言

《活着》是作家余华[①]的代表作之一，讲述了主人公徐福贵的一生。徐福贵和家人生活的时代，经历内战、"三反五反"、"大跃进"、"文化大革命"等社会变革，命运坎坷，深陷一个个苦难。尽管家人离福贵而去，他却始终以乐观的态度面对生活。余华文笔朴实简洁。小说中包含大量粗俗语，彰显时代背景和地域之下的语言风格和特色，对刻画人物形象起到关键作用。粗俗语能够有力地表达特定场景下的特定情感，具备特定语用功能（如宣泄），因此要想准确理解小说的翻译文本（即其翻译文学），其粗俗语翻译就尤为重要[②]。笔者旨在解读译者如何翻译该小说的粗俗语，看他是否在粗俗语的语用功能上达到了等效。

二、余华研究和白睿文翻译研究

在中国知网 CNKI 文献数据库检索涉及余华的研究，查到 2,064 论文，最早

[①] 余华（1960—），中国当代作家发表小说《活着》《许三观卖血记》《兄弟》等长篇、中篇小说多部。其作品被誉为 "90 年代最具有影响的十部作品"（https://zhidao.baidu.com/question/454726342147754245.html，2020-04-29）。

[②] 郑娜."信达切"视角下的《麦田里的守望者》粗俗语翻译 [D]. 重庆师范大学硕士学位论文，2014：1.

发表于 1988 年。位列前十的研究热点是余华小说《活着》《许三观卖血记》《在细雨中呼喊》《第七天》等。根据张崇员、吴淑芳[1]的研究,余华研究主要集中于以下几方面:

(一)余华的创作观。对余华的创作手法的超常规、叛逆性和颠覆性存在分歧,例如,高玉[2]认为"独异的文学观来源于他独异的哲学观"。雷兰[3]说,"文学真实是其创作观的核心,余华注重形式探索,以丰富的想象与重复叙事重构一个真实的文学世界,形成对理性经验的反叛"。而曾镇南[4]认为余华小说"写的是人性中的兽性的一面",王斌和赵小鸣[5]认为余华小说不仅"无视文明的禁忌",还"非要亲手扯下这道虚伪的面纱"。其他研究者如卢永裕[6],叶立文[7],唐煜松[8]。

(二)先锋精神与创作转型。陈思和等[9]认为,"余华从 80 年代的极端'先锋'写作,转向了新的叙事空间——民间的立场","由抒情转向叙事、从想象/观念世界走向现实/真实世界"[10]。

(三)作品内容和主题的探讨。余华作品有"暴力、死亡、苦难、欲望"这四个关键词[11],也许和作者的童年在医院度过有关[12],也许还和他的底层创作心理密切相关[13]。

(四)余华小说的文本形式。20 世纪 90 年代初,余华主要采取陌生化的叙事策略,逐渐由先锋叙事向民间立场转变。

---

[1] 张崇员,吴淑芳. 20 年来余华研究综述[J]. 徐州师范大学学报(哲社版),2007(05):53-58.

[2] 高玉. 余华:一位哲学家[J]. 小说评论,2002(02):87-92.

[3] 雷兰. 余华的小说创作观研究[D]. 湖南大学硕士学位论文,2017.

[4] 曾镇南.《现实一种》及其他——略论余华的小说[J]. 北方文学,1988(02):71-76.

[5] 王斌,赵小鸣. 余华的隐蔽世界[J]. 当代作家评论,1988(04):104-109.

[6] 卢永裕. 余华文本的表现世界[J]. 吉首大学学报(哲社版),1998(04):30-34.

[7] 叶立文. 论先锋作家的真实观[J]. 文学评论,2003(01):139-144.

[8] 唐煜松. 从"小我"到"大我"——余华小说创作观念的飞跃[J]. 沈阳大学学报(哲社版),2005(03):76-79.

[9] 陈思和等. 余华:由"先锋"写作转向民间之后[J]. 文艺争鸣,2000(01):68-70.

[10] 王永兵. 从川端康成到卡夫卡——余华小说创作的转型与新时期小说审美范式的变化[J]. 浙江师范大学学报(哲社版),2012(02):21-28.

[11] 王彬彬. 余华的疯言疯语[J]. 当代作家评论,1991(02):39-45.

[12] 张崇员,吴淑芳. 20 年来余华研究综述[J]. 徐州师范大学学报(哲社版),2007(05):53-58.

[13] 陈少华. 进退维艰的底层写作——余华小说创作心理的整体观[J]. 华南师范大学学报(哲社版),2019(06):156-161,192.

（五）余华作品的影响。余华的小说在国内已有不小的影响，又被翻译成英文、法文、德文、俄文、意大利文、荷兰文、挪威文、韩文、日文等，在全世界出版。余华的《我胆小鼠》《阑尾》英译版进入美国高中小说阅读丛书行列。其长篇小说《活着》和《许三观卖血记》因为翻译而入选中国"90年代最具有影响的十部作品"。

对余华的小说《活着》的研究就有655条之多。对余华小说的主要英译者白睿文进行过的研究，知网上以"白睿文翻译"为主题搜索得十九篇论文，如朱振武、杨雷鹏[1]、李晗佶[2]等。朱振武、杨雷鹏[3]认为，译本既保存了原文的创作风格，"又适应了读者的文化心理"。李晗佶[4]从《活着》英译本的"副文本"（paratext(s)）的两个角度，即1）"内副文本"（peritext(s)）——封面、标题、序言、注释、后记、版权页信息、插图、题词、致谢等，与2）"外副文本"（epitext(s)）——译者访谈、翻译笔记、评论等[5]，对白睿文的翻译及其翻译观进行解读，发现其内副文本帮助读者了解中国文化，而外副文本则保护读者的阅读兴趣。

三、粗俗语概况

粗俗语（vulgarism），也即"禁忌语"（taboo words），是指"粗鲁庸俗、没有礼貌"的语言，一般指口头上的登不了大雅之堂的语言，特别是指骂人的粗话、脏话[6]（柏梅，2009：49）。粗俗语大致有以下几类：一与低级动物有关，比如"狗东西、蠢猪、笨驴"；二与排泄物有关，比如"吃屎去吧、不尿你、放屁"；三与女性有关，比如"骚货、贱货、婊子养的"；四与疾病、死亡等灾祸有关，比如"砍千刀的、千刀万剐的东西、死东西、死老头、死老婆子、去死"；五与性器官和性行为有关，比如"我操、我靠、妈的个巴子、给你个鸟"；

---

[1] 朱振武，杨雷鹏. 白睿文的翻译美学与文化担当——以《活着》的英译为例［J］. 外国语文，2016（03）：89-94.

[2] 李晗佶. 从副文本到文本：白睿文的翻译观与《活着》英译本解读［J］. 广东外语外贸大学学报，2017（01）：63-69.

[3] 朱振武，杨雷鹏. 白睿文的翻译美学与文化担当——以《活着》的英译为例［J］. 外国语文，2016（03）：89-94.

[4] 李晗佶. 从副文本到文本：白睿文的翻译观与《活着》英译本解读［J］. 广东外语外贸大学学报，2017（01）：63-69.

[5] 根据热奈特（GENETTE，1997：7）的区分。GENETTE, G. *Paratexts: Thresholds of Interpretation* ［M］. NY：CUP, 1997.

[6] 柏梅. 粗俗语的生成机制及功能探微［J］. 吉林省教育学院学报，2009（02）：49-51.

六与家人有关，比如"我去你大爷、奶奶的、你妈的、他妈的"；七与宗教有关，比如"见阎王、见鬼、下地狱"。英语也不乏粗俗语，每个语言都有粗俗语，文化人也会带脏字的。

粗俗语一般有以下四类语用功能：表示咒骂、厌恶或者不满；加强语气；表示惊奇、惊叹；表示亲昵、喜爱①。粗俗语增强和丰富了人物语言的表现力，同时对形成活泼酣畅的语言风格起了重要作用。粗俗语主要的语用功能是"在大多数场合中主要用来表示说话者辱骂、愤怒、怨恨和鄙视等感情"②，也即一种情感宣泄。

最近③，在中国知网输入"粗俗语"得到 174 条（含其翻译研究），输入"粗俗语翻译"得到 9 条。输入"詈骂语"得 32 条，输入"詈骂语翻译"得到九条。输入"禁忌语"得到 1,088 条，输入"禁忌语翻译"得到九条。至于"脏话、粗话、荤话、忌讳语"及其翻译，我们没有也不必一一探寻。可以肯定的是，粗俗语及其翻译的研究不少。下面对粗俗语翻译研究略举数例说明一二。例如，周晔④提出用"语用标记对应"作为禁忌语翻译的指导原则。姜志伟⑤提出三种翻译方法：委婉翻译法、模糊翻译法、借代翻译法。刘利民、官忠明⑥以意译和直译这两种方法分析禁忌语与"荤玩笑"。闫玉涛⑦研究了沙博理对粗俗语的异化和归化相结合的方法。王小丽⑧研究汉日语版《红楼梦》中的詈骂语翻译，认为詈骂语翻译带有较强的译者主观性。彭典贵⑨分析了《欲望都市》中"sex"一词的翻译，认为译者主要用归化翻译策略以保证"沟通效果"，以期达到等效。

据对现有材料所作粗略统计，在近百万言的《活着》里，共出现各种粗俗语约一百条。

---

① 李光杰.语用视角下《麦田里的守望者》中粗俗语的翻译评析——以孙仲旭译本为例 [J]. 洛阳理工学院学报（社科版），2017（01）：25-28.
② 卢艳春.语用学与翻译——《水浒传》中粗俗俚语的翻译之管见 [J]. 内蒙古农业大学学报（哲社版），2005（03）：132-135.
③ 2020 年 4 月 30 日。
④ 周晔.禁忌语翻译的"语用标记对应"原则 [J]. 外语研究，2009（04）：83-85.
⑤ 姜志伟.禁忌语的文化内涵及译法 [J]. 中国科技翻译，2006（04）：58-61.
⑥ 刘利民，官忠明.纪实性电视片中土语的翻译体会 [J]. 上海科技翻译，2001（04）：33-37.
⑦ 闫玉涛.翻译中的归化和异化：沙译《水浒传》分析 [J]. 山东外语教学，2010（02）：95-98.
⑧ 王小丽.汉日版《红楼梦》中的詈骂语研究 [J]. 红楼梦学刊，2013（03）：243-253.
⑨ 彭典贵.影视翻译中情色禁忌语的归化策略 [J]. 上海翻译，2015（03）：66-68.

四、《活着》粗俗语的英译

既然《活着》讲述福贵一生的故事，小说的粗俗语使用可以说也随着福贵的成长发生变化。福贵从小是个阔少爷，眼里除了赌博就是女人，这一阶段福贵满口是荤话，出现了大量和女人有关的粗俗语。他父亲恨铁不成钢，经常咬牙切齿大骂儿子，出现了很多骂"孩子"的粗俗语，比如"孽子、败家子"等。福贵家境败落后，接受了生活的种种拷打，闯过了一次次惊险，跟形形色色的人打过交道，品尝了一次次失去家人的大悲大痛，这阶段的粗俗语也随着场景的变换和新人物的登场陆续涌现，对刻画诸多人物特征有所帮助。

随着小说情节发展，粗俗语的使用逐渐减少，这和福贵的成长有关，更和时代背景的变化有关。社会动荡，但也有安宁的时候，生活艰难，但也有欣慰的时候。有些情绪大骂一声发泄一下气就消了，可有些情绪是心里难受得都说不出话来，不是几句粗俗语就能化解的。

（一）表示咒骂、厌恶或者不满的粗俗语

（88）"爹，你他娘的就算了吧。老子看在你把我弄出来的分上让让你，你他娘的就算了吧。"

译："Dad, what *the fuck* is wrong with you? If it weren't for the fact that you're the one who brought me into this world, I'd beat the hell out of you! *Fucking* relax!"

福贵（小说的"我"）告诉父亲，"现在不鬼混啦，我在做生意。"所说其实是赌博，父亲明白的，"脱下布鞋就朝我打来""竟然越打越凶了"，于是福贵就用了例（88）的混账话怼他。下文是福贵捏住父亲的双手，叫他"他就动弹不得了""气得哆嗦了半响"。从例（88）可以看出，福贵在自己老子面前自称"老子"，一口一个你"他娘的"，这些粗俗语流露出他对父亲的厌恶。小说中大量出现"你他娘的、去你娘的、真他娘的、操你娘、妈的"这类汉文化特色的"骂娘"粗俗语，译者大多都译成和"fuck"相关的表达式，如例（88）译文所示。"fuck"在英语中有"性交"的意思，这个词因其为"四字母词"（four-letter word）也就成了英语社会最常用的粗俗语，是表达气愤、厌恶、惊奇等多种情绪的万能粗俗语。因此，这个"fuck"和汉语"骂娘"的粗俗语在汉语中传递的情绪是几乎一样的。另外，"就算了吧"表达福贵厌恶他爹"多管闲事"。你自己年轻时也赌博，现在老了却来教训我。言语间流露出福贵的一肚子不满。但该例的语义是比较模糊的（是什么算了?），好像只有"埋怨"的语用义，译文也是如此。此外我们注意到，译者将"fuck"分别和"what is wrong with you?""Relax!"相结合，一处是"what the fuck is wrong with you?"，另一

190

处是"Fucking relax",也即不是简单的"fuck",而是符合英语习惯的、在话语间穿插这个粗俗语词,以添加粗俗语势。再者,"老子"是一种很狂妄的自称粗俗语,更别说在父母面前称"老子"。英语没有对应表达,译者无法在词汇层表达这个不雅不礼貌的自称指别语,于是就采用了最普通的第一人称单词单数,即"me, I"。最后,译者增译了"I'd beat the hell out of you!"(回译是"我要狠狠地揍你一顿")。"hell"带有宗教色彩,西方认为直接涉及宗教才能更好地达到震慑等语用目的①,译者用"hell"不仅十分符合英语读者的语言文化和习惯,还强化了"不屑、轻蔑"的语用效。

(89) 那仆人还在前面向连长求情,走了一段路后,连长竟然答应了,他说:"行,行,你回去吧,你小子烦死我了。"连长说:"还不滚蛋。"仆人说:"滚,滚,我这就滚。"

译:After walking a ways②, the commander surprisingly granted his wish. "Okay, okay, you can leave," he said. "*Little bastard*'s annoying the hell out of me!" The company commander said, "What *the hell* are you waiting for? Get *the hell* out of here!" The servant said, "Yes, yes, I'm just leaving."

县太爷的仆人不想当壮丁,一直向连长求情,连长不耐烦地撵他走人,流露出对这种"大软蛋"的蔑视和厌恶。首先,"你小子"是贬低对方的对称/面称,流露出瞧不起对方的意味(除非用以反讽,即说反话)。译者译之为"little bastard"。被这样翻译的粗俗语还有"孽子、乌龟王八蛋"。英语的"bastard"是"杂种",用来骂孩子,其语势或语效和汉语的"(小)杂种"旗鼓相当。其实小说中还有一些带有"子"的粗俗语,如"败家子"(译为"the prodigal son"),"二流子"(译为"nothing but a trouble, the carefree loafer"),"叫花子"(被译为"the beggar"),"崽子"(被译为"little brat"),"浪子"(被译为"the scoundrel"),等等,译者基本上都是套用英语类似的表达式,因为其语义尤其是语用效果颇颇相当。第二,译者连用三个"hell",很好地传达了连长不耐烦的咒骂。第三,"滚蛋"就是让人"离开",此处译为"Get out of here."(注意没有"please, if you don't mind"类)可以说是语义等效。仆人说的"滚,滚,我这就滚。"译者以重复的"yes"外加合作的"I'm just leaving",算是等效译出了原文的"好吧,你叫我滚我就滚"的合作意味。我们发现小说

---

① 李光杰. 语用视角下《麦田里的守望者》中粗俗语的翻译评析——以孙仲旭译本为例[J]. 洛阳理工学院学报(社科版), 2017 (01): 25-28.

② 原文如此,恐有偏误。

中还有一处"滚",家珍让福贵从赌场跟她回家,福贵觉得听女人的话跟她回去太丢人,于是对家珍说:"你给我滚回去。"译者译之为"Take your ass home!",将"滚回去"处理为英语中的惯用粗俗表达("ass"为粗俗语词:意思是"屁股、蠢驴"),符合英美读者群的言语习惯,能让人领会言者的粗俗和厌烦。

(二)加强语气的粗俗语

(90)队长问:"是钢铁煮成啦?"我说:"没煮成。"队长骂道:"那你叫个屁。"

译:"Did you succeed in smelting the iron?" the team leader asked. "No," I replied. The team leader barked back, "Then what *the hell* are you yelling about?"

这里的背景是全民炼钢。福贵家把煮钢铁用的桶煮破了,连忙报告队长,队长觉得没煮出来铁就没必要大惊小怪的,"那你叫个屁"带有失望和责怪。"屁"在汉语里是与排泄物相关的粗俗语,含有全面否定即"根本没必要"的意味,"叫个屁"就是"没必要叫",译者依然用"hell"来加强宣泄语气的语用功能(而并非直译成"fart")。其实,小说中还有几处"屁"也都用到了"hell"。例如,王家娶亲,凤霞很羡慕,别人对新郎开玩笑说,凤霞也看上你啦,新郎听了嘿嘿直笑,这时新娘着急了,对新郎喊:"你笑个屁。"译者译为"What the hell's so funny?";再如有庆知道家里为了省钱供他上学,把姐姐送人了,哇哇大哭起来,他爹福贵对他喊:"你哭个屁。"译为"What the hell are you crying about?";再如有庆每天跑去公社给自己的两只羊喂草,福贵生气,说"这羊早归了公社,关你屁事。"相关部分译之为"What the hell do you have to do with them?"。我们要注意,"放屁"或者"屁"有时是有语义值的,即是人类行为的不能示人的行为"放屁",而有时是或只是宣泄的粗俗语。这一点"拉屎、撒尿"不同。译者将书中的几处"拉屎"译为"take a shit" "take one's shit" "shit out",而将"撒尿"译为"take a piss" "relieve oneself",作者知道这些粗俗语词是真的人类行为。

(91)"你他娘的再笑?再笑我就让你哭。"

译:"What *the fuck*'s so funny? You keep at it and I'll ready give you something to laugh about!"

二喜一边干活一边给孩子晒尿布,城里人笑话他。工友知道他苦,见到有人笑话就为他抱不平。例(91)为工友所说,这里的粗俗语加强了"威胁"的语气。不说后一句的威胁,前一句的"What the fuck's so funny?"因其"fuck"而显得粗俗不堪,但这是符合人物身份的粗俗。可以说译者这里达到了语用等效,即同等的粗俗。

192

(三)表示惊奇、惊叹的粗俗语

(92)"他娘的,还硬邦邦的。"

译:"*Fuck*, it's still hard as a rock!"

队长每天去看桶里钢铁是否煮好了。桶里水蒸气都那么烫人了,竟然还煮不出来铁,队长发出这样的惊叹。"他娘的"在英语的詈骂语中是不会和谁的母亲挂上钩的,因此不需要"his mother"类,而只需语用变通为英语类似语效的粗俗话语就够了。一个"fuck",是"四个字母"的粗俗语词中禁忌级别最高的粗话,稍微逊色于汉语的"他娘的"。①

(四)表示亲昵、喜爱的粗俗语

这一语用功能最常出现在"家长教训孩子"的情境中,家长表面上话说得很重,实际上却疼在心里,粗话之下蕴藏着对孩子的关心和爱。

(93)(他抬起脑袋冲我说:)"我就是不上学。"我说:"你屁股又痒啦?"

译:"I'm not going!" He insisted. "*Is your ass getting itchy?*" I asked him.

故事背景是家穷,凤霞送人了。有庆闹着要姐姐,不去想上学,福贵知道有庆想姐姐,心疼却又无可奈何,只能吓唬吓唬。

(94)"别人拉屎你擦什么屁股?"

译:"If other people *take a shit* why the hell should you go *wipe their asses*?"

福贵看到有庆每天跑去公社给自己的两只羊喂草,饭都顾不上吃就又要去学校,明明羊都归了公社,有庆还要折腾,福贵又气又心疼。

汉语里对孩子使用的粗俗语极具语言特色,"你屁股又痒啦"就是指"我要揍你啦","别人拉屎你擦什么屁股"就是指"不要多管闲事",教训小孩子时都用前一种表达,因为这种表达更为有趣生动,符合小孩子接收信息的水平,让他们听得懂才能指望他们变得乖,语用功能上同时表现了呵斥和亲昵。译者进行了逐字翻译,很好地保留了语言特色和语用功能,不管英语读者在教训孩子时有没有相类似的说法,在内容理解上以及情绪共鸣上都是不成问题的。

(95)队长说:"这小子真他娘的能说会道。"

译:The team leader said, "*Little bastard*'s really got a mouth on him, doesn't he?"

苦根人小鬼大,经常童言无忌喜欢调侃外公福贵,大家听见了都笑,队长

---

① 比这个更粗俗的是"你娘的"。假如是面称对话的语境,言者把第二人称的"你(的)、你们(的)"陌生化、遥远化,即变为第三人称,拉人语用距离,于是有"他(的)、他们(的)",往往可使得粗俗话语的粗俗程度下降。"操你大爷的"代替"操你妈的"也是这个理。

193

听了也给出这样的评价（对福贵说的话）。队长表面是说了"真他娘的"，但绝对没有真骂的意思，而是感慨、赞叹。译者也明白"真他娘的"在这里只是加强了语气，并非真的以脏话骂人，所以没有将"真他娘的"译为"fuck（you）"。他置之（"他娘的"）不理，而把"这小子"译成了粗话"Little bastard"①，也即这里不便粗俗译，那里给予粗俗补偿。这样的语用变通丝毫没有削弱原语粗俗语的语用功能，仍能让英语读者有正确的语用效果理解。

五、小结

粗俗语作为语言中少有但常用的语用修辞现象，具有特殊的语用功能，如示愤怒、鄙视、厌恶、咒骂等宣泄类，或惊奇、惊叹等加强语气类，或亲昵、喜爱等反讽类（民间有"打是疼骂是爱"这样的俗语）。一方面教师和家长让学生和孩子不要"恶口"，不要说脏话，要使用文明礼貌话语，而另一方面詈骂语如同社会生活的不礼貌或失礼一样频繁。我们这里无意对此进行社会—语用批评，而只是强调詈骂语既然是一种客观社会存在，在余华的小说中屡见不鲜，每个语境的这样或那样的粗俗语到底是实现了上述哪个语用功能？译者是否理解正确？若如此，他是否语用等效地译出了这个语用功能？他有什么具体的译法值得我们学习？初步的调查发现，译者白睿文都能把握住原文粗俗语的语用功能，例如是真骂还是假骂，若要用粗俗英语词来翻译，他都能找到英语固有的类似语势的粗俗语来翻译，以图语用等效。一个简单的"fuck"，在他的译笔下也有多种变体，如单独的"Fuck!"，如例（92）的"Fuck, it's still hard as a rock!"，还有作为赘语或"语句中缀"（sentential infix），如例（88）的"Dad, what the fuck is wrong with you?" "... Fucking relax!"，例（99）的"What the fuck's so funny? ..."。

---

① 另外，在小说的别处，老全在战场上遇到旧相识，哈哈笑道："你小子什么时候被抓回来的？"。"你小子"往往是亲近信号，能够拉近双方的关系（王伯浩，2000）即语用距离，译者同样译为"little bastard"。

第二节　网络小说《盘龙》之英译：
译路崎岖"任我行"①

一、引言

改革开放以来，中国国力上升，和平之势崛起，"中国的大国地位获得了西方乃至整个世界的认同"②，中国的文化和语言重新获得世界很多国家和地区的重视和追捧，孔子学院在多国设立便是见证。同时，我国政府意识到经济振兴之际应该"书写自己的文化身份"③，这才有了熊猫丛书等的英译本海外传播。但由于种种原因，以往多数典籍的译本较难吸引国外读者，所取得的跨文化传播效果不够理想。

近期在我国各大网站可见网络小说走红世界的报道。郭超（2016）认为中国网络小说逐渐成为中国文化的重要力量，是"中国网络文学的大气象"，给世界带来"一股新鲜空气"（a breath of fresh air）④。我国不少经典名著经过很多翻译大师之手，却难以赢得外国读者青睐，而一些通俗小说却在短期内轻而易举俘获了外国读者的芳心。有评论说中国网络文学与美国好莱坞电影、日本动漫、韩国电视剧一起并称"世界四大文化奇观"⑤。我国网络小说一时间红遍海外，据乔阳⑥说，其首要原因大抵是"民间翻译组织的推动，小说题材新颖，小说内容的国际化，平台运营的推动"。本节拟以第一部完整外翻并受外国读者

---

① 王才英，侯国金.《盘龙》外译走红海外及对中国传统文学外译的启示［J］.燕山大学学报（哲社版），2018a（03）：41-46.
② 王岳川."再中国化"：中国文化世界化的途径［J］.高等学校文科学术文摘，2016（03）：164-165.
③ 王岳川."再中国化"：中国文化世界化的途径［J］.高等学校文科学术文摘，2016（03）：164-165.
④ 郭超.为世界带来"一股新鲜空气"——中国网络文学大气象［A/OL］.光明日报网站.2016-12-20。https：//cul. qq. com/a/20161220/003070. htm? pgv_ ref = aio2015, 2020-04-30.
⑤ 博昂思教育.你看过英语版《盘龙》么？一批外国读者正在追中国网络小说｜读书者说［A/OL］.搜狐网站. http：//www. sohu. com/a/126755077_ 479634, 2017-02-20.
⑥ 乔阳.中国网络文学在民间翻译组织下的"走出去"［J］.福建质量管理，2017（11）：165-166.

捧热的《盘龙》为例，探讨其受"追更"的因由，着重探索其译者、内容、翻译目的、翻译方法、出版传播等，以期更好地传播中国声音，"讲好中国故事"，弘扬中华文化，塑造国家形象。同时，这也是网络文学外译热的一种"冷思考"，旨在为当今中国文学外译和中国文化"走出去"提供些许借鉴。

二、文献综述

在万方输入"网络文学，翻译""网络文学，外译""网络文学，英译"分别看到论文 32 篇、26 篇、3 篇，其中包含学位论文和期刊论文（不少篇目有所重复），这说明网络文学外翻研究处于襁褓阶段。

目前的研究焦点有七：焦点一是何谓网络文学。网络文学一般指"首发于网络、在线连载的超长篇通俗小说"[1]，"具有群众基础广、娱乐性强、受众群体年轻化等特点"[2]。有三类网络文学：传统书籍电子化、原创电子版、多模态超文本作品[3]。焦点二是由谁来译？邵燕君、吉云飞[4]通过访谈"Wuxiaworld"（武侠世界）创始人"RWX"（网名，即"任我行[5]"的缩略），认为中国网络文学海外走红归功于美国网络小说"翻译组"接地气的翻译，乔阳[6]归因于民间翻译组织的推动。郭竞[7]、田小军等[8]认为要培养跨文化译者。焦点三是翻译何种内容。中国网络文学走红与中国独特的文化国情有关[9]，和优质内容有

---

[1] 许苗苗. 网络文学：驱动力量及其博弈制衡 [J]. 厦门大学学报（哲社版），2015（02）：22-28.

[2] 董子铭，刘肖. 对外传播中国文化的新途径——我国网络文学海外输出现状与思考 [J]. 编辑之友，2017（08）：17-20.

[3] 乔阳. 中国网络文学在民间翻译组织下的"走出去" [J]. 福建质量管理，2017（11）：165-166.

[4] 邵燕君，吉云飞. 美国网络小说"翻译组"与中国网络文学"走出去"——专访 Wuxiaworld 创始人 RWX [J]. 文艺理论与批评，2016（06）：105-111.

[5] 沿用金庸小说《倚天屠龙记》的"邪教"教主任我行的名字，意在自由自在地写译。

[6] 乔阳. 中国网络文学在民间翻译组织下的"走出去" [J]. 福建质量管理，2017（11）：165-166.

[7] 郭竞. 也谈中国文学翻译出版"走出去"——以中国网络文学欧美热为例 [J]. 出版广角，2017（03）：85-87.

[8] 田小军等. 网络文学"走出去"的时代机遇现实困境与发展建议 [J]. 中国版权，2017（01）：22-26.

[9] 吉云飞."征服北美，走向世界"：老外为什么爱看中国网络小说？[J]. 文艺理论与批评，2016（06）：112-120.

关[1]，和众筹出版翻译的质量控制有关[2]。焦点四是谁是目的读者。要面对海外普通读者[3]。我国文学翻译的译文读者在网络时代极大地改变了阅读方式、提高了阅读能力、转变了身份[4]，同时，读者的消费品位决定了其内容和作为文学作品形式的持续改进[5]，这一点需要我们格外关注。焦点五是谁来出版传播。中国网络文学的欧美热离不开新媒体的功劳[6]，所以网络平台需要妥善经营运作[7]，自然需要网络平台的运营人才[8]。有必要建立网络文学译介推广机制[4]，尤其是众筹出版[9]。焦点六是翻译批评。网络翻译批评是以互联网文本为基础而展开的翻译批评。网络文学翻译批评有利于提高翻译质量[10]。在当今的网络时代有必要建立规范性的翻译批评网络论坛，使"网络翻译批评朝着健康的方向发展"[11]。其实，不论是网络文学翻译还是其他文学翻译，都需要翻译批评，第一，翻译批评不能是外行来评内行，必须是做过翻译的行家、"不错的译者"，否则难免"不着边际"，"难以切中要害"[12]。第二，文学翻译批评者要"理论与实践相结合"[13]。第三，有"公允的、高尚的、道德的态度"，不能"一个劲地

---

[1] 田小军等. 网络文学"走出去"的时代机遇现实困境与发展建议 [J]. 中国版权, 2017 (01)：22-26.

[2] 董子铭, 刘肖. 对外传播中国文化的新途径——我国网络文学海外输出现状与思考 [J]. 编辑之友, 2017 (08)：17-20.

[3] 郭竞. 也谈中国文学翻译出版"走出去"——以中国网络文学欧美热为例 [J]. 出版广角, 2017 (03)：85-87.

[4] 张艳琴. 网络时代文学翻译读者角色的多重化 [J]. 广东外语外贸大学学报, 2007 (06)：15-19.

[5] LUGG, A. Chinese online fiction：Taste publics, entertainment, and candle in the tomb [J]. *Chinese Journal of Communication*, 2011 (02)：121-136.

[6] 郭竞. 也谈中国文学翻译出版"走出去"——以中国网络文学欧美热为例 [J]. 出版广角, 2017 (03)：85-87.

[7] 乔阳. 中国网络文学在民间翻译组织下的"走出去" [J]. 福建质量管理, 2017 (11)：165-166.

[8] 田小军等. 网络文学"走出去"的时代机遇现实困境与发展建议 [J]. 中国版权, 2017 (01)：22-26.

[9] 董子铭, 刘肖. 对外传播中国文化的新途径——我国网络文学海外输出现状与思考 [J]. 编辑之友, 2017 (08)：17-20.

[10] 李东杰, 周兴祖. 众筹出版翻译的质量控制问题思考 [J]. 编辑之友, 2015 (04)：80-82.

[11] 许钧, 高方. 网络与文学翻译批评 [J]. 外语教学与研究, 2006 (03)：216-220.

[12] 蔺志渊. 网络环境下的翻译批评研究 [J]. 时代文学, 2010 (02)：49-50.

[13] 许钧, 等. 文学翻译的理论与实践：翻译对话录 [M]. 增订本. 南京：译林出版社, 2010：207.

说好话"，要"实事求是"的"正确的批评"①。第四，文学翻译批评不要拘泥于译文本身的评判，还可涉及"译者对原著的选择、译者的价值取向与翻译道德、态度"等，综合以"静态分析、动态分析"②。最后，批评者要有明确的批评目的③。焦点七是借鉴启示。中国网络文学在海外的传播面临着文化差异、人才匮乏以及网络盗版等问题④。我们也许应该提高版权保护、提升网络小说的质量和价值⑤，因此有必要探讨网络小说与中国文化价值内涵的融合路径⑥。政策扶持和相关研究有助于我国网络小说翻译和传播⑦。

综上，中国网络文学外翻的少量研究涉及文学翻译的各个层面的核心问题。我们讨论《盘龙》英译版走红西方的因由，以探索我国经典文学外翻的新路径。

三、何谓《盘龙》？

网络写手"我吃西红柿"于2008年完成创作的《盘龙》是西方玄幻类小说，讲述了一个偶得"盘龙戒指"的草根少年的梦幻旅程。《盘龙》受欢迎的原因有四⑧：

（一）不乏"爽点"。主人公林雷是"草根的逆袭"，符合国内外不同人群共同期待，让人看了很"爽"⑨。

（二）元素清新。东方文化元素（如"道、八卦、功夫、修仙"）以及中国人的想象力带给他们新鲜气息，如"May the Dao be with you!"（而非英美人

---

① 许钧，等. 文学翻译的理论与实践：翻译对话录［M］. 增订本. 南京：译林出版社，2010：207.
② 许钧，等. 文学翻译的理论与实践：翻译对话录［M］. 增订本. 南京：译林出版社，2010：205.
③ 许钧，等. 文学翻译的理论与实践：翻译对话录［M］. 增订本. 南京：译林出版社，2010：207.
④ 乔阳. 中国网络文学在民间翻译组织下的"走出去"［J］. 福建质量管理，2017（11）：165-166.
⑤ 董子铭，刘肖. 对外传播中国文化的新途径——我国网络文学海外输出现状与思考［J］. 编辑之友，2017（08）：17-20.
⑥ 郭竞. 也谈中国文学翻译出版"走出去"——以中国网络文学欧美热为例［J］. 出版广角，2017（03）：85-87.
⑦ 乔阳. 中国网络文学在民间翻译组织下的"走出去"［J］. 福建质量管理，2017（11）：165-166.
⑧ 郭超. 为世界带来"一股新鲜空气"——中国网络文学大气象［A/OL］. 光明日报网站. 2016-12-20.
⑨ 搜狗百科. 升级流［A/OL］. 搜狗网站. https://baike.sogou.com/v85419925.htm?fromTitle=%E5%8D%87%E7%BA%A7%E6%B5%81，2020-05-08.

熟稔的"May God be with you!")。

（三）气质契合。主角林雷有着强大的行动力和执行力，执着地成为强者，很适合西方读者的胃口。

（四）细节细腻。作者特别注意细节，如西化名字以及符合西方审美的火水风的世界构成代入感强。与中国经典文学相比，《盘龙》的中国元素相对有限，不会太中国化，文字够直白。

译文作者赖静平是一个三岁时留美的华裔，笔名"任我行"（RWX）。父母都是中国人，所以家庭教育中得到长期的中文熏陶，读大学时在加州大学伯克利分校进修中文三年，并在上海游学一年。可以说他是脚踏中美两船，超脱中美语言和文化的藩篱。"RWX"自己是武侠仙侠类中文小说的爱好者，经常在论坛中讨论武侠小说的一些细节。他不仅喜欢看，还翻译过《天龙八部》的一些章节。这些都为《盘龙》英译本的破茧化蝶埋好了伏笔。2014年12月22日他专为《盘龙》创办了"Wuxiaworld.com"网站，受到读者的"追更"，到2016年末为止，该网站日均访问量达到上百万人次，有一百多个国家和地区的"IP登录"①。

四、传统文学外译可以从中学到什么？

（一）关于翻译目的

我们从《盘龙》学到什么呢？"RWX"着手翻译《盘龙》时其实并未真正着意于中国文化的海外传播，只是驱动于对文学的酷爱，在寻寻觅觅、读读写写中，自觉很"爽"，才把玩起网络文学的翻译。在翻译过程中他得到了广大外国《盘龙》粉丝的捐赠，更加坚定了译完《盘龙》的决心。国外网友评论说："真是一次美妙的阅读过程""让我第一次接触中文小说""写得真好哇，读得真爽哇！""我想学中文"，可见《盘龙》英译备受他们的"追更"，每天有一百多个国家的网友登录，该网站已发展成为北美"Alexa"排名前1,500名的大型网站。国外网友的喜爱可见一斑。中华文化在一些国外网友心中渐渐扎根。

相较而言，我们很多译者是利益驱动的译者。我们不反对从翻译这种苦活中得经济回报，但主张培养我国学生对某种文体、主题的文本（如网络文学、中国经典文献）及其翻译的真正热爱，并把翻译当作职业乃至事业。为什么翻译文学？或者说为什么翻译经典文学和网络文学？文学是很强的"软实力"，因

---

① 董子铭，刘肖. 对外传播中国文化的新途径——我国网络文学海外输出现状与思考［J］. 编辑之友，2017（08）：17-20.

为长期的文学外译渗透和影响可以增强我国的世界影响力。如果说乒乓球运动一度当作中国特色外交，那么中国文学更是重要的国际交往手段。王岳川指出，"发现东方，文化输出"是"文化战略核心"之一，而"实现'大国崛起'需普世化中国特色和中国风格"①。中国文学不会自己走到世界各国，只有翻译一条路。当然要好好利用网络资源，因为其即时性和便捷性，网络适于文学思想的广泛传播②。

（二）关于译者

有了好作品还需好译者。如前文所述，《盘龙》译文作者"RWX"是精通中英双语的华裔，一位武侠仙侠类中文小说的爱好者，多年从事外交工作，业余笔译不断，开阔的视野和自如地驾驭中英双语的能力使得"RWX"的翻译水平很高，在网上积攒很多粉丝。《星辰变》（Stellar Transformations）的华裔越南译者"he-man"向"RWX"推荐《盘龙》，凭借"RWX"多年阅读武侠小说的经验，读后他认为这本书"文笔很难跟金庸比，不过挺轻松挺好看的"。因此，"RWX"翻译《盘龙》（Coiling Dragon）完全是出于个人对武侠小说的爱好，就像霍克斯翻译《红楼梦》是"个人文学爱好使然，是单纯的私人化行为"③。由此可见，"RWX"翻译《盘龙》未受任何政治社会因素的制约（不考虑其得到越来越多的捐助）。他虽未受过正规的翻译训练，属民间译者，但"译力"深厚。

中国传统经典外译译者大部分是通过国家基金的赞助，如国家社科基金、教育部社科基金或中国翻译研究院的基金以及其他级别的基金或出版社的资助或国家指定。译者会经过严格的挑选，如杨宪益夫妇翻译的《红楼梦》。也有例外，如吴国珍翻译的《大学》《中庸》便是出于兴趣。另外一种情况是外国译者翻译，由于对中国文化少知，导致不少误译，或干脆大篇幅改写或删节，如葛浩文翻译的莫言小说，霍克斯翁婿翻译的《红楼梦》。译是译了，被外国读者接受了，但中国传统文化大面积走样变形（如霍译的佛号翻译中多半难以寻觅佛教的踪影）。

互联网的普及突破了传统的翻译思维，译者通过互联网打破翻译思维的限制，可以便捷、快速地获取与翻译相关的语言和文化知识，并且可以和网友一

---

① 王岳川."再中国化"：中国文化世界化的途径［J］.高等学校文科学术文摘，2016（03）：164-165.
② 许钧，高方.网络与文学翻译批评［J］.外语教学与研究，2006（03）：216-220.
③ 张曼.杨宪益与霍克斯的译者主体性在英译本《红楼梦》中的体现［J］.四川外语学院学报，2006（04）：109-113.

起讨论交流。因此,互联网使翻译思维呈现多样化和立体化,译者也遍及世界各地。另外一个翻译中国网络文学的网站"Paper Republic"① 正是利用了网络的优势,把散居全世界的中国当代文学译者凝聚在一起,形成一股翻译和传播中国当代文学的国际力量②。迟子建曾说,"中国文学要想真正得到世界的认可,需要一批热爱中国文学,熟悉当代中国的译者"③。

新时代的翻译,不仅要依靠许渊冲教授和赵彦春教授这样资深的译家,担当起传统经典文化翻译的重任,使国外读者"悦读",促进中华传统文化向外传播和发挥光大,而且还要培养年轻一代的译者、译匠、译家,"好的译者需要培养"④。同时,"重视互联网这个平台,鼓励民间外译"⑤。要通过多种渠道让真正喜欢中国文学的译者译出中国文学的风采和精髓,让优秀的中华文化撒播到世界各地,与世界其他优秀文化一起促进世界文明的发展。

(三) 关于翻译内容

许钧先生说,"对一个优秀译者来说,选择译什么,显然也是非常重要的"⑥。比方说,逼着一个译者翻译他不喜欢、不擅长的作品几乎是使之受刑。中国传统或经典文学蕴含丰富的国学精华,其外译对于中国文化走出去具有不可低估的价值。我们要挖掘和甄别国学精粹,"把本民族的美好价值发掘出来,找到普世性国际性文化共识框架,重新铸造经过现代性洗礼的中华新思想"⑦,以节译版和全译版分别推介给世界上不同需求的读者。可喜的是这方面已经引起了译界和国家有关部门的重视。

单说通俗作品,由于易读有趣且面对普通大众,因此"通俗作品在文化和文学传播中的超强作用"⑧。目前,网络文学的主要内容有宫斗、宅斗、仙侠、

---

① 仿拟"中国"英语名中的"People's Republic",字面义为"纸张王国、纸国",网上仿拟"乌托邦"译之为"纸托邦"。
② 王祥兵. 海外民间翻译力量与中国当代文学的国际传播——以民间网络翻译组 Paper Republic 为例 [J]. 中国翻译, 2015 (05): 46-52.
③ 搜狐滚动. 从额尔古纳河右岸到大洋彼岸 [EB/OL]. 搜狐网站, http://roll.sohu.com/20130201/n365260459.shtml, 2013-02-01.
④ 许钧, 等. 文学翻译的理论与实践:翻译对话录 [M]. 增订本. 南京:译林出版社, 2010: 252.
⑤ 韩子满. 中国文学走出去的非文学思维 [J]. 山东外语教学, 2015 (06): 77-84.
⑥ 许钧, 等. 文学翻译的理论与实践:翻译对话录 [M]. 增订本. 南京:译林出版社, 2010: 232.
⑦ 王岳川. "再中国化":中国文化世界化的途径 [J]. 高等学校文科学术文摘, 2016 (03): 164-165.
⑧ 韩子满. 中国文学走出去的非文学思维 [J]. 山东外语教学, 2015 (06): 77-84.

穿越、玄幻、历史、爱情等题材。创作者（和译者）能够从玄幻小说《盘龙》那里得到启发。当然，由于自由创作，有些作品可能涉及敏感或低俗内容。因此，实施适量管制，优先文质兼美、内容健康（即传播正能量、反思人类生存和命运、追求真善美）的作品①进行外译。有关部门多做和做好被译项目，再物色合适的译者实施翻译"阵地战"，而不是译者（像"游击队、临时工"一样②）自行决定译什么的"游击战"③。译什么的问题涉及国家机构的认知、管理和组织，也涉及作者和译者的文化自觉、品位和责任。

（四）关于翻译方法

"RWX"对《盘龙》的翻译以意译为主，直译为辅，对内容和章节不作太多更改。有趣的是他对中国文化词的难译问题有独特的方法。例如，对东方玄幻（专有）名词，他不是直接或仅仅使用拼音或音译（因为过于异化且难读难懂）：

（96）盘龙

译：aka Panlong, aka Coiling Dragon, is a webnovel by popular Chinese Xianxia (fantasy/ kung fu) writer I Eat Tomatoes（我吃西红柿）

（97）希尔曼（护卫队队长）

译：The leader's name was Hillman (Xi'er'man)

（98）斗气存储于丹田。

译：The battle qi is stored in a fist-sized location directly beneath the navel.

（99）步入古屋，林雷便闻到一股＊＊的味道，在墙角还有着密集的蛛网，还可以看到蜘蛛在上面攀爬着。

译：Immediately upon entering the room, a rotten scent wafted past Linley's nose. Thick cobwebs could be seen in each corner, and spiders could even be seen clambering about.

中国人名、地名、特色文化词、粗俗语，等等（另见附录），都是令译者棘手的、啃不懂的"坚果"。音译（玄奘大师的"五不翻"）？意译？译者进退两难。在《红楼梦》的人名英译中，杨氏夫妇用拼音，霍闵翁婿则用意译法、音

---

① 庄庸. 网络文学"中国名编辑"如何诞生：《意见》对网络文学编辑再造和重塑思路 [J]. 中国出版, 2015 (04)：7-11.

② 语出韩少功先生（见许钧, 等. 文学翻译的理论与实践：翻译对话录 [M]. 增订本. 南京：译林出版社，2010：237）。

③ 该比喻出自萧乾先生（见许钧, 等. 文学翻译的理论与实践：翻译对话录 [M]. 增订本. 南京：译林出版社，2010：63）。

译法、外来词替代等方法。如"紫鹃",前者译为"Zijuan",后者译为"Nightingale"。"RWX"却兼得杨氏的"鱼"和霍氏的"熊掌"。例(96)是整本小说的第一页第一句,里面出现"盘龙""仙侠""我吃西红柿"三个中文词(句)。书名《盘龙》译为"aka Panlong, aka Coiling Dragon",这个"aka"是"also known as"的缩写,"Panlong"是汉语拼音,"Coiling Dragon"是直译。"仙侠"先用汉语拼音"Xianxia",再用意译兼音译(fantasy/ kung fu)译出。原作者名字先直译"I Eat Tomatoes",后用旁注"我吃西红柿"补充。音译和意译结合,以意译为主,更兼网络方言的使用,以及字里行间的中华文化,虽不是译法的创新,而且还是"元素化的""再中国化的表面现象",但其"悦读"效果很好,对受众产生了潜移默化的、具有获得感的文化影响。

这样的翻译可能让外国读者爱上中国文化和中国文字[①]。从例(97)可见《盘龙》译者"RWX"对小说人名的翻译方法。原文有旁注,译文亦然。其旁注又是拼音或音译,又有像英语人名的"man"(如"Whitman"),俨然是英语固有名字,具有较强的代入感,因此读者不会滋生阅读抵触。从例(98)可见特色文化词的处理。原文有些词往往有原语文化特色,在目的语文化里却是(文化)"空白"(lacuna),如中国的二十四节气名称。该例的"气、丹田"也是如此。"RWX"把"斗气"译为"battle"加音译"qi",而"丹田"译为"a fist-sized location directly beneath the navel",以方位转喻中医名称。从例(99)可看出"RWX"对禁忌语或粗俗词的处理。这类词译或不译,音译或意译,如实翻译还是委婉化,都有问题。中文通俗小说经常出现"＊＊＊""×××"类似的不方便明说的粗话、脏话即三星级以上的禁忌语词,对译者构成威胁。"RWX"根据语境线索,用明说的"a rotten scent"来转换晦涩的"一股＊＊的味道"。网络小说的读者往往是年轻的网民,缺乏耐心,不愿常常翻阅工具书。"RWX"的译法易懂,易读,悦读。

翻译研究的文化派把翻译当作跨文化交流,其成败自然和语言、文字、意义等语言转换正误有关,但更多的决定于其"文化"交流的效果[②]。我们要学习"RWX"翻译方法中的不拘一格,思考他是如何让译文在网民中获得阅读高效的。

(五)关于出版方式

中国经典文学外译的出版以纸质出版为主,从出版到读者购买以至阅读需

[①] 王岳川."再中国化":中国文化世界化的途径[J].高等学校文科学术文摘,2016(03):164-165.

[②] 侯国金.语用翻译学:寓意言谈翻译研究[M].北京:北京大学出版社,2020a:107.

要很长的时间。《盘龙》则不然，汉语文本完成后不久，"RWX"在新建的平台"wuxiaworld. com"上连续发表译文。随译随读，对话感、现时感、亲近感很强。我们认为，炙手可热的文学作品完全可以仿效，尽量做到随写、随译、随发、随读。随着机器翻译的普及，加上译者越来越多，水平越来越高，可以在第一时间机辅翻译（机器加人工翻译）并推出，在时机成熟时，展开译评和再译。这就为后期的纸质出版提供了质量保证。再者，可以考虑众筹出版（大众筹资、群众筹资），以及网页、博客和电子书店的发表和发行，直至纸质出版。《乔布斯传》等多部书籍就是"众筹"翻译和出版的。

五、小结

本节考察了网络小说《盘龙》英译走红国外的前因后果。"RWX"的特殊译者身份、特殊译笔、特殊努力、特殊渠道，等等，都是其成功的有力推手。具体说来，"RWX"对译本受众的定位，对原文文本的选择，其自身的双语功底，其意译为主的翻译方法，以及网上发行的方式，等等，是其译作走红的秘籍，都值得经典文学外译借鉴。

《盘龙》的英译至少给我们以下启示：

（一）就国家层面翻译目的而言，既要重视经典文学外译对传播中华文化的重要作用，也不能忽略通俗文学甚至网络文学外译对中华文化中元素化和生活化内容的有效传播。就译者个人翻译目的而言，在追求一定经济利益的基础上，更应考虑如何再现中国元素，讲好中国故事。

（二）就译者层面而言，国家不仅应培养国内大师级优秀译者，还应鼓励中外合作的翻译方式，更应利用网络渠道，鼓励和发动国内外的民间译者参与中华文化外译工作。

（三）就翻译内容而言，既要有大部头经典作品外译，也要有短小精悍通俗文学的外译，以培养不同层次人群对中国文化的多品位喜爱和需求。但"当国家形象的构建与西方读者的接受发生错位之时，应积极调整外译选本策略"[1]。因此，应规避一些惊悚、艳情、秘闻等媚俗肤浅的通俗文学的外译，以免损害中国国家形象的构建。

（四）就翻译方式而言，提倡适合外国读者阅读习惯的意译，对于民族文化负载词，不能机械地音译或简单地意译，应根据语境采用合适的译法。

---

[1] 张婷.《中国文学》（1985-1991）的国家形象建构——以阿城作品的译介为例[J]. 山东外语教学，2017（03）：96-106.

（五）就出版传播而言，电子版先行是一种时代趋势。因其广泛性、先进性、时代性、快捷性，电子发行能在第一时间抓住读者及其反馈，也有利于出版社后期纸质版译文质量的提升。

第六章　现代诗歌翻译的语用变通

第一节　赵诗侯译：《我愿……——致真》

一、引言

爱情是人生最重要的三情之一，是一种最为普遍的人类情感，有时还跨越种族、民族、语言的界限。从古至今，中外有关爱情的诗歌数不胜数，在诗歌史上占有举足轻重的地位，并呈现出不同时期的特点。有的诗人，如英国的伊丽莎白·勃朗宁（Elizabeth Browning, 1806—1861），几乎只写情诗（不少是十四行诗）。大凡爱情诗，不是清纯大胆，直率坦诚，就是深情绵邈，委婉细腻。爱情诗的语言多有漂移（不乏临时用法/陌生化用法）和修辞（何止是隐喻）的巧妙借用，这些使得爱情诗的阅读成了"悦读"，但对译者构筑起了一道道难人的藩篱。

赵彦春教授[①]是语言学家和翻译家，其翻译学著作有《翻译学归结论》（上海外语教育出版社，2005），《翻译诗学散论》（青岛出版社，2007）。近年来，赵教授倾力于典籍和汉诗英译，硕果累累：《赵彦春英译〈宋词〉+〈唐诗〉》

[①] 赵彦春（1962—），语言学博士，旁涉翻译学。上海大学外国语学院教授。曾在广东外语外贸大学、四川外国语大学、天津外国语大学任教。语言学著作有：《语言学的哲学批判》（重庆出版社，2004），《认知词典学探索》（上海外语教育出版社，2003），《认知语言学：批判与应用》（南开大学出版社，2014），《隐喻形态研究》（外文出版社，2011）等八部。赵彦春老师在川外工作期间（任外国语言学研究所所长，2004—2011），以及为《翻译中国》（Translating China）工作期间（任主编，2014至今），笔者（侯国金）有幸与之共事，受益良多。

（高等教育出版社，2010），《赵彦春英译〈庄子〉+〈论语〉》（高等教育出版社，2010），《仰望星空——黄淮自律体新诗选英译》（知识产权出版社，2016），《〈三字经〉英译课堂》（高等教育出版社，2018），《道德经英译》（高等教育出版社，2018），《英韵宋词百首》（高等教育出版社，2018）《英韵诗经》（高等教育出版社，2019），《论语英译》（高等教育出版社，2019），《橘枳之间：西方翻译理论再思与批判》（台湾某出版社，即出）等十九部译著。更为神奇的是，每星期（难道是每天？）都有诗歌翻译发表于其新浪博客或诸多微信群，可见是难得的高产译者。近年来以其《英韵〈三字经〉》闻名译界[①]。

赵教授不常作诗，只是偶尔为之。《我愿……——致真》便是其一，其细腻情感通过拟人、反复和暗喻等修辞手段喷薄而出。侯国金[②]是否译出了其言内之意、言外之意以及诗意？

二、文献综述

在中国知网以主题为"赵彦春"进行搜索，发现有相关文献 55 条，根据可视化分析发现，研究热点是其英译《三字经》及其专著《翻译归结论》[③]，他们都高度评价了赵译的风格，尤其是以三词译《三字经》的三字（一行），而且还是韵文。不过，鲜有对其汉语诗歌的评论分析。目前还没有发现对赵彦春原

[①] 赵彦春教授翻译的《英韵〈三字经〉》插图精装本在其英译注本《三字经》的基础上插入国画插图 116 幅，对西方年轻读者具有无穷魅力。海内外对赵译的赞美之声不绝于耳。新华社、人民日报等各大知名媒体说是"有史以来最美汉英翻译""神翻译""神还原"。李建波教授在为其《英韵唐诗百首》所写的荐序中说，"读赵译唐诗还真有读唐诗的感觉"，"未降原文一分辞色。固运匠心、以诗译诗，于英语体系中复见回旋曲折、缠绵悱恻之感"。杨炳钧教授称此译"目的明确、译境极高；对仗工整、韵律得当；用词精妙、锦上添花；语言简洁、美感不失；比照名译、更胜一筹；注释独特、促进理解"。此外，杨炳钧教授为赵译《道德经》的序言中说，"这是中国经典的一部精当译作：措辞简洁，音韵和美，表意贴切。赵彦春的译本尤其具备诗学特征，作为代代相传的中国经典，《道德经》的诗学特征历来被忽视，因此赵教授的译文在这方面有开拓性贡献。" 2019 年 7 月 29 日，教育部基础教育课程教材发展中心公布了《2019 年全国中小学图书馆（室）拟推荐书目》，选中了"赵彦春国学经典英译系列"的五种：《英韵宋词百首》《英韵唐诗百首》《〈论语〉英译》《英韵〈三字经〉》《英韵〈千字文〉》。

[②] 侯国金. 楚复金言诗话江海河 [M]. 武汉：武汉出版社，2021.

[③] 李晶. 翻译·国学·中国话语体系——《三字经》英译者赵彦春教授访谈录 [J]. 天津外国语大学学报，2015（01）：41-45；周文柄. 赵彦春与《英韵〈三字经〉》[N]. 中国社会科学报，2017-11-27；吕文澎，张莉. 赵彦春的韵文翻译艺术 [N]. 中国社会科学报，2019-06-12.

创中文诗歌进行的研究。美国诗人弗罗斯特认为诗意会在翻译中迷失，但巴斯奈特（Bassnett）①，却说"诗歌不仅不会在翻译中迷失，而且通过翻译，诗歌会重新焕发生机"。那么翻译时如何运用译文话语对目标读者产生影响呢？陈小慰②认为"修辞是认识翻译活动的一种视角和精心选择话语的步骤和行为"。贾英伦③说，"选择最有效的修辞技巧以便让读者读懂和喜欢读就成为翻译追求的重要目标"。庞德（Pound）④说得好，"译诗不是词句的字面翻译，而是用凝缩、简练、含蓄的语言译出诗歌的意象美"。

江枫先生"基本上同意""只有诗人才能译诗"，而许钧先生认为诗人分为"潜在诗人、现实诗人"，前者指有能写诗却未发表诗的人，后者指发表了诗作的人⑤。无独有偶，杨武能先生也有类似的表述，"文学翻译家应该既是学者也是作家"⑥（如马君武、郭沫若、傅雷、季羡林、戈宝权、许渊冲、张禹九），即"作家型译家"⑦，否则，就没有高质量的文学翻译⑧。侯国金⑨，既写诗也译诗，并且长期致力于翻译的语用学研究。关于诗歌等作品名称以及诗歌的其他方面的翻译，我们可参照侯氏提出了"关联省力语效原则"⑩，也就是说，译文要在音、形、义和效等方面与原诗和受众取得最佳关联效果⑪。

---

① BASSNETT, S. Translation and poetry: Preface to *Lost in Translation*, the collection of poems and translations by Yihai Chen [J]. *Comparative Literature in China*, 2010（04）：141-142.
② 陈小慰.汉英文化展馆说明文字的修辞对比与翻译 [J].上海翻译，2012（01）：29-33.
③ 贾英伦.影响文学翻译修辞选择的语言外因素 [J].外语学刊，2016（04）：119-123.
④ POUND, E. *Poems and Translation* [M]. NY: The Library of America, 2003: 52.
⑤ 许钧，等.文学翻译的理论与实践：翻译对话录 [M].增订本.南京：译林出版社，2010：92；江枫先生补充道，"译诗，最好是诗人；但是诗人，甚至著名诗人，却不一定都能把诗译好"（许钧等，2010：92）。
⑥ 杨武能先生提醒我们注意，不是学究型译。因此杨先生劝我们不要使用"（非）学者型的翻译家"（许钧等，2010：139）。
⑦ 许钧，等.文学翻译的理论与实践：翻译对话录 [M].增订本.南京：译林出版社，2010：128.
⑧ 许钧，等.文学翻译的理论与实践：翻译对话录 [M].增订本.南京：译林出版社，2010：139.
⑨ 侯国金.侯国金诗萃 [M].北京：国防工业出版社，2014a；侯国金.楚国金言诗话江海河 [M].武汉：武汉出版社，2021.
⑩ 侯国金.作品名翻译的"关联省力语效原则"——以 Helen Chasin 的诗歌"The Word Plum"为例 [J].解放军外国语学院学报，2016b（02）：106-114.
⑪ CHEN, H. Tension between text, translator and target text reader: A case study of the translation of *Ode to the Ailing Falcon* [J]. *Translating China*, 2015（02）：17-27；HOU, G. How my poetry is translated: A pragma-translatological approach [J]. *Translating China*, 2018（01）：37-57.

三、理论框架：修辞诗学和语用翻译学

修辞功能包含三层面：修辞技巧、修辞诗学、修辞哲学①。修辞诗学是指"修辞作为文本建构方式"②。用通俗的话说，修辞诗学就是通过研究修辞话语建构向文本建构延伸的审美设计和诗学关联。诗修辞是"人类利用语言材料进行诗性交际的一项创造性活动"③。诗人用各种修辞表现方式，使语言表达生动有力，鲜明地传达出诗情、诗理、诗道和诗格。诗修辞具有三个特性："注意性、交际性和公共性。"④"诗注意是写诗过程中的心理活动对一定对象的指向和集中"⑤；"诗交际是有意识地传递诗信息"⑥；"诗公共是指诗修辞用于公共事务和情感的言语活动"⑦。下文拟以修辞诗学为理论框架，对赵彦春教授的现代爱情诗《我愿……——致真》进行修辞层面解读，以及分析侯译的狭义和广义修辞解读。（关于语用翻译学的译理，参见第二章第二节。）

四、赵氏原文、侯氏译文以及浅析

下文将进行《我愿……——致真》原文和译文的狭义修辞层面解读。

（100）我愿……——致真

我愿是你耳垂上的环

告别矿石

随你的脚步而摇荡

我愿是你耳垂上的环

我愿是你发髻上的香

告别花蕊

来陪伴你的芬芳

---

① 谭学纯.修辞功能三层面——修辞技巧·修辞诗学·修辞哲学［A］.郑颐寿.主编.文学语言理论与实践丛书——辞章学论文集［C］.（上、下）.福州：海潮摄影艺术出版社，2002：449-456.
② 谭学纯，郑子瑜.被"修辞学史家"遮蔽的学术身份［J］.福建师范大学学报（哲社版），2010（02）：88-92.
③ 解正明.修辞诗学［M］.北京：光明日报出版社，2015：14.
④ 解正明.修辞诗学［M］.北京：光明日报出版社，2015：1.
⑤ 解正明.修辞诗学［M］.北京：光明日报出版社，2015：2.
⑥ 解正明.修辞诗学［M］.北京：光明日报出版社，2015：4.
⑦ 解正明.修辞诗学［M］.北京：光明日报出版社，2015：8.

我愿化作你的笑颜

映那天边的红光

译：*How I Wish to Be—To What It Ought to Be*

How I wish to be

the loop hanging off your earlobe

to kiss goodbye minerals

just to follow your footsteps

by slow swaying beats!

How I wish to be

the fragrance hanging about your chignon

to kiss goodbye the stamen

just to be company to your odour!

How I wish to be

your smile, the sweetest ever known,

reflection of the glow of the skyline yonder!

这是一首热恋爱情诗，题旨是爱情中的不顾一切，心理关键词是"我愿……"。关键词是"摇荡、芬芳、红光"等，是点睛之笔。全诗整句与散句结合，富于变化，符合诗中要表现的恋爱中相见时的短暂和思念时的漫长。

全诗主要用了以下辞格：暗喻、拼贴性修辞、反复、拟人、音质能指、语法能指、逼语格、嵌合性修辞等。

（一）暗喻：诗人把心里至真至纯的爱位移蒙太奇（暗喻）于"耳垂上的环、发髻上的香、笑颜"。正如《爱你在心口难开》中的歌词所说"千言万语口难开 我话到嘴边说不出来"，爱本是一场心灵契合的精神之旅，"日夜把你来等待 看到了你我只会笑"。而作者通过三种意象"耳环、发髻上的香、笑颜"的聚合和组合，把难以言表的爱具象化。三个意象把恋人间的"相见时难别亦难"的恋恋不舍化为"我一直在你身旁 从未走远"。

（二）拼贴性修辞：全诗采用拼贴性修辞，三个意象就像三幅不相关的拼贴画，位移鲜明，通过诗情构建语义脉络，使诗的意象在空间转换中得到铺展。

（三）反复："我愿（是）"是反复辞格，通过重复"我愿"起强调和呼应作用，突出恋人间发自内心的吸引；"告别"重复两次是突出奔向恋人的决心。

（四）拟人："告别矿石 随你的脚步而摇荡""告别花蕊 来陪伴你的芬芳"，

这两句生动形象地写出了"赴汤蹈火"的爱,使全诗生动、形象和具体,情侣义无反顾、飞蛾扑火地做一些不可思议的事情的心态跃然纸上。

(五)音质能指:"汉语的音质能指表现在声母、韵母、声调的选择。"① 诗中的声母除了反复辞格的用词外,很少重复声母,所以全诗读起来欢快明丽,洋溢着恋爱气氛。除尾韵外,其他的韵母大都开口度小,吟诵起来节奏较快,体现了爱恋者的急切。尾韵"荡、香、芳、光"用开口度大的韵母"-ang",属舒放音节,能显出幸福愉悦,正好与诗中所言想变成"环、香"以及"笑颜"陪伴恋人的恋爱语境相契合。全诗有 6 个轻音"de",18 个平音,32 个仄音。仄调多于平调使得整首诗铿锵有力,轻音表示亲切和喜爱;三种音调的参差错落使全诗具有抑扬顿挫的音美效果,也体现了恋爱时奔向恋人的精神风貌。全诗的声母和韵母都是很好的音质能指修辞。尾韵的"荡、香、芳、光"用的是长音,强调能陪伴恋人的愉悦心情。

(六)语法能指:该诗长短句交接,其中的两句短句"告别矿石、告别花蕊"是短句且重复了"告别",突出了奔向恋人时的迫切。

(七)逼语格:"耳垂上的环、发髻上的香、笑颜",形成逼语格,即语意渐次加重,使热恋的意境臻于极致。也即从最先想变成恋人身上的外在物"环、香"到变成恋人身上的"笑颜",与恋人浑然一体。全诗情感热情奔放,意境饱满而不冗余。这首诗所展现的空间张力(矿山、花园、恋人身体)以及逻辑张力(奇特的暗喻和反复)极具穿透力,足已滋润人心。

(八)嵌合性修辞:"告别矿石"使用的是陌生化语言,也就是语义学称为"概念融合"的语言。它打破语言组合的固有惯性,通过奇特的语言组合张力赋予语言特别的灵动。

(九)事物性意象和事件性意象并举:"我愿是你耳垂上的环""我愿是你发髻上的香""我愿化作你的笑颜"等都是事物性意象,"告别矿石 随你的脚步而摇荡""告别花蕊 来陪伴你的芬芳""映那天边的红光"是事件性意象。事物性意象和事件性意象结合,形成诗的动态美。

从以上分析可知,该诗用积极修辞生动形象地营造出一种相思的痛苦与幸福,通过音、蕴、形、神融于一体充分展示了作者把玩汉字的技巧。那么如何英译呢?

译文主要用了以下修辞格:反复、双关、头韵、标点、指称能指、押韵。

---

① 解正明. 修辞诗学 [M]. 北京:光明日报出版社,2015:23.

（一）反复：译文顺应原文"我愿"，除标题外，重复三次"How I wish to be"；重复两次"to kiss goodbye"；重复两次"just to"。这些重复关联顺应了原诗中不顾一切地迫切与恋人在一起的心情。

（二）双关："beat"原意是指（心脏）等的跳动、（风、雨等）吹打、（鼓）咚咚地响。在这里既指耳环被风拂过时发出的声音，也暗指恋人间思念或相见时的心跳加速。

（三）头韵：译诗中的第五句，译者用了头韵"slow swaying"，/s/音轻轻的、柔柔的，象征着爱情的绵柔美好。同时，译出了佩戴在女人身上的耳环的"日常"活动，以及恋人间"相见时难别亦难"的意蕴。

（四）特殊标点：译诗与原诗的巨大差异便是译诗增加了三个感叹号！感叹句语气较强。译文中增加感叹号把原诗中饱满的感情译出来，是关联顺应了原诗中的热烈。另外，译诗的最后一部分增加了逗号，也即把"the sweetest ever known"译成"your smile"的同位语，使译诗的情感趋于饱满。

（五）指称能指：译文和原文一样，都用第一人称单数的"I，我"和第二人称"you，你"，进行人称零距离互动，虚构成亲密的双人间窃窃私语，增加了叙述的真实性和亲切感，有真实生动的修辞效果。此外，和原文一样，以"I，我"为首的主动语态，强调了叙述者/当事人的爱情主动。

（六）押韵：译诗未拘泥于传统的押韵，以韵脚的转换，表达出爱情的复杂感受。第一行末尾的"be"，和第六行及第十行的"be"是重复韵，和第二行的"earlobe"押视觉韵（因为末尾的 be 虽然不发/iː/，但看上去像这个"be"）。另外，和第五行的"beats"押大致韵（语音相近）。第七行的"chignon"和第八行的"stamen"及第十一行的"known"押大致韵。第九行的"odour"和第十二行的"yonder"押大致韵。也即，译诗除重复韵"be"（还要注意标题的两个"be"），主要是大致韵。换言之，译文押的是随意的、松散的韵，隐含了爱情（心理）活动的和谐和不拘一格。

五、拓展讨论

以上讨论的内容仅局限于"修辞是修饰文辞"的一个方面，也即修辞手法。但广义的修辞观认为"作为修辞的翻译，是一种以在受众身上产生影响和效果为核心，以语言象征为手段，精心选择言语资源的行为"①。"译诗是一种艺术"②。由于诗歌的陌生化语言、奇特的意象、修辞的排列和句式的闪电切换，德国文论家本雅明（Walter Benjamin, 1892—1940）曾指出，这些深奥的、诗性的东西只有身为诗人的译者才能传达③。换言之，在本雅明看来，译者需要诗人的慧眼才能在认知距离、风格重现等诸方面贴近原作。侯译是做出了上述努力的。除了以上狭义修辞层面，侯译还高度关注了以下层面：内容忠实、诉求靠近、英式句篇和美学加持。

（一）内容忠实

"忠实"不能只关注原文字面意义的转换，更应考虑译文内容和形式对译语受众的影响④。因此，译文并不拘泥于字面意义的对等，还应译出原诗的意蕴、风格和结构，使译诗来源于原诗，又能超凡脱俗甚至超越原诗（对译文的羁绊）。"对一些含蓄、抽象的内容要根据受众的局限和预期，做明晰化处理，努力使译文读起来真实可信"，"修辞话语的可信、真实是实现话语修辞力量，有效影响受众的必要条件"⑤。

单说原诗标题"我愿……——致真"译为"*How I Wish to Be—To What It Ought to Be*"，不仅译出了标题的字面意思，还译出了其隐含意思，因"How I Wish to Be"译出了恋爱者的生死不离的意境（虽然现实无情）。"To What It Ought to Be"既呼应前句押尾韵，也译出了"真"的隐含意思，因为此处的"真"可以理解为某人名字中的一个字［原文标题中的"致真"大概是写给叫"真（真）"的女孩］，也有可能是指爱情中的真感情、真性情。因此，"To What It Ought to Be"是一箭双雕的双关。

（二）诉求靠近

"从修辞的角度出发，有效的交际行为从来就不是单向的。它自始至终离不开与受众的互动"⑥。因为"说者所提供的任何文本充其量只能被理解为一种提示，它必须通过听者自己的'语境再构'（re-contextualization）才能成为功能化

---

① 陈小慰. 翻译与修辞新论［M］. 北京：外语教学与研究出版社，2013b：19.
② 袁可嘉. 驶向拜占庭［M］.（中国翻译名家自选集丛书）. 北京：中国工人出版社，1995：11.
③ CROCE, B. *The Aesthetic as the Science of Expression and of the Linguistic in General*［M］. Tr. C. LYAN, Cambridge: CUP, 1992: 71-72.
④ 陈小慰. 汉英文化展馆说明文字的修辞对比与翻译［J］. 上海翻译，2012（01）：29-33.
⑤ 陈萃芳，陈小慰. 新修辞受众观与生活类节目字幕翻译策略——以《非诚勿扰》字幕翻译为例［J］. 福州大学学报（哲社版），2018（04）：96-99.
⑥ 陈小慰. 公示语翻译的社会价值与译者的修辞意识［J］. 中国翻译，2018（01）：68-73.

的修辞并产生说服效果"①。例（100）《我愿……——致真》这首诗语言含蓄深沉，符合东方人的曲线思维，而西方人是直线思维，喜欢直白。"在东方，诗歌从抒情开始，在西方，诗歌从叙事开始"②。

标题用意译的方式译出全诗的主题，并奠定了全诗昂扬的感情基调，凸显诗歌的意蕴。为了译出原文的隐含，帮助读者"语境重构"，译文增译了以下词义"slow, beats"。"slow"的字面意思是"耳环在慢慢摇动"，而此处的深意是相爱的恋人希望耳鬓厮磨的时光能慢一点，再慢一点。同时，"slow swaying"也译出了恋人间撒娇缠绵的画面，帮助读者重构恋爱意境。正如上文所述，"beats"双关了恋爱时的心跳画面，同时，与"slow swaying"连用，耳环随风而动发出的声响正好可呼应恋人相处的欢乐，具有画面感。增译了"the sweetest ever known"，译出了"情人眼里出西施"的味道，关联了原文的恋爱情感，舒展了原诗中喜悦、甜蜜、激动。

利奇（Leech）将意义分为七种，情感意义（emotive/affective meaning）是其中的一种。"情感意义是指讲话人或是写文章的人的感情和态度的意义"③。例如，某作者讨论一个政治家/政客，用"statesman, politician"的区别就在于情感态度：前者褒，后者贬。"resolute, obstinate"（回译是"坚毅、固执"）的区别，"farmer, peasant"（回译是"农民、乡巴佬"）的区别，都是一个褒一个贬。有些词是天生的褒义，如"您、王老、亲爱的、尊敬的、勤奋、认真、努力、优秀、福如东海、寿比南山"等；有些词是天生的贬义，如"小子、可耻的、讨厌、懒惰、马虎、敷衍、旷课、拙劣、畜生（不如）、猪狗（不如）、短命鬼、该死的"等。有趣的是同一个事物的名词，在不同的语言文化里可能褒贬不一，如英汉的"dog、狗"（参见第二章第三节第四部分）。论翻译，衡量好坏高低的标准之一便是情感意义的准确传达，不能把爱译成恨，把褒译成贬。由于语言意义的多样性和情感的复杂性，加之情感与意义往往横峰侧岭，难舍难分。因此，对原诗的情感意义进行深入分析，尽可能多地传达出原诗所隐含的情感意义，使受众移情神入，即获得和原诗作者或读者相同的情感体验，可使原诗情感之花在受众心中绽放。

---

① 刘亚猛. 关联与修辞［J］. 外语教学与研究, 2004（04）: 252-256+321.
② 语出罗益民教授为侯国金（2014a）所做的序言里（2014a: IX）。
③ LEECH, G. *Semantics*［M］. 上海: 上海外语教育出版社, 1987: 33.

（三）英式句篇

英汉语属于不同的语系，造句谋篇风格迥异。英语是"低语境语言、形合语言"，喜欢"树式结构"，汉语则是"高语境语言、意合语言"，偏爱"竹式结构"（参见第一章第三节）尤其是那里的第一和第十条差异）。

原诗八个分句，每个分句形成语音语义团块。原诗虽无标点，但通过意合可以看出是三个流水长句，行云流水，是典型的中文"竹式结构"。而译诗则根据句意、逻辑和英文组句谋篇习惯，将其切分为三个条理清晰的句子，并用感叹号断句，使译文在建构方式上接近英语受众对语言形式的预期，以便被理解和欣赏。如译诗第一句的主干是"How I wish to be the loop"，后随四个"树杈"："hanging off your earlobe""to kiss goodbye minerals""just to follow your footsteps""by slow swaying beats！"。

（四）美学加持

2019年4月26—27日，由高等教育出版社主办、北京语言大学和同济大学协办的"2019年中华经典外译与国际传播学术研讨会"在北京召开。在"译传统经典 传中华文化"专题报告（五）中，赵彦春教授讨论到翻译韵诗要不要用韵的问题："要不要押韵，这并不是个问题。""韵意味着秩序、美和规范"，他认为诗歌翻译中要不要韵的问题其实是个哲学问题、逻辑问题、文学问题，不可小觑。译者应认识到"是其所是，归其所归，分其所分"，若原文是韵文，翻译中就要坚持"韵译"。[1]

赵教授的原作是韵诗［见上一小节的原作特点之（5）］，我们的译诗岂能无韵？连续出现的四次"How I wish to be"，既呼应原文的"我愿……"在形式上也构成形美。在音韵上，"How"的重读与张口双元音和"I wish to be"的连续轻读，把读者带入急于与恋人相见的爱情场景。大量清辅音，如/w//l//h//g//f//s//ʃ//k/等，使译诗顺应了原诗的孤单思念且苦且甜、且悲且喜。偶尔点缀的浊音/b//d/就像恋人相见时心脏怦怦跳的情形。根据许渊冲先生[2]的"三美论"，该译所努力创造的音美和形美可给读者带来意美，美好的语义、美好的寓意、美好的诗意。

---

[1] 21ST. 译传统经典 传中华文化 中华经典外译与国际传播研讨会在京举办［EB/OL］. 21英语网. https：//paper. i21st. cn/story/133062. html, 2019-05-01.

[2] 许渊冲. 再谈"意美、音美、形美"［J］. 外语学刊, 1998（02）：68-75.

六、小结

赵彦春教授的《我愿……——致真》这首爱情诗通过暗喻、拼贴性修辞、反复、拟人、音质能指、语法能指和逼语格,融音、蕴、形、神于一体,恋爱思念情感呼之欲出。这首爱情诗体现了恋爱中男人的强烈追求欲,体现了多方面的诗学修辞价值:(一)该诗富有浪漫奔放的情感,正可谓"我手写我心";(二)把意象、想象、韵律和意境融合为一体;(三)具有男性诗学修辞的阳刚之美:上天入海,一切可能——为爱。

译文特点如下:(一)在音韵方面,所用为随意韵、大致韵,以及诸多清辅音和半谐音(assonance,中间元音相同),合力服务于所表之爱情内涵和形式:活力四射的爱意,爱的形式却不拘一格。(二)在形式方面:译文并未按八小句——对应的汉语竹形句篇方式,而是按照英语语义组句,形成受众悦读的树形语篇方式;(三)在意义方面:诗意"化境"于原文,一切源于原文而不死抠原文字眼,增译了"slow, beats, the sweetest ever known"等,达到了和原文类似的爱意、意境、诗(学)效(果)。从上述三方面的特点可以看出译者对语用—语言等效以及社会—语用等效的追求和结果。

第二节 赵诗侯译:《文字古今》

一、引言与文献综述

俄国文艺理论家什克洛夫斯基(Виктор Борисович Шкловский,1893—1984)认为"诗就是受阻的、变形的语言"①,并首先提出了著名的文学理论——陌生化理论(Теория странности, Estrangement/ Defamiliarization Theory)。该理论强调的是在字词、内容与形式上打破"常情、常理、常事",在艺术手法上超越常规、常境、常态。诗歌在语言、形式、意象和意蕴常常呈

---

① 什克洛夫斯基. 艺术作为程序[M]. 方珊. 译// 胡经之,张首映. 主编. 西方二十世纪文论选(第2卷)[C]. 北京:中国社会科学出版社,1989:9.

现出张力，种种变异或偏离给读者以"陌生化"之感①。因此，该理论常用于诗歌翻译研究。

赵彦春教授翻译的《弟子规》《诗经》《道德经》，尤其《英韵〈三字经〉》，被誉为"有史以来最美汉英翻译"②。赵先生不仅译诗，还在新浪博客和微信群中发表原创诗文。《文字古今》是赵教授于2010年11月7日发表在其新浪博客的一首诗歌，该诗回顾了中华文字的历史演变并传达了作者对当今电子产品带来的种种后果的忧虑。目前，学者对赵彦春的研究多聚焦于《英韵〈三字经〉》等译作③，等等（参见第六章第一节），鲜有涉及其原创诗歌或他人之翻译。

《文字古今》是赵彦春教授陌生化的佳作之一。那么，"陌生化"是如何在《文字古今》中得到体现的呢？侯译是否再现了赵诗"陌生化"？

二、理论框架

我们运用语用翻译学关联顺应译观和语用标记等效译观。作为"语际解释活动"（interlingual interpretive use/ activity）的翻译，就是"一种基于关联性的认知推理的交流过程"④。译者寻找和再现关联：文本内关联、文本外关联，语言语境和情景语境关联，大小写文化关联，或者简单地说就是语用—语言关联和社会—语用关联，并最终实现原作的交际目的，当然也要兼顾翻译事件自身

---

① 张娴. 诗歌文本的陌生化及其在关联顺应模式关照下的翻译 [J]. 宁夏大学学报（哲社版），2009（06）：154-157；林萍."前景化"诗学对文学翻译的启示 [J]. 西南政法大学学报（哲社版），2015（05）：104-109.

② 周文柄. 赵彦春与《英韵〈三字经〉》[N]. 中国社会科学报，2017-11-27.

③ 李晶. 翻译·国学·中国话语体系——《三字经》英译者赵彦春教授访谈录 [J]. 天津外国语大学学报，2015（01）：41-45；朱振武. 翻译活动就是要有文化自觉——从赵彦春译《三字经》谈起 [J]. 外语教学，2016（05）：83-85；周文柄. 赵彦春与《英韵〈三字经〉》[N]. 中国社会科学报，2017-11-27.

④ GUTT, E.-A. *Translation and Relevance: Cognition and Context* [M]. Oxford: Blackwell. Manchester: St. Jerome Publishing, 1991/2000: 2.

的目的。（关于关联顺应译观，研究文章很多①。关于语用翻译学的三大译观，参见第二章第二节。）诗歌翻译绝非简单的语码传递或抄本活动②，其各种关联的寻找和再现又难于普通文本的翻译。赵诗《文字古今》是如何英译的呢？是否再现了上述关联？或者说是否达到了语用—语言等效和社会—语用等效（尤其是后者）？

三、《文字古今》原文及其解读

赵彦春教授诗歌原文如下：

（101） 文字古今

鸟文垂象

垂象一道真情

泥板刀刻

刀刻两河剪影

竹简韦编

韦编百家争鸣

键盘回车

回车千般不宁

当人类错失了方向

……

不难看出，这是一首借物抒情的诗歌，通过回顾汉语文字的古今历史，表达了作者对传统文化/文字逐渐丢失和当今人类沉迷电子产品而忽视传统语言文化的担忧。

"鸟文垂象"中"鸟文、垂象"转喻中国古代的象形文字。"鸟文"又称"鸟书"，初现于春秋（公元前770—476）中期，盛行于春秋晚期至战国（公元

---

① GUTT, E.-A. *Translation and Relevance*：*Cognition and Context*［M］. Oxford：Blackwell. Manchester：St. Jerome Publishing, 1991/2000. 袁斌业. 语言顺应论对翻译的启示［J］. 四川外语学院学报, 2002（05）：111-113；戈玲玲. 顺应论对翻译研究的启示——兼论语用翻译标准［J］. 外语学刊, 2002（03）：7-11；赵彦春. 关联理论与翻译的本质——对翻译缺省问题的关联论解释［J］. 四川外语学院学报, 2003（03）：117-121；严辰松，高航. 语用学［M］. 上海：上海外语教育出版社, 2005：219；张娴. 诗歌文本的陌生化及其在关联顺应模式关照下的翻译［J］. 宁夏大学学报（哲社版）, 2009（06）：154-157.

② FORREST, G. Ethical dilemmas in the translation of poetry into English［J］. *Asia Pacific Translation and Intercultural Studies*, 2018（02）：219-229.

前475—221）中期的一种书法体。《易·系辞上》中写道："天垂象，见吉凶，圣人象之"，其中的"垂象"是"显示征兆"的意思。古人大概迷信，把某些自然现象附会人事，以为是预示人间祸福吉凶的迹象。"垂象一道真情"中的"垂象"在这句作动词用，意为"描绘"。因此，该句的意思是这些古老文字记载了中国的历史文化。"泥板刀刻"是古代用刀刻字于石头、木板、竹板上。"刀刻"是刻纸的主要工具，"刀刻两河剪影"中的"刀刻"是动词，"两河"指华夏文明的母亲河黄河和长江，而"剪影"在此喻指华夏文明的描写和记录。"竹简韦编"中的"竹简"本是战国到魏晋时代（220—440）的主要书写材料，泛指古代用来写字的竹片或刻了字词的竹片。"韦编"中的"韦"是熟牛皮，"韦编"是用熟牛皮绳把竹简编联起来。"韦编百家争鸣"中的"韦编"是动词，"百家争鸣"指持各种观点的人或各学术流派的自由争论或互相批评。"键盘回车"是指在现代电子化时代，人们习惯用电子产品代替传统书写。"回车千般不宁"指人们沉迷于电子产品所带来的种种问题，以至于让诗人不禁担忧"当人类错失了方向"的种种不堪设想的后果。

　　短小精悍的诗文将中国文字的古今历史演变演示得活灵活现，也道出了诗人对汉语文字的未来何去何从的担忧以及对现代人类"千般不宁"的忧虑。诗人不禁感慨那远古的鸟文却能垂象出妙理真情，而现代的"键盘回车"却让人俯首利益，远离真理。

　　该诗的"陌生化"主要体现在以下几方面：

（一）措辞的"陌生化"

　　"诗藉字语言，安身立命……斯神斯韵，端赖其文其言"[①]。赵教授的这首诗中"垂象、刀刻、韦编、回车"既作名词也作动词，具有"（语）用法两可性"（usage ambiguity），是语言"陌生化"的体现，算全诗用词的精巧机关。这四个词有动有静，动静相衬：动词演绎古今文字的变迁，名词揭示作者内心深处因网络时代造成的传统文化的不断丢失和人类渐渐迷失方向的焦虑感。不仅形成顶真，也回溯了文字符号从刀刻到回车的演变历程，同时也道出了文字符号本身的丰韵与形象的简化以至削薄的演变过程。汉语特色的四字格词语"一道真情、两河剪影、百家争鸣、千般不宁"，不仅表现了文字在不同时期的作用，而且描绘出了文字符号本身的审美趣味与文化思潮逐渐消退的过程。数字"一、两、百、千"，是人类历史从无到有、从简到繁的写照，还是由慢到快直

---

① 钱钟书. 谈艺录［M］. 北京：中华书局，1974：412.

至人类只剩数字（化）的"后现代化"趋势。

（二）形式层面的"陌生化"

全诗前四行由于使用顶真的修辞手法，读起来一气呵成，心情却又从"一道真情"的舒缓到"千般不宁"的焦虑过度。后四行字数和前四行相等。末尾一行突然加长到八个字，尾随以省略号，与全诗前八行的齐整和对称形成鲜明的对比。字数的不均其实是作者的匠心独到之处，这个不对等、不对称，兼有不清不楚的省略（不知省略了什么），构成全诗的张力，引发读者特殊的关注和思考：上下文字发展的联系，电脑使用的便利和弊端，为何"不宁"？当今人类沉迷于各类电子产品导致传统文化的丢失以及不良网络内容对人类的危害，等等。莫非整个人类都走错了路？

这个省略号也可当作急收（aposiopesis）对待。这里的省略号表示省略还是急收呢？学界的认识是，被省略的词语、形式、意义等若能（被受众）完好猜测还原，就算省略（omission），如话语中省略的一个代词［零回指（zero anaphora）］或不定式符号"to"①。也可分为语法省略、语义省略与语用省略②。显然这里不是省略。何谓急收？拉纳姆（Lanham）③ 的定义是"中途突然中断话语，有时是因为情感，有时是为了取效"。《修辞学百科全书》（Encyclopedia of Rhetoric，2006年版）说"急收是一个语用辞格，通过省略预料中的结尾的小句或句子形成突然的话语中断，似乎是因为说话人或作者无法或不愿意继续下去所致"。④ 帕特纳姆（Puttenham）⑤，认为，急收是"说话人在说话过程中因觉得没有必要说完，或因羞于或不敢说完而突然停止的一种修辞现象"，也称"沉默修辞法、中断法"等。蒋庆胜⑥认为，"急收本质上不是省略""是说话人将本要明说的东西隐含化了"，可称作"明说的隐含化"。急收多用

---

① QUIRK, R, et al. *A Comprehensive Grammar of the English Language* ［M］. London：Longman，1985：884-888.

② 王维贤. 现代汉语语法理论研究 ［M］. 北京：语文出版社，1997.

③ LANHAM, R. A. *A Handlist of Rhetorical Terms* ［Z］. London：University of California Press，1991：20.

④ 原文是"Aposiōpēsis is a pragmatic figure, signifying a sudden disruption of discourse by omitting the expected end of a clause or sentence, as if the speaker/writer were unable or unwilling to proceed."。

⑤ PUTTENHAM, G. *The Art of English Poesy：A Critical Edition* ［M］. Ed. F. WHIGHAM & W. A. REBHORN. NY：Cornell University Press, 2007：250.

⑥ 蒋庆胜. 急收的语用修辞学规则建构与翻译 ［J］. 外国语文研究，2013（02）：39-52；蒋庆胜. 基于实证的急收话语的语用修辞研究 ［D］. 南京大学博士学位论文，2018.

于降格实施消极言语行为,即委婉地掐掉要说不说的"坏话"①。急收往往用省略号表示②。假如赵彦春教授的这个是急收,问题是为何而"急"?"收"了什么?只好问他本人了。

(三)音韵层面的"陌生化"

"作家创作时恰当地调配语音,不仅具有象征意义,而且还可以渲染通过措辞而营造的指称意义"③。"情、影、鸣、宁"等押尾韵,全诗押平仄平平韵,这种平韵居多的用韵,使读者从诗歌开头的荡气回肠逐渐过渡到了扼腕深思,铺就了整首诗歌的语气和情感。原诗中的"情、影、鸣、宁"押鼻音韵(后鼻韵母"-ing"),"-ing"是前元音、高元音、非圆唇元音/i/与舌根浊鼻音"-ng"连发而成的音,这种音读起来让人联想到汉语的叹气"噫、唉",为整首诗歌定下了低沉的、灰色的曲调,透露着作者的焦虑和无奈。首尾的"象、向"完全同音呼应,既呼应了标题的"古今",其仄调也呼应了全文压抑的担忧以及作者欲向世人发出的无助呐喊。

(四)意象层面的"陌生化"

原文诗句中的动作意象"垂象、刀刻、韦编、回车",和主观感受"一道真情、两河剪影、百家争鸣、千般不宁"糅合在一起,形成独特的意境,让读者细品古今文字形成的情景以及古今文字承载的历史使命,从而与作者产生共鸣。

由上可知,赵教授这首《文字古今》通过音、形、义的陌生化,所传达的意义潜势,所形成的张力揭示了人类发展的一个悖论:人类在发展,时代在进步,然而却"千般不宁",以至于让诗人深深担忧人类可能会迷失方向,以及由此带来的种种后果:我们迷失了什么,还将会迷失什么?最后的省略号发人深省,耐人寻味!由于电子化时代对人类各方面的冲击,这首诗抒写了诗人众人皆醉我独醒却孤掌难鸣,心中充满了难以排遣的忧愁和无奈。诗人并没有让自我情感无节制地宣泄,而是着意于冷静的、智性的"陌生化"表现。

赵先生通过这些异常的用词方式,对日常语言符号进行"强化、浓缩、扭曲、套叠、拖长、颠倒"(语出伊格尔顿)④,且违背了日常语言的语法结构,

---

① 蒋庆胜.基于实证的急收话语的语用修辞研究[D].南京大学博士学位论文,2018.
② 如"你简直是一头……""你简直是……""你简直……""你……"都是无标记式"你简直是一头猪!"的急收(有标记表达式)。
③ 赵彦春.音律——与宇宙同构[J].四川外语学院学报,2001(05):66-68.
④ 伊格尔顿(TERRY Eagleton,1943—)是英国著名文论家,批评家;[英]伊格尔顿(T. Eagleton).文学原理引论[M].刘峰译.北京:文化艺术出版社,1987:5.

使语言尽显陌生。还借助特有的节奏和韵律使音形陌生化。读者被这些"陌生化"效应深深地吸引着,情不自禁地感受这些"陌生化"带来的生动性、丰富性以及巧妙性的韵味。

四、《文字古今》陌生化的翻译方法

例(101)《文字古今》的侯译如下:

译: History of Writings and Characters

Bird-like, those ancient forms of any size,

omen of things under the sun, if possible

for a writing code, for a paste plate or sculpture of a knife's bite.

Some out of passion, some cleft into cucoloris

of war-engendering territories.

There are bamboo books of fine words and fine binding of cattlehide,

not to hide schools of thoughts in stark contention,

and the blackboard and the keyboard,

boarding concepts chalked or the key-entered, O lord,

a free witness of restlessness

of this generation of beings, lost.

……

既要兼顾到准确解读原诗话语的隐含内容,也要合理地保存原诗的音、形和义等参数的等效,更要关照受众的认知环境[①]。面对原诗的措辞、形式、音韵等层面的"陌生化"特质,译者既不能完全照搬,也不能脱胎换骨,更不能视而不见。如何再现原文的"陌生化"效果,实现原文所有的审美价值,成了翻译该诗的关键。

(一)措辞"陌生化"的翻译策略

"陌生化"措辞可强化作品的可感性,增加语言张力和克服审美疲劳,诗人为了让其诗作风韵别具,楚楚动人,往往在措辞、技法和韵律方面通过梳理、变异、糅合等陌生化手段,"暴力突破"自动化、大众化的语言模式。首先译者要有一双慧眼,发现并领悟原诗中用词的"陌生化"处理,并设法译出相应的效应。侯译除了"there be"句型,"cleft, hide, lost"等措辞之外,无其他动

[①] 于建华.语言偏离的诱惑[J].外语教学,2006(02):76-79.

词,这种静态描写多于动态描写,读来让人陷入沉思,因此,在情感方面达到"化境"的效果,实现与原诗异曲同工之妙。

例如,"鸟文垂象"被增译为"Bird-like, those ancient forms of any size",原诗中浓缩的意象被扩大化,是因为中国古代的文字除了"鸟文",可能还有其他文字,如"结绳、八卦、图画、书契"等。"竹简韦编"也有增译:"There are bamboo books of fine words and fine binding of cattlehide"(回译为"有精美文字和用牛皮捆绑结实的竹简书"),尤其值得注意的是增添的"fine",既使用了该词的本义"精致的"(fine words),又用了它的推理意义"绑得牢固结实"(fine binding)。第一个"fine"关联顺应了"简牍"所记载的流传至今的中国文化;第二个"fine"关联顺应了用竹片编联的中国古老的文字载体。作者增译了"the blackboard","chalked"来关联"千般不宁"的教育因素;行尾增译的"O lord"是基督教信众的祷告和日常的口头用语,这里采用了归化的策略。"O lord"的咏叹(辞格)关联了受众在无奈等情况下的口头禅和原诗"千般不宁"的叹息,是词义上的陌生化处理。译诗第三句点明了原诗"当人类错失了方向"的种种后果。译诗中的这些措辞陌生化关联了原诗中的隐含意义,便于那些不甚了解中国文字历史和中国文化的西方受众以最少的心力解读出原诗的含义。因此,从译效来看,译诗用陌生化措辞关联原诗的陌生化措辞,准确解读了原诗中隐含的内容,减少了受众推理解读所需要付出的心力。

(二)形式"陌生化"的翻译策略

译诗关联英文篇章句法特点,通过陌生化处理打破原诗的结构,对原诗的诗句予以重新铺排。译诗打破原诗的分段,将其合为一段,是形式陌生化的体现。"文本的视觉特征,包含着丰富的审美元素和强大的表现力,能带给读者视觉和精神的双重快感"[①]。译诗将原诗译成了三句话(外加一行省略号),尽管在形式上没有完全忠实于原诗,但因为汉语偏爱流水句,而英语讲究逻辑严密,译诗超越了纯粹字面上的对等,即形而下的忠实,与原诗在形而上即"道"的层面上实现了契合。这体现了译者译诗时的大胆追求,着意"入乎其内,出乎其外"以及虽未"师其辞",却多"师其意"的效果。如"键盘回车/回车千般不宁"的译文是"and the blackboard and the keyboard, / boarding concepts chalked or the key-entered"(回译是"有黑板、键盘,粉笔板书的各种概念,或是回车键噼噼啪啪的敲击声"),这里译者显然进行了语用推理加工,对译诗进

---

① 赵彦春. 音律——与宇宙同构[J]. 四川外语学院学报, 2001(05): 66-68.

行了形式陌生化。英语是后饰语言,这一句式特点在译诗中也有体现,如译诗的第一句就是主语后带有多个修饰语。由此可知,译诗句子虽长短不一,字词虽参差不齐,但结构合理,符合目标受众的阅读习惯。汉语诗歌外译时,译诗如果既能忠实于原诗的诗意,又能实现独立的诗性价值,那就是译者遵循关联顺应译观的效果。

(三)音韵"陌生化"的翻译策略

原诗前半部分在音韵层面押"ing"韵,形成了低沉的调子,此外首尾押同韵形成了呐喊的效果。译诗中的尾韵押了/s//t//d/,这几个尾韵关联了原诗的低沉调子;译诗的前五行多用清辅音,如/f//p/等,契合了原诗前半段的荡气回肠的诗意。译诗第六至九行多用浊辅音,如/b//d/等,一方面喻指原诗唇枪舌剑的"争鸣",另一方面展现了电子化时代人们用电子产品(特别是电脑)敲击文字的声音;译诗的第十和十一行多次用摩擦/s/,回应原诗"千般不宁"。另外,/s/音与汉语的"死"近音,所形成的哀伤契合"当人类错失了方向"的严重后果。正如赵彦春所言"人类的音素与宇宙也是同构的"①。

也就是说,语言(如词的发音、节奏)以现实为原型来设计各自的模型。译诗中两个"fine"构成了复韵。另外,译诗增译了"blackboard",以便和"keyboard"中的"board",构成中间韵。"blackboard""keyboard""boarding"连续用韵,译出了诗歌要传达的刻字声音、板书声音、敲键声音,使受众"声"临其境,传递出了原诗最真的本意。译者通过音韵的陌生化处理,加强了译诗的节奏感,唤起了受众的审美注意力,取得了最佳关联性。由此可知,译者虽不能原原本本地重现原"声",却可关联顺应目的语的行文习惯和受众认知,采用陌生化的用韵让译诗获得原诗"声音"之"仿佛"的效果。

(四)意象"陌生化"的翻译策略

译诗使用增译和合译的方式具象化原诗中的动作意象"垂象""刀刻""韦编"和"回车"。如"竹简韦编"增译为"There are bamboo books of fine words and fine binding of cattlehide"(回译为"有精美文字和用牛皮捆绑结实的竹简书"),"回车"增译为"the blackboard and the keyboard, /boarding concepts chalked or the key-entered"(回译为"有黑板、键盘,粉笔板书的各种概念,或是回车键噼噼啪啪的敲击声")。又如将古今文字承载的"一道真情""两河剪影"合译为"Some out of passion, some cleft into cucoloris/of war engendering terri-

---

① 赵彦春. 音律——与宇宙同构 [J]. 四川外语学院学报, 2001 (05): 66-68.

tories"（回译为"有的出于真情，有的是战争地区的剪影"）。由此可知，译者通过增译和合译的方式将原诗中的意象关联顺应了中国文字的历史和文化，使抽象的意象变得清晰。

六、小结

综上，《文字古今》原诗在措辞、形式、音韵和意象四个层面采用了陌生化手段，而译诗合理地实现了与原诗在相应层面的等效。在措辞陌生化方面，译诗使用了"fine""blackboard""O lord""lost"等点睛之词，同时，通过词汇重复，增译和归化策略阐明了原诗中陌生化用词的隐含意义，以减少受众在推理解读时所需要付出的心力；在形式陌生化方面，译者遵循英文篇章句法特点，顺应目标受众的阅读习惯；在音韵陌生化方面，译者主要通过英文单词的发音、复韵和中间韵，译出了原诗的韵味；在意象陌生化方面，译者通过增译和合译的方式具象化原诗的抽象意象，既关联中国文字的传承方式，又顺应受众的认知期待。

众所周知，现代诗歌形式自由，用韵不像格律诗那么严格，意象经营重于修辞。因此，现代诗歌翻译实践既要考虑科学性，又要讲究艺术性。在协调好科学性和艺术性的同时，译者也要协调好源语文本中的陌生化和译语受众可接受性之间的平衡，不能为了附和源语文本中的陌生化而刻意追求译语的陌生化，也不能为了追求译作的新颖奇特而偏离源语文本内容。在汉语诗歌外译的过程中，译者应关联顺应源语和译语的语言、文化、认知语境等，选择合适的翻译策略和方法，使译诗与原诗保持最大的等效性。

第三节 落叶卡何情，译笔别有意
——卡明斯"l（a"诗之汉译

一、引言

深谙写作和绘画的美国诗人卡明斯（E. E. Cummings[①]，1894—1962）创作的诗歌是诗画完美交融出类拔萃的代表。因其诗体新奇、语言狂欢，卡明斯

[①] 诗人素来喜欢小写自己的姓名，连出版社都尊重他的这一做法。

被誉为"语言魔术师"。卡明斯诗歌是对源于中世纪的形体诗的继承和创新,他的具象诗是美国20世纪诗歌实验和革新的一种特殊模式,不仅震撼了文坛,也引起了语言学家和翻译界的密切关注。

作为一个诗人兼画家,由于深受当时立体主义绘画思潮的影响①,卡明斯通过拆解、重构和拼贴等手法创造了自己的诗体——立体主义诗歌形式。该模式通过语言的大胆革新、诗行的独特排列和空间的版面布局,深度追求诗、画和音的完美融合。

这首叫"l(a"的诗是卡明斯最有名的诗歌之一,为诗人晚年(1958年)所作。该诗发表在卡明斯诗集的《95首诗》,为首篇,曾被称为"卡明斯所创作的最为精致而美丽的文学结构"②。李冰梅③认为该诗是卡明斯诗歌中陌生化最多、连贯性最难识别的一首诗。贾瑞尔(Jarrell)④,宣称:"没有人能使先锋和实验性诗歌对普通读者和特殊读者都如此有吸引力"。

二、文献综述和研究方法

"具象诗"(concrete poetry),其"具象"一词来源于拉丁语,意为"一起成长"。"具象诗"是一种"通过印刷安排或者打字选择来表达与诗的语言意义相互依存或者超出诗语言意义的诗"⑤。具象诗"是一种在页面上呈现诗的视觉外形的实验"⑥。具象诗经历了一系列的名称流变:起初人们将这类诗称为"形体诗"(shaped poetry),后来在不同的历史时期相继称为"图案诗"(pattern poetry)、"祭坛诗"(altar poetry)、"立体诗"(cubist verse)、"图解诗"(graphic verse)、"具体/像诗"(concrete poetry)、"排版诗"(type poems)、"打字诗"(typewriter poems)以及"视觉诗"(visual poetry)等。1955年在乌尔姆(Ulm)

---

① 张洪亮. 阿波利奈尔与卡明斯图像诗对比研究 [J]. 北京航空航天大学学报(哲社版),2019 (04):118-123.
② KENNEDY, R. S. Dreams in the Mirror: A Biography of E. E. Cummings [M]. NY: Liveright, 1980/1994:463.
③ 李冰梅. 肯明斯诗歌中的偏离与连贯 [J]. 外国文学,2006 (02):84-89.
④ JARRELL, R. The Third Book of Criticism [M]. NY: Farrar Straus & Giroux, 1969:82.
⑤ MYERS, J. E, & Michael Simms. The Longman Dictionary of Poetic Terms [Z]. NY: Longman. 1989:62.
⑥ 王珂. 新诗现代性建设要重视八大诗体 [J]. 河南社会科学,2015 (10),94-106,124.

举行的国际会议标志着具象诗运动的开始①。

卡明斯是美国20世纪著名现代主义实验派诗人,素有"诗歌界的罗宾汉"之称②。卡明斯在后印象主义、达达主义和立体主义的影响下,在创作中常常打破传统构词法、句法、篇章,对诗歌进行大胆地彻底改造,创造出一种既独特又新颖的诗歌创作方式。卡明斯的诗歌是通过规范的超越而实现的文学范式③。

对卡明斯诗歌的国内外研究主要集中在文学、美学和语言学领域。弗里德曼(Friedman)④,全书研究了卡明斯诗歌的变异及诗歌技巧;利奇⑤涉及了卡明斯诗歌的变异现象;肯尼迪(Kennedy)⑥讲述了卡明斯的诗歌创作;塔塔科夫斯基(Tartakovsky)⑦分析了卡明斯诗歌中圆括号的作用;科恩(Cohen)⑧从美学角度探究了其诗歌中的美学价值;基德(Kidder)⑨用文本分析的方法多层解读了该诗;隆德(Lund)⑩认为"目前卡明斯的汉译版还没有完全把握卡明斯视觉诗歌中的核心——趣味性与视觉性",并提出汉语的象形性很适合用来翻译卡明斯的视觉性作品;杜世洪⑪分析了其诗"l(a"诗的不同译文的可译潜势。目前中国诗歌研究领域对其诗歌还没有足够重视,比较完整的中译版卡明斯诗选只有一本,而研究他的学者更少。

至于对其"l(a"诗的研究,主要有:叶维廉⑫认为作者煞费苦心"构筑"

---

① HILDER, J. Concrete poetry and conceptual art:A misunderstanding [J]. *Contemporary Literature*, 2013(03),578-614.
② 张淑媛,冷惠玲. 试论叛逆诗人卡明斯的实验主义诗歌 [J]. 外语与外语教学,2003(12):49-51.
③ PALACIOS-GONZALEZ, M., et al. Literalidad literariedad en la traducción de la poesía de e. e. cummings [J]. *Babel*, 1994(03):170-177.
④ FRIEDMAN, N. *E. E. CUMMINGS:The Art of His Poetry* [M]. Baltimore:Johns Hopkins Press,1960.
⑤ LEECH, G. *Semantics* [M]. 上海:上海外语教育出版社,1987:17, 29, 47.
⑥ KENNEDY, R. S. *Dreams in the Mirror:A Biography of E. E. Cummings* [M]. NY:Liveright,1980/1994.
⑦ TARTAKOVSKY, R. e. e. cummings parenthesis:Punctuation as poetic device [J]. *Style*. 2009(02):215-247:170.
⑧ COHEN, M. A. *Poet and Painter:The Aesthetics of e. e. cummings' Early Work* [M]. Detroit:Wayne State University Press, 1987.
⑨ KIDDER, R. M. Cummings and cubism:The influence of the visual arts on Cummings' early poetry [J]. *Journal of Modern Literature*, 1979(02):255-291.
⑩ LUND, H. L. E. E. 卡明斯视觉诗歌及视觉翻译研究 [D]. 浙江大学硕士学位论文,2018.
⑪ 杜世洪. 从个案出发看"不可译现象"的可译潜势 [J]. 外语研究,2007(02):48-52.
⑫ 叶维廉. 中国诗学 [M]. 北京:生活·读书·新知三联书店,1992:171-172.

了这首诗，同样，读者也须绞尽脑汁才能识别诗中的深意。张淑媛、冷惠玲[①]把"l (a"诗归入自由诗体的模式，直线结构诗形是为了强调诗形式的情境化作用，并认为其诗中语词和形式等层面的陌生化是受东方汉字的构成思想——形意结合的影响。叶洪[②]认为该诗的排列被赋予了视觉艺术的品质，这种非常规因素有巨大表意功能。王珂[③]从五个层面分析了"l (a"诗，认为它是形体和主题思想高度结合的好诗。王红阳[④]用多模态语篇分析方法解读了该诗的语言和印刷体式功能。由于卡明斯对空间、视觉和形象的独特感受以及"深受视觉艺术、音乐和文学的熏陶"[⑤]，"l (a"诗通过模拟落叶，生动表达了现代社会中个人常常被孤独与被异化的主题。车明明、李博[⑥]分析了"l (a"诗的本体、语音、诗形以及通感等层面的隐喻。

从以上文献可知，目前研究聚焦在对该诗的主题、创作及解读，对其翻译研究较少。认为该诗不可译的有：徐艳萍、杨跃[⑦]认为该诗由于登峰造极的字形导致无法翻译。由于汉英差异（参见第一章第三节）使得"l (a"诗显得不可译。译本之间的研究对比则少之又少。讨论该诗的翻译的有：叶洪[⑧]用近似原则（采用近似的印刷手段）讨论了该诗的翻译。隆德（Lund）[⑨]，对比了三译本，认为三译本各有优劣，并提出可利用汉字的独特优势去翻译这首诗，因为卡明斯的诗中的文字属于表意文字，与汉语的象形会意相关联。以上这些对"l (a"诗的翻译研究仅停留在译形和译意层面，未做其他更深层面的探讨。本节拟在前人研究的基础上研究原作与译作语用意义的各层面整合，从语用关联等效翻译的视角，分析"l (a"诗五个译本对原诗的音形义效及创作手法的关联

[①] 张淑媛，冷惠玲. 试论叛逆诗人卡明斯的实验主义诗歌 [J]. 外语与外语教学，2003 (12)：49-51.
[②] 叶洪. 卡明斯诗歌中的非常规因素及其翻译 [J]. 湘潭大学社会科学学报，2003 (03)：138-141.
[③] 王珂. 论英语图像诗的流变 [J]. 宁夏大学学报（哲社版），2006 (04)：36-41.
[④] 王红阳. 卡明斯诗歌"l (a"的多模态功能解读 [J]. 外语教学，2007 (05)：22-26.
[⑤] 查建明. 从意象到具象——也论美国意象派诗歌的视觉性特点 [J]. 九江学院学报，2008 (02)：82-84.
[⑥] 车明明，李博. 卡明斯诗歌"l (a"中的多重隐喻探析 [J]. 重庆交通大学学报（社科版），2012 (02)：131-134.
[⑦] 徐艳萍，杨跃. 谈 E. E. 卡明斯诗歌中的"变异和突出" [J]. 西安外国语学院学报，2005 (03)：4-7.
[⑧] 叶洪. 卡明斯诗歌中的非常规因素及其翻译 [J]. 湘潭大学社会科学学报，2003 (03)：138-141.
[⑨] LUND, H. L. E. E. 卡明斯视觉诗歌及视觉翻译研究 [D]. 浙江大学硕士学位论文，2018.

等效度,旨在探索适合当今社会审美转型期对具有独特认知与人文价值的具象诗以及其他新诗体的语用翻译方式。

关于我们的研究方法,主要是语用翻译学的"关联顺应译观"(参见第二章第二节,这里从略)。

三、卡明斯诗歌"*l（a*"的原文和解读

原诗如下:

(102) l (a

le
af
fa

ll

s)
one
l

iness

诗在何处?这是很多读者第一眼的感觉,但细品之后才发现它的精美绝伦:新颖别致的"*l（a*"诗恰似一幅流动的落叶图,虽然小巧,但洋溢着诗情,充满了画意。

从整体来看:首先,本身是画家的诗人考虑了字母的视觉性,因为他"尽可能多地从视觉艺术中借鉴手法"[1]。充分利用字母的本质进一步创造真正的表意字[2]。该诗是这几个单词"loneliness, a leaf falls"的变异排列,其中"loneliness"分列这首诗的头和尾。整个诗歌落叶的视觉意象为:即将掉落(第一行),被风吹(第三行),随风翻转(第四、第五行),继续下落(第六、第七行),横亘空中

---

[1] KIDDER, R. M. Cummings and cubism: The influence of the visual arts on Cummings' early poetry [J]. *Journal of Modern Literature*, 1979 (02): 255-291.

[2] PIGNATARI, D., & J. M. TOLMAN. Concrete poetry: A brief structure-historical guideline [J]. *Poetics Today*, 1982 (03): 189-195.

（第九行），平躺地上（第十一行）。其次，1—3—1—3—1 诗节排列和空行丰富了"fall"所蕴含的各种下落状态。这种排列犹如一片落叶缓慢飘下时的情境。再次，细长窄小的诗排版与其所留空白形成鲜明对比：诗中大量的空白，向读者展示了宇宙的浩大喧嚣，也衬托出了人类的渺小和落寞！凄凉之人、孤独之叶通过诗人对单词的分解和排列以及留白弥漫出来。加之全诗都用小写字母，无字母的大小写变化，更加深了绵绵的落寞之意。正是如此，更加关联了诗歌主题："loneliness"（孤独）。科恩（Cohen）①，认为留白和字母形式是卡明斯诗歌创作的最关键写法。正如蔡其矫的诗②中所言："以豪华的寂寞，粗犷的寂寞向苍穹论证大地的悲伤"。这不正是暮年诗人通过"l（a"诗要"向苍穹论证落叶的悲伤"和诗人内心无限的孤寂?！

从细节来看：诗中括号的运用也匠心独特，隐喻着"庭院深深锁清秋"的意境，直戳这份来自内心深处、与世隔绝的孤独源于灵魂深处的寂寥。支离破碎的英语字母，形如零落飘下的孤叶，孤独的意境和落叶的视觉结合在一起，加深了孤独的感受。这首诗垂直向下排列，表明"叶落"这个动作和"向下"的方式特点，从而栩栩如生地通过这种视觉形象实现"a leaf"和"fall"的概念/再现意义。多次出现的字母"l"和不定冠词"a"，以及倒数第三行特意出现完整的一个单词"one"，五个字母"l"既像大写字母"I"（我），又像阿拉伯数字"1"，以及"la, le"在法语分别表示单数（阴性）和单数（阳性），再者，卡明斯当时用的打印机上的键盘字母"l"与数字1同键。可以说，整个视觉形象都是"1"，无论其形其意，都会使人联想到一人一叶的孤独、寂寞，让全诗寂寥的意境喷薄而出。

每行的字母形象会意，每行解读如下：第一行"l（a"一片树叶脱离树枝，其中字母"l"可看成树枝，半边括号"（"表示树叶即将脱离，"a"可代表一片树叶。第二是空行，表示树叶对天空对树枝的留恋。第三行的"le"表示一片（法语中该词表单数）树叶在空中翻转。第四行的"af"和第五行的"fa"模拟叶子下落过程中随风忽左忽右的样子。第六行空行表示落下的速度变慢。第七行的"ll"表示垂直落下，也表示一人和一叶同样孤独。第八行空行表示树叶下落的速度变慢。第九行的"s"树叶随风大幅旋转，反括号表示该小节语篇的结束，与第一行的括号形成呼应，完成"loneliness"与"a leaf falls"之间的

---

① COHEN, M. A. *Poet and Painter*: *The Aesthetics of e. e. cummings' Early Work* [M]. Detroit: Wayne State University Press, 1987: 187.
② 董胜. 著名诗人蔡其矫的诗 [A/OL]. 新浪网站. http://blog.sina.com.cn/s/blog_6cbd11790102zhe8.html, 2019-06-21.

逻辑和语义联系。第十行"one"根据视觉效果可表示树叶随风平移，它本身表示"一、一个、人"的孤独义。第十一行"l"从视觉上表示直落，从语义上来说，这两行都是强调"1"，接下去又是一空行，表示树叶下落速度变缓。最后一行"iness"是"loneliness"的后四个字母，首先它是"loneliness"的结尾，呼应了诗开头的"l"和诗中间的"one"和"l"，一则说明"形单影孤"的主题，二则"i"是"I"的小写形式，"ness"通常是抽象名词的后缀形式。从字母数来看，该行最多，说明了此行的信息最重要，也完成了从开头到结尾的孤独"loneliness"。总之，诗人运用绘画中的立体主义和未来主义立体且动感地表达了年老的诗人对"孤独"的感受，让读者身临其境仿佛可以感受到孤独犹如这片树叶时急时缓地孤单地落下，生成叶落孤愁的意象。

从标点来看，全诗除了小括号，无任何标点，小括号在此属于语用标记语，隐喻着无边的孤独和寂寞。凡利文认为许多印刷体式符号（如字母的形状、字母的大小写、标点符号等）都可实现其语篇功能[1]。英文标点小括号的作用——是补充说明的功能，在本诗中"a leaf falls"被放在小括号内，说明诗人要突出的主题是"loneliness"。二是使本诗具有了多义性。因为正是诗人使用了括号，把代表现实的动作（一叶落地）和抽象的概念（寂寞孤独）置于同一时空。使诗文有了多种解读方式："孤独犹如树叶落地""孤叶落地孤独""诗人看见孤叶落地不由得觉得孤独"，等等。三是小括号的形状也象征一片（片）落叶的形象。

用诗歌韵律学（poetic prosody）分析如下：从诗的字母语音来看，字母"f"的辅音模拟风儿吹拂而过的声音，两个"f"（af, fa）是摩擦音，犹如一阵寒风袭来，吹打着落叶哗啦哗啦地左右摇曳。最后一行的"i"其音/i/"与小而轻的意念相联系"[2]；两个"s"，齿龈擦音/s/模拟树叶飘落在地与地面摩擦的"嘶"的声音；同时，"s"读起来像慢慢消失的声音，孤独感也随着扩散开来。从诗行的朗读效果来看，第一节"l（a"中的"a"是元音字母，读起来声音较长，表示树叶慢慢从树枝剥离的过程。第二节的三行读音分别是长—短—长，与落叶时急时缓下落的情形相吻合。第三节是二个"ll"，读音平缓，暗示落叶缓缓飘落。第四节的读音是短—长—短，落叶落地前的最后挣扎形象跃然纸上。最后一节的读音由长变短，但"iness"中的两个"s"又突出落叶最终落地的无

---

[1] VAN LEEUWEN, T. Towards a semiotics of typography [J]. Informational Design Journal, 2006 (02): 139-155.

[2] 高新霞等. 卡明斯诗歌的映像象似性研究 [J]. 时代文学, 2011 (11): 105-106.

奈。以上英文字母和每节诗行的发音实现了以音传情传意的效果，给读者呈现了一场视听的甜点。

总之，作为功能诗的一种，这首具象诗强化了功能线，甚至将其意义延伸到了极致，使每个字母、每个符号、每个空格都流动着诗的灵魂。正因如此，加大了该诗的翻译难度。

四、译文分析

下面先看五个译本：

表₉ 卡明斯"l（a"的五个汉译本

l（a cummings	孤（一① 译₁：邹仲之译	孤（1② 译₂：叶洪译	寂③ 译₃：黄宗英译	子（口④ 译₄：杜世洪译	草木一⑤ 译₅：侯国金译
l（a le af fa ll s) one l iness	孤（一 片 叶 飘 飘 落） 零 零 孤零零	孤（1 片 树 叶 落 地 了） 独	寂 （一 片 口 十 阝 入 土 土 也） 寞！	子（口 十 艹 氵 夂 口） 夂 瓜 禾 火心	草木一世 之子 风之 栗之 雨之 令瓜 娃子 口口 甲

（一）邹译赏析

邹仲之教授在音效方面，"飘飘、孤孤零零"中叠音的使用，关联了原诗绵

---

① 邹译本：邹仲之.卡明斯诗选［M］.上海：译文出版社，2016.
② 叶译本：叶洪.卡明斯诗歌中的非常规因素及其翻译［J］.湘潭大学社会科学学报，2003（03）：138-141.
③ 黄译本：查建明.从意象到具象——也论美国意象派诗歌的视觉性特点［J］.九江学院学报，2008（02）：82-84.
④ 杜译本：杜世洪.从个案出发看"不可译现象"的可译潜势［J］.外语研究，2007（02）：48-52.
⑤ 侯译本：侯国金.楚国金言诗话江海河（Houesque Poetic Perspectives on the Rivers and the Sea）［M］.武汉出版社，2021.

绵的孤独意境。通过垂直排列字符严格地模仿了原诗的形式。译诗也由两部分组成：括号内的字符（一片叶飘飘落）和括号外的字符（孤零零、孤零零）。括号中的"一片叶飘飘落"译出了原诗的字母拆分所表现出来的树叶下落的意境，第二个"孤零零"与"iness"形状相似。因此，在诗形方面，邹译本保留了原诗的节奏和标点，高度仿真了原诗的形状。"飘飘落"也关联了原诗中落叶时急时缓下落的情形。在义效方面，译诗通过叠字和重复"孤零零"，等效了原文的孤单寂寞的内涵。但译文过于直白，让诗性有所流失。另外，原诗拆解单词的创作手法也没有保留。

(二) 叶译赏析

叶洪教授的译本，在音效方面，"孤独、一片叶落地了"并未关联原诗字母分离带来的节奏感。"片叶落地"四个字都是去声，等效了诗中叶子下落的情景。在诗形方面，诗头的"孤"字和诗尾的"独"合起来是"孤独"的意思，与原诗中的"loneliness"相契合，"一片树叶落地了"是"a leaf falls"的译文。叶文在形式方面关联了原诗的风吹落叶的意境：以斜排的形式超越了原诗中的形状，临摹了树叶下落的过程，把握了原诗的视觉性。标题用了粗大的黑体排印"1"代替"一"，关联了标题中的"a"及全诗中多次出现的"a，l，one"。译文采用形体单薄的仿宋体不规则斜排，而不是"厚实、僵硬、四平八稳的宋体，以体现树叶下落时的飘零状"①，保留原诗中蕴含的树叶随风翻滚飘落的情形。在诗义方面，该译文译出了原诗的意思，但仅停留在形式上的简单模仿，因其未把原诗的用词数量和拆词的方法考虑在内②，更重要的是未能挖掘原诗字母所表达的意思。虽可说"流变的诗体"，但更重要的是"不变的诗性"。诗之所以成为诗就是因为"诗歌语言内涵的多义性、含混性和情感性"③，诗性是诗歌的灵魂所在，叶文虽保留了情感性，但直白译文使诗歌的多义性和含混性缺失，使读者联想和想象的空间有限。这是译作中重图案构形轻意境构造的结果，也就是偏离了诗歌语言靠词语内涵创造意境的特征。总之，该译文译出了原诗的视觉性，但忽视了诗人的语言手法。

(三) 黄译赏析

黄宗英教授译文分析：在音效方面，译诗的"人、土"押/u/音韵，该音给人苍凉悲伤的感觉，把落叶的无奈和留恋译出，关联了原诗的意境。但"阝"

---

① 叶洪. 卡明斯诗歌中的非常规因素及其翻译 [J]. 湘潭大学社会科学学报, 2003 (03): 138-141.
② 杜世洪. 从个案出发看"不可译现象"的可译潜势 [J]. 外语研究, 2007 (02): 48-52.
③ 刘德岗. 论具象诗诗性的缺失 [J]. 中州学刊, 2009 (05): 301-302.

在朗读时无法读出，因此在音效方面有些许瑕疵。在诗形方面，垂直排列也关联了原诗的形状。在诗意方面，该诗也强调了原诗的主题"寂寞"，括号里的字合起来就是"一片叶坠地"，但"坠"字疏离了原诗的意美，因为"坠"字让人联想到树叶直接掉落到地面，就像重物落地一样。显然这不是原诗想传达的意境，因为原诗"a leaf falls"，除了有单词的分割，更重要的是里面有疏离（有空行），也就意味着叶子并非垂直坠落地面，它时急时缓，随风翻飞，因为它留恋在树时的荣光，也憎恨时光的无情。原诗完美诠释诗人在晚年写该诗的情景，诗人走过桃李灿烂，盛极昭华，到人生晚年不正如诗中落叶的情形。"坠"字突出了落叶毅然落地的情形，却无法还原叶子对天空、对树枝的留恋，所以在语用等效方面应属欠缺。该译文对等了原诗的拆字、小括号等语言手法和视觉性，也保留了原诗的趣味性，却疏离了原诗意境（即叶子时急时缓落下的过程）。

（四）杜译赏析

杜世洪教授的译文分析：在音效方面，杜文是"叶落孤愁"的拆字，其中的"落"字拆解偏旁部首为"艹、氵、夊"，译文中的这些偏旁部首不能像字母一样读出来，是否关联了原诗中的读音也需考虑。在诗形方面，与以上译本一样，也关联了原诗的形状。同时，该译本也关联了文本中的拆字和分节（留白），但卡明斯作为画家和诗人拆词成诗的做法并非是随意而为，是在恪守语言常规的基础上大胆对字母层次"陌生化"，以取得诗画一体的效果。莱恩（Lane）[1]，解释如下，这首诗实际上是一个等式："1 = i = lonely"。因此，杜先生的译文似乎正是为拆字而拆字。因为所拆开来的单行并不能关联原诗的内涵，无法取得原诗每行诗的形美和意美，丢失了原诗中的小意象和节奏，虽"叶落孤愁"契合原诗的意境和内涵，但因汉语偏旁部首与英文字母是不同表征系统，能否用其翻译该诗还值得商榷；因为"刻意在形式上追求西化的诗句，反而常有东施效颦的恶果"[2]。

（五）侯译赏析

在音韵方面，译诗中的"一、世、子、之"押了"i"音的韵，其音在汉语发音里与"噫"相似，表示"悲痛或叹息"，又契合原诗中的字母"i"，"之"字属赘言，但使译文押韵；"草""票""瓜、娃、甲"中的汉语拼音"a"音又默契于原文中多次出现的"a"。

---

[1] LANE, G. A Study of E. E. Cummings' Poems [M]. Lawrence：The University Press of Kansas，1976：29.

[2] 简政珍. 当代诗与后现代的双重视野 [M]. 北京：作家出版社，2006：200.

<<< 第六章 现代诗歌翻译的语用变通

　　侯译采用的主要是析字法。在诗形方面，基本保留原诗叶子飘落的形状，也基本保留原文两字一行的排列，实现形式的等效。译文中的四个"之"字形状把原诗中树叶随风飘落的情形译出；"雨"字中的竖笔和下雨的情形也形译了"ll"。

　　在表意方面，"草木一世"是"叶"字的繁体字（葉），"风之、票之"可以合并成"飘"，也隐喻出"风之票"的意思。"雨之令"合并成"零"，"瓜、子"合并成"孤"，"口口、甲"合并起来是"单"的繁体字"單"。所以，全诗的拆字和重构合并起来就是"叶子飘零孤单"，关联了原诗的拆字创作方法和全诗的意境。更重要的是，"口口、甲"看起来就像孤单失意互不认识的"路人甲、路人乙"站在苍茫大地仰天长叹的样子：毫无依靠，风吹就倒。正如陈望道①所言汉字的形体代表其声音和意义。因此，"口口、甲"不经意地关联了诗中的"ll"，卡明诗的字母总是让人想起形象。原诗的绝妙之处是诗人把自己的绘画技巧用于诗歌创作，把四个单词拆分析出了"叶落孤愁"的画面。译诗也通过繁体字的拆解合并完美复制原诗的形意张力。

　　侯译通过繁体字的拆解，把语言钝化，使指向变得丰富。每个繁体字形成单独意象与原诗高度等效。这些小意象（树叶的不同状态的掉落）和通篇的意象化（人、叶和宇宙）就克服了该诗不可译的语言局限性，有了可译潜势。无论是意象还是节奏，无论是物质（语言）还是意识（诗性），在侯译中都得到较完美演绎。侯国金素来提倡以诗译诗，虽然具象诗采用视觉手段，但文字性和视觉性之间的张力才使作品脱颖而出，使其成为成功的诗歌。译诗也应如此，尽可能从语音、形象、语义和创作手法等方面与原诗关联等效。

表[10]　五译本音形义关联度对比

	音韵特征	形式特征	语义特征	创作手法
邹译本	中度关联	高度关联	高度关联	零关联
叶译本	中度关联	中度关联	高度关联	低度关联
杜译本	中度关联	中度关联	中度关联	中度关联
黄译本	低度关联	中度关联	高度关联	高度关联
侯译本	高度关联	中度关联	高度关联	高度关联

---

① 陈望道. 修辞学发凡［M］. 上海：上海教育出版社，1997. 上海：复旦大学出版社，2008：200.

五、进一步讨论

卡明斯通过字母的狂欢，陌生化了"l（a"这个诗篇。艺术倾向于使艺术形式陌生化，使读者的期待陌生化，以此增加我们的感知难度和时间长度，也即阅读张力，因为感知本身就是一个有必要延缓、延长的美学过程①。"l（a"诗这首诗初看起来外形杂乱无章，但正是这种刻意的陌生化，赋予了这首诗独特的艺术魅力和丰富含义。

语言的魔力，节奏的狂欢。字母素描似的一首小诗却让无数译者竞折腰。以上五译本从不同角度关联等效了原诗的音形义、意象、节奏和诗歌内外的一些元素，但也有稍许的欠缺。这些译本给具象诗翻译至少有以下启示：

（一）英语表音，汉语表意。

译具象诗要打通两种语言的藩篱，关联顺应原诗中的音。首先，原诗中的有些音是有标记用法的，如"af, fa"，读起来像风吹"呼啦呼啦"的声音，翻译最好能呼应之。

（二）具象诗的翻译不能忽视译形。

因为这类诗的形式极大地影响了诗歌的意义，空间在意象诗歌中表示形象②，具象诗往往把"空间"作为一种节奏功能③，即使留白对节奏产生一定的影响④。上文的五译本都兼顾了一叶落下的形状。如叶译文还通过书法的方式处理，属于语用标记译法。但对有标记的字形的处理，如"af, fa"，侯译为"风之、票之"，"之"和合起来的"飘"仿真了原诗中落叶在风中左右摇晃下落的情景。邹译中的"iness"译为"孤零零"也应是有标记的译法。另外，中文中的小括号是注释的意思，英文的小括号有解释和补充说明的意思，而且原诗中的括号还表示两个意象同时发生，但中文中的括号无此用法。除了侯译本用了有标记译法外，其他四译本都用了该标点符号。因此，是否要依葫芦画瓢保留小括号也是该诗中译时需要考虑的。

（三）具象诗的翻译不能光译形，更要注重译义。

诗人通过现实中一片树叶掉落的描述表达了人类孤单的情感以及工业化时

---

① EGGINS, S. *An Introduction to Systemic Functional Linguistics* [M]. (2nd ed.). London: Continuum, 2004: 25.
② GROSS, H. & R. McDowell. *Sound and Form in Modern Poetry: A Study of Prosody from Thomas Hardy to Robert Lowell* [M]. Ann Arbor: The University of Michigan Press, 1996: 19.
③ LUND, H. L. E. E. 卡明斯视觉诗歌及视觉翻译研究 [D]. 浙江大学硕士学位论文, 2018.
④ BRADFORD, R. "*Cummings and the Brotherhood of Visual Poetics*" in *Words Into Pictures: e. e. cummings' Art Across Borders* [M]. London: Cambridge Scholars Publishing, 2007: 20.

代人与人之间的疏离，因此，译文在表达方式上需能体现原诗中的委婉表达孤独情感的方式，如侯氏译文就属这种，而其他四个译本或由于太过直白或由于偏旁部首只是表达汉字的形旁或声旁，因而在细节方面无法关联等效原诗的意；同时还需尽量关联等效原诗给人伤感的意境。

（四）译具象诗，不能为"取悦"原诗而任意拆解汉字。

汉英两种不同的表征通道不能简单随意拆解而使诗性流失。

（五）翻译具象诗必须保持原诗的形式特征。

印刷、词法、句法和形态惯例等的突破，否则有可能会消除这些诗的积极影响，会限制原诗的多义性，并使读者失去解读的乐趣。

六、小结

卡明斯的"l(a"诗是一首简短但精美绝伦、意蕴深远的具象诗。它以字母的创意安排、拆解和重构，小括号的使用，留白以及形或意相似的"l, i, one"不断出现等创作手法吸引了读者的好奇和译者的译笔情思。正是以上这些层层"机关陷阱"使"l(a"诗在众多具象诗中脱颖而出。卡明斯的诗歌创作技巧对后来者影响可谓深远，值得后人仔细研究。

文章在语用翻译学理论（参见第二章第二节）指导下，对比了五个中文译本，根据以上分析可知，由于该诗通过字母的拆解、重构、分节和留白，加上中英两种语言的不同表征系统使得翻译中的损失不可避免。

由于汉字的象形和会意等六书功能以及繁体字的拆解功能为翻译卡明斯的具象诗及其他诗人的现代诗提供了一个突破口。侯译就是使用繁体字的拆解组合呼应原诗单词拆解创作手法的一个示范。偏旁部首虽能呼应原文的创作手法，并且组合后也能呼应原诗的整体孤独意境，但无法朗读及呼应原诗局部的诗意效果，是否适合翻译具象诗有待商榷。中国汉字的六书、繁体字可拆解优势和中文特有的书法艺术可高度关联具象诗的形和义，因此，中国汉字的这些功能为现代诗（尤其是具象诗）的翻译提供了一个新模式。

第四节　为何译诗及我为何译诗[①]

一、引子

(103) O the moon, so bright o'erhead!
How often does it appear there?
Bottle in hand, pray, do allow me
To interrogate the holy Heaven so fair
Above. What year is it in your celestial part?
How I dream about that dreamed-about acme!
I'd go anytime by winged winds, only afraid
Of the temperament of fairyland's jade asgard.
Dancing by my own poor shadow I reflect
o'er advantages of the earthlings. Behold
The moon, drawing circles round pavilions red,
Flirting the sculptured windows so low,
On to the weary cheeks of the sleepless.
Why, I wonder, bright and warm is the moon
In sad moments of people's departure?
Hi's and bye's, life goes by, with the moon
Waxing and waning invariably, from afar.
Pray, bless us by longevity and lunar pleasure.

二、为何而译？

不论是中国文化走出去还是外国文化走进来，都少不了翻译。倘若没有古今中外的译者、译匠、译家（多为笔译），就没有广泛的国际交流，包括宗教典

[①] 原稿是侯国金（2020b）的代序。这部分说"我"主要是指作者之一侯国金。

籍、文学典籍和科技文献的跨国传播。在"翻译职业化时代"（语出谢天振先生①），尤其是深化"改革开放"和实施"一带一路"构想的今天，包括口译在内的翻译事业如火如荼。自 2007 年至 2018 年，全国至少有 249 所高校开设翻译硕士（MTI），招生 53,000 人以上，已有毕业生 30,000 人②。若加上本科翻译专业师生以及做翻译实践和研究的老中青少，就不可胜计。为何而译的问题似乎不言而喻。

我最开始对翻译的感觉源于"语法翻译法"（grammar-translation method），因为这是最重要的外语教学方法。在学英语课文时，我逐渐发现翻译的重要性，总觉得不（会）翻译就没有真正理解课文。自学《高级英语》（Advanced English）也是如此，虽然很多词句简直是"只可意会不可言传"（释义不易，翻译更难）。另外，中国人引进《新概念英语》（New Concept English）培育了好几代"英语人"，直到有了英汉对照的新版才算真正拥有了"新概念"。英汉对照的杂志《英语世界》（The World of English）之所以走红就在于它的每篇英美文章都配有高人译文。

我对翻译产生浓厚兴趣是因为不断看到糟糕的翻译，如"杭州三江两岸绿道"（滨江段）的公益广告："安全第一 切勿下堤""Safety first Do not under embankment"③。这里的谬译有三，第一句没有句号断句，第二句也是，还有"under embankment"的词汇—语法—意义问题。再如，某行政办公室大门上头有一个标识语"退管办"和英译"Retired pipe run"。百度不到何谓"退管办"，但一篇文章④介绍了"退管办岗位职责"，第五条提到"退休人员的家访和病人探视"以及其他相关条款，想必是"退休管理办公室"之缩略。我想，采纳这个全称的有道（电子）词典英译"Retirement management office"就不错，删除"office"一词更经济，无论如何也不至于译成上面的样子。难道"退休的管子在奔跑"？错得最远的是"pipe"一词。此管非彼管也。最啼笑皆非的是竟有学术论文⑤把"真抓实干"译成"Really Grasp Sold Fuck"，另一篇论文⑥把时髦词"先进性"译为"advanced sex"。

---

① 谢教授于 2014 年 11 月 10 日在华侨大学做了题为"翻译的职业化时代：理念与行为"的报告。
② 平洪. 强化质量意识，推进翻译硕士教育内涵式发展 [J]. 中国翻译，2019（01）：76-82.
③ 我所拍的图片下面是江水滔滔，还有滑落、跌入、栽倒、溺水状的图标。
④ 百度文库. 退管办岗位职责 [A/OL]，百度网站. https：//wenku. baidu. com/view/b5b3d5f61611cc7931b765ce0508763230127565. html? from=search，2019-04-30.
⑤《甘肃省经济管理干部学院学报》，2003（02）。这里为委婉计，匿名。
⑥《阜阳师范学院学报》（哲社版），2004（05）。笔者也匿名。

杞人忧天，我觉得应该有所翻译担当，逐渐强化对翻译的认识，理解了王东风先生为何如此强调翻译，据说他甚至认为全国所有的外国语学院其实可叫作"翻译学院"，外语学院的学生只需学翻译，因为翻译无所不包。

三、为何译诗？

如果说翻译当今的商务资料是生者与生者的白话对话，那么翻译经典文献，不论是散文、戏剧、小说还是诗歌，就（多半）是"生者与逝者的修辞对话"①，属"跨时（空）翻译"（inter-/ cross-temporal translation）。为何是"修辞对话"（谭学纯语②），因为逝者并非真的在阴间某处聆听某生者译者在解读、翻译以及在读译过程中的猜译和请教的直接"对话"，而是生者移情地进入作者（逝者）的语境时空进行阅读、推理、感受，根据作者的写作习惯和个体方言（idiolect）推测言辞之内、言辞之间或言辞之外的本意、隐义、半隐义或特殊会话含义。在碎片化解读或解构之后，又要以译者（一种特殊作者）身份进行恢复式拼缀、组合、重构，直接和译文读者对话。生者的解读和询问，逝者真的听得到？生者的译文是否实施了软暴甚至虐暴？不论如何，译者是在努力延续着逝者的文字艺术和情感倾诉，甘愿戴着沉重的镣铐，裹足于许多难逾之矩，在甲乙语言和相应的甲乙文化之间架起一座"跨文化的民族记忆"（语出谭学纯教授③）大桥。借此大桥，译文读者可以间接地对话原文作者，在异域文化的大地上徜徉。而阅读多位逝者的书卷，就是"读万卷书，行万里路"。

一些诗歌是人际交流，更多的其实质则当属"自我内向交流"（intrapersonal communication）④，即自说自话、自言自语、（内心）独白，如同日记一般（一般人是不希望他人偷窥自己日记的，日记体小说另当别论）。如果无意他人阅读或者果真一写就完、一死就死，该作品也就称不上真正意义的作品（成品/ artifact），亦算不上真正意义的交流，连我只说不听、我只写不看类

---

① 林大津. 生者与逝者对话：言语交际类型的修辞学思考［J］. 福建师范大学学报（哲社版），2020（01）：1-8.
② 《福建师范大学学报》（哲社版）（01）：1，本期主题"生者与逝者的修辞对话"，谭学纯先生写了"主持人语"。
③ 《福建师范大学学报》（哲社版）（01）：1，本期主题"生者与逝者的修辞对话"，谭学纯先生写了"主持人语"。
④ 林大津. 生者与逝者对话：言语交际类型的修辞学思考［J］. 福建师范大学学报（哲社版），2020（01）：1-8.

"有去无回"的"单项交流"①也谈不上。当然更多的作品还是有目的读者的，如赠诗、和诗。在笔者看来，古代诗歌囿于有限的交往人脉和交往方式，不论是李白的《赠汪伦》还是曹植被曹丕胁迫七步成诗，读者和听者在人数和方式上十分有限，甚至无法和眼下普通"群众"在某个"QQ群"或微信群里发送一条消息相提并论。从这个意义上看，每首唐诗宋词岂不几乎等于对一己或对一人的昙花一现的封闭艺术？濒临上述"自我内向交流"。诚如此，就让其永久地埋于地下，像黛玉所葬之花？曹操、曹植、李白、王维、苏轼、朱熹、李清照等无数逝者的特殊人生、特殊个性、特殊风格、特殊主题等的"修辞呼唤"②，"修辞呐喊"，在电子时代的目前，撇开文盲诗盲的"吃瓜群众"和"打酱油"的文艺青年，在钟爱古诗艺术的"知性""智性"生者心中（同上），或许能够产生共鸣。换言之，古代诗文需要现今诗者和译者寻觅、整理、研读、翻译［包括语内翻译（intralingual translation）和语际翻译（interlingual translation）］，使得诗人当初的"梦话"自白穿越时空，变为"非共时交流"③"人际交流""群际交流""族际交流""国际/跨文化交流"。

由于翻译职场有千军万马，胆小的我只好转向冷门，即教学中忘却、冷却的诗歌翻译。据我所知，即便是学术型翻译硕士和博士培养计划，也很少开设诗歌翻译的课程。至于翻译硕士一般不开文学翻译，即便有也绝对不会找诗来译，遑论本科翻译教学。可能是因为在很多人眼中，诗歌过于务虚，晦涩难懂（是"垃圾"），更是难译。诗译大家江枫先生认为，"诗，在一般情况下都是可译的"，但他承认"非常难译或不可译的，也有"④。"不可译论"代表人物弗劳利（William Frawley）说，"任何翻译还没开始就有语义牺牲"⑤，"翻译除了

---

① 林大津. 生者与逝者对话：言语交际类型的修辞学思考［J］. 福建师范大学学报（哲社版），2020（01）：1-8.
② 林大津. 生者与逝者对话：言语交际类型的修辞学思考［J］. 福建师范大学学报（哲社版），2020（01）：1-8.
③ 林大津. 生者与逝者对话：言语交际类型的修辞学思考［J］. 福建师范大学学报（哲社版），2020（01）：1-8.
④ 许钧，等. 文学翻译的理论与实践：翻译对话录［M］. 增订本. 南京：译林出版社，2010：91.
⑤ FRAWLEY, W. Prolegomenon to a theory of translation［A］//Ed. W. FRWAWLEY. *Translation: Literary, Linguistic, and Philosophical Perspectives*［C］. London & Toronto: Associated University Presses, 1984: 159-175.

极少情况都是无法求准的"①。至于诗译,岂不闻美国诗人弗罗斯特的名言"诗者,译之所失也"或"诗歌乃翻译中之所失"(参见第四章第四节第五部分),使得不可译论(untranslatability)者手舞足蹈。

难是难,如蜀道之难,攀岩之难,但可为之。我相信那句名言,"方法总比困难多"②。诗歌翻译也是。看看许渊冲的诗译人生,看到文学翻译居然是"1+1=3"③,便知译诗这种"美学—诗性翻译"(aesthetic-poetic translation)④ 之可行和美好。

如翻译家屠岸所言,"一个民族没有诗歌会很可悲"⑤,那么同样,窃以为,一个民族没有译诗会很可悲。

四、我为何译诗?

小学、中学时代读的、背的古诗无非李白、杜甫、白居易几人且数量有限,甚至可以说一知半解,不乏不解、误解。中专毕业后到我的母校中学"大箕铺中学"实习,实习导师曹衍惠老师除了教我如何大胆面对几十副新面孔,对我说及诗译的话语影响至深。"能读诗歌就能读一切""能译诗歌就能译一切"。可能预设了他自己就能读能译吧,可惜那时的我木讷兼腼腆以至于从未询问从未索取老师的诗作、译诗或读诗感受。

跳过大学本科教育,1989年竟也走进了研究生教室。那时硕士教学的"方向感"不是很强,学语言学的也得上文学课,而且一上就是三个老师的四个学期文学课,四分之三是英美诗歌。在老师中,来自亚拉巴马州奥本大学(Auburn University)的圣约翰教授(Dr St Dwight John,喜欢被称作"老生姜")只涉猎戏剧,什么《欲望街车》[*A Streetcar Named Desire*,作者威廉斯(T. WILLAMS)],什么《皮格马利翁》[*Pygmalion*,或 *My Fair Lady*,作者萧伯纳(George Bernard Shaw,1856—1950)],不涉及其他文体。感觉他过的是

---

① FRAWLEY, W. Prolegomenon to a theory of translation [A] //Ed. W. FRAWLEY. *Translation*:*Literary, Linguistic, and Philosophical Perspectives* [C]. London & Toronto:Associated University Presses,1984:159-175.
② "只要思想不滑坡,办法总比困难多",另见宿春礼、邢群麟(2005)。
③ 许渊冲. 翻译的艺术 [M]. 北京:五洲传播出版社,2018:205-213;许渊冲认为,形似意不似是"1+1=1",意似是"1+1=2",神似是"1+1=3"(205页)。
④ CASAGRANDE, J. B. The ends of translation [J]. *International Journal of American Linguistics*,1954(04):335-340;佚名. 翻译学词典术语 [EB/OL]. 文档下载网站. https://doc.wendoc.com/b772daad56acad88eb370c2a1.html,2020-05-08.
⑤ 黄玮. 屠岸:一个民族没有诗歌会很可悲 [N]. 解放日报,2016-05-31.

诗性人生。叶红老师教文学只教英诗，在英诗中只教艾略特（Thomas Stearns Eliot，1988—1965）的《荒原》（*Wasteland*）。除了依稀的荒芜感和地狱感，铭记于心的莫过于叶红老师的激情和他自己的傲世澳诗，就是他去澳大利亚后写的《红叶诗集》[①]。再就是张禹九教授，教我们两个学期的文学。他主要是教我们英美小说和诗歌。说实在的，他教的和书上写的我们都忘了，剩下的是敬佩、敬仰，因为张先生是著名的文论家和翻译家，论著数十，译著等身，研透翻遍英美文学[②]。张前示译，犹如关前秀刀。我们的作业被批判得"满纸流血"（陆谷孙语）。

从上海混了一张新文凭后，到了重庆就职，算是看遍了长江上中下游了。忙于语言学和语用学的教研和朴素的"麻辣烫""书人"[③]生活，没看见自己对诗歌动过真情。

经历了汶川地震之后，不知怎的，喜欢读读写写，读着读着，写着写着，也就靠近诗词歌赋了。离开"川外"之后，写诗译诗作为我"语言学的实验"[④]渐渐多了起来，几乎成了习惯，于是有了2014年和2019年的两本集子[⑤]。都是一半创作，一半翻译。不算科研成果，也就是说，上级和同事都不在乎，因此我也没理由弃研从诗，弃言从译。

但每每看到译诗，就激动不已。例如，袁可嘉翻译的《彭斯抒情诗选》[⑥]，喜欢首首原作，更喜欢译文。常常好奇但无法和译者对话，"*The Tree of Liberty*"为什么译成"自由树"？为什么不加"之"？"The"可不可译？原文的"ye"相当于今天复数的"you"，但毕竟不是"you"，怎么翻译出"ye"的意思以及和"you"的差别？很多的撇号是什么用意？例如"o'，o't，a'，upo'，mak's,'twas，wi'，ca',' twixt"等，袁先生有什么省音词典？像"auld"这样的苏格兰方言词（意思据说是old）你是怎么知道的？还有，原文似乎没有感叹词

[①] 叶红. 红叶诗集 [M]. 武汉：长江文艺出版社, 1997.
[②] 所译包括：海明威（Ernest Miller Hemingway）、斯泰因（Gertrude Stein）、劳伦斯（David Herbert Lawrence）、惠特曼（Walt Whitman）、格里潘多（James Grippando）、克洛宁（Archibald Joseph Cronin）、格雷布斯坦（Sheldon Norman Grebstein）、特罗洛普（Anthony Trollope），等等。
[③] 陈原先生说自己是"书人"指的是"爱书的人""读书的人""印书的人"三合一。笔者自指则指读书的人、教书的人、写（语言学）书的人。
[④] 笔者借用了陈原先生的话（见于许钧等, 2010: 161）。
[⑤] 侯国金. 侯国金诗萃 [M]. 北京：国防工业出版社, 2014a.
[⑥] 袁可嘉. 驶向拜占庭 [M].（中国翻译名家自选集丛书）. 北京：中国工人出版社, 1995.

"ah, oh, O"之类,您为什么在每节译文中安装了四个感叹词"嗨"①?至于字词句节的选择和拿捏,处处都有生辉妙笔,值得效仿甚至叹为观止。心中响起一个声音,我要学译诗。

上述翻译诗集有好几本姐妹篇②,如金发燊翻译的《弥尔顿抒情诗选》、杨德豫翻译的《拜伦抒情诗选》,江枫翻译的《狄金森抒情诗选》《雪莱抒情诗选》,李野光翻译的《惠特曼抒情诗选》,冰心翻译的《纪伯伦抒情诗选》,梁宗岱翻译的《莎士比亚抒情诗选》。虽然无暇一一拜读,但也达到了爱不释手,尤其是"沙诗"。有几个疑问折磨着我:

(一)为什么叫"抒情诗"?难道还有不抒情的诗?

(二)为什么都用"选",难道一百五十四首十四行诗不是"沙诗"的全部?莫非还有"沙学"界不知道的"沙诗"?

(三)诗人风格各异,译者风格不一,湖南文艺出版社是如何或为何选择这些诗人的这些诗作以及这些译家的?以梁译"沙诗"为例,每行一般有十二个汉字,末尾两行像原作一样垂悬缩进,而且最后两行单独押韵,如此这般,此乃梁氏风格。不考虑词句意义的推敲以及和千万读者译者的千差万别,其他沙诗译者,是否会有自己的风格?例如高黎平之沙译③,用的是七言诗形式;黄必康之沙译④是"仿词全译本"(仿照宋词)。其他还有曹明伦⑤、辜正坤⑥、屠岸⑦、杨熙龄⑧、梁宗岱⑨、陈才宇、马海甸、刘新民⑩、艾梅⑪、朱生豪⑫、田伟华⑬,等等。都让我喜爱,好奇,眷恋,纳闷,有时做些小小的比对,称为"语用翻译学"的"语用标记价值译评",有所得便得意,有所失就失意。在得意和失意之间,有时难免试试译笔。

---

① 除了第一节和第二节,各有两个"嗨"。
② 侯国金. 侯国金诗萃 [M]. 北京:国防工业出版社,2014a;侯国金. 巴山闽水楚人行 英汉诗歌及互译 [M]. 武汉:武汉大学出版社,2019.
③ 莎士比亚. 莎士比亚十四行诗集 [M]. 高黎平. 译. 北京:外文出版社,2010.
④ 黄必康. 莎士比亚名篇赏析 [M]. 北京:北京大学出版社,2005.
⑤ 莎士比亚. 莎士比亚十四行诗全集 [M]. 曹明伦. 译. 桂林:漓江出版社,1995.
⑥ 莎士比亚. 莎士比亚十四行诗集 [M]. 辜正坤. 译. 北京:北京大学出版社,1998.
⑦ 莎士比亚. 莎士比亚十四行诗集 [M]. 屠岸. 译. 上海:文化工作社,1950/2016.
⑧ 莎士比亚. 莎士比亚十四行诗集 [M]. 杨熙龄. 译. 呼和浩特:内蒙古人民出版社,1980.
⑨ 莎士比亚. 莎士比亚诗全集 [M]. 陈才宇等. 译. 杭州:浙江文艺出版社,1996.
⑩ 莎士比亚. 莎士比亚十四行诗 [M]. 梁宗岱. 译. 成都:四川人民出版社,1983.
⑪ 莎士比亚. 十四行诗 [M]. 艾梅. 译. 哈尔滨:哈尔滨出版社,2004.
⑫ 莎士比亚. 莎士比亚抒情诗100首 [M]. 朱生豪. 译. 济南:山东文艺出版社,2008.
⑬ 莎士比亚. 莎士比亚十四行诗 [M]. 田伟华. 译. 北京:中国画报出版社,2011.

五、我如何译诗？

（一）学译在先

要走路先得学走路。这句话如果说得对，好像是针对散文类体裁的，散文如散步，意思是读散文或写散文是散步，闲庭漫步。法国诗人瓦莱里（Paul Valéry, 1871—1945）说过："Poetry is to prose as dancing is to walking."①。"诗如舞"，那么"写诗""读诗"就是跳舞。若如此，第一句话该说成"要跳舞先得学跳舞"。我这样说的目的是突出学习或模仿前人走路（写散文）或跳舞（写诗歌）的方式和路数。而此时，有人怼我一句，如何解释个别的写作天才？

三国时代的曹植（192—232）据说十多岁就会写诗。唐朝的李贺（790—816）六七岁就会吟诗作对。骆宾王（约619—约687）六岁就"写下传诵千古的《咏鹅》诗"。南朝的刘孝绰（481—539）六岁"能文"，阴铿（约511—约563）四岁"诵诗赋一日千言"。② 不过，诗歌神童或天才诗人还是要先学再写的。一篇网文一边赞叹曹植的文采，一边又说，曹植十岁左右"可以背诵《诗经》《论语》等几十万字的文章及其他诗词歌赋"。③ 至于李贺，网文也说他得到韩愈的赞赏，并被带回家"亲自教他写诗作文""李贺有了名师指点，才学更加突飞猛进，长大后更成了著名的诗人，有诗鬼之称"④。

当今也不乏写诗天才，如蒋方舟⑤、田晓菲⑥。蒋方舟七岁就会写诗词，九岁发表散文集《打开天窗》，（后来破格）考上清华大学，2012年毕业之后，就任《新周刊》杂志副主编。田晓菲四岁写诗，十三岁就（因此）上了北大，后来到美国内布拉斯加州立大学读硕，上哈佛大学读博。任教于柯盖德大学、康

---

① 百度文库. 空间的诗学. 百度网站. https://wenku.baidu.com/view/7f1dbcc708a1284ac85043cf.html? fixfr=SrNpr5y6thixiOL60b9quA%253D%253D&fr=income2-search

② 百度文库. It's Art and Charm. 百度网站. https://wenku.baidu.com/view/e-220b0d733d4b14e852468a8.html, 2012-02-18.

③ 恩惠360. 曹植几岁写诗 [A/OL]. 百度知道网站. https://zhidao.baidu.com/question/523760336195222165.html, 2017-09-23.

④ 佚名. 古代十大神童的故事 [A/OL]. 百度知道网站. https://zhidao.baidu.com/question/1757090317916603068.html, 2020-05-04.

⑤ 1989年出生湖北襄阳，早期作品《打开天窗》《正在发育》，后来著有《都往我这儿看》《故事的结局早已写在开头》《我承认我不曾历经沧桑》等，https://baike.baidu.com/item/%E8%92%8B%E6%96%B9%E8%88%9F, 2020-02-07.

⑥ 1971年10月生，出生于哈尔滨，在《天津日报》发表处女作后出版了5本诗集，代表作为《爱之歌》。其散文《十三岁的际遇》选入某中学课本，https://baike.baidu.com/item/%E7%94%B0%E6%99%93%E8%8F%B2, 2020-02-07.

奈尔大学、哈佛大学。2006年，仅三十五岁的她成了教授。问题是，她们是不是天生就会诗文？百度"蒋方舟"所得的网文（见上）没有介绍她是如何学习写作的，但至少不是无师自通的：说她1996年进入襄樊铁路一小读书，1997年写成《打开天窗》。另一篇网文除了介绍田晓菲的诗才，还说，"这个不是天生的，跟其父母的工作有关"（天津文联的作家/编辑），使得她一出生就"开始接触文学"。① 可见，这两位巾帼诗人的诗才是学得的。

绕了半天，一言蔽之，诗歌翻译不可能无师自通，或者说，不可能不学就会，而是要从"译步译趋"开始。看看名家的翻译，对照自己的翻译，或者自己译译，再对比高手译笔。若有真人在身边敲打点拨则进步更快。

将来的机器翻译会大大超越眼下，但也只能是非文学文献（如科普类、商务类、公关类），遇到戏剧、小说类也许能够满足百分之五十以上的达意要求，而在诗歌面前估计是举步维艰。诗歌非人力能及，也非普通人力所及。一个有意于诗歌翻译的学生，首先要喜欢诗，读读，写写，平时念念有声，舞文弄墨，一身情趣，超凡脱俗。其次要喜欢翻译，懂翻译技巧（通过教材），甚至还初通一些译论（通过论著）。再次就是喜欢翻译文学和文学翻译。没有文学翻译，何来翻译文学？除了阅读名家的文学翻译，还要摩拳擦掌，跃跃欲试，翻译几页文学，请教师长，秀于同窗。就中国古代诗歌外译而言，我们不能不看看许渊冲先生如何"诗译英法"（唯一人）。所幸老先生不仅译笔不辍，不断地"创造美"（三美：音美、形美、意美；或五美：形美、音美、词美、句美、意美）②，如《中国古诗精品三百首》③，《唐诗三百首》④，《论语》⑤，还偶尔把翻译经验体会付诸笔端，因此就有一些论文和著作，如《文学与翻译》⑥，《〈论语〉译话》⑦。这样一来，读者除了在古诗英译中一饱眼福，品味许风，例如，体会或论述众多《论语》版译本，众多唐诗译本其间的细微差别——还可读到大师的译感、译评、译论、"译经"，这是多么美好的学习良机！这是80年代可望而不可即、60年代不敢想象的机会。学习机会俯拾即是，问题是热爱与否，有空与否。

---

① 师者。她4岁写诗，13岁进北大，受到海子赞誉，海子走后她不再写诗 [A/OL]．搜狐网站，http：//www.sohu.com/a/345150787_100264234，2019-10-05．
② 毛荣贵．翻译美学 [M]．上海：上海交通大学出版社，2005/2006：190-225．
③ 许渊冲，译．中国古诗精品三百首 [M]．北京：北京大学出版社，2004．
④ 许渊冲，译．唐诗三百首 [M]．北京：中国对外翻译出版公司，2007．
⑤ 许渊冲，译．论语 [M]．北京：高等教育出版社，2005b．
⑥ 许渊冲．文学与翻译 [M]．北京：北京大学出版社，2003/2016．
⑦ 许渊冲．《论语》译话 [M]．北京：北京大学出版社，2017．

(二) 译之较之

除却一些早期笔译练笔，我觉得翻译诗歌不能看到啥就译啥，因为诗海茫茫，良莠不齐。人生苦短，因此第一，不必每次都做"绝对翻译"（absolute translation）或"全译"（full translation）①；第二，我们翻译的诗歌应该是我们钟爱也（似乎）能够翻译的"易诗"（对比"难诗"），尤其是学徒阶段。

动手翻译前，自然要阅读原作，但不必涉猎作者人物介绍，决不"剧透"地百度"一切皆有可能"的译本，因为他译会左右甚至桎梏我们自己的译笔。好的，我们都有剽窃的原罪冲动；不好的，我们都会规避躲闪。我们这样所生成的译作就会有很大程度的模仿，算不得真正的文学翻译，我们也就无法像许渊冲教授那样，向世界贡献自己的文字美。翻译完一篇之后，自然可以浏览能浏览到的译本，帮助我们找到差距，找到误译。

当然，我们"不可墨守成规，不可重蹈前人覆辙"②，就诗歌翻译而言，被原文语义和表达方式的"镣铐"套牢了，也不能一看到他人的遣词造句妙笔就来他个"拿来主义"，这样就是"重蹈前人步伐"，重拾前人牙慧了。当且仅当我们的版本和他人的版本没有多大的差距，甚至在一些方面胜出，也就学成出师了。

譬如，不久前我翻译了苏轼的《水调歌头·明月几时有》：

(104) 明月几时有？把酒问青天。

不知天上宫阙，今夕是何年。

我欲乘风归去，又恐琼楼玉宇，高处不胜寒。

起舞弄清影，何似在人间？

转朱阁，低绮户，照无眠。

不应有恨，何事长向别时圆？

人有悲欢离合，月有阴晴圆缺，此事古难全。

但愿人长久，千里共婵娟。

笔者的译文（"*Prelude to Water Melody: How Often Does It Appear There?*"请看本节开头的英语段子），共有十八行，没有分节：若硬要分节就让最后八行成第二节，可它却和上面的"Behold"等是同气连枝、难舍难分。译文押韵（abcbdcade fafghihdi），属松散随意、前后呼应的韵脚。译好之后，百度了许渊冲老

---

① SHUTTLEWORTH, M., & M. COWIE. *Dictionary of Translation Studies* [Z]. 上海：上海外语教育出版社，2004：1, 63.
② 赵彦春. 文化交流中的翻译误区及解决路径 [N]. 中国社会科学报，2017-07-21.

文学翻译的语用变通 >>>

先生的译文①（标题是"*The Mid-autumn Festival Tune: Prelude to Water Melody*"②）：

How long will the full moon appear?

Wine cup in hand, I ask the sky.

I do not know what time of the year

't would be tonight in the palace on high.

Riding the wind, there I would fly,

Yet I'm afraid the crystalline palace would be

Too high and cold for me.

I rise and dance, with my shadow I play.

On high as on earth, would it be as gay?

The moon goes round the mansions red

Through gauze-draped window soft to shed

Her light upon the sleepless bed.

Why then when people part is she oft full and bright?

Men have sorrow and joy; they part or meet again;

The moon is bright or dim and she may wax or wane.

There has been nothing perfect since the olden days.

So let us wish that man

Will live long as he can!

Though miles apart, we'll share the beauty she displays.

单看许老的押韵，胜我多矣。第一节押韵的是"appear, year"；"sky, high, fly"；"be, me"；"play, gay"。第二节押韵的是"red, shed, bed"；"again, wane"；"days, displays"；"man, can"。除了押韵，全诗读来朗朗上口，节奏感强，不愧为"三美"译文。最喜爱的是许先生的"riding the wind" "as on earth" "upon the sleepless bed" "The moon is bright or dim and she may wax or wane"等词句，我等做梦也想不到。你能骑马驾车，但谁见过"驾风"？这是鲜活的隐喻。"as"的用法略知一二，但不会接介词短语，这里相当于"as if/though"。"sleepless"修饰人似然无碍，但修饰"nights, bed"类算是移就（辞

---

① 佚名. 迎中秋 赏名诗英译——苏轼《水调歌头》[A/OL]. 中国日报网, http://language.chinadaily.com.cn/trans/2014-08/26/content_ 18490381.htm, 2014-08-26.
② 见王丽娜（2011），引述译文原文似乎有几处笔误。

格),好不有趣!?描述月亮的"bright or dim, wax or wane"既忠实于原文的"月有阴晴圆缺"(注意"阴晴"没有直译为"cloudy, overcast sky"以及"sunny"类),又有西方修辞学的"antithesis"(两处对仗)。当然,汉语词牌名是特色文化词,得到了"显译/生译"(overt translation),因为无论如何也无法达到钱钟书提倡的"化境"(sublimity)。晚辈本不该吹毛求疵,但是上阕开头的"How long will the full moon appear?"似有不妥,"appear"是短暂动作动词,像"come, go, arrive, be born"一样,不能接持续性的时间状语,如"for five years",那么本句就有语病了。下阕末尾的"So let us wish that man/ Will live long as he can!"说的是哪个"他"?"wish"之后为何用"will"而非"would"?

有幸邂逅了林语堂的英译宋词①:

How rare the moon, so round and clear!

With cup in hand, I ask of the blue sky,

"I do not know in the celestial sphere

What name this festive night goes by?"

I want to fly home, riding the air,

But fear the ethereal cold up there,

The jade and crystal mansions are so high!

Dancing to my shadow,

I feel no longer the mortal tie.

She rounds the vermilion tower,

Stoops to silk-pad doors,

Shines on those who sleepless lie.

Why does she, bearing us no grudge,

Shine upon our parting, reunion deny?

But rare is perfect happiness—

The moon does wax, the moon does wane,

And so men meet and say goodbye.

I only pray our life be long,

And our souls together heavenward fly!

林译没有分节,押韵的是"clear, sphere";"sky, by, high, tie","lie,

---

① 中国日报网站。http://language.chinadaily.com.cn/trans/2014-08/26/content_18490381.html, 2020-02-07。没有提供词牌名英译。

deny, goodbye, fly", "air, there"。比较他的 "riding the air" 也是隐喻, "She rounds the vermilion tower" 的女性拟人, "Shine upon our parting, reunion deny" 和 "But rare is perfect happiness" 有情理之中、意料之外的倒装, 还有 "wax" 和 "wane" 这两个头韵的词(巧合): "The moon does wax, the moon does wane", 比许氏俏皮可爱。在 "pray" 后面加了 "our souls together heavenward fly", 喜欢提前的状语及其措辞 "heavenward"。全诗给人的感觉是灵气十足, 全然没有 "戴着镣铐" 的拘谨, 倒有英诗无苏式宋词风格而做的文体 "补救" (compensation), 如诗行长短不一的张力。林语堂脚踩中西文化两条船, 其译文忠实性算是 "施教忠实" (didactic fidelity), 即既忠实于苏东坡原文又忠实于英美读者(实现美学教育的影响功能), 其诸多 "语用变通" (pragmatic adaptation), 使林译读来像英诗——我挑不出刺来。

最近涉及《水浒传》英译,译海拾贝——外来汉学家沙博理英译水浒里有苏东坡的 "水调歌头":

When is there a bright moon?

Ask the sky, cup in hand.

Who knows what year it is

In the palaces of heaven.

Long to go there, riding the wind,

But the cold I cannot stand

In that lofty jade firmament.

I dance alone with my shadow,

As if in another world.

With the beaded curtains rolled high,

The moonlight, streaming through the open window,

Drives away sleep.

I should not be resentful, but why

Is the moon always roundest at parting?

As people have their sorrows and joys, separating and reuniting,

So has the moon its bright and dark, waxing and waning.

Since ancient times, it has always been thus!

If we cannot for long be heart to heart,

Let us enjoy the same moon, far apart!

沙博理译文分上下两阕,上阕押韵的只有 "hand, stand"; 下阕押韵的是

"high, why", 以及 "heart, apart"。几个 "-ing" 词, 如 "parting, reuniting, waning" 勉强算押韵, 而上下两阕的 "shadow, window" 都以 "-ow" 结尾, 算勉强押韵。可见, 沙译不求 "perfect rhymes", 即所谓全韵, 如阳性韵 (masculine rhyme, 如 "hate, late")、阴性韵 (feminine rhyme, 如 "powers, flowers")

沙博理很少翻译诗歌, 但由于他翻译的很多汉语作品里偶尔有诗, 于是就不得不勉为其难地翻译。我不禁好奇, 如果我们像赵彦春教授等那样 "以诗译诗"①, 擅于小说翻译的沙博理又是如何做到译诗的呢? 说实在的, 这首词的沙译是没有硬伤的, 做到了 "以诗译诗", 汉文化的月亮情结得到了很好的 "摆布"（manipulation）, 实现了完好的 "文化移植"（cultural transplantation）②。然而不知怎的, 总觉得上阕第五行的 "Long to go there, riding the wind" 不甚完美, 至少不如改为 "I long to go there, riding the wind"。结果, 和这个 2004 年网络版的英译水浒（301-302 页）③ 不同的是, 外文出版社和湖南人民出版社 1999 年版（879 页）④ 原先的翻译本是有代词 "I" 的。从这点可见, 网络版不如原版。总的说来, 窃以为沙译可圈可点, 仅逊色于林译。

神奇的是, 还能找到其他译本, 如朱曼华、龚景浩、杨宪益、黄新渠、朱纯深、特纳（John A. Turner）、李顺艺（Shyn-yi Lee）、华兹生（Burton Watson）、科特威尔和史密斯（Robert Kotewell & Norman Smith）等的译文⑤（讨论从简）。

苏轼原词有几个难译之处, 如 "把酒", 沙博理和特纳的 "cup in hand", 许渊冲的 "Wine cup in hand", 林语堂的 "With cup in hand", 杨宪益的 "Wine

---

① 赵教授的原则是 "以诗译诗, 以经译经"。见赵教授的自介（微信聊天发送材料）, 以及周文柄（2017）, 中国社会科学网。http://www.cssn.cn/skyskl/skyskl_whdsy/201712/t20171201_3761532.shtml, 2020-02-08.

② 这个词在赫维和希金斯（Hervey & Higgins, 1992: 30）那里算是 "反文化移植", 或称之为 "文化格物", 因为他们指的是用译入语文化代替原语文化。

③ 施耐庵, 罗贯中（N. SHI & G. LUO）. 2004. *Outlaws of the Marsh*（《水浒传》）. Tr. 沙博理（S. SHAPIRO）. Ed. & revised by Collinson Fair. Peking: Foreign Languages Press.（E-book）.

④ 施耐庵, 罗贯中（N. SHI & G. LUO）. 1980/1999. *Outlaws of the Marsh*（《水浒传》）. Vols. 1-5. Tr. 沙博理（S. SHAPIRO）. Peking & Changsha: Foreign Languages Press & Hunan People's Publishing House.

⑤ 一鸣.《水调歌头》杨宪益、黄新渠、许渊冲、朱纯深和 TURNER 五种译文对比赏析 [A/OL]. 新浪博客网站. http://blog.sina.com.cn/s/blog_517d4f5e01015nom.html, 2013-03-03. 佚名. 苏轼《水调歌头·明月几时有》的五种英文译本 [A/OL]. 瑞文网. http://www.ruiwen.com/wenxue/shuidiaogetou/184141.html, 2020-11-23. PATRICK. 苏轼《水调歌头》英译 [A/OL]. https://www.en84.com/dianji/ci/201609/00000298.html, 2016-09-16. 网文没有提供 "Shun-Yi Lee" 的汉语名或背景, 笔者暂且译之为 "李顺艺"。

cup in hand", 龚景浩的 "Holding up a wine cup", 朱曼华的 "Upholding a cup of wine", 华兹生的 "Lifting my wine", 科特威尔和史密斯的 "Holding my cup", 以及李顺艺的 "With a cup of wine in my hand", 多么相似! 只有朱纯深的 "Raising my goblet" 和黄新渠的 "Holding a goblet", 措辞上 (goblet) 有点始料不及。拙译是 "Bottle in hand", 用的现代人的 "酒瓶", 有 "纵酒" 之意。

苏轼的 "乘风", 沙博理译为 "riding the wind", 类似的有黄新渠、朱纯深、龚景浩、李顺艺、华兹生、科特威尔和史密斯的 "ride the wind", 杨宪益的是 "fly back on the wind", 特纳的是 "mount the winds", 都是一样拟物喻(交通工具), 莫非巧合天工的巧合? 只有朱曼华的 "With the wind … go" 像是 "驴友"喻。拙译为 "by winged winds", 有头韵法 (两个/w/), 有隐喻 (把风比作飞禽)。

再看 "起舞弄清影" 的译法: 沙博理译之为 "I dance alone with my shadow", 许渊冲的是 "with my shadow I play", 龚景浩译为 "danced with my own shadow", 林雨堂的译文是 "Dancing to my shadow", 朱纯深的是 "Dancing to play with a cool shadow", 黄新渠的 "dance and swing with my shadow", 李顺艺的是 "Dancing with my moon-lit shadow", 华兹生的 "So I rise and dance and play with your pure beams", 科特威尔和史密斯的 "I rise and dance and sport with limpid shades", 等等, 都是大同小异的 "舞伴" 拟人喻, 都很恰当但不能交换。只有特纳的 "To tread a measure, to support with fleshless shade" 令人眼睛一亮。拙译是 "Dancing by my own poor shadow I reflect", 和多数译法类似。

苏轼的 "经句" 之一 "人有悲欢离合, 月有阴晴圆缺" 是如何翻译的?

许渊冲: Men have sorrow and joy; they part or meet again;
The moon is bright or dim and she may wax or wane.

杨宪益: For men, the grief of parting, joy of reunion,
Just as the moon wanes and waxes, is bright or dim;

林语堂: The moon does wax, the moon does wane,
And so men meet and say goodbye.

李顺艺: People may have sorrow or joy, be near or far apart
The moon may be dim or bright, wax or wane,

龚景浩: We all have joys and sorrows, partings and re-unions.
The moon, it's phases of resplendence,
Waxings and wanings—

黄新渠: Men know the sorrow of parting and joy of reunion,
The moon is bright or dim, she may wax or wane;

特纳：As men have their weal and woe, their parting and meeting, it seems
　　　　The moon has her dark and light, her phases of fullness and waning.
科特威尔和史密斯：Man has grief and joy, parting and reunion;
　　　　The moon has foul weather and fair, waxing and waning.
华兹生：People have their griefs and joys, their joining and separations,
　　　　the moon its dark and clear times, its roundings and wanings.

可不可以称这些为"wax-&-wane 类"？不约而同？不期而遇？只是林氏先说月再说人（为了韵律），特纳和华兹生的译文有"wane"而没有"wax"。比较而言，两位朱先生一繁一简，出人意料：

朱曼华：Man will vary with vicissitudes of life
The full moon alternates the crescent, rain or shine.

朱纯深：an uncertain world
under an inconstant moon.

拙译如下，不敢妄评：
Hi's and bye's, life goes by, with the moon
Waxing and waning invariably, from afar.

苏轼的"经句"之二"但愿人长久，千里共婵娟"又是怎样的译法？

许渊冲：So let us wish that man
　　　　Will live long as he can!
　　　　Though miles apart, we'll share the beauty she displays.

李顺艺：May we all be blessed with longevity
　　　　Though far apart,
　　　　We are still able to share the beauty of the moon together.

龚景浩：I wish a long life to us all.
　　　　Then, however far apart we are
　　　　We'd still be sharing the same enchanting moonlight.

黄新渠：May we enjoy a lasting peaceful life,
　　　　And share her splendor across a thousand miles!

朱曼华：However, may you live a long life;
　　　　The moon we share across 1000 miles.

朱纯深：Nonetheless, may all of us remain
　　　　long in this world, and share
　　　　The immortal moon even though

华兹生: I only hope we may have long long lives,
May share the moon's beauty, though a thousand miles apart.
科特威尔和史密斯: All I can wish is that we may have long life,
That a thousand miles apart we may share her beauty.
杨宪益: My one wish for you, then, is long life
And a share in this loveliness far, far away!
林语堂: I only pray our life be long,
And our souls together heavenward fly!
特纳: Long be we linked with light of the fair moon
Over large leagues of distance, thou and I.

看到"wish"接"will/ may"类动词我就不仅怀疑其良构性（well-formedness）。其次，原文的"对偶"若没有译出还是很惋惜的。最后，就这句而言，感觉杨宪益、林雨堂和特纳的译法优于其他。拙译是"Pray, bless us by longevity and lunar pleasure.", 简洁是简洁, 诗效自觉逊于林译。

翻译初稿完成之后, 和各位名译、译星之"译品"比较, 我一边羞自己的羞, 一边美自己的美: 我把"又恐琼楼玉宇"译为"only afraid/ Of the temperament of fairyland's jade asgard", 把"起舞弄清影"译为"Dancing by my own poor shadow I reflect", 把"转朱阁, 低绮户, 照无眠"译为"… Behold/ The moon, drawing circles round pavilions red, / Flirting the sculptured windows so low, / On to the weary cheeks of the sleepless.", 等等, 油然而生自豪。试想, 我先读这些（的任何一两首译本）, 还能翻译吗? 还能翻译出美来吗? 若是有同, 就是模仿、重复或剽窃的雷同, 若有不同, 那是刻意的求异、求新、造作。

上述也适于英诗汉译。

有时候在和学生或朋友交流时, 我们没必要老老实实地呈现原作和"译品", 可以先示人以匿名的译作。文化人的评价, 不论好评差评, 对我们都很有启发或鼓励。2019年3月25日, 我给研究生学生徐玲玲一首诗《哀蔷薇》①,

---

① 何名蔷薇或玫瑰？／昨日异香吐芳菲。／苍白干枯如麦茬，／无人垂怜锁深闺。当年春风拂芳颜。／荆棘丛中有香传。／香飘小径晨与夕，／琼花玉叶今不现。骄阳炎炎大地焚，／芳簌奄奄葬香坟。／不待春雨繁花润，／灰骨千秋无人问。月清风寒霜露重，／昔日沐风浴雨丛。／娇媚鲜艳红胜血，／露仙不知花魁踪。娇蕊未放立蜻蜓，／细腿纤须弄清影。／激情不顾新枝嫩，／摧蕾残蕾竟何情？蜜蜂花粉忙开采，／甜砖香瓦筑蜂寨。／丹霞周遭乐哄哄，／清香不再蜂不来。世间但有温情系，／一颗丹心诚追忆。／叶溢香飘四季美，／深闺假寐待天时。欠君真情蝶恋花，／万花入眼不奇葩。／香骨遗梦冷如霜，／花泪干涸伤天涯。

>>> 第六章　现代诗歌翻译的语用变通

她称赞不已。我说,"你能翻译吗?"

她说"很难,老师您译吧。"我说好。再提供英语版,她又称赞。最后我发去英语标题、作者姓名①、汉语标题和译者姓名(说的是"某某某译"字样),她惊呆了。至少说明,在她心中我的译诗不仅像诗,而且是诗了。同一天,以同样的方式对本科(毕业)生徐燕,她说英语版应该是原文,汉语版更好。

原文文化和译文文化有诸多"恒定性"(invariance)或知识共享性,更兼诗人和诗人共享的"次语言"(sublanguage②)及其难以捉摸的共鸣,使得诗性表达的直译成为可能。当然,这不是说原作的一切"语篇素"(texteme)都可以生搬硬套到新的语码系统里去。自我感觉是,拙译虽然"回译"(back-translation)率较低,偶有"间接翻译"(indirect translation)③,却不是"传经/布道式忠实"(exegetic(al) fidelity)④,到"加注翻译"(gloss translation)、"厚重翻译"的程度,亦非"死译"或"愚忠之译"((super)close translation)。因此,不被看成"滥译"(abusive translation)或"翻译中的虐暴"(abusive violence in

---

① A Dead Rose, By Elizabeth Barrett Browning: O Rose! who dares to name thee? / No longer roseate now, nor soft, nor sweet; / But pale, and hard, and dry, as stubble-wheat, —/ Kept seven years in a drawer—thy titles shame thee. The breeze that used to blow thee/ Between the hedgerow thorns, and take away/ An odour up the lane to last all day, —/ If breathing now, —unsweetened would forego thee. The sun that used to smite thee, / And mix his glory in thy gorgeous urn, / Till beam appeared to bloom, and flower to burn, —/ If shining now, —with not a hue would light thee. The dew that used to wet thee, / And, white first, grow incarnadined, because/ It lay upon thee where the crimson was, —/ If dropping now, —would darken where it met thee. The fly that lit upon thee, / To stretch the tendrils of its tiny feet, / Along thy leaf's pure edges, after heat, —/ If lighting now, —would coldly overrun thee. The bee that once did suck thee, / And build thy perfumed ambers up his hive, / And swoon in thee for joy, till scarce alive, —/ If passing now, —would blindly overlook thee. The heart doth recognise thee, / Alone, alone! The heart doth smell thee sweet, / Doth view thee fair, doth judge thee most complete, —/ Though seeing now those changes that disguise thee. Yes, and the heart doth owe thee/ More love, dead rose! than to such roses bold/ As Julia wears at dances, smiling cold! —/ Lie still upon this heart—which breaks below thee!
② 改自阿诺德等(Arnold, 1994: 216),本指"机器翻译中的一种技术语言"。
③ GUTT, E.-A. *Translation and Relevance: Cognition and Context* [M]. Oxford: Blackwell. Manchester: St. Jerome Publishing, 1991/2000: 177.
④ 即像翻译宗教典籍一样,在翻译中补全原作一切背景信息及其他隐含信息,不使任何宗教信息有所遗失。参见 SHUTTLEWORTH, M., & M. COWIE. *Dictionary of Translation Studies* [Z]. 上海:上海外语教育出版社,2004: 53。

translation)①，我就对得起诗译的责任（commission）②或职业道德了。

2019年3月26日，我在华侨大学外国语学院的选修课"专题口译"中，给MTI口译班八个学生以同样的"诗秀"，结果类似。感觉很美，自知是孤芳自赏。译诗既有翻译过程（*Translation*），又有翻译结果即作品、译品。在翻译过程中，译者心中应有"双文本"（bi-text）意识③、"双读者"（bi-reader）意识，译文读者的"三读者"（旁观读者、局外读者、局内读者）意识④，也即时刻铭记和对话原作（成品）和译作〔（半）成品或成品〕，铭记和对话原文读者群和译文读者群，遣词造句和达意取效中，一要重视和忠实原文及其作者，了解双文本和双读者的抵牾，二要有所变通和创造，三要遏制创作的冲动。有时，对有些诗人的诗篇，我翻译一两回，便得到一两个译本。当然，翻译活动的时间间隔要大，而且不参考前译。到头来，我在日记里收藏各版本，而只选择一个版本示人。有时，在最先的译稿上修修补补，便有译1和译2之别，如曹操的《短歌行》，如杜甫的《蜀相》，郭敏的《赠曹雪芹》。虽然总体看来译2好过译1，但对译1终究怀有依依折柳。

在翻译中除了求意，即原作之主题意义、命题意义、话语意义、信息意义、交际意义、情感意义，笔者所求无非是"语用标记值"的等效（或近效）。我以自己的语用翻译学译理关照下的译观，如隐喻译观、转喻译观、双关译观、仿拟译观、拈连译观、花径译观、汤姆诙谐译观等⑤，调度各种译技（如全译、变译⑥、删译、归化、异化、直译、意译、浅化、深化、等化、泛化、特殊化、具体化、正译、反译、增译、省译、转类、顺译、逆译、调序、拆句、合句、句式、转换、包孕、插入、重组、综合⑦等）。翻译的雕虫小技都是翻译大师从

---

① 孙艺风. 译者是暴力的实施者 [J]. 中国翻译, 2014 (06): 5-13; SUN, Y. Violence and translation discourse [J]. *Journal of Multicultural Discourses*, 2011 (02): 159-175.

② SHUTTLEWORTH, M. & M. COWIE. *Dictionary of Translation Studies* [Z]. 上海: 上海外语教育出版社, 2004: 18; BRIAN, H. Bi-text, a new concept in translation theory [J]. *Language Monthly*, 1988 (54): 8-10.

③ BRIAN, H. Bi-text, a new concept in translation theory [J]. *Language Monthly*, 1988 (54): 8-10.

④ Pym, Anthony D. The relations between translation and material text transfer [J]. *Target*, 1992 (02): 171-189.

⑤ 侯国金. 语用翻译学: 寓意言谈翻译研究 [M]. 北京: 北京大学出版社, 2020a.

⑥ 黄忠廉（2000, 2016）的"变译"（variation translation），或维奈与达贝尔内（Vinay & Darbelnet, 1958/1972: 46, 49）的"变译/变通"（oblique translation）。

⑦ 伊豆. 最简单实用的十大翻译技巧 [A/OL]. 豆瓣网站. https://www.douban.com/group/topic/87348210, 2016-06-12。

古至今传下来的，是翻译实践的法宝。当然，法中有法，法外有法，不可拘泥，一定要时有变通。我常对学生说，"没有译理，就没有译观。没有译观，就没有译技"，"翻译的'how'决定于翻译的'what'和翻译的'why'"。前一句的意思是，形而上的译理统辖形而中的各种译观，它们都统辖形而下的译技（和译艺）。学会了教材的诸多翻译方法之后，最好是了解一些有用的译观，研究生还得接触一些译理。第二句的意思是，伏案翻译所遇到的或大或小的翻译方法问题，都取决于你翻译什么，这两个问题又取决于你为什么翻译。换言之，不了解为什么翻译、为谁翻译，就难以抉择翻译什么（图书、文献），也就无所谓什么具体的方法、方式、技巧了。

诗译者，是真正的"跨语者"（translanguager）。看起来，我是在双语和双文化之间做了一点微不足道的"文学语用翻译"（literary-pragmatic translation）。优也罢，劣也罢，"语用"二字是我有别于他人之处吧。在译诗中，我竭力贯彻"极小极大原则"（minimax principle）（即以最小的语码努力攫取最大的诗性效果）① 和"语用翻译学"的"语用标记等效原则"（参见第二章第二节），对话逝者（作者）和生者（读者），着力使之通达，追求译诗自然/和畅（naturalness），唯恐有所不"尽效"。通达其意是基础，尽等其效是译旨。

六、小结

于是，翻译了三国至唐的诗歌，含曹操、曹植、罗贯中的几首诗词；白居易、李白、杜甫、孟郊、陈子昂、贺知章、王之涣、王维、崔颢、张继、柳宗元、杜牧、李商隐、张九龄、王翰、韦应物、元稹、贾岛、李绅、高适、岑参、刘禹锡、陶渊明的一些诗歌。还有宋清诗词，主要是：欧阳修、范仲淹、王安石、苏轼、陆游、杨万里、朱熹、寇准、林升、叶绍翁、马致远、于谦、杨慎、郑燮、仓央嘉措、袁枚、赵翼、郭敏、顺治皇帝、无名氏的一些诗歌。还翻译了一些现代诗，如徐志摩、艾青、戴望舒、覃子豪、郑愁予、林徽因、卞之琳、北岛、南星、欧阳江河、任洪渊、叶维廉、余光中、羊令野、三毛、廖亦武、席慕蓉、汪国真、段若兮，等等。也翻译了英美诗歌，如莎士比亚（William Shakespeare），惠特曼（Walt Whitman），卡明斯（e. e. cummings），桑德堡（Carl Sandburg），叶芝（William Butler Yeats），艾略特（Thomas Stearns Eliot），

---

① LEVÝ, J. Translation as a decision process [A]. Ed. J. LEVÝ. *To Honor Roman Jakobson*: *Essays on the Occasion of His Seventieth Birthday II* [C]. The Hague, The Netherlands: Mouton, 1967: 1171-1182.

狄金森（Emily Dickinson），罗赛蒂（Christina Rossetti），勃朗宁（Elizabeth Barrett Browning），奈杜（Sarojini Naidu），沃克（Alice Walker），蒂斯代尔（Sara Teasdale），勃朗特姐妹（Emily Brontë, Anne Brontë），韦奥斯特（Judith Viorst），阿特伍德（Margaret Atwood），达菲（Carol Ann Duffy），帕克（Dorothy Parker），等等。

还翻译了"歌曲童谣"，歌曲如《唱支山歌给党听》《天下黄河九十九道弯》《青藏高原》《九九艳阳天》《敖包相会》《山路十八弯》《康定情歌》《爱拼才会赢》《草原之夜》《三十里铺》《世上只有妈妈好》《妈妈的吻》《春天在哪里?》《小毛驴》《蜗牛与黄鹂鸟》"Bridge Over Troubled Water" "You Raise Me Up"；童谣如《笋》《蘑菇》《大公鸡》《小白兔》《小青蛙》《蜗牛》《小螃蟹》《小燕子》《小蜜蜂》《做早操》《冬》《小鸭子》《大蜻蜓》《啄木鸟》《拍手歌》"A Sailor Went to Sea" "One, Two, Three, Four, Five" "Rain, Rain, Go Away"，以及20则谜语童谣。

在翻译中，究竟选择谁？挑选多少首及哪几首（的哪个版本）？全凭喜爱。我非职业译员，又无许老的功力和时间，只能"诗而优而译"，优不优在我，"我的地盘我做主"。因此我之所选有大家熟知的"李白杜"，也有鲜有问津的罗贯中诗咏孔明，无名氏的"劝诫"。现代诗坛人才辈出，选择只能"在我"，例如收入80后女诗人段若兮。这些"罕译"多有点"激进翻译"（radical translation）① 的味道，不是为了"捧新"，喜爱之故也。至于英诗，男诗人不能没有莎士比亚、惠特曼、卡明斯、桑德堡、叶芝、艾略特，女诗人中选译了狄金森、罗赛蒂、勃朗宁、奈杜、沃克、蒂斯代尔、勃朗特姐妹、韦奥斯特、阿特伍德、达菲、帕克。有经典，有新诗。有的诗人闻名遐迩，有的是新人。莎士比亚的十四行诗是我的最爱，我前前后后翻译了近20首。卡明斯次之，是杰出的现代诗代表，译了十几首"卡诗"。最喜欢的诗后是勃朗宁和狄金森。伊丽莎白·勃朗宁的情诗举世无双，感动的不只是直接读者即著名英国诗人罗伯特·勃朗宁（Robert Browning）。狄金森的睿智、哲理、讽刺、精悍、隽永、破折号，都是她的特色菜，怎能不爱？

我翻译了一些民歌和童谣，因为这些优秀的中国成分走出国门的最好方式就是优秀译文。歌词难译，一在于特色文化词，包括特色的叹词；二在于诗意，因为歌曲本身是诗，诗歌合一；三在于好唱，也即以原先的曲子来唱译文。鉴于此，笔者翻译时主要观照这三个方面，不使语义值和"语用修辞价值"

---

① QUINE, W. V. O. *Word and Object* [M]. Cambridge, Massachusetts: The MIT Press, 1960: 28.

（pragma-rhetorical values）有较多的丧失，有失必补，至少东失西补。关于第三个方面，笔者尽量以译文哼唱，一些歌曲还让学生在课堂和华侨大学的"果香读赏会"（研究生学术论坛）表演过。歌曲爱好者也可如此吟唱，例如，这样对待所翻译的中国民歌，便有助于中国民歌走向国际了。窃以为，最好的歌曲翻译就是上述的"达意""尽效"，而后者最难。歌曲的"语用等效"翻译首当其冲的是可唱性（singability）。《英语世界》之所以连续很多年刊登薛范的英语歌曲汉译，我想不外乎薛译达的是原歌之意，及照顾到了原文的语义性（semanticity），还尽了原歌之效，即其话语修辞（修辞性 /rhetoricality）和可唱性，也即关照了原文的语用性（pragmaticity）。为此，五音不全的我必须学会吟唱二三十首似曾相识或仅会哼哼的民歌和童谣。翻译初稿完成后我得按照原歌的曲子翻唱数遍，有碍于可唱性之处毫不留情地修改。有些歌还请了学生和同事歌手试唱，并根据她们的意见改进。

民歌翻译中出现了一个意想不到的困难，就是不少民歌有不同的歌词版本和演唱（视频）版本，而我们不能一一照顾。例如，在翻译《九九艳阳天》之后，学唱无虞，自鸣得意，学生孙红婷校对时指出一两句和她的版本不同，害得我再次百度甄别，最后选定刀郎、黄灿合唱版的歌词，并重译全歌。

儿歌的翻译也大致如此，就不赘述了。翻译儿歌有一个自私的因由，我得教外孙女 Becky 她爸妈教不了的东西。于是就有《世上只有妈妈好》《小毛驴》《蜗牛与黄鹂鸟》等，以及一大把童谣，逗得她逢人便说"跟着外公，无所不通""跟着姥爷，追求卓越"。

诗歌，难写，难读，难译。

翻译诗歌就得"以诗译诗"，译文不仅像诗，得是诗。这里的"译诗"，相当于霍姆斯（James Holmes）所说的"元诗"（metapoem①），即以诗文形式如实（faithfully）再现原作诗文包括"诗性"（poetic integrity）在内的各种参数特征。"元诗"作者或译者应有诗歌评论家的慧眼，应有诗人的诗性睿智，应有解决原语和译入语之间不兼容、不相通矛盾的才艺②。

---

① 在他笔下（Holmes, 1988a-b），对一首诗歌的"元交际"（metacommunication）处理，即对诗人的所用处理过程，可能产生7种不同的文本：1）用诗歌原作的同一语言评论该诗的散文文本（语内翻译），2）用另一语言评论该诗的散文文本（语际翻译），3）该诗的散文译文文本（语际翻译），4）该诗的诗文翻译文本（语际翻译），5）该诗的模仿（imitation）文本（语内或语际翻译），6）以该诗为题所写的诗歌文本（语内或语际翻译），7）该诗予以灵感创作的诗歌文本（语内或语际翻译）（1988b: 24）。其"元诗"属4）。

② SHUTTLEWORTH, M., & M. COWIE. *Dictionary of Translation Studies*［Z］. 上海：上海外语教育出版社，2004：104.

吾诗故吾在，吾译故吾在，诗译是双重人生。写诗，开启诗画人生，对话诗界今天的生者和未来的生者。译诗，对话诗界逝者与今天及明天的生者。

懵懵懂懂、迷迷糊糊，梦游走上了写诗译诗"音乐思维"（musical thought）① 的崎岖小径。假如没有旧时老师的提点，没有如今诸多贵人的襄助，上述"金译"就成了天方夜谭。

草婴先生说，到了校样阶段"至少（也要）通读一遍"②。感叹屠岸先生六十六年间修改沙译 500 多次③，他认为"对译作的修订，改进，琢磨，是无止境的"④。拙译在"信言、美言"之间多有踌躇，在"客观制约性、主观能动性"⑤ 之间沉浮，在"失、得、创"⑥ 之间游弋，在"民族化、异族化"之间摇摆⑦，不敢自居"善译"⑧，[语出马建忠（1894），见毛荣贵⑨]，难免存在语义和文化"空白"（lacunae / voids）填补失误、假象等值、翻译腔（第三语言）（translationese/ third language）以及"翻译共性特征"（universals of translation），至于硬伤、谬译、败笔肯定多如"恒河沙数"且潜伏得深如则成，只待雅正。

---

① 苏格兰历史学家和散文家卡莱尔（Thomas Carlyle，1795—1881）如是说：（"Poetry, therefore, we will call Musical Thought." https：//quotes. yourdictionary. com/author/thomas-carlyle/569447，2020-02-09）。
② 许钧. 从翻译出发 [M]. 上海：复旦大学出版社，2014；147.
③ http：//www. china. com. cn/guoqing/2016-05/31/content_ 38569182_ 2. htm，2020-02-08.
④ 许钧. 从翻译出发 [M]. 上海：复旦大学出版社，2014；52.
⑤ 毛荣贵. 翻译美学 [M]. 上海：上海交通大学出版社，2005/2006；33.
⑥ 许渊冲. 翻译的艺术 [M]. 北京：五洲传播出版社，2018；24.
⑦ 许钧，等. 文学翻译的理论与实践：翻译对话录 [M]. 增订本. 南京：译林出版社，2010；96；江枫先生认为，外诗汉译就是民族化，那么反之就是异族化了，都要把握好度，不能过度。
⑧ 马建忠. 论翻译（文摘）[J]. 语言与翻译，1986（04）；5.
⑨ 毛荣贵. 翻译美学 [M]. 上海：上海交通大学出版社，2005/2006；8.

附录 关于一组汉语特色文化词英译的问卷及分析

附1.1 问卷说明

最近,我们在华侨大学外国语学院做了一个问卷调查。除了研究生的问卷,其余问卷都是笔者委托同事让他们的学生在课间休息的10分钟内完成的。"大外"(大学英语,非英语专业)本科生问卷总计218份,有效问卷203份,有效率为93.12%;英语专业本科生问卷总计132份,有效问卷128份,有效率为96.97%;日语专业本科生问卷总计29份,有效问卷26份,有效率为89.66%;英语研究生问卷总计21份,有效问卷21份,有效率100%。全部汇总,问卷总计400份,有效问卷378份,有效率为94.5%。

下面先呈现问卷。说明:做问卷调查时,使用的问卷版本是删除全部译者信息的版本,这里恢复译者信息,以便我们做问卷分析。

翻译问卷①

你好!希望你抽出几分钟的宝贵时间,来协助在下完成一项小小的翻译问卷。请仔细阅读每条原文,就出自文学翻译(笔译的)的若干译文,先做下面的1-3(只填一项,只选一项),再以(在序号前)打钩的方式(√),挑选你喜欢的上乘译文,可以多选,但不要都选。也希望本问卷有助于你自己提高翻译质量意识及翻译水平。祝你成功,谢谢配合。

1. 你的学历:本科_____年级,或硕士_____年级,或博士_____

---

① 感谢组织问卷的同事王雪瑜、蒋海霞、叶惠珍等,感谢所有的参与者,尤其是调查后为我们制表统计以及初步分析的徐玲玲和裴佳莉。

年级，或获得了_____学位或文凭

2. 你是否学过翻译：是　　或　　否

3. 你是否教过翻译：是　　或　　否

请选择你喜欢的译文：

(1) 三年困难时期（指1959—1961，中国大陆发生饥荒）

译₁：three bad years（沙博理译）

译₂：the Three Bad Years（同上）

译₃：three years of natural calamities（同上）

译₄：Great Leap Forward Famine（维基百科译）

译₅：the Great Famine（央视国际网络英语频道译）

译₆：Three Years of Natural Disasters（同上）

(2) 大锅饭

译₁：'big pot' style, meaning it ran heavily to dishes which could be cooked, boiled, or stewed in large cauldrons for a great number of people（沙博理译）

译₂：cooked rice in a big pot—indiscriminate egalitarianism（《新时代汉英大辞典》译，2005）

译₃：'eating from the same big pot'—a euphemism for equal treatment of all in the same enterprise regardless of performance（央视国际网络英语频道译）

(3) 大字报（指"文革"时期张贴在墙上的所谓"革命宣传"）

译₁：poster（沙博理译）

译₂：wall poster（同上）

译₃：big character poster（同上）

译₄：big character posters are handwritten, wall-mounted posters using large-sized Chinese characters, used as a means of protest, propaganda, and popular communication（维基百科译）

译₅：dazibao-big-character poster (prevalent during the Cultural Revolution, 1966—1976)（《新时代汉英大辞典》译，2005）

(4) 牛棚（指关押和改造所谓犯了错误的老干部的地方）

译₁：monsters' enclosure（沙博理译）

译₂：'monsters' enclosure'—rooms in which those under attack were confined（同上）

译₃：detention house set up by 'Red Guards' in the Cultural Revolution for those regarded as 'monsters and demons'（《新时代汉英大辞典》译，2005）

(5) 样板戏（指盛行于"文革"期间的所谓"革命现代京剧"）

译$_1$：model operas—traditional Beijing operas with modern themes（沙博理译）

译$_2$：Eight Model Works（同上）

译$_3$：model operas（同上）

译$_4$：model Beijing operas, a term used during the Cultural Revolution (1966—1976) to refer to Beijing operas with a modern, revolutionary theme（《新时代汉英大辞典》译，2005）

译$_5$：revolutionary opera（维基百科译）

译$_6$：The famous Eight Model Plays, featuring the communist activities during the anti-Japanese war and the civil war with the Nationalists, as well as the class struggles after the founding of the People's Republic, were then developed.（央视国际网络英文频道译）

(6) 一万年太久，只争朝夕。

（毛泽东的诗句，选自《满江红·和郭沫若同志》）

译$_1$：Ten thousand years are much too long,

The time is nigh.

（沙博理译）

译$_2$：Ten thousand years are too long,

Seize the day, seize the hour!

［官方译本，https：//www.233.com/yw/Other/20121122/135503338.html (2019-09-25)］

译$_3$：We cannot bear ten thousand years' delay.

Seize but the day!

（许渊冲译）

(7) 阿弥陀佛！（表示祈福或惊叹）

译$_1$：Gracious Buddha!（杨宪益夫妇译）

译$_2$：Amida Buddha!（同上）

译$_3$：Buddha be praised!（同上）

译$_4$：Merciful Buddha!（同上）

译$_5$：Amitabha, Merciful Buddha!（同上）

译$_6$：Good gracious!（同上）

译$_7$：Holy name!（霍克斯译）

译$_8$：Thank the Lord for that!（同上）

263

译$_9$：Bless my soul！（同上）

译$_{10}$：Bless his Holy Name！（同上）

译$_{11}$：Praise be to Buddha！（同上）

(8) 放屁！（喝止他人错误言论的粗话）

译$_1$：That's rubbish！（杨宪益夫妇译）

译$_2$：What nonsense！（同上）

译$_3$：Have some sense！（同上）

译$_4$：What nonsense you do talk！（同上）

译$_5$：You're farting！（同上）

译$_6$：What rubbish you talk！（霍克斯译）

译$_7$：Good gracious！（同上）

译$_8$：Holy name！（同上）

译$_9$：No！No！No！（同上）

译$_{10}$：Don't be ridiculous！（同上）

译$_{11}$：Stuff！（同上）

译$_{12}$：Nonsense！（同上）

(9) 老祖宗［《红楼梦》里许多晚辈对贾母的（当）面称（呼）］

译$_1$：Old Ancestress（杨宪益夫妇译）

译$_2$：Grannie（霍克斯译）

译$_3$：Grannie, dear（同上）

译$_4$：Grandma（同上）

译$_5$：Your Old Ladyship（同上）

附1.2 问卷分析

先说明一二。

(1) 因问卷的题目为多选题，表格中针对选项是计算"选择次数（选数）"而非"选择人数"。

(2) 只统计有效问卷，选择的百分比（比重）计算是以"选择次数"除以"有效问卷数"再乘以100%得出，结果保留两位小数。

(3) 因被翻译文本之复杂性和翻译版本数之差异，每题之选项数不一，最少为3项，最多为12项。

(4) 问卷调查中我们没有提供译者身份信息，也就消除了因（译者）身份势利而导致的偏见判断。

(5) 因为经济性的要求，问卷调查中没有提供原文出现的任何情景和上下文语境信息，可能导致取舍的困难，在多选中，受访者受到经济性的驱动，可能只选一项而忽略其他可能的、一样好的乃至更好的选项。

（6）我们初步对比分析了大外本科生（2年级）、英语专业本科生（2年级）、日语专业本科生（2年级）、英语研究生（1-3年级）这四类受访者的结果，差异不大（见末尾的附录及其分析），因此上述分析忽略其间差异，而仅源于总表。

（7）问卷的时间是"5—10分钟"，其实最有效的阅读和答题时间为十分钟，因此该问卷的效度要打些折扣。

（8）分析涉及每题的最差和最优选项，没有涉猎其他，是出于篇幅考虑。

表₁₁　问卷结果分析总表

题号选项		1	2	3	4	5	6	7	8	9
1	选数	4	130	9	22	46	26	38	68	62
	比重	1.06	34.39	2.38	5.82	12.17	6.88	10.05	17.99	16.40
2	选数	62	34	25	122	29	154	82	57	109
	比重	16.40	8.99	6.61	32.28	7.67	40.74	21.69	15.08	28.84
3	选数	75	225	34	250	14	210	14	16	143
	比重	19.84	59.52	8.99	66.14	3.70	55.56	3.70	4.23	37.83
4	选数	64		114		252		51	45	55
	比重	16.93		30.16		66.67		13.49	11.90	14.55
5	选数	65		225		71		51	40	62
	比重	17.20		59.52		18.78		13.49	10.58	16.40
6	选数	165				41		48	76	
	比重	43.65				10.85		12.70	20.11	
7	选数							24	6	
	比重							6.35	1.59	
8	选数							44	10	
	比重							11.64	2.65	
9	选数							100	20	
	比重							26.46	5.29	

续表

题号\选项		1	2	3	4	5	6	7	8	9
10	选数							19	59	
	比重							5.03	15.61	
11	选数							35	102	
	比重							9.26	26.98	
12	选数								100	
	比重								26.46	

可以发现：

(1) 第1题的6个选项中，选项1（沙博理翻译之一，即"three bad years"）被选次数最少，仅占全部有效问卷的1.06%；选项6（央视国际网络英语频道的翻译，即"Three Years of Natural Disasters"）被选次数最多，被选165次，占43.65%。不过，该项和第3项，即"three years of natural calamities"（沙博理译）十分相似。我们认为选择第3项者不多可能是因为calamity比disaster更显陌生。

(2) 第2题的3个选项中，选项2（《新时代汉英大辞典》翻译，即"cooked rice in a big pot—indiscriminate egalitarianism"）被选次数最少，占有效问卷的8.99%，可能因为受访者不喜欢rice这个词；选项3（央视国际网络英语频道翻译，即"'eating from the same big pot'—a euphemism for equal treatment of all in the same enterprise regardless of performance"）被选225次，占有比重超过一半，为59.52%，也许是因为受访者偏爱意译加文化注释的译法。

(3) 第3题共5个选项，选项1（沙博理译文之一，即poster）被选数最少，为9次，可能是因为多数受访者觉得，poster涵盖各种张贴的东西尤其是海报，而"文革"的特色文化产品"大字报"不足以被一个普通的poster所展现；被选次数最多的是选项5 [《新时代汉英大辞典》翻译，即"dazibao-big-character poster (prevalent during the Cultural Revolution, 1966—1976)"]，占59.52%，也许是因为有音译加意译以及文化注释。

(4) 第4题的3个选项中，选项1（沙博理翻译，即"monsters' enclosure"）被选22次，比重最少，可能是因为受访者感觉该短语过于普通，不足以指称"文革"特色的文化现象；选项3（《新时代汉英大辞典》翻译，即

"detention house set up by 'Red Guards' in the Cultural Revolution for those regarded as 'monsters and demons'"）被选 250 次，占有效问卷 66.14%，也许是由于受访者偏爱这个意译加文化注释的译法。

（5）第 5 题共 6 个选项，被选次数最少的是选项 3（沙博理翻译之一，即"model operas"），也许是因为受访者觉得该译过于简单，不足以指称"文革"特色的文化现象；最多的是选项 4 [《新时代汉英大辞典》翻译，即"model Beijing operas, a term used during the Cultural Revolution（1966—1976）to refer to Beijing operas with a modern, revolutionary theme"]，共被选 252 次，也许是因为受访者偏爱这个意译加文化注释的译法。

（6）第 6 题的 3 个选项中，选择选项 1（沙博理翻译，即"Ten thousand years are much too long, / The time is nigh."）的次数最少，占有效问卷的 6.88%，也许是因为多数受访者不熟悉"nigh"这个词而难懂加之不押韵；选择选项 3（许渊冲翻译，即"We cannot bear ten thousand years' delay. / Seize but the day!"）的最多，共 210 次，也许是因为能懂和押韵。

（7）第 7 题的 11 个选项中，选项 3（杨氏夫妇翻译之一，即"Buddha be praised!"）被选 14 次，占据比重最小，仅为 3.70%，也许是因为多数受访者觉得该异化译法提到"佛/Buddha"，恐怕西方人难懂也难以接受；而被选次数最多的是选项 9（霍译之一，即"Bless my soul!"），被选 100 次，占 26.46%，或许是因为大多数受访者觉得该归化译法对西方人易懂也易于接受。

（8）第 8 题有 12 个选项，其中选项 7（霍译之一，即"Good gracious!"）仅被选 6 次，只占有效问卷的 1.59%，也许是因为受访者感觉该译通常表达惊异而非粗俗骂语气；选项 11（霍译之一，即"Stuff!"）被选 102 次，占 26.98%，最受青睐，也许是因为该异化译法不是很粗俗而是模糊而婉约，比较他的其他译法（6—12），如"Nonsense!""Don't be ridiculous!"（都显得粗鲁）。

（9）第 9 题的 5 个选项中，被选次数最少的是选项 4（杨氏夫妇翻译之一，即"Grandma"），占比重 14.55%，因为多数受访者可能觉得这个普通的"奶奶"在《红楼梦》里不足以表达对"老祖宗"贾母的敬重；最多的是选项 3（杨氏夫妇翻译之一，即"Grannie, dear"），占比重 37.83%，也许是因为多数受访者感觉它特殊、亲昵、上口。

总之，问卷调查显示，这九道题具有中国特色，如"文革"特色，宋词或"毛诗"特色，佛教特色，"红楼"特色，比较难译。问卷调查中，受访者不喜欢因此不选的往往是有陌生词汇的译法（如第 1 题的"calamity"，第 6 题的"nigh"），或者过于简单或普通的词语（如第 3 题的 poster，第 9 题的"Grand-

267

ma")。相反,多数受访者偏爱的是:

(1) 意译加文化注解[如第 2 题的 "'eating from the same big pot' -a euphemism for equal treatment of all in the same enterprise regardless of performance",第 4 题的 "detention house set up by 'Red Guards' in the Cultural Revolution for those regarded as 'monsters and demons'",第 5 题的 "model Beijing operas, a term used during the Cultural Revolution (1966—1976) to refer to Beijing operas with a modern, revolutionary theme"];

(2) 音译加意译加注解(如第 3 题的 "dazibao—big-character poster (prevalent during the Cultural Revolution, 1966—1976)");

(3) 译入语受众易懂易于接受的归化译法(如第 7 题的 "Bless my soul!");

(4) 不仅达意而且模糊或委婉的表达法(如第 8 题的 "Stuff!");

(5) 比较上口、悦耳、特殊、亲切、地道的表达法(如第 9 题的 "Grannie, dear")。

下面的子附录是四类受访者的分别制表呈现及其结果(比较)分析。

表$_{12}$ 大外本科生问卷结果分析

题号选项		1	2	3	4	5	6	7	8	9
1	选数	3	80	5	11	28	19	17	43	44
	比重	1.47	39.41	2.46	5.42	13.79	9.36	8.37	21.18	21.67
2	选数	28	19	13	78	14	90	44	15	54
	比重	13.79	9.36	6.40	38.42	6.90	44.33	21.67	7.39	26.60
3	选数	36	108	22	122	10	101	7	6	84
	比重	17.73	53.20	10.84	60.10	4.93	49.75	3.45	2.96	41.38
4	选数	36		63		138		25	21	24
	比重	17.73		31.03		67.98		12.31	10.34	11.82
5	选数	18		114		28		25	25	21
	比重	8.87		56.16		13.79		12.31	12.32	10.34
6	选数	101				16		31	47	
	比重	49.75				7.88		15.27	23.15	

268

续表

题号	选项	1	2	3	4	5	6	7	8	9
7	选数							13	3	
	比重							6.40	1.48	
8	选数							22	5	
	比重							10.84	2.46	
9	选数							46	13	
	比重							22.66	6.40	
10	选数							7	24	
	比重							3.45	11.82	
11	选数							21	56	
	比重							10.34	27.59	
12	选数								32	
	比重								15.76	

如表$_{12}$所示：第1题的6个选项中，选项1被选次数最少，仅占全部有效问卷的1.47%，选项6被选次数最多，被选101次，占近一半比重；第2题的3个选项中，选项2被选次数最少，占有效问卷的9.36%，选项3被选108次，占有比重超过一半，为53.20%；第3题共5个选项，选项1被选次数仅5次，最少，被选次数最多的是选项5，占56.16%；第4题的3个选项中，选项1被选11次，比重最少，选项3被选122次，占有效问卷60.10%；第5题共6个选项，被选次数最少的是选项3，最多的是选项4；第6题的3个选项中，选择选项1的次数最少，占有效问卷的9.36%，选择选项3的最多，共101次；选项7的11个选项中，选项3和选项10均被选7次，占据比重最小，仅为3.45%，而被选次数最多的是选项9，被选46次，占22.66%；第8题有12个选项，其中选项7仅被选3次，只占有效问卷的1.48%，选项11被选56次，占27.59%，最受青睐；第9题的5个选项中，被选次数最少的是选项5，占比重10.34%，最多的是选项3，占比重41.38%。

表$_{13}$　英语专业本科生问卷结果分析

题号选项		1	2	3	4	5	6	7	8	9
1	选数	1	37	3	8	13	6	13	21	16
	比重	0.78	28.91	2.34	6.25	10.16	4.69	10.16	16.41	12.50
2	选数	27	10	8	27	13	44	26	30	36
	比重	21.09	7.81	6.25	21.09	10.16	34.38	20.31	23.44	28.13
3	选数	31	86	11	100	4	82	5	8	50
	比重	24.22	67.19	28.21	78.13	3.13	64.06	3.91	6.25	39.06
4	选数	18		39		83		20	20	22
	比重	14.06		30.47		64.84		15.63	15.63	17.19
5	选数	32		78		29		20	13	24
	比重	25.00		60.94		22.66		15.63	10.16	18.75
6	选数	53				15		7	21	
	比重	41.41				11.72		5.47	16.41	
7	选数							9	2	
	比重							7.03	1.56	
8	选数							19	4	
	比重							14.84	3.13	
9	选数							40	6	
	比重							31.25	4.69	
10	选数							9	27	
	比重							7.03	21.09	
11	选数							11	36	
	比重							8.59	28.13	
12	选数								45	
	比重								35.16	

如表$_{13}$所示：英语专业本科生在第1题中偏爱选项6，选择次数达53次，占全部有效问卷的41.41%，选项1被选次数最少，仅1次；第2题的三个选项中，选项2被选次数最少，占7.81%，选项3被选次数最多，占67.19%；第3题共

5个选项,其中被选最少的是选项1,最多的是选项5,共被选78次;第4题的第1个选项被选8次,仅占所有次数的6.25%,第3个选项被选100次,占78.13%,最受欢迎;第5题的6个选项中,被选次数最少的是选项3,被选4次,占总次数的3.13%,最多的是选项4,被选83次,占64.84%;第6题的选项1被选次数最少,选项3最多,共被选82次;第7题有11个选项,选项3仅被选5次,占比例最小,选项9被选40次,占比例最大——31.25%;第8题的12个选项中,选项7被选2次,最少被选,选项12被选45次,占总次数的35.16%;在第9题的5个选项中,选项1被选次数最少,占12.50%,选项3被选50次,所占比例最大,为39.06%。

表$_{14}$ 日语专业本科生问卷结果分析

题号选项		1	2	3	4	5	6	7	8	9
1	选数	0	8	1	3	3	1	6	2	1
	比重	0	30.77	3.85	11.54	11.54	3.85	23.08	7.69	3.85
2	选数	3	2	3	11	1	8	4	6	11
	比重	11.54	7.69	11.54	42.31	3.85	30.77	15.38	23.08	42.31
3	选数	7	16	1	13	0	17	1	1	5
	比重	26.92	61.54	3.85	50.00	0	65.38	3.85	3.85	19.23
4	选数	8		8		15		2	1	7
	比重	30.77		30.77		57.69		7.69	3.85	26.92
5	选数	5		14		10		2	1	4
	比重	19.23		53.85		38.46		7.69	3.85	15.38
6	选数	5				3		6	4	
	比重	19.23				11.54		23.08	15.38	
7	选数							1	1	
	比重							3.85	3.85	
8	选数							0	0	
	比重							0	0	
9	选数							12	1	
	比重							46.15	3.85	

271

续表

题号\选项		1	2	3	4	5	6	7	8	9
10	选数							0	4	
	比重							0	15.38	
11	选数								1	6
	比重								3.85	23.08
12	选数								8	
	比重								30.77	

如表₁₄所示：第 1 题的 6 个选项中，选项 1 未被选过，选项 4 被选次数最多，被选 8 次，占比重 30.77%；第 2 题的 3 个选项中，选项 2 被选次数最少，占有效问卷的 7.69%，选项 3 被选 16 次，占有比重超过一半，为 61.54%；第 3 题共 5 个选项，选项 1 和选项 3 被选次数均为 1，被选次数最多的是选项 5，占 53.85%；第 4 题的 3 个选项中，选项 1 被选 3，比重最少，选项 3 被选 13 次，占一半比重；第 5 题共 6 个选项，被选次数最少的是选项 3，0 次，最多的是选项 4，15 次；第 6 题的 3 个选项中，选择选项 1 的最少，只占有效问卷的 3.85%，选择选项 3 的最多，共 17 次；选项 7 的 11 个选项中，选项 8 和选项 10 被选次数皆为 0，而被选次数最多的是选项 9，被选 12 次，占 46.15%；第 8 题有 12 个选项，其中选项 8 未被选过，选项 12 被选 8 次，占 30.77%，最受青睐；第 9 题的 5 个选项中，被选次数最少的是选项 1，占比重 3.85%，最多的是选项 2，占比重 42.31%。

表₁₅ 英语研究生问卷结果分析

题号\选项		1	2	3	4	5	6	7	8	9
1	选数	0	5	0	0	2	0	2	2	1
	比重	0	23.81	0	0	9.52	0	9.52	9.52	4.76
2	选数	4	3	1	6	1	12	8	6	8
	比重	19.05	14.29	4.76	28.57	4.76	57.14	38.10	28.57	38.10
3	选数	1	15	0	15	0	10	1	1	4
	比重	4.76	71.43	0	71.43	0	47.62	4.76	4.76	19.05

续表

题号\选项		1	2	3	4	5	6	7	8	9
4	选数	2		4		16		4	3	2
	比重	9.52		19.05		76.19		19.05	14.29	9.52
5	选数	10		19		4		4	1	13
	比重	47.62		90.48		19.05		19.05	4.76	61.90
6	选数	6				7		1	4	
	比重	28.57				33.33		4.76	19.05	
7	选数							1	0	
	比重							4.76	0	
8	选数							3	1	
	比重							14.29	4.76	
9	选数							2	0	
	比重							9.52	0	
10	选数							3	4	
	比重							14.29	19.05	
11	选数							2	4	
	比重							9.52	19.05	
12	选数								15	
	比重								71.43	

如表$_{15}$所示：英语研究生在第1题中偏爱选项5，选择次数达10次，占全部有效问卷的47.62%，选项1被选次数最少，为0；第2题的3个选项中，选项2被选次数最少，占14.29%，选项3被选次数最多，占71.43%；第3题共5个选项，其中选项1和选项3的被选次数为0，被选最多的是选项5，共被选19次；第4题的第1个选项未被选过，占所有次数的0%，第3个选项被选15次，占71.43%，最受欢迎；第5题的6个选项中，被选次数最少的是选项3，占总次数的0%，最多的是选项4，被选16次，占76.19%；第6题的选项1未被选过，选项2被选次数最多，共12次；第7题有11个选项，选项3、6、7均被选1次，占比例最小，选项2被选8次，占比例最多——38.10%；第8题的12个选项中，选项7和选项9被选0次，选项12被选15次，占总次数的71.43%；在第9题的5个选项中，选项1被选次数最少，占4.76%，选项5被选13次，所占比例最多，为61.90%。

四类受访者的问卷结果对比:

(1) 第1题的6个选项中,四类学生的"最差选项"都是选项1;"最优选项"有差异,英语本科生和大外本科生选择选项5(央视国际网络英语频道翻译,即"the Great Famine"),英语研究生选择选项4(维基百科翻译,即"Great Leap Forward Famine"),而日语本科生则是选项3(沙博理翻译之一,即"three years of natural calamities")。

(2) 第2题的3个选项中,四类学生的"最差选项"都是选项2;"最优选项"都是选项3。

(3) 第3题的5个选项中,四类学生的"最差选项"都是选项1,其中英语研究生和日语本科生还选择了选项3;"最优选项"都是选项5。

(4) 第4题的3个选项中,四类学生的"最差选项"都是选项1;"最优选项"都是选项3。

(5) 第5题的6个选项中,四类学生的"最差选项"都是选项3;"最优选项"都是选项4。

(6) 第6题的3个选项中,四类学生的"最差选项"都是选项1;"最优选项"除了英语研究生选了选项2(官方译本,即"Ten thousand years are too long, / Seize the day, seize the hour!"),其他都选了选项3,但英语研究生对选项3的偏好度也很大,达47.62%。

(7) 第7题的11个选项中,英语本科生最不喜欢选项3,对选项6、7、10也选择的较少,英语研究生对选项3、6、7都只选了1次,日语本科生的"最差选项"是选项8、10,一次也没选,对选项3、7、11也只选了1次,大外本科生则最不喜欢选项3、10;对于"最优选项",英语本科生、日语本科生和大外本科生最喜欢选项9,选项2在英语本科生和大外本科生中居第二位,英语研究生选择了选项2。也即,选项3、6、7、10在不受欢迎之列。

(8) 第8题的12个选项中,除日语本科生选择了选项8,其他三类学生的"最差选项"都有选项7,英语研究生还选择了选项9,而日语本科生对选项7和9的选择次数也很少,仅为1次;而关于"最优选项",大外本科生选择了选项6(霍译,即"What rubbish you talk!"),其他三类学生都选择了选项12(霍译,即"Nonsense!"),说明霍克斯的译法更受欢迎。

(9) 第9题的5个选项中,除大外本科生的"最差选项"是选项5,其他三类学生都最后考虑选项1;"最优选项"不尽相同,英语本科生和大外本科生选选项3,英语研究生选选项5,日语本科生则是选项2。说明多数不熟悉也不喜欢杨氏夫妇的译法即"Old Ancestress"。

274

参考文献

［1］ALLOTT, N. *Key Terms in Pragmatics*（语用学核心术语）［Z］.（外语学科核心术语系列）. 北京：外语教学与研究出版社，2016.

［2］AMES, R. T., & H. ROSEMON. *The Analects of Confucius—A Philosophical Translation*［M］. NY：The Random House Publishing Group, 1999.

［3］APPIAH, K. A. "*Thick Translation*" in the Translation Studies Reader［M］. Ed. L. VENUTI. London & NY：Routledge, 2000.

［4］ARNOLD, D. J., et al. *Machine Translation：An Introductory Guide*［M］. London：Blackwell, 1994.

［5］BAKER, M. *In Other Words：A Course Book on Translation*［M］. London & NY：Routledge, 1992.

［6］BAKER, M. *Routledge Encyclopedia of Translation Studies*［M］. NY：Routledge, 1998.

［7］BASSNETT, S. Translation and poetry：Preface to *Lost in Translation*, the collection of poems and translations by Yihai Chen［J］. *Comparative Literature in China*, 2010（4）：141-142.

［8］BASSNETT, S. *Translation Studies*［M］.（3rd edn.）. London & NY：Routledge, 2002.

［9］BENEDETTO, C. *The Aesthetic as the Science of Expression and of the Linguistic in General*［M］. Tr. Collin Lyan. Cambridge：CUP, 1992.

［10］BENJAMIN, W. "The Task of the Translator." *Theories of Translation：An Anthology of Essays from Dryden to Derrida*［M］. Eds. R. SCHULTE & J. BIGUENET. Chicago：University of Chicago Press, 1992.

［11］BLAKEMORE. D. *Semantic Constraints on Relevance*［M］. Oxford：Blackwell, 1987.

［12］BLAKEMORE, D. *Understanding Utterances：An Introduction to*

Pragmatics [M]. Oxford: Blackwell, 1992.

[13] BRADFORD, R. "*Cummings and the Brotherhood of Visual Poetics*" in *Words Into Pictures: e. e. cummings' Art Across Borders* [M]. London: Cambridge Scholars Publishing, 2007.

[14] BRIAN, H. Bi-text, a new concept in translation theory [J]. *Language Monthly*, 1988 (54): 8-10.

[15] CAO, X. (& E. GAO). *The Story of the Stone* (红楼梦) [M]. (Vols. 1-3). Tr. D. Hawkes. London: Penguin Books, 1973, 1977, 1980.

[16] CAO, X. (& E. GAO). *The Story of the Stone* (红楼梦) [M]. (Vols. 4-5). Tr. J. Minford. London: Penguin Books, 1980, 1987.

[17] CAO, X. (& E. GAO). *A Dream of Red Mansions* (红楼梦) [M]. (Vols. 1-4) Tr. X. YANG & G. YANG. Peking: Foreign Languages Press, 2001/2006.

[18] CASAGRANDE, J. B. The ends of translation [J]. *International Journal of American Linguistics*, 1954 (4): 335-340.

[19] CATFORD, J. C. I. *A Linguistic Theory of Translation* [M]. London: OUP, 1965.

[20] CHEN, H. Tension between text, translator and target text reader: A case study of the translation of *Ode to the Ailing Falcon* [J]. *Translating China*, 2015 (02): 17-27.

[21] COHEN, M. A. *Poet and Painter: The Aesthetics of e. e. cummings' Early Work* [M]. Detroit: Wayne State University Press, 1987.

[22] COLLIE, D. *The Chinese Classical Work Commonly Called the Four Books* [M]. Malacca: The Mission Press, 1828.

[23] CONFUCIUS. *The Discourse and Sayings of Confucius* [Z]. Tr. H. KU. Shanghai: Killy & Walsh Ltd., 1898.

[24] CROCE, B. *The Aesthetic as the Science of Expression and of the Linguistic in General* [M]. Trans. Collin Lyan, Cambridge: CUP, 1992.

[25] CROFT, W. *Radical Construction Grammar* [M]. Oxford: OUP, 2001.

[26] CRONIN, M. The severed head and the grafted tongue: Literature, translation and violence in early modern Ireland [J]. *Translation Studies*, 2015 (02): 241-243.

[27] CUMMINGS, E. E. *E. E. Cummings: Complete Poems 1904-1962* [M]. Ed. G. J. Firmage. NY/London: Liveright Publishing Corporation, 2016.

[28] EGGINS, S. *An Introduction to Systemic Functional Linguistics* [M]. (2nd edn.). London: Continuum, 2004.

[29] FENG, M. Towards a cultural model of *qi* in TCM: Based on the conceptual metaphors of *qi* in *Huang Di's Inner Classic* [J]. *Review of Cognitive Linguistics*, 2021 (01): 1-25.

[30] FORREST, G. Ethical dilemmas in the translation of poetry into English [J]. *Asia Pacific Translation and Intercultural Studies*, 2018 (02): 219-229.

[31] FRAWLEY, W. Prolegomenon to a theory of translation [A]. Ed. W. Frawley. *Translation: Literary, Linguistic, and Philosophical Perspectives* [C]. London & Toronto: Associated University Presses, 1984: 159-175.

[32] FRIEDMAN, N. *E. E. CUMMINGS: The Art of His Poetry* [M]. Baltimore: Johns Hopkins Press, 1960.

[33] GENETTE, G. *Paratexts: Thresholds of Interpretation* [M]. NY: CUP, 1997.

[34] GLDBLATT, H. *Wolf Totem* [M]. 武汉: 长江文艺出版社, 2008.

[35] GRAHAM, A. C. *Poems of Late T'ang* [M]. Baltimore: Penguin, 1965.

[36] GROSS, H., & R. McDowell. *Sound and Form in Modern Poetry: A Study of Prosody from Thomas Hardy to Robert Lowell* [M]. Ann Arbor: The University of Michigan Press, 1996.

[37] GUTT, E.-A. A theoretical account of translation – Without a translation theory [J/OL]. *Target* 1990 (02): 135-164. http://cogprints.org/2597/01/THEORACC.htm.

[38] GUTT, E.-A. *Translation and Relevance: Cognition and Context* [M]. Oxford: Blackwell. Manchester: St. Jerome Publishing, 1991/2000.

[39] GUTT, E.-A. Challenges of metarepresentation to translation competence [R/D]. Plenary paper presented at the *7th LICTRA*, University of Leipzig (4-7) (Unpublished MS), 2001.

[40] GUTT, E.-A. *Translation and Relevance: Cognition and Context* [M]. 上海: 上海外语教育出版社, 2004.

[41] HATIM, B., & I. MASON. *Discourse and the Translator* [M]. London: Longman, 1990.

[42] HATIM, B., & I. MASON. *The Translator as Communicator* [M]. London: Routledge, 1997.

[43] HERVEY, S., & H. Ian. *Thinking Translation: A Course in Translation Method: French-English* [M]. London & NY: Routledge, 1986.

[44] HICKEY, L. *The Pragmatics of Style* [M]. London: Routledge, 1989.

[45] HICKEY, L. *The Pragmatics of Translation* [M]. 上海: 上海外语教育出版社, 2000/2001.

[46] HILDER, J. Concrete poetry and conceptual art: A misunderstanding [J]. *Contemporary Literature*, 2013 (03): 578-614.

[47] HOLMES, J. S. Poem and metapoem: Poetry from Dutch to English [A]. Ed. J. Holmes. *Translated! Papers on Literary Translation and Translation Studies* [C]. Amsterdam: Rodopi, 1988a: 9-22; 1988b: 23-33.

[48] HOU, G. Translation of metonymy: Conceptual, grammatical and pragmatic metonymy [J]. *Translating China*, 2017 (03): 33-55.

[49] HOU, G. How my poetry is translated: A pragma-translatological approach [J]. *Translating China*, 2018 (01): 37-57.

[50] HOUSE, J. *Translation Quality Assessment: Past and Present* [M]. London & NY: Routledge, 2015.

[51] HUANG, Y. Reflections on theoretical pragmatics [J]. 外国语, 2001 (01): 2-14.

[52] HUANG, Y. *Pragmatics* [M]. Oxford: OUP, 2007. 北京: 外语教学与研究出版社, 2009.

[53] JAGER, G. *Translation und Translationslinguistik* [M]. Halle(Saale): VEB Verlag Max Niemeyer, 1975.

[54] JAKOBSON, R. On linguistic aspects of translation [A]. Ed. L. Venuti. *The Translation Studies Reader* [C]. London & NY: Routledge, 2000: 113-118.

[55] JARRELL, R. *The Third Book of Criticism* [M]. NY: Farrar Straus & Giroux, 1969.

[56] KENNEDY, R. S. *Dreams in the Mirror: A Biography of E. E. Cummings* [M]. NY: Liveright, 1980/1994.

[57] KIDDER, R. M. Cummings and cubism: The influence of the visual arts on Cummings' early poetry [J]. *Journal of Modern Literature*, 1979 (02): 255-291.

[58] KOLLER, W. *Einführung in die Übersetungswissenschaft* [M]. (4th edn). Heidelberg: Quelle & Meyer, 1992.

[59] LANE, G. *A Study of E. E. Cummings' Poems* [M]. Lawrence: The Uni-

versity Press of Kansas, 1976.

［60］LANHAM, R. A. *A Handlist of Rhetorical Terms* ［Z］. London: University of California Press, 1991.

［61］LEECH, G. N. *A Linguistic Guide to English Poetry* ［M］. Longman, 1969. 北京: 外语教学与研究出版社, 2013.

［62］LEFEVERE, A. *Translation, Rewriting and the Manipulation of Literary Fame* ［M］. London & NY: Routledge, 1992. 上海: 上海外语教育出版社, 2005.

［63］LEVINSON, S. C. *Pragmatics* ［M］. Cambridge: CUP. 北京: 外语教学与研究出版社, 2007.

［64］LEVÝ, J. Translation as a decision process ［A］. Ed. J. LEVÝ. *To Honor Roman Jakobson: Essays on the Occasion of His Seventieth Birthday II* ［C］. The Hague, The Netherlands: Mouton, 1967, pp1171-1182.

［65］LUGG, A. Chinese online fiction: Taste publics, entertainment, and candle in the tomb ［J］. *Chinese Journal of Communication*, 2011 (02): 121-136.

［66］LUND, H. L. E. E. 卡明斯视觉诗歌及视觉翻译研究 ［D］. 浙江大学硕士学位论文, 2018.

［67］MEISSNER, C. Words between worlds: The Irish language, the English army, and the violence of translation in Brian Friel's translations ［J］. *Colby Quarterly*, 1992 (03): 164-174.

［68］MEY, J. L. *Pragmatics: An Introduction* ［M］. Oxford: Blackwell, 1993. 北京: 外语教学与研究出版社, 2007.

［69］MOYAN.[①] *Red Sorghum* ［M］. Tr. Howard Goldblatt. London: Arrow Books, 2003.

［70］MYERS, J., & M. SIMMS. *The Longman Dictionary of Poetic Terms* ［Z］. NY: Longman. 1989.

［71］NEWMARK, P. Communicative and semantic translation ［J］. *Babel*, 1977 (04): 163-180.

［72］NEWMARK, P. *Approaches to Translation* ［M］. Hemel Hempstead: Prentice Hall, 1981/1988.

［73］NEWMARK, P. *More Paragraphs on Translation* ［M］. Clevedon: Multi-

---

[①] 作者原名"管谟业"。"莫言"只是笔名，我们按照译者葛浩文的做法，视为整体，不做先名后姓的处理。

lingual Maters, 1998.

[74] NIDA, E. A. Principles of translation as exemplified by Bible translation [A]. Ed. R. A. Brower. *On Translation* [C]. Massachusetts: HUP, 1959: 323-342.

[75] NIDA, E. A. *Toward a Science of Translating* [M]. Leiden: E. J. Brill, 1964.

[76] NIDA, E. A., & C. R. TABER. *The Theory and Practice of Translation* [M]. Leiden: E. J. Brill, 1969/1982.

[77] NIDA, E. A. *Translating Meaning* [M]. San Ditmas, California: English Language Institute, 1982.

[78] NIDA, E. A. Approaches to translating in the western world [J]. 外语教学与研究, 1984 (02): 9-15.

[79] NIDA, E. A. *Language, Culture and Translating* [M]. 上海: 上海外语教育出版社, 1993/1999.

[80] NIDA, E. A. *Language and Culture: Contexts in Translating* [M]. 上海: 上海外语教育出版社, 2001.

[81] NORD, C. *Translation As a Purposeful Activity: Functional Approaches Explained* [M]. 上海: 上海外语教育出版社, 1997.

[82] PALACIOS-GONZALEZ, M., et al. Literalidad literariedad en la traducción de la poesía de e. e. cummings [J]. *Babel*, 1994 (03): 170-177.

[83] PIGNATARI, D., & J. M. TOLMAN. Concrete poetry: A brief structure-historical guideline [J]. *Poetics Today*, 1982 (03): 189-195.

[84] POPOVIC, A. *Dictionary for the Analysis of Literary Translation* [Z]. Edmonton: Department of Comparative Literature, The University of Alberta, 1975.

[85] POUND, E. *Poems and Translation* [M]. NY: The Library of America, 2003.

[86] PUTTENHAM, G. *The Art of English Poesy: A Critical Edition* [M]. Ed. F. WHIGHAM & W. A. REBHORN. Ithaca and London: Cornell University Press, 2007.

[87] PYM, A. D. The relations between translation and material text transfer [J]. *Target*, 1992 (02): 171-189.

[88] PYM, A. D. *Exploring Translation Theories* [M]. London & NY: Routledge, 2014.

[89] QUINE, W. V. O. *Word and Object* [M]. Cambridge, Massachusetts: The

MIT Press, 1960.

[90] QUIRK, R., et al. *A Comprehensive Grammar of the English Language* [M]. London: Longman, 1985.

[91] REIß, K. *Texttyp und Übersetzungsmethode. Der operative Text* [M]. (2nd edn.). Kronberg/TS.: Scriptor Verlag, 1976.

[92] SCHABERG, D. 'Sell it! Sell it!': Recent translations of *Lunyu* [J]. *Chinese Literature: Essays, Articles, Reviews (CLEAR)*, 2001 (23): 115-139.

[93] SCHMIDT, S. J. "Empirische Literaturwissenschafte" as perspective [J]. *Poetics*, 1979 (08): 557-568.

[94] SHI, N., & G. LUO. (施耐庵, 罗贯中). 1980/1999. *Outlaws of the Marsh* (水浒传) [M]. Vols. 1-5. Tr. S. SHAPIRO (沙博理). Peking & Changsha: Foreign Languages Press & Hunan People's Publishing House, 1980/1999.

[95] SHI, N., & G. LUO. (施耐庵, 罗贯中). 2004. *Outlaws of the Marsh* (水浒传) [M]. Tr. S. SIDNEY (沙博理). Ed. & revised by C. FAIR. Peking: Foreign Languages Press, 2004. (E-book).

[96] SHUTTLEWORTH, M., & M. COWIE, *Dictionary of Translation Studies* [Z]. 上海: 上海外语教育出版社, 2004.

[97] SMITH, K. G. Bible Translation and Relevance Theory: The Translation of Titus [D]. University of Stellenbosch, 2000.

[98] SNELL-HORNBY, M. *Translation Studies: An Integrated Approach* [M]. Amsterdam, Philadelphia: John Benjamins, 1988.

[99] SNOW, E. *Living China: Modern Chinese Short Stories* [M]. (With introduction by E. Snow and essay by Nym Wales). NY: Reynal & Hitchcock, 1936.

[100] SPERBER, D., & D. WILSON. *Relevance: Communication and Cognition* [M]. Oxford: Blackwell, 1986/1995. 北京: 外语教学与研究出版社, 2001.

[101] STEINER, P. *Russian Formalism* [M]. Ithaca & London: Cornell University Press, 1984.

[102] SUN, Y. Violence and translation discourse [J]. *Journal of Multicultural Discourses*, 2011 (02): 159-175.

[103] TARTAKOVSKY, R. e. e. cummings parenthesis: Punctuation as poetic device [J]. *Style*, 2009 (02): 215-247.

[104] TYMOCZKO, M. *Translation in a Postcolonial Context: Early Irish Literature in English Translation* [M]. Manchester: St. Jerome Publishing, 1999.

［105］TYTLER, A. F. *Essay on the Principles of Translation* ［M］. London：J. M. Dent & Co. NY：E. P. Dutton & Co., 1978.

［106］VAN LEEUWEN, T. Towards a semiotics of typography ［J］. *Informational Design Journal*, 2006（02）：139-155.

［107］VENUTI, L. *The Translator's Invisibility：A History of Translation* ［M］. London：Routledge, 1995/2008.

［108］VERMEER, H. J. Skopos and commission in translational action ［A］. Ed. L. VENUTI. *The Translation Studies Reader* ［C］. London：Routledge, 2000.

［109］VERSCHUEREN, J. *Understanding Pragmatics* ［M］. 北京：外语教学与研究出版社. 2000.

［110］VERSCHUEREN, J., & J. OSTMAN. 语用学的核心概念（*Key Notions for Pragmatics*）［Z］. 上海：上海外语教育出版社, 2014.

［111］VINAY, J. P., & J. DARBELNET. *Stylistique comparée du français et de l' anglais：Méthode de traduction* ［M］. Nouvelle édition revue et corrigée. Paris：Didier, 1958/1972.

［112］WANG, C., & G. HOU. Pragma-linguistic and socio-pragmatic failures in translation of public environmental protection signs：An eco-pragma-translatology model ［J］. *Chinese Semiotic Studies*, 2021（02）：303-324.

［113］WEBER, D. J. A tale of two translation theories ［J］. *Journal of Translation*, 2005（02）：35-74.

［114］WEBER, S., et al. Violence in translation ［J］. *South Atlantic Quarterly*, 2002（03）：695-724.

［115］WILSON, D., & D. SPERBER. Relevance theory ［A］. Eds. L. R. HORN & G. WARD. *The Handbook of Pragmatics* ［C］. Oxford：Blackwell, 2004, pp607-632.

［116］WILSS, W. Maschinelle Sprachübersetzung ［A］. Eds. H. P. Althaus et al. *Lexikon der Germanistischen Linguistik* ［C］. Berlin：Mouton de Gruyter, 1980, pp802-808.

［117］WILSS, W. *The Science of Translation：Problems and Methods* ［M］. 上海：上海外语教育出版社, 2001.

［118］XU, J. *Dialogues on the Theory and Practice of Literary Translation* ［M］. Tr. L. ZHU. London & NY：Routledge, 2020.

［119］ZIPF, G. K. Human Behavior and the Principle of Least Effort：*An Intro-*

duction to Human Ecology［M］. Cambridge：Addison-Wesley，1949.

［120］安岩，赵会军. 商务英语语用翻译简论［M］. 北京：中国社会科学出版社，2016.

［121］白靖宇，寇菊霞.《红楼梦》中文化内容翻译探析［J］. 外语教学，2002（02）：42-46.

［122］白莹，张世胜. 关联翻译理论视角下贾平凹作品文化内涵词的德译研究［J］. 出版广角，2017（08）：72-74.

［123］柏梅. 粗俗语的生成机制及功能探微［J］. 吉林省教育学院学报，2009（02）：49-51.

［124］包惠南. 文化语境与语言翻译［M］. 北京：中国对外翻译出版公司，2001.

［125］薄振杰，孙迎春. 国内关联翻译研究成果与发展趋势［J］. 外语与外语教学，2007（09）：57-59.

［126］蔡新乐. 石头的故事：霍克思英译《红楼梦》开卷的跨文化处理［J］. 外国语文，2015（05）：94-102.

［127］曹明伦."翻译暴力"从何而来？——韦努蒂理论术语 violence 探究［J］. 中国翻译，2015（03）：82-89.

［128］曹明伦. 作品名翻译与重新命名之区别——兼与何自然、侯国金等教授商榷［J］. 解放军外国语学院学报，2017（03）：104-112.

［129］曹旺儒. 语用翻译理论与实践研究［M］. 北京：中国纺织出版社，2018.

［130］曹晓安. 关联理论视域下诗歌翻译的模糊关联研究［J］. 外国语文，2019（04）：117-122.

［131］曹雪芹，高鹗. 红楼梦［M］.（中国古典文学读本丛书）. 中国艺术研究院和红楼梦研究所，校注. 北京：人民文学出版社，2005.

［132］查建明. 从意象到具象——也论美国意象派诗歌的视觉性特点［J］. 九江学院学报，2008（02）：82-84.

［133］车明明，李博. 卡明斯诗歌"l（a"中的多重隐喻探析［J］. 重庆交通大学学报（哲社版），2012（02）：131-134.

［134］陈萃芳，陈小慰. 新修辞受众观与生活类节目字幕翻译策略——以《非诚勿扰》字幕翻译为例［J］. 福州大学学报（哲社版），2018（04）：96-99.

［135］陈达，陈昱霖. 笔下解不开的结——浅析翻译暴力对翻译实践的影响［J］. 上海翻译，2016（04）：54-56.

[136] 陈德用, 张瑞娥. 实用主义话语意识形态与人物个性化语言的翻译——《红楼梦》中王熙凤个性化语言的翻译 [J]. 外语教学, 2006 (05): 81-84.

[137] 陈刚, 胡维佳. 功能翻译理论适合文学翻译吗?——兼析《红楼梦》咏蟹诗译文及语言学派批评 [J]. 外语与外语教学, 2004 (02): 43-45.

[138] 陈宏薇. 语用学与翻译教学 [J]. 现代外语, 1995 (04): 27-30, 37.

[139] 陈宏薇. 从"奈达现象"看中国翻译研究走向成熟 [J]. 中国翻译, 2001 (06): 46-49.

[140] 陈洁. 汉语古典诗歌英译模糊性审美维度的认知——以《红楼梦》诗歌英译为例 [J]. 西安外国语大学学报, 2017 (03): 104-107.

[141] 陈丽霞, 侯国金. 颜色词"青"语用义的特点、生成机制及英译 [J]. 厦门理工学院学报, 2018 (02): 60-65.

[142] 陈淼星. 小议"半……半……" [J]. 语文知识, 2006 (07): 27.

[143] 陈少华. 进退维艰的底层写作——余华小说创作心理的整体观 [J]. 华南师范大学学报 (哲社版), 2019 (06): 156-161, 192.

[144] 陈思和, 等. 余华: 由"先锋"写作转向民间之后 [J]. 文艺争鸣, 2000 (01): 68-70.

[145] 陈望道. 修辞学发凡 [M]. 上海: 上海教育出版社, 1997. 上海: 复旦大学出版社, 2008.

[146] 陈小玲. 关联理论视角下的影视剧字幕翻译 [J]. 电影文学, 2013 (04): 147-148.

[147] 陈小慰. 汉英文化展馆说明文字的修辞对比与翻译 [J]. 上海翻译, 2012 (01): 29-33.

[148] 陈小慰. 对外宣传翻译中的文化自觉与受众意识 [J]. 中国翻译, 2013a (02): 95-100.

[149] 陈小慰. 翻译与修辞新论 [M]. 北京: 外语教学与研究出版社, 2013b.

[150] 陈小慰. 公示语翻译的社会价值与译者的修辞意识 [J]. 中国翻译, 2018 (01): 68-73.

[151] 陈新仁. 新编语用学教程 [M]. 北京: 外语教学与研究出版社, 2009.

[152] 陈莹.《论语》英译的宏观变异与微观变异: 以理雅各、辜鸿铭、韦利和吴国珍译文为例 [J]. 北京科技大学学报 (哲社版), 2019 (06): 18-25.

[153] 陈振娇. 解读翻译中的三种"认知暴力" [J]. 戏剧, 2012 (01):

26-37.

[154] 陈志耀. 权力话语下的翻译暴力问题［J］. 湘潮，2010（04）：10-11.

[155] 仇云龙，程刚. 语用学视角下的文学翻译研究［M］. 北京：世界图书出版公司，2018.

[156] 崔永禄. 霍克斯译《红楼梦》中倾向性问题的思考［J］. 外语与外语教学，2003（05）：41-44.

[157] 丁大刚，李照国. 典籍翻译研究的译者话语视角——以辜鸿铭《中庸》英译文为例［J］. 山东外语教学，2013（01）：99-104.

[158] 董子铭，刘肖. 对外传播中国文化的新途径——我国网络文学海外输出现状与思考［J］. 编辑之友，2017（08）：17-20.

[159] 杜世洪. 从个案出发看"不可译现象"的可译潜势［J］. 外语研究，2007（02）：48-52.

[160] 段奡卉. 从关联翻译理论看汉语格律诗英译中形式的趋同——以《春望》三个译本为例［J］. 外语学刊，2011（03）：121-124.

[161] 顿官刚. 奈达对泰特勒翻译思想的继承和发展［J］. 湖南科技大学学报（哲社版），2018（03）：155-161.

[162] 范敏.《论语》五译本译者风格研究——基于语料库的统计与分析［J］. 北京航空航天大学学报（哲社版），2016（06）：81-88.

[163] 范祥涛. 奈达"读者反应论"的源流及其评价［J］. 外语教学，2006（06）：86-88.

[164] 方梦之. 中国译学大辞典［Z］. 上海：上海外语教育出版社，2011.

[165] 方志彤（FANG, A.）. 王晓丹译 翻译困境之反思［J］. 国际汉学，2016（02）：97-111.

[166] 冯梅. 重命名翻译是另类翻译法么？——兼与康志洪等商榷［J］. 重庆理工大学学报（社科版），2013（12）：99-104.

[167] 冯其庸，李希凡. 红楼梦大辞典［Z］. 北京：文化艺术出版社，1990.

[168] 冯庆华. 实用翻译教程［M］. 上海：上海外语教育出版社. 2004.

[169] 弗里德，等. 语用学视角下的变异与演变［M］. 上海：上海外语教育出版社，2014.

[170] 高新霞，等. 卡明斯诗歌的映像象似性研究［J］. 时代文学，2011（11）：105-106.

[171] 高雪. 关于翻译暴力存在必然性的研究［J/OL］. 中国校外教育，2014－06－27. http：//www. cnki. net/kcms/detail/

11.3173.G4.20140627.1633.019.html,2020-04-25.

［172］高玉昆.国学与我国当代外交实践［J］.国际关系学院学报,2011(02):52-57.

［173］高玉.余华:一位哲学家［J］.小说评论,2002(02):87-92.

［174］戈玲玲.顺应论对翻译研究的启示——兼论语用翻译标准［J］.外语学刊,2002(03):7-11.

［175］葛校琴.国际传播与翻译策略——以中医翻译为例［J］.上海翻译,2009(04):26-29.

［176］辜鸿铭.辜鸿铭英译论语［M］.昆明:云南人民出版社,2011.

［177］谷峰.《黄帝内经》中"气"系词语的类型及英译［J］.中国科技翻译,2019(04):55-58.

［178］顾琳.语用学视域下《红楼梦》茶文化翻译［J］.福建茶叶,2017(09):271-272.

［179］郭建中.韦努蒂访谈录［J］.中国翻译,2008(03):43-46.

［180］郭竞.也谈中国文学翻译出版"走出去"——以中国网络文学欧美热为例［J］.出版广角,2017(03):85-87.

［181］郭淑婉.关联理论视角下的语用充实制约因素探析——以法律翻译为例［J］.西安外国语大学学报,2013(01):39-42.

［182］韩经太.海外汉学语境中的中国文化阐释［J］.国际汉学(辑刊),2006(01):28-30.

［183］韩子满.中国文学走出去的非文学思维［J］.山东外语教学,2015(06):77-84.

［184］郝祝平.意识形态对翻译策略的操纵［J］.话文学刊·外语教育教学,2015(05):51-53.

［185］何刚强.文质頡頏,各领风骚——对《论语》两个海外著名英译本的技术评鉴［J］.中国翻译,2007(04):77-82.

［186］何伟,张娇.《论语》疑难章句的语内翻译模式［J］.外语教学,2013(06):95-98.

［187］何兆熊,等.新编语用学概要［M］.上海:上海外语教育出版社,2000.

［188］何自然.Pragmatics and CE/EC translation［J］.外语教学,1992(01):19-25.

［189］何自然,等.语用三论:关联论·顺应论·模因论［M］.上海:上海

教育出版社, 2007.

[190] 何自然. 语用学十二讲 [M]. 上海: 华东师范大学出版社, 2011.

[191] 何自然, 李捷. 翻译还是重命名——语用翻译中的主体性 [J]. 中国翻译, 2012 (01): 103-106.

[192] 何自然. 语用学探索 [M]. 广州: 暨南大学出版社, 2012.

[193] 何自然, 陈新仁. 语用学研究（第8辑）[M]. 北京: 高等教育出版社, 2019.

[194] 洪修平. 试论中国佛教思想的主要特点及其人文精神 [J]. 南京大学学报（哲社版）, 2001 (03): 64-72.

[195] 侯国金. 语用标记等效原则: 翻译评估的新方法 [M]. 成都: 四川大学出版社. 2005a.

[196] 侯国金. 语用标记价值论的微观探索 [M]. 成都: 四川大学出版社. 2005b.

[197] 侯国金. 语用标记价值假说与语用标记等效翻译假说 [J]. 外语学刊, 2005c (02): 15-23.

[198] 侯国金. 浅论语用标记等效原则 [J]. 山东外语教学, 2005d (01): 17-20.

[199] 侯国金. 语用标记等效值 [J]. 中国翻译, 2005e (05): 30-34.

[200] 侯国金. 言语合作性的语用标记关联模式——兼评新老格赖斯主义 [J]. 外语教学, 2006 (03): 6-12.

[201] 侯国金. 双关的认知语用解释与翻译 [J]. 四川外语学院学报, 2007 (02): 119-124, 134.

[202] 侯国金. 语用学大是非与语用翻译学之路 [M]. 成都: 四川大学出版社, 2008.

[203] 侯国金. 语言学术语翻译的系统—可辨性原则——兼评姜望琪 (2005) [J]. 上海翻译, 2009 (02): 69-73.

[204] 侯国金. 语言学术语翻译的原则和"三从四得"——应姜望琪之"答" [J]. 外国语文, 2011a (03): 94-99.

[205] 侯国金. 拈连的语用修辞学解读和"拈连译观" [J]. 外语学刊, 2011b (06): 109-114.

[206] 侯国金. 主持人语——语用翻译学何以可能 [J]. 当代外语研究, 2012a (06): 23.

[207] 侯国金. 轭配的语用翻译观 [J]. 外语与外语教学, 2012b (03):

29-32.

[208] 侯国金. 佛经翻译之"相"说 [J]. 东方翻译, 2013a (05)：30-35.

[209] 侯国金. TS 等效翻译的语用变通 [J]. 外国语言文学, 2013b (01)：28-37.

[210] 侯国金. 从格赖斯循环到显含义之争——语义—语用分水岭问题 [J]. 外国语文, 2013c (05)：80-87.

[211] 侯国金. 侯国金诗萃 [M]. 北京：国防工业出版社, 2014a.

[212] 侯国金. 评"秘密故"不翻的不翻之翻 [J]. 外国语言文学, 2014b (02)：108-118, 143.

[213] 侯国金. 语用翻译观助中国文化走出去 [N]. 中国社会科学报, 2015a-03-23.

[214] 侯国金. 现代翻译应反映多样交际要求 [N]. 中国社会科学报, 2015b-08-04.

[215] 侯国金. 归化与异化是互补的翻译方法 [N]. 中国社会科学报, 2015c-11-17.

[216] 侯国金. 语用制约/语用压制假说 [J]. 外语教学与研究, 2015d (03)：345-354.

[217] 侯国金. 词汇—构式语用学 [M]. 北京：国防工业出版社, 2015e.

[218] 侯国金. 季羡林翻译实践偏向"语言派" [N]. 中国社会科学报, 2016a-04-26.

[219] 侯国金. 作品名翻译的"关联省力语效原则"——以 Helen Chasin 的诗歌"The Word Plum"为例 [J]. 解放军外国语学院学报, 2016b (02)：106-114.

[220] 侯国金. 语用学界面研究（下）[M]. 北京：中国出版集团, 2016c.

[221] 侯国金. 也评"Translating China"和"翻译中国"[J]. 翻译论坛, 2017a (03)：82-87.

[222] 侯国金. 真红还是假红："red/红"的原意和随意用法及其互译 [J]. 语用学研究（第 7 辑）, 2017b：115-131.

[223] 侯国金. 翻译研究的语言派和文化派之间的调停 [J]. 华侨大学学报（哲社版）2018a (01)：131-142.

[224] 侯国金. 译者何以施暴？[J]. 当代外语研究, 2018b (04)：78-84.

[225] 侯国金, 何自然. 有标记译法"重命名"及其正名：回应曹明伦教授 [J]. 解放军外国语学院学报, 2018 (06)：90-97, 106.

[226] 侯国金. 巴山闽水楚人行 英汉诗歌及互译［M］. 武汉：武汉大学出版社，2019.

[227] 侯国金. 语用翻译学：寓意言谈翻译研究［M］. 北京：北京大学出版社，2020a.

[228] 侯国金. 金笔侯译诗集［M］. 武汉：武汉出版社，2020b.

[229] 侯国金. 楚国金言诗话江海河［M］. 武汉：武汉出版社，2021.

[230] 胡庚申等. 生态翻译学的"四生"理念——胡庚申教授访谈［J］. 鄱阳湖学刊，2019（06）：26-33

[231] 胡静芳. 关联理论对字幕翻译的明示与指导［J］. 电影文学，2012（12）：156-157.

[232] 胡伟."半 A 半 B"、"一 A 一 B"、"一 A 二 B"比较研究［J］. 暨南学报（哲社版），2016（05）：21-27.

[233] 胡媛媛，胡芳芳. 浅析"半 A 半 B"格式的肯定性和否定性［J］. 现代语文，2012（04）：75.

[234] 胡媛媛."半 A 半 B"与"半 A 不 B"格式的多维比较研究［D］. 南京师范大学硕士论文. 2013.

[235] 胡允恒. 译海求珠［M］. 北京：生活·读书·新知三联书店，2007.

[236] 胡壮麟. 语用学［J］. 国外语言学，1980（03）：1-10.

[237] 黄国文. 典籍翻译：从语内翻译到语际翻译——以《论语》英译为例［J］. 中国外语，2012（06）：64-71.

[238] 黄国文. 功能语用分析与《论语》的英译研究［J］. 北京科技大学学报（哲社版），2015（02）：1-7.

[239] 黄国文."解读"在典籍翻译过程中的作用——以"唯女子与小人为难养也"的英译为例［J］. 英语研究，2018（07）：100-109.

[240] 黄立鹤. 基于多模态语料库的语力研究：多模态语用学新探索［M］. 上海：上海外语教育出版社，2019.

[241] 黄生太. 基于语料库的《红楼梦》拟声词英译研究［M］. 成都：西南交通大学出版社，2017.

[242] 黄玮. 屠岸：一个民族没有诗歌会很可悲［N］. 解放日报，2016-05-31.

[243] 黄忠廉. 翻译变体研究［M］. 北京：中国对外翻译出版公司，1999/2000.

[244] 黄忠廉，杨荣广. 译学本体的术语厘定问题——以"原语"与"源

语"为例[J]. 外国语, 2015 (05): 74-81.

[245] 黄忠廉. 达: 严复翻译思想体系的灵魂——严复变译思想考之一[J]. 中国翻译, 2016 (01): 34-39.

[246] 黄忠廉, 陈元飞. 从达旨术到变译理论[J]. 外语与外语教学, 2016 (01): 98-106.

[247] 姬鹏宏, 曹志宏. 科技翻译机理的关联探索[J]. 中国科技翻译, 2002 (01): 1-4.

[248] 吉云飞. "征服北美, 走向世界": 老外为什么爱看中国网络小说? [J]. 文艺理论与批评, 2016 (06): 112-120.

[249] 贾英伦. 影响文学翻译修辞选择的语言外因素[J]. 外语学刊, 2016 (04): 119-123.

[250] 简政珍. 当代诗与后现代的双重视野[M]. 北京: 作家出版社, 2006.

[251] 江雯. 中国电影传统文化翻译策略研究——以《唐人街探案2》为例[J]. 出版广角, 2018 (16): 55-57.

[252] 姜戎. 狼图腾[M]. 武汉: 长江文艺出版社, 2004.

[253] 姜志伟. 禁忌语的文化内涵及译法[J]. 中国科技翻译, 2006 (04): 58-61.

[254] 蒋丽萍. 从诗学到认知诗学: 文学翻译的新路径[J]. 北京第二外国语学院学报, 2013 (02): 17-21.

[255] 蒋庆胜. 急收的语用修辞学规则建构与翻译[J]. 外国语文研究, 2013 (02): 39-52.

[256] 蒋庆胜. 基于实证的急收话语的语用修辞研究[D]. 南京大学博士学位论文, 2018.

[257] 杰恩柯夫斯基等. 话语语用学[M]. 上海: 上海外语教育出版社, 2014.

[258] 解正明. 修辞诗学[M]. 北京: 光明日报出版社, 2015.

[259] 金隄. 论等效翻译[J]. 外语教学与研究, 1986 (04): 6-14.

[260] 金隄. 等效翻译探索[M]. 北京: 中国对外翻译出版公司, 1998/2000.

[261] 金学勤. 考辨中西, 依景定名——从"国学"之英译名说起[J]. 东方翻译, 2012 (06): 76-80.

[262] 金学勤.《论语》注疏之西方传承: 从理雅各到森舸斓[J]. 四川大学学报(哲社版), 2015 (03): 58-65.

[263] 卡特福德. 语言学翻译理论 [M]. 穆雷. 译. 北京: 旅游教育出版社, 1991.

[264] 康冰. 影片名翻译中的创造性叛逆 [J]. 继续教育研究, 2009 (01): 164-166.

[265] 康志洪. 人、地名翻译——跨语种的重新命名 [J]. 中国科技翻译, 2000 (04): 28-30.

[266] 蒯佳, 李嘉懿. 从关联翻译理论看程抱一的诗歌翻译策略——以《终南别业》翻译为例 [J]. 中国海洋大学学报 (哲社版), 2018 (05): 124-130.

[267] 雷兰. 余华的小说创作观研究 [D]. 湖南大学硕士学位论文, 2017.

[268] 李冰梅. 肯明斯诗歌中的偏离与连贯 [J]. 外国文学, 2006 (02): 84-89.

[269] 李丙权. 从《论语》英译看经典翻译的双重视域 [J]. 人文杂志, 2015 (03): 57-64.

[270] 李成师. 20 世纪 90 年代先锋转型与长篇小说文体特性——以余华、苏童、格非为中心 [J]. 上海文化, 2020 (02): 27-33.

[271] 李东杰, 周兴祖. 众筹出版翻译的质量控制问题思考 [J]. 编辑之友, 2015 (04): 80-82.

[272] 李钢, 李金妹. "西方中心主义"观照下的《论语》英译 [J]. 外语学刊, 2012 (02): 123-125.

[273] 李钢, 李金妹.《论语》英译研究综述 [J]. 湖南师范大学社会科学学报, 2013 (01): 131-137.

[274] 李光杰. 语用视角下《麦田里的守望者》中粗俗语的翻译评析——以孙仲旭译本为例 [J]. 洛阳理工学院学报 (社科版), 2017 (01): 25-28.

[275] 李晗佶. 从副文本到文本: 白睿文的翻译观与《活着》英译本解读 [J]. 广东外语外贸大学学报, 2017 (01): 63-69.

[276] 李洪金, 吕俊. 梅洛·庞蒂的感性诗学与文学翻译——一种具身性认知方式的翻译研究 [J]. 上海翻译, 2016 (02): 23-29.

[277] 李捷, 何自然. "名从主人"?——名称翻译的语用学思考 [J]. 中国外语, 2012 (06): 72-76, 80.

[278] 李晶, 孟艳丽. 关联翻译论视角下的习语英译方法——以《红楼梦》习语的英译为例 [J]. 新疆大学学报 (哲社版), 2012 (02): 142-145.

[279] 李晶. 翻译·国学·中国话语体系——《三字经》英译者赵彦春教授访谈录 [J]. 天津外国语大学学报, 2015 (01): 41-45.

［280］李磊. 依据关联翻译论探讨汉诗英译的凝炼美［J］. 山东外语教学, 2010（01）：75-80.

［281］李蕾. 功能主义视角下的中药方剂名翻译探析［J］. 中国中医基础医学杂志, 2016（03）：415-417.

［282］李群. 片名翻译对"忠实"的颠覆——电影片名翻译的现状及理论根据［J］. 北京第二外国语学院学报, 2002（05）：41-45.

［283］李莎. 关联翻译理论在翻译教学中的应用探究［J］. 湖北开放职业学院学报, 2019（23）：168-169.

［284］李卫中. 与"半"字相关的格式的考察［J］. 殷都学刊, 2000（01）：106-109.

［285］李小均. 翻译暴力与属下话语［J］. 天津外国语学院学报, 2006（06）：7-10.

［286］李应存等. 敦煌佛书S.5598V中毗沙门天王奉宣和尚神妙补心丸方浅探［J］. 甘肃中医, 2006（07）：12-14.

［287］李占喜. 语用翻译探索［M］. 广州：暨南大学出版社, 2014.

［288］李占喜. 语用翻译学［M］. 广州：暨南大学出版社, 2017.

［289］李照国. 中医术语英译的原则与方法［J］. 中国科技翻译, 1996（04）：32-35.

［290］李照国. 中医英语翻译技巧［M］. 北京：人民卫生出版社, 1997.

［291］李照国. 中医基本名词术语英译国际标准化研究：理论研究、实践总结、方法探索［M］. 上海：上海科学技术出版社, 2008.

［292］理雅各. 汉英对照文白对照四书［M］. 长沙：湖南出版社, 1995.

［293］利奇. 语义学［M］. 李瑞华, 等, 译. 上海：上海外语教育出版社, 1987.

［294］栗长江. 文化·操纵·翻译的暴力［J］. 湖南人文科技学院学报, 2006（05）：61-64.

［295］连淑能. 英汉对比研究［M］. 北京：高等教育出版社, 2010.

［296］梁伟.《红楼梦》佛教内容维译中的语境因素与顺应策略［J］. 新疆大学学报（哲社版）, 2010（5）：135-138.

［297］廖红英. 从关联理论看文化信息在俄汉翻译中的传达——从"洪荒之力"的翻译谈起［J］. 外国语文, 2017（04）：115-118.

［298］廖七一等. 当代英国翻译理论［M］. 武汉：湖北教育出版社, 2001.

［299］廖七一. 严复翻译批评的再思考［J］. 外语教学, 2016（02）：87-91.

[300] 林大津. 生者与逝者对话：言语交际类型的修辞学思考 [J]. 福建师范大学学报（哲社版），2020（01）：1-8.

[301] 林菲. 从关联翻译理论解析英语专业学生的误译现象 [J]. 北京航空航天大学学报（哲社版），2013（06）：92-96.

[302] 林克难. 关联翻译理论简介 [J]. 中国翻译，1994（04）：6-9.

[303] 林克难. 奈达翻译理论的一次实践 [J]. 中国翻译，1996（04）：6-16.

[304] 林萍. 还"陌生"以陌生："陌生化"诗学对文学翻译的启示 [J]. 外国语文，2014（05）：139-142，168.

[305] 林萍."前景化"诗学对文学翻译的启示 [J]. 西南政法大学学报（哲社版），2015（05）：104-109.

[306] 林元彪. 走出文本语境——"碎片化阅读"时代典籍翻译的若干问题思考 [J]. 上海翻译，2015（02）：20-26.

[307] 蔺志渊. 网络环境下的翻译批评研究 [J]. 时代文学，2010（02）：49-50.

[308] 刘德岗. 论具象诗诗性的缺失 [J]. 中州学刊，2009（05）：301-302.

[309] 刘殿爵. 论语（中英文对照）[M]. 北京：中华书局，2011.

[310] 刘洪泉，刘秋红. 一知"半"译——中国古典四大名著英译"半"字赏析 [J]. 上海翻译，2005（04）：66-69.

[311] 刘锦晖."阿弥陀佛"一词在《红楼梦》两个译本中译文的语用分析 [J]. 产业与科技论坛，2011（19）：185-186.

[312] 刘晋锋. 杨宪益：阴差阳错成翻译大家 [EB/OL]. 2009-12-18. http://society.people.com.cn/GB/82585/146200/177420/10610561.html.

[313] 刘立胜，廖志勤. 国学典籍海外英译中超文本成分研究——以李白诗歌《长干行》三译文为例 [J]. 民族翻译，2011（04）：39-45.

[314] 刘利民，官忠明. 纪实性电视片中土语的翻译体会① [J]. 上海科技翻译，2001（04）：33-37.

[315] 刘全福. 诗意的畅想：在可译性与不可译性之间——德里达关联翻译概念考辨及误读分析 [J]. 外语教学，2009（06）：100-104.

[316] 刘肖杉.《红楼梦》中《葬花吟》两英译文比读与赏析 [J]. 外语教学，2007（05）：91-94.

---

① 笔者改原名的"记实"为"纪实"。

［317］刘迎姣.《红楼梦》英全译本译者主体性对比研究［J］.外国语文，2012（01）：111-115.

［318］刘玉红，等.文化走出去的形式要求：英韵三字经的押韵艺术研究［J］.当代外语研究，2016（06）：100-104.

［319］卢卫中.象似性与"形神皆似"［J］.外国语，2003（06）：62-69.

［320］卢卫中，等.翻译过程中语言转换的转喻机制［J］.中国翻译，2014（06）：14-18.

［321］卢艳春.语用学与翻译——《水浒传》中粗俗俚语的翻译之管见［J］.内蒙古农业大学学报（哲社版），2005（03）：132-135.

［322］卢永裕.余华文本的表现世界［J］.吉首大学学报（哲社版），1998（04）：30-34.

［323］陆卫明，等.关于《论语》的若干疑难问题阐析［J］.西安交通大学学报（哲社版），2016（04）：117-121.

［324］吕俊.翻译学构建中的哲学基础［J］.中国翻译，2002（03）：7-10.

［325］吕俊.普遍语用学的翻译观——一种交往理论的翻译观［J］.外语与外语教学，2003（07）：42-46.

［326］吕俊.建构翻译学的语言学基础［J］.外语学刊，2004（01）：96-101.

［327］吕俊.何为建构主义翻译学［J］.外语与外语教学，2005（12）：35-39.

［328］吕叔湘.现代汉语八百词［M］.北京：商务印书馆，1999.

［329］吕叔湘.翻译工作和"杂学"［J/A］.翻译通报.1951（01）（http：//www.oktranslation.com/news/twininfo46636.html，2020-02-09）.吕叔湘.大家小集 吕叔湘集［C］.吕霞，郦达夫，编注.广州：花城出版社，2009：115-120.

［330］吕文澎，张莉.赵彦春的韵文翻译艺术［N］.中国社会科学报，2019-06-12.

［331］罗敏.浅析"半A半B"结构［J］.文教资料，2011（16）：29-31.

［332］马崇梅.英汉"半"的比较［J］.云南农业大学学报（哲社版），2008（02）：97-101.

［333］毛静林.后殖民主义视域下的中医学术语翻译——以《黄帝内经》之"气"的翻译策略为例［J］.台州学院学报，2018（08）：46-50.

［334］毛荣贵.翻译美学［M］.上海：上海交通大学出版社，2005/2006.

［335］毛卫强.《红楼梦》翻译与文化传播［J］.江苏大学学报（哲社版），

2009（05）：81-84.

［336］孟建钢.《道德经》英译的关联性研究——以亚瑟·威利的翻译为例［J］.外语学刊，2018（04）：84-89.

［337］孟健，等.文化顺应理论视阈下的典籍英译——以辜鸿铭《论语》英译为例［J］.外语学刊，2012（03）：104-108.

［338］莫爱屏.语用与翻译［M］.北京：高等教育出版社，2010.

［339］莫爱屏.翻译研究的语用学路径［J］.中国外语，2011（03）：88-94.

［340］莫丽红，戈玲玲.关联翻译理论视角下的汉语成语翻译［J］.湖南社会科学，2012（02）：189-191.

［341］莫言.红高粱家族［M］.北京：作家出版社，2013.

［342］钮贵芳.试论关联理论下《功夫熊猫》字幕翻译［J］.电影文学，2014（06）：154-155.

［343］欧阳文萍.古汉诗英译中月亮意象之美的传递［J］.湖南社会科学，2016（05）：209-212.

［344］潘文国.汉英语对比纲要［M］.北京：北京语言文化大学出版社，1997.

［345］潘文国.典籍英译心里要有读者——序吴国珍《〈论语〉最新英文全译全注本》［J］.吉林师范大学学报（哲社版），2012（01）：16-19.

［346］彭典贵.影视翻译中情色禁忌语的归化策略［J］.上海翻译，2015（03）：66-68.

［347］平洪.强化质量意识，推进翻译硕士教育内涵式发展［J］.中国翻译，2019（01）：76-82.

［348］钱多秀.科技翻译质量评估［M］.长春：吉林大学出版社，2008.

［349］钱冠连.翻译的语用观——以《红楼梦》英译本为案例［J］.现代外语，1997（01）：32-37.

［350］钱冠连.汉语文化语用学：人文网络言语学［M］.北京：清华大学出版社，2002.

［351］钱理群.如何对待从孔子到鲁迅的传统——在李零《丧家狗——我读〈论语〉》出版座谈会上的讲话［J］.鲁迅研究月刊，2007（09）：4-11.

［352］钱亚旭，纪墨芳.《红楼梦》霍克思译本中佛教思想翻译的策略［J］.湘潭大学学报（哲社版），2013（02）：88-92.

［353］钱钟书.谈艺录［M］.北京：中华书局，1974.

［354］乔慧.跨文化环境下完善中国典籍英译作品的必要性——以吴国珍

《论语·最新英文全译全注本》为例[J]. 重庆电子工程职业学院学报, 2015 (05): 78-80.

[355] 乔阳. 中国网络文学在民间翻译组织下的"走出去"[J]. 福建质量管理, 2017 (11): 165-166.

[356] 曲卫国. 语用学的多层面研究[M]. 上海: 复旦大学出版社, 2012.

[357] 冉永平. 语用学的多学科视角——Cummings新著《语用学》评介[J]. 外语教学与研究, 2006 (04): 312-316.

[358] 冉永平, 张新红. 语用学纵横[M]. 北京: 高等教育出版社, 2007.

[359] 冉永平. 语用学传统议题的深入研究新兴议题的不断拓展——第十届国际语用学研讨会述评[J]. 外语教学, 2007 (06): 6-10.

[360] 冉永平. 语用学: 现象与分析[M]. 北京: 北京大学出版社, 2010.

[361] 冉永平. 当代语用学研究的跨学科多维视野[J]. 外语教学与研究, 2011 (05): 763-771.

[362] 冉永平. 语用学研究的复合性特征[J]. 外国语文, 2012 (05): 80-87.

[363] 任生名. 杨宪益的文学翻译思想散记[J]. 中国翻译, 1993 (04): 33-35.

[364] 荣立宇. 英语主流诗学与仓央嘉措诗歌英译——基于韵律的考察[J]. 山东外语教学, 2016 (03): 101-107.

[365] 莎士比亚. 莎士比亚十四行诗集[M]. 杨熙龄, 译. 呼和浩特: 内蒙古人民出版社, 1980.

[366] 莎士比亚. 莎士比亚十四行诗[M]. 梁宗岱, 译. 成都: 四川人民出版社, 1983.

[367] 莎士比亚. 莎士比亚诗全集[M]. 陈才宇等. 译. 杭州: 浙江文艺出版社, 1996.

[368] 莎士比亚. 十四行诗[M]. 艾梅, 译. 哈尔滨: 哈尔滨出版社, 2004.

[369] 莎士比亚. 莎士比亚抒情诗100首[M]. 朱生豪, 译. 济南: 山东文艺出版社, 2008.

[370] 莎士比亚. 莎士比亚十四行诗[M]. 田伟华, 译. 北京: 中国画报出版社, 2011.

[371] 邵敬敏, 黄燕旋. "半A半B"框式结构研究[J]. 陕西师范大学学报(哲社版), 2011 (02): 124-128.

[372] 邵燕君, 吉云飞. 美国网络小说"翻译组"与中国网络文学"走出

去"——专访 Wuxiaworld 创始人 RWX［J］.文艺理论与批评,2016（06）：105-111.

［373］申丹.论文学文体学在翻译学科建设中的重要性［J］.中国翻译,2002（01）：11-15.

［374］沈倩.语用视角下的《红楼梦》茶文化翻译透视［J］.海外英语 2017（17）：119-120.

［375］什克洛夫斯基.艺术作为程序［M］.方珊.译//胡经之,张首映.主编.西方二十世纪文论选（第2卷）［C］.北京：中国社会科学出版社,1989.

［376］史凯,吕竞男.文学出版走向世界：谁来译？——谈中国文学图书翻译的译者主体［J］.中国出版,2013（16）：57-60.

［377］斯诺,编.活的中国：现代中国短篇小说选［M］.斯诺,译.武汉：湖南人民出版社,1983.

［378］斯珀波,威尔逊.关联：交际与认知［M］.蒋严,译.北京：中国社会科学出版社,2008.

［379］宿春礼,邢群麟.方法总比困难多［M］.北京：石油工业出版社,2005.

［380］孙菲菲.语用学指导下的《红楼梦》茶文化翻译研究［J］.福建茶叶,2018（02）：381-382.

［381］孙光,等.胰岛β细胞瘤中医辨证施治的体会［J］.福建中医学院学报,1993（01）：22-23.

［382］孙桂英."关联翻译理论"视角中的互文性翻译［J］.山东外语教学,2006（01）：110-112.

［383］孙静.《红楼梦》两英译本对"阿弥陀佛"的翻译对比［J］.飞天,2010（14）：86-87.

［384］孙艺风.译者是暴力的实施者［J］.中国翻译,2014（06）：5-13.

［385］谭晓丽.会通中西的文化阐释——以安乐哲、罗思文英译《论语》为例［J］.上海翻译,2012（01）：61-65.

［386］谭学纯.修辞功能三层面——修辞技巧·修辞诗学·修辞哲学［A］.郑颐寿.主编.文学语言理论与实践丛书——辞章学论文集［C］.（上、下）.福州：海潮摄影艺术出版社,2002：449-456.

［387］谭学纯,郑子瑜.被"修辞学史家"遮蔽的学术身份［J］.福建师范大学学报（哲社版）,2010（02）：88-92.

［388］谭载喜.奈达论翻译的性质［J］.中国翻译,1983（09）：37-39.

[389] 谭载喜. 新编奈达论翻译［M］. 北京：中国对外翻译出版公司，1999.

[390] 谭载喜. 翻译学［M］. 武汉：湖北教育出版社，2000.

[391] 唐莉. 论"半A半B"句式［J］. 青年作家（中外文艺版），2011（02）：50-51.

[392] 唐煜松. 从"小我"到"大我"——余华小说创作观念的飞跃［J］. 沈阳大学学报（哲社版），2005（03）：76-79.

[393] 陶洁. 二十世纪英文观止［C］. 天津：天津人民出版社，1994/1997.

[394] 田甜，肖相如. 天王补心丹源流探讨［J］. 吉林中医药杂志，2010（03）：250-252.

[395] 田小军，等. 网络文学"走出去"的时代机遇现实困境与发展建议［J］. 中国版权，2017（01）：22-26.

[396] 涂和平. 物名翻译及其标准化进程［J］. 上海翻译，2005（02）：65-67.

[397] 屠岸. 倾听人类灵魂的声音［M］. 武汉：湖北教育出版社，2002.

[398] 汪庆华. 传播学视域下中国文化走出去与翻译策略选择——以《红楼梦》英译为例［J］. 外语教学，2015（03）：100-104.

[399] 王彬彬. 余华的疯言疯语［J］. 当代作家评论，1991（02）：39-45.

[400] 王斌，赵小鸣. 余华的隐蔽世界［J］. 当代作家评论，1988（04）：104-109.

[401] 王斌. 关联理论对翻译解释的局限性［J］. 中国翻译，2000（04）：13-16.

[402] 王斌. 翻译中的"共注观"［J］. 解放军外国语学院学报，2014（04）：115-121.

[403] 王伯浩. 英语口语中的"粗话"别用［J］. 外国语，2000（02）：48-54.

[404] 王才英，侯国金.《盘龙》外译走红海外及对中国传统文学外译的启示［J］. 燕山大学学报（哲社版），2018a（03）：41-46.

[405] 王才英，侯国金. 两大名著中"半A半B"构式的语用翻译分析［J］. 广东外语外贸大学学报，2018b（05）：74-79.

[406] 王才英，侯国金. 红楼药方杨—霍译：语用翻译观［J］. 中国科技翻译，2019（02）：44-47.

[407] 王才英，侯国金. "天王补心丹"英译何其多？——语用翻译学术语译观的"系统—可辨性原则"［J］. 中国科技翻译，2021a（04）：58-61.

[408] 王才英, 侯国金. 语用变通: 中国文学走出去之金匙 [EB/OL]. 文明互鉴文明互译 百家谈 (微信公众号). 2021b.

[409] 王才英, 侯国金.《红楼梦》佛号的杨霍译对比 [J]. 2022 (即出).

[410] 王东风. 一只看不见的手——论意识形态对翻译实践的操纵 [J]. 中国翻译, 2003 (05): 16-23.

[411] 王东风. 帝国的翻译暴力与翻译的文化抵抗: 韦努蒂抵抗式翻译观解读 [J]. 中国比较文学, 2007 (04): 69-85.

[412] 王红阳. 卡明斯诗歌"1 (a"的多模态功能解读 [J]. 外语教学, 2007 (05): 22-26.

[413] 王辉. 盛名之下, 其实难副①——《大中华文库·论语》编辑出版中的若干问题 [J]. 华中科技大学学报 (哲社版), 2003 (01): 37-43.

[414] 王珂. 论英语图像诗的流变 [J]. 宁夏大学学报 (哲社版), 2006 (04): 36-41.

[415] 王珂. 新诗现代性建设要重视八大诗体 [J]. 河南社会科学, 2015 (10), 94-106, 124.

[416] 王丽娜. 许渊冲诗译赏析之《水调歌头·明月几时有》[J]. 湖北函授大学学报, 2011 (02): 153-154, 156.

[417] 王丽耘, 等."归化"与霍克思《红楼梦》译本的评价问题 [J]. 2015 (01): 95-100.

[418] 王琦. 从读者反应角度分析中诗英译翻译——以《天净沙·秋思》为例 [J]. 南昌大学学报 (社科版), 2009 (03): 151-154.

[419] 王琼, 毛玲莉. 从关联翻译理论分析中西文化语境下"月亮"意象 [J]. 兰州大学学报 (哲社版), 2007 (02): 137-142.

[420] 王维贤. 现代汉语语法理论研究 [M]. 北京: 语文出版社, 1997.

[421] 王祥兵. 海外民间翻译力量与中国当代文学的国际传播——以民间网络翻译组 Paper Republic 为例 [J]. 中国翻译, 2015 (05): 46-52.

[422] 王小卉. 从关联理论看《功夫熊猫》字幕翻译策略 [J]. 电影文学, 2014 (19): 162-163.

[423] 王小丽. 汉日版《红楼梦》中的詈骂语研究 [J]. 红楼梦学刊, 2013 (03): 243-253.

[424] 王银泉, 杨乐.《红楼梦》英译与中医文化西传 [J]. 中国翻译, 2014

---

① 原名是"付", 笔者改之。

（04）：108-111.

[425] 王永兵.从川端康成到卡夫卡——余华小说创作的转型与新时期小说审美范式的变化［J］.浙江师范大学学报（哲社版），2012（02）：21-28.

[426] 王岳川."再中国化"：中国文化世界化的途径［J］.高等学校文科学术文摘，2016（03）：164-165.

[427] 王岳川.中国特色和中国风格的普世化价值［J］.江苏行政学院学报，2017（02）：43-49.

[428] 王宗炎.英汉语文问题面面观［M］.北京：高等教育出版社，2006.

[429] 韦利.大中华文库·论语［M］.长沙：湖南人民出版社，2010.

[430] 韦努蒂.译者的隐形——翻译史论［M］.张景华，等，译.北京：外语教学与研究出版社，2009.

[431] 维索尔伦.语用学诠释［M］.钱冠连，霍永寿，译.北京：清华大学出版社，2003/2013.

[432] 魏媛."厚翻译"视角下吴国珍《论语》英译研究［J］.北京印刷学院学报，2019（10）：78-80.

[433] 文军，林芳.意识形态和诗学对译文的影响——以《西风颂》的三种译诗为例［J］.外语教学，2006（05）：74-77.

[434] 吴春容，侯国金.仿拟广告的语用修辞学解读和仿拟译观［J］.当代修辞学，2015（01）：70-77.

[435] 吴迪龙，武俊辉.关联翻译理论可适性范围与关联重构策略研究［J］.广西民族大学学报（哲社版），2017（04）：185-190.

[436] 吴国珍.论语最新英文全译全注本［M］.福州：福建教育出版社，2012.

[437] 吴国珍.辜鸿铭《论语》英译缺失举隅［J］.湖北师范学院学报（哲社版），2014（04）：20-24.

[438] 吴文安.典籍英译训练的惑与得——以《道德经》英译为例［J］.中国翻译，2017（02）：111-114.

[439] 夏青，张超.霍氏与杨氏《红楼梦》中医药文化翻译的得失［J］.湖南农业大学学报（社科版），2010（05）：84-90.

[440] 谢天振.创造性叛逆——翻译中文化信息的失落与变形［J］.世界文化，2016（04）：4-8.

[441] 谢天振.本土化：跨文化交流的基本规律——兼谈中国文化"走出去"的两个误区［N］.中国社会科学报，2017-05-26.

[442] 谢竹藩. 中医药常用名词术语英译 [Z]. 北京：中国中医药出版社，2004.

[443] 邢驰鸿. 关联翻译推理模式对公示语英译的解释力——基于公示语英译的实证研究 [J]. 湖北大学学报（哲社版），2013（01）：136-139.

[444] 邢福义. 现代汉语数量词系统中的"半"和"双" [J]. 语言教学与研究，1993（04）：36-56.

[445] 熊兵. 翻译研究中的概念混淆——以"翻译策略"、"翻译方法"和"翻译技巧"为例 [J]. 中国翻译，2014（03）：82-88.

[446] 熊丽. 中国古诗意象翻译中的假象等值现象 [J]. 重庆科技学院学报（社科版），2008（04）：142-143.

[447] 熊学亮，曲卫国. 语用学采撷 [M]. 北京：高等教育出版社，2007.

[448] 熊学亮. 简明语用学教程 [M]. 上海：复旦大学出版社，2008.

[449] 徐莉娜. 试论翻译分析与批评的依据 [J]. 外语教学与研究，2001（03）：210-215.

[450] 徐艳萍，杨跃. 谈 E.E. 卡明斯诗歌中的"变异和突出" [J]. 西安外国语学院学报，2005（03）：4-7.

[451] 许钧，高方. 网络与文学翻译批评 [J]. 外语教学与研究，2006（03）：216-220.

[452] 许钧，等. 文学翻译的理论与实践：翻译对话录 [M]. 增订本. 南京：译林出版社，2010.

[453] 许钧. 从翻译出发 [M]. 上海：复旦大学出版社，2014.

[454] 许苗苗. 网络文学：驱动力量及其博弈制衡 [J]. 厦门大学学报（哲社版），2015（02）：22-28.

[455] 许余龙. 对比语言学概论 [M]. 上海：上海外语教育出版社，1997.

[456] 许渊冲. 再谈"意美、音美、形美" [J]. 外语学刊，1998（02）：68-75.

[457] 许渊冲. 再谈《竞赛论》和《优势论》——兼评《忠实是译者的天职》[J]. 中国翻译，2001（01）：51-52.

[458] 许渊冲. 文学与翻译 [M]. 北京：北京大学出版社，2003/2016.

[459] 许渊冲，译. 中国古诗精品三百首 [M]. 北京：北京大学出版社，2004.

[460] 许渊冲，译. 汉英对照论语 [M]. 北京：高等教育出版社，2005a.

[461] 许渊冲，译. 论语 [M]. 北京：高等教育出版社，2005b.

[462] 许渊冲. 发挥优势竞赛论——译文能否胜过原文 [A] //许渊冲, 编. 翻译的艺术 [C]. 2版. 北京：五洲传播出版社, 2006：138-146.

[463] 许渊冲, 译. 唐诗三百首 [M]. 北京：中国对外翻译出版公司, 2007.

[464] 许渊冲.《论语》译话 [M]. 北京：北京大学出版社, 2017.

[465] 许渊冲. 翻译的艺术 [M]. 北京：五洲传播出版社, 2018.

[466] 闫军利. 论诗歌翻译的"信""美"统一——从《红楼梦·秋窗风雨夕》两种英译比较谈起 [J]. 外语教学, 2005（06）：83-85.

[467] 闫玉涛. 翻译中的归化和异化：沙译《水浒传》分析 [J]. 山东外语教学, 2010（02）：95-98.

[468] 严辰松, 高航. 语用学 [M]. 上海：上海外语教育出版社, 2005.

[469] 杨斌. 关联论视阈下庞德中诗英译的创造性内涵 [J]. 徐州师范大学学报（哲社版）, 2009（06）：57-60.

[470] 杨方林. 试析霍译本《红楼梦》中医药文化的翻译 [J]. 辽宁医学院学报（社科版）, 2014（03）：126-129.

[471] 杨晖. 翻译的暴力——意识形态视角下的佛经翻译 [J]. 牡丹江大学学报（哲社版）, 2010（01）：91-93.

[472] 杨平. 评西方传教士《论语》翻译的基督教化倾向 [J]. 人文杂志, 2008（02）：42-47.

[473] 杨平. 哲学诠释学视域下的《论语》翻译 [J]. 中国外语, 2012（03）：101-109.

[474] 杨全红. 谁不想译名惊人——书名译评经眼录 [M]. 北京：国防工业出版社, 2011.

[475] 杨全红. 钱钟书译论译艺研究 [M]. 北京：商务印书馆, 2019.

[476] 杨司桂. 语用翻译观：奈达翻译思想再研究 [M]. 成都：四川大学出版社, 2016.

[477] 杨四平."走出去"与"中国学"建构的文化战略 [J]. 解放军艺术学院学报, 2013（02）：31-34.

[478] 姚金艳, 杨平. 传教士和汉学家在《论语》翻译及诠释中的文化挪用 [J]. 湖北大学学报（哲社版）, 2012（02）：90-93.

[479] 姚俊. 汉语"半"字的文化透视及其英译——英译《红楼梦》译例分析 [J]. 语言研究, 2004（02）：65-69.

[480] 叶红. 红叶诗集 [M]. 武汉：长江文艺出版社, 1997.

[481] 叶洪. 卡明斯诗歌中的非常规因素及其翻译 [J]. 湘潭大学社会科学

学报，2003（03）：138-141.

[482] 叶立文. 论先锋作家的真实观［J］. 文学评论，2003（01）：139-144.

[483] 叶苗. 关于语用翻译学的思考［J］. 中国翻译，1998（05）：10-13.

[484] 叶苗. 旅游资料的语用翻译［J］. 上海翻译，2005（02）：26-28，58.

[485] 叶维廉. 中国诗学［M］. 北京：生活·读书·新知三联书店，1992.

[486] 伊格尔顿. 文学原理引论［M］. 刘峰，译. 北京：文化艺术出版社，1987.

[487] 游淑娟. "半A半B"格式的认知分析［D］. 暨南大学，2009.

[488] 于建华. 语言偏离的诱惑［J］. 外语教学，2006（02）：76-79.

[489] 于亚莉. 试论汉语独特文化意象的翻译——以《浮躁》中的俗语典故为例［J］. 西北大学学报（哲社版），2010（03）：166-167.

[490] 俞东明. 什么是语用学？［M］. 上海：上海外语教育出版社，2011.

[491] 虞建华. 文学作品标题的翻译：特征与误区［J］. 外国语，2008（01）：68-74.

[492] 袁斌业. 语言顺应论对翻译的启示［J］. 四川外语学院学报，2002（05）：111-113.

[493] 袁可嘉. 驶向拜占庭［M］.（中国翻译名家自选集丛书）. 北京：中国工人出版社，1995.

[494] 袁可嘉，译. 彭斯抒情诗选［M］. 长沙：湖南文艺出版社，1996.

[495] 苑耀凯. 全面等效——再谈"等效论"和"神似论"［J］. 天津外国语学院学报，1995（02）：21-27，37.

[496] 岳玉庆. 从最佳关联原则看《红楼梦》宗教词汇翻译——以闵福德译本为例［J］. 忻州师范学院学报，2009（04）：59-60.

[497] 曾文雄. 语用学翻译研究［M］. 武汉：武汉大学出版社，2007.

[498] 曾文雄. 语用学的多维研究［M］. 杭州：浙江大学出版社，2009.

[499] 曾宪才. 语义、语用与翻译［J］. 现代外语，1993（01）：23-27.

[500] 曾镇南.《现实一种》及其他——略论余华的小说［J］. 北方文学，1988（02）：71-76.

[501] 张崇员，吴淑芳. 20年来余华研究综述［J］. 徐州师范大学学报（哲社版），2007（05）：53-58.

[502] 张德让. "不忠的美人"——论翻译中的文化过滤现象［J］. 山东外语教学，2001（03）：41-44.

[503] 张洪亮. 阿波利奈尔与卡明斯图像诗对比研究［J］. 北京航空航天大

学学报（哲社版），2019（04）：118-123.

[504] 张娇. 匠心独运 尺瑜寸暇——吴国珍《论语》译本评述［J］. 北京科技大学学报（哲社版），2015（02）：88-90.

[505] 张景华，崔永禄. 解释性运用：关联翻译理论的实践哲学［J］. 外语与外语教学，2006（11）：52-55.

[506] 张静华，刘改琳. 网络媒介视域下文化词的音译与文化的传播［J］. 西安工业大学学报（哲社版），2016（05）：425-430.

[507] 张曼. 杨宪益与霍克斯的译者主体性在英译本《红楼梦》中的体现［J］. 四川外语学院学报，2006（04）：109-114.

[508] 张南锋. 中西译学批评［M］. 北京：清华大学出版社，2004.

[509] 张宁. 古籍回译的理念与方法［J］. 湖北大学学报（哲社版），2007（01）：91-94.

[510] 张士东，彭爽. 中国翻译产业发展态势及对策研究［J］. 东北师大学报（哲社版），2016（03）：48-52.

[511] 张书克. "半 A 半 B" 格式的动态发展研究［D］. 暨南大学硕士学位论文，2012.

[512] 张淑媛，冷惠玲. 试论叛逆诗人卡明斯的实验主义诗歌［J］. 外语与外语教学，2003（12）：49-51.

[513] 张婷.《中国文学》（1985-1991）的国家形象建构——以阿城作品的译介为例［J］. 山东外语教学，2017（03）：96-106.

[514] 张西平. 关于西方汉学家中国典籍翻译的几点认识［J］. 对外传播，2015（11）：53-55.

[515] 张娴. 诗歌文本的陌生化及其在关联顺应模式关照下的翻译［J］. 宁夏大学学报（哲社版），2009（06）：154-157.

[516] 张新红，何自然. 语用翻译：语用学理论在翻译中的应用［J］. 现代外语，2001（03）：285-293.

[517] 张亚非. 关联理论述评［J］. 外语教学与研究，1992（03）：9-16，80.

[518] 张艳琴. 网络时代文学翻译读者角色的多重化［J］. 广东外语外贸大学学报，2007（06）：15-19.

[519] 赵长江. 用翻译打开中国人的思想大门——理雅各翻译述评［J］. 中国文化研究，2016（02）：138-149.

[520] 赵洪鑫，余高峰. 从关联理论看中式菜肴翻译［J］. 上海理工大学学报（哲社版），2017（04）：322-325，356.

[521] 赵会军. 双关语语用翻译量化研究 [M]. 北京：中国社会科学出版社，2012.

[522] 赵彦春. 关联理论对翻译的解释力 [J]. 现代外语，1999（03）：273-295.

[523] 赵彦春. 音律——与宇宙同构 [J]. 四川外语学院学报，2001（05）：66-68.

[524] 赵彦春. 关联理论与翻译的本质——对翻译缺省问题的关联论解释 [J]. 四川外语学院学报，2003（03）：117-121.

[525] 赵彦春. 翻译学归结论 [M]. 上海：上海外语教育出版社，2005.

[526] 赵彦春.《三字经》英译诘难与译理发凡 [J]. 天津外国语大学学报，2014a（02）：19-24.

[527] 赵彦春. 英韵三字经 [M]. 北京：光明日报出版社，2014b.

[528] 赵彦春，吕丽荣. 中国典籍英译的偏向与本质的回归 [J]. 外国语文，2016（03）：95-100.

[529] 赵彦春. 文化交流中的翻译误区及解决路径 [N]. 中国社会科学报，2017-07-21.

[530] 赵毅.《红楼梦》的佛教思想略论 [J]. 学海，2008（05）：148-152.

[531] 郑娜."信达切"视角下的《麦田里的守望者》粗俗语翻译 [D]. 重庆师范大学，2014.

[532] 钟明国，辜鸿铭.《论语》翻译的自我东方化倾向及其对翻译目的的消解 [J]. 外国语文，2009（02）：135-139.

[533] 周领顺. 构建基于新时代译出实践的翻译理论 [N]. 中国社会科学报，2020-05-14.

[534] 周宁. 亚洲或东方的中国形象：新的论域与问题 [J]. 人文杂志，2006（06）：1-10.

[535] 周文柄. 赵彦春与《英韵〈三字经〉》[N]. 中国社会科学报，2017-11-27.

[536] 周晔. 禁忌语翻译的"语用标记对应"原则 [J]. 外语研究，2009（04）：83-85.

[537] 周钰良. 谈霍克思英译本《红楼梦》[A]//周钰良，编. 周钰良文集 [C]. 北京：外语教学与研究出版社，1994：131-140.

[538] 朱耕. 互文性理论视角下《红楼梦》书名涵义及其英译解读 [J]. 东北师大学报（哲社版），2012（03）：107-110.

[539] 朱琳.《谁翻译?——论超越理性的译者主体性的研究》述介[J].中国科技翻译,2009(03):62-64,23.

[540] 朱伟.最新小说译瞥[J].读书,1989(02):131-134.

[541] 朱一凡,秦洪武.Individualism:一个西方概念在中国的译介与重构——一项基于语料库的研究[J].中国翻译,2018(03):34-43.

[542] 朱跃.语义论[M].北京:北京大学出版社,2006.

[543] 朱振武.翻译活动就是要有文化自觉——从赵彦春译《三字经》谈起[J].外语教学,2016(05):83-85.

[544] 朱振武.《三国演义》的英译比较与典籍外译的策略探索[J].上海师范大学学报(哲社版),2017(06):85-92.

[545] 朱振武,杨雷鹏.白睿文的翻译美学与文化担当——以《活着》的英译为例[J].外国语文,2016(03):89-94.

[546] 庄国卫.《红楼梦》英译本对宗教文化信息的处理[J].重庆科技学院学报(社科版),2007(05):142.

[547] 庄庸.网络文学"中国名编辑"如何诞生——《意见》对网络文学编辑再造和重塑思路[J].中国出版,2015(04):7-11.